JANICE GENTLE
I SEKS

Mavis Cheek

JANICE GENTLE I SEKS

Przekład
Katarzyna Karłowska

Dom Wydawniczy REBIS Poznań 2004

Tytuł oryginału
Janice Gentle Gets Sexy

Copyright © Mavis Cheek, 1993

Copyright © for the Polish edition by REBIS Publishing House Ltd.,
Poznań 2004

Redaktor
Katarzyna Raźniewska

Opracowanie graficzne serii i projekt okładki
Zbigniew Mielnik

Fotografia na okładce
Bulls/PHOTONICA

Wydanie I

ISBN 83-7301-579-5

Dom Wydawniczy REBIS Sp. z o.o.
ul. Żmigrodzka 41/49, 60-171 Poznań
tel. (0-61) 867-47-08, 867-81-40; fax (0-61) 867-37-74
e-mail: rebis@rebis.com.pl
www.rebis.com.pl

Podziękowania

Nieskończone wyrazy wdzięczności dla Kate Jones i Henry'ego Dunowa, moich cichych portów.

Dla Freda i Fountaina

Ujrzysz potem wzgórze o nazwie Nie Mów-Fałszywego-Świade-ctwa, Liście drzew to monety i wiele innych opłat. Strzeż się zrywać cokolwiek, jeśli-ć zbawienie miłe!

William Langland, *Widzenie o Piotrze Oraczu**

---

* Wszystkie przypisy zamieszczone zostały na końcu książki.

ROZDZIAŁ PIERWSZY

Morgan P. Pfeiffer, w światku nowojorskich wydawców zwany Midasem, mógł się pochwalić posturą: jego bardzo duże i bardzo puste biurko wydawało się przy nim maciupeńkie. W rzeczy samej całe pomieszczenie zdawało się mu podporządkowane. Rohanne Bulbecker, smukła jak trzcinka, urodziwa jak lilia, młodzieńcza jak nimfa i twarda jak bardzo stary but, patrzyła mu prosto w twarz, mimo że Pfeiffer siedział, a ona stała. Wionęło od niej ambicją.

– Pani Pfeiffer, świętej pamięci, przepadała za powieściami Janice Gentle. Zna pani dzieła Janice Gentle, panno Bulbecker?

– Naturalnie – odparła węzłowato. – To autorka romansów.

– Nie inaczej.

– I nieźle się sprzedaje.

– Sprzedaje się wprost bajecznie. To bestsellery *par excellence*.

Rohanne nawet nie mrugnęła, słysząc to katowanie francuskich zgłosek.

– Co do tego nie ma wątpliwości. – I w tym momencie coś jej zaświtało. – Zamierza pan złożyć ofertę? Jestem przekonana, że za odpowiednio wysokie honorarium Gentle przejdzie do pańskiego wydawnictwa.

Morgan Pfeiffer poprawił pozycję i w zadumie strzepnął popiół swojego cygara.

– Pani Pfeiffer dopatrzyła się jednej wady w książkach Janice Gentle. – Spojrzał na oprawioną w ramki fotografię nieboszczki, która stała na jego biurku. Tym razem Rohanne nie miała wątpliwości, że ten cichy odgłos to westchnienie. – Nie ma w nich seksu, panno Bulbecker. Pani Pfeiffer była tym bardzo rozczarowana. Powiem to wprost: uważała, że bohaterowie nie powinni... no tego... wzdragać się przed tym... hm... tym aktem.

– Święte słowa.

– Chciałbym wydać Janice Gentle. Bardzo. Chciałbym wystawić drukowany pomnik pamięci Belindy Jane Pfeiffer.

Rohanne poczuła delikatne łaskotanie podniecenia gdzieś w okolicach pępka; nadusiła go z całej siły dłońmi i przemówiła bardzo kategorycznym tonem:

– I chciałby pan, żebym ją pozyskała?

– Żeby ją pani skaptowała, tak chyba należy powiedzieć. Sentymenty na bok, ten biznes wydaje się całkiem sensowny.

– Z pewnością – zgodziła się Rohanne Bulbecker, która zawsze lubiła odkładać sentymenty na bok.

– Podobno inni próbowali ją namówić, ale bez powodzenia.

– Dlaczego? Dlaczego jest taka oporna?

Morgan P. Pfeiffer wzruszył ramionami w geście szczerej bezradności.

– Nie mam pojęcia.

– Co im mówiła?

– Nic im nie mówiła. Agentka wypowiadała się w jej imieniu.

– Agentka?

– Sylvia Perth.

Rohanne przez chwilę marszczyła czoło.

– Znam to nazwisko, ale nigdy się nie spotkałyśmy. Kogo ona reprezentuje?

– Wyłącznie Janice Gentle.

– Więc czemu Sylvia Perth odmówiła?

Znowu wzruszył ramionami.

– Tu wyraźnie nie idzie o pieniądze. Nasza oferta była pokaźna. A z Janice Gentle nie daliśmy rady porozmawiać bezpośrednio, bo ona stroni od ludzi. Nikt nie wie nawet, gdzie mieszka. Może w Londynie, a może gdziekolwiek w Anglii. Może nawet w Szkocji... – To ostatnie miejsce wymienił takim tonem, jakby należało go szukać w okolicy Marsa. – Sylvia Perth trzyma rękę na wszystkim, a przy tym jest nieugięta. Mówi, że odpowiedzią zawsze będzie „nie".

– A mnie się wydaje, że to jakiś blef. Jakby starała się podbić ofertę.

Morgan Pfeiffer potrząsnął głową.

– Wydaniu książki towarzyszyłyby, oprócz spodziewanych zysków, rozmaite inwestycje marketingowe. Janice Gentle zostałaby bardzo bogatą kobietą.

– Jeśli tu nie idzie o pieniądze, to o co?

Wzruszył ramionami.

– Wiem tylko tyle, ile mówi mi Sylvia Perth: Janice Gentle nie życzy sobie pisać o seksie...

Rohanne Bulbecker odpięła guzik żakietu w krzykliwej czerwieni, poprawiła kołnierzyk nieskazitelnej bluzki, wsparła dłonie na biodrach i podała się do przodu na swym krześle. Każdy, kto miał z nią kiedyś do czynienia, zrozumiałby już te gesty.

– Nie? – powtórzyła. – W takim razie ja będę musiała ją przekonać, nieprawdaż?

Rohanne Bulbecker wyszła na chłodne wiosenne powietrze. Niczego nie ceniła sobie bardziej niż wyzwania – im trudniejsze, tym lepsze. Mówiąc metaforycznie, uniosła w górę swój sztandar i pomaszerowała do własnego gabinetu, żeby się zastanowić.

Janice Gentle, tłumaczyła sobie w duchu, Janice Gentle i seks? Do roboty, Rohanne. Co to dla ciebie?

ROZDZIAŁ DRUGI

Jest godzina porannego szczytu; Janice Gentle jedzie właśnie metrem, gdzieś na odcinku między South Kensington a Holborn. Ma na sobie prochowiec barwy przypominającej kamień; do łona, które mocno się odkształciło wraz z chwilą, gdy wreszcie umościła swe zwaliste cielsko na siedzeniu, przyciska reklamówkę. Na zewnątrz siąpi letnia mżawka, przez co atmosfera w wagonie jest tym bardziej nieprzyjazna, pełna woni mokrych tkanin w najrozmaitszych stadiach zabrudzenia. Skazańcy osadzeni w tej turkoczącej celi zdają się nie zauważać parowania smrodu i nieczuli na wszystko albo siedzą, albo stoją, wieszając się na skórzanych uchwytach. Dopóki drzwi się nie rozsuną i nie uwolnią ich, zachowają stężały wygląd właściwy drewnianym marionetkom. Nawet ci, którzy czytają gazety lub książki, sprawiają wrażenie zwiotczałych i nierzeczywistych; w odróżnieniu od podróżników z dawnych czasów nie wymieniają się dykteryjkami ani też nie czerpią wzajemnej przyjemności ze swojego towarzystwa.

Jedynie Janice wydaje się trzeźwa i czujna. Ma to szerokookie spojrzenie przestraszonego, a przy tym wygłodniałego zwierzęcia, które musi polować, mimo że wolałoby zapaść w sen zimowy. Blade, nerwowo mrugające oczy ukryte za okularami błąkają się po wagonie, bacznie badając twarze współpasażerów, oceniając ich sylwetki, analizując zachowanie. Są to gorączkowe poszukiwania, które nie przynoszą poszukiwaczce żadnej satysfakcji. Nie jest przeciętną samotną kobietą w średnim wieku, która potrzebuje towarzystwa i rozmowy. Ona cierpi, że musi tu być, i to bardzo cierpi.

W rzeczy samej Janice Gentle uważa, że owo doświadczenie jest pokrewne torturom, i zastanawia się nawet, czy nie wolałaby już prawdziwych tortur. Kiedy cię torturują, można sobie wrzeszczeć i nikt nie ma nic przeciwko. Tu natomiast, w tym miejscu, nie wolno wydać żadnego dźwięku. Tu tylko się siedzi, kołysze miarowo i czeka. To taki mały światek, gdzie się nie zwraca uwagi na swoich towarzyszy, gdzie się nie rozmawia, gdzie się nie narusza cudzej izolacji. Tu znajdują się tylko tacy, którzy muszą tu być. Inni – wolni obywatele i wolne obywatelki – nie zbliżają się nawet na krok.

Janice jest tutaj, bo musi tu być. Tak jak niektórzy muszą wypić wieczorem siedem łyków z siedmiu szklanek, zanim położą się do łóżka, aby dzięki temu dotrwać do świtu, tak jak niektórzy muszą posiedzieć chwilę przed podróżą, by zapewnić sobie jej powodzenie, tak Janice Gentle musi odbywać podróż metrem w godzinie szczytu, bo to jest element preludium do pracy nad nową powieścią. Nie potrafi sobie przypomnieć, od kiedy potrzebuje całej tej procedury, ale teraz, po napisaniu iluś tam książek, jest to jej gwiazda przewodnia, fundament, bez którego nic się nie może zacząć. Nie jest to zresztą tylko jałowy przesąd, tak jak z tym piciem wody czy siadaniem przed podróżą, zgodnie bowiem z tradycją artystów zarówno pióra, jak i pędzla, od Hogartha po Fieldinga, od Picassa po Joyce'a, Janice czerpie swoje natchnienie prosto z życia. Bierze swych bohaterów nie z ulicy, ale z metra, i dopiero gdy wreszcie uda jej się wyszukać idealne fizyczne wzorce dla wszystkich swoich postaci, jest w stanie wrócić do cichej, beżowej nudy swojego mieszkanka w Battersea i przystąpić do aktu tworzenia w jego bezbarwnej, pustelniczej martwocie.

Tego ranka nie spuszcza oka z energicznej Drobnej Blondynki o lśniących na różowo, wczesnoporannych wargach, którymi ta porusza nieznacznie w trakcie lektury. Traf chce, że czyta jedną z powieści Janice Gentle; nic w tym niezwykłego, bo dzieła Janice Gentle są popularne. Prawdę powiedziawszy, jej dzieła zawsze trafiają na listy bestsellerów i nie ma wątpliwości, że gdyby wychyliła się teraz z siedzenia, szturchnęła Drobną Blondynkę w jej sterczącą rzepkę kolanową i oznajmiła: „Jestem Janice Gentle", Drobna Blondynka nie posiadałaby się z przejęcia i wykrzykiwała „och" i „ach" swymi ślicznymi, uróżowanymi usteczkami. „Och, ach, och, ach – mówiłaby – czytałam wszystkie pani książki. Moim zdaniem są po prostu wspaniałe". I byłaby zdumiona, że ktoś tak gruby i pospolity potrafi tworzyć takie arcydzieła.

Janice nie robi tego. Janice lubi anonimowość. A poza tym nie do końca zdaje sobie sprawę z tego, jak wielki odniosła sukces. Wie, że napisała całkiem sporo powieści, wie, że nie powinna spoczywać na laurach, choćby nie wiadomo jak chciała, bo wie – albo tak jej się wydaje – że jeszcze nie zarobiła dość pieniędzy, by już móc przestać. A ma zasadniczy powód, by pragnąć zarobić tak dużo. Tym powodem są jej Poszukiwania, bez wątpienia bardzo kosztowne. Tymczasem zdaniem Sylvii Perth, jej agentki i przyjaciółki w jednej osobie, dzień sukcesu finansowego jest jeszcze daleki, choć, ma się rozumieć, coraz bliższy. Sylvia często dobrotliwie pogania słaniającą się Janice. „Liczysz się tylko tyle, ile twoja ostatnia powieść – powiada. – Tak więc do dzieła, kotuś. Za kilka miesięcy muszę mieć coś do zaoferowania twojemu wydawcy..."

I tak oto dawne sukcesy – zawsze – odchodzą w niepamięć. I tak oto nadchodzi – zawsze – moment, kiedy żmudny proces trzeba zacząć od nowa.

Widok Drobnej Blondynki, trzymającej w rękach jej książkę, dostarcza niejakiego zadowolenia – Janice, mimo że taka oderwana od świata, nie jest pozbawiona uczuć. Ta afektowana, urodziwa buzia zmarszczyła swój malutki nosek i nieznacznie skrzywiła się z obrzydzeniem, kiedy Janice wcisnęła się na miejsce naprzeciwko niej, i Janice wiedziała już, że nie musi dłużej szukać swojej antybohaterki. Naprzeciwko niej siedziała doskonałość, doskonałość tak nieskażona, jakby była martwa, doskonałość tak bardzo bezduszna, że aż zasługiwała na śmierć. Janice nigdy wcześniej nie uśmiercała swoich bohaterów, ale był to kuszący pomysł. Jeszcze raz się jej przyjrzała. A może wystarczyłoby ją tylko poważnie uszkodzić? Może tak upadek z konia? Ofiara wiszącego nisko konara? Złamanie kręgosłupa i potem na zawsze przywiązanie do wózka inwalidzkiego? Nie – wózki inwalidzkie cieszyły się obecnie swoistą renomą, nie tak jak w dawnych czasach. W tych czasach było dość oczywiste, że wózek inwalidzki bynajmniej nie oznacza końca życia, nie mówiąc już o miłości i szczęściu. W takim razie lepiej przykuć ją do łoża boleści. Janice zaciera w duchu ręce. Tak, to będzie znakomicie pasowało. I żadnych scen skruchy u wezgłowia, żeby złagodzić ten wątek. W prawdziwym życiu, uznała, takie rzeczy prawie w ogóle się nie zdarzają.

To właśnie dzięki sporym dawkom realizmu jej powieści cieszyły się popularnością nawet wśród ludzi z wyższym wykształceniem. Romans w wydaniu Janice Gentle miał wymiar pragmatyczny; czytelnik zawsze mógł spytać retorycznie: „Skąd ja to znam?", identyfikując się z opisanym przez nią doświadczeniem wewnętrznym, nawet jeśli doświadczenie zewnętrzne było mu odległe. Kiedy bowiem Janice budowała w swych powieściach zamki na lodzie, opisywała również wiarygodnie, jak się do nich dostać – dla tych, których to interesowało. Ci, których to nie interesowało, potrafili ominąć wtrącone tu i ówdzie ezoteryczne słowo, nie zwracać uwagi na cytaty, i przejść prosto do jądra opowieści.

Bo Janice Gentle zasadniczo pisała opowieści o mężczyznach i kobietach, o pragnieniach i o spełnieniach pragnień. Potrafiła połączyć nierealne (jurnego kmiotka z milionerką o sponiewieranym sercu) z realnym (kimże jesteśmy, samotni w mroku nocy, jeśli nie siostrami i braćmi, wbrew pozorom?), nie tracąc przy tym kontaktu z rzeczywistością. Tak więc doskonałość w postaci Drobnej Blondynki w ramach kary za jej brak wrażliwości już przez całą wieczność będzie unieruchomiona paraliżem – no chyba że Janice się zlituje i pozwoli jej w końcu umrzeć. Wszyscy lubią patrzeć na cierpienia złoczyńcy, tak jak lubią patrzeć na nagradzanie dobrych uczynków. Drobna Blondynka pocierpi sobie za grzechy i tak chyba będzie sprawiedliwie w związku z tym, jak czuje się Janice tego ranka. Dlatego właśnie pozwala, by Sylvia Perth organizowała i kontrolowała jej życie – dlatego, że tak bardzo nie znosi wychodzić z domu, a jak już musi, to jest najbardziej zachwycona, gdy może czym prędzej czmychnąć do swojej samotni. Janice wyrzekła się ludzi. Podróże metrem i napisane dzięki nim książki to cena, którą płaci za swoją klasztorną samotność; mało prawdopodobne, by to filigranowe stworzonko naprzeciwko niej spotkał nieco łaskawszy koniec. Janice nie ma dobrotliwego usposobienia.

Nie zdając sobie sprawy z losu, na jaki została skazana, a tylko nieprzyjemnie świadoma spojrzenia Janice, Drobna Blondynka podnosi wzrok. Poprawia swą jędrną pupkę obleczoną w skąpe, koronkowe majtki i obciąga rąbek schludnej czarnej spódniczki. Ludziom, którzy noszą rozmiary od L wzwyż, powinno się odmawiać wstępu do metra w godzinie szczytu. Tak właśnie myśli Drobna Blondynka, obdarzając obfite kształty Janice jeszcze jednym przelotnym spojrzeniem obrzydzenia, po czym pospiesznie zagłębia się z powrotem w swojej książce. Uwielbia dobrą lekturę i zalicza się do tych fanów Janice Gentle, którzy ignorują sznurkową drabinę i za każdym razem idą prosto do zamku. Przeskakuje także dłuższe słowa, omija cytaty z dawno nieżyjących poetów i pociesza się myślą, że ostatecznie wszystko będzie dobrze. Uważa przy tym, że takie właśnie powinno być życie; inni, którzy też czytają te powieści, uważają, że życie takie nigdy nie będzie, ale byłoby „och, jakże miło", gdyby jednak było. Janice Gentle, z jakąś niesamowitą i niezawodną wprawą, potrafi sprawić, by jej dzieła przemawiały jednako i do łatwowiernych, i do sceptyków. Anomalia w świecie książek, ktoś, kogo wielu usiłowało naśladować, ktoś, kogo, jak się wydaje, nikt naśladować nie potrafi.

To zbieranie materiału jest takie męczące. Odjazd o ósmej trzydzieści, w pociągu aż do dziesiątej. I czasami cała ta denerwująca procedura musi zostać powtórzona następnego dnia, jeśli iskra natchnienia zgaśnie albo przyniesie jedynie połowiczne rezultaty. Tak bywa. Czasami widzi najdoskonalszego bohatera, a jednak nie znajduje dla niego drugiej połówki jabłka albo krańcowego przeciwieństwa. Bo nic na siłę – Janice wie o tym. To przygnębia, ale nie da się tego obejść. Dlatego czasami musi się tak wyprawiać kilka razy.

Wyjmuje kanapkę z reklamówki i pogrążona w myślach, wgryza się w nią. Głównym bohaterem mógłby być albo wysoki, szczupły osobnik w głębi wagonu, albo trzydziestoparoletni właściciel kanciastej szczęki wieszający się uchwytu naprzeciwko. Ów, na moment skupiwszy wzrok i wyraźnie śmiertelnie przerażony tym, co widzi – Janice nadgryzła kanapkę i nie do końca poradziła sobie z szynką, więc teraz z jej ust wystaje plaster podobny do języka martwego węża – odwraca się, zderza kolanami z Drobną Blondynką, przeprasza (rzadki moment nawiązywania stosunków towarzyskich w metrze) i oboje uśmiechają się do siebie. Przelotnie, wprawdzie, i raczej bez udziału oczu, ale zawsze to uśmiech, więź. Na pikosekundę oboje stają się ludzcy. Janice zauważa, czuje, że los zdaje się jej sprzyjać, i podejmuje decyzję. Szczupły mężczyzna na końcu wagonu jest zbyt szczupły i jakby zbyt zadziorny. Za to Kanciasta Szczęka nada się znakomicie. Znajdowanie właściwych bohaterów – kolejny kęs kanapki – przysparza znacznie więcej kłopotów niż znajdowanie bohaterek. Mężczyźni z jakiegoś powodu nie zdradzają swojej osobowości równie swobodnie jak nawet najbardziej statyczne z kobiet.

Janice mości się wygodniej i zagarnia nieco więcej przestrzeni, bo teraz miejsce po jej lewej ręce jest puste. Godzina szczytu dobiega końca i niewykluczone, że jutro będzie musiała zacząć wszystko od nowa, bo jeszcze nie znalazła głównej bohaterki. Ocenia wzrost wybrańca o kanciastej szczęce. Jest niezły, stwierdza, dość wysoki, więc nie powinno być problemu z dopasowaniem mu kogoś do pary. Od czasu, gdy dostała obsesji na punkcie pewnego bardzo niskiego, ale za to nadzwyczaj urodziwego, obdarzonego oliwkową karnacją jegomościa (idealnego kandydata na Dyplomatę ze Wschodu, którego wtedy poszukiwała), stara się postępować przezornie. Wyszukanie tamtemu partnerki, która miałaby poniżej pięciu stóp i czterech cali wzrostu, wcale nie okazało się łatwe, Janice bowiem znała się na tych sprawach dostatecznie, by wiedzieć, że wszystkie kobiety, choćby tylko w swoich fantazjach, lubią, jak ich partnerzy są roślejsi i silniejsi niż w rzeczywistości. Oczywiście jest też możliwe, że mężczyźni – choćby tylko w fantazjach – lubią, jak ich kochanki są odpowiednio małe, ale tym już się nie przejmowała. Pisała dla kobiet i – na szczęście – to kobiety kupowały i czytały jej powieści.

Sylvia Perth powiedziała jej swego czasu: „Janice, prozę czytają przede wszystkim kobiety. Faceci czytają inne rzeczy, więc nimi nie zawracaj sobie głowy. Pisz dalej tak jak dotąd i wszystko będzie grało".

Tak więc nie mogło być żadnej bohaterki górującej nad bohaterem o oliwkowej cerze – i w tym tkwiła trudność. Na tym właśnie polegał problem z doktryną twórczą Janice; nie wolno jej było nigdy od niej odstępować. Bo gdyby jednak odstąpiła – choćby tylko raz – wtedy wszystko poszłoby w rozsypkę. Dyplomata ze Wschodu musiał odbyć trzy koszmarne podróże, zanim znalazła mu właściwą partnerkę, i teraz też poczuła się nieszczęśliwie, mając w perspektywie podobne trudności. Odwija marsa z opakowania. Jeszcze dwa poranki wypełnione podobnymi torturami, zwłaszcza jeśli będzie się utrzymywała taka parna, ciepła pogoda, a...

– Uprzejmie przepraszam.

Kulturalny, stanowczy kobiecy głos.

Janice podnosi wzrok.

Zaciśnięte usta, szlachetnie zarysowana twarz okolona rudozłotą grzywką, oczy barwy niezabudek, które niczego nie wyrażają. Reszta włosów ściągnięta w bezkompromisowy kok. Żadnej szminki ani różu, cała postawa tchnąca wyrafinowaniem, a także wonią cytryn i miodu. Za to odzienie całkiem pozbawione elegancji: spódnica w kratę, prosta, biała bluzka, nieokreślony bury płaszcz i czarne pantofle bez ozdób. Janice zauważa na swój użytek, że ten płaszcz nie jest przeznaczony na lato, a mimo to jego właścicielka wcale się nie zgrzała. I zauważa też szczupłe łydki, delikatne przeguby dłoni, wdzięczną linię karku. Ów brak elegancji wcale nie jest wrodzony, tylko narzucony, powierzchowny. Prawdopodobnie niedawno stuknęła jej czterdziestka, ale nietrudno ją sobie wyobrazić jako młodszą. Janice mruga i uśmiecha się półgębkiem, potem kiwa głową i przemieszcza swoje cielsko oraz szeleszczącą reklamówkę, nie przestając przy tym żuć batonika. I cały ten czas zerka z ukosa. O tak, bardzo dobrze, myśli w duchu.

– Bardzo pani dziękuję. – Uprzejmość przemieszana z poczuciem wyższości, jakby ta kobieta, dziękując, w rzeczywistości mówiła: „Proszę być mi wdzięczną".

Niby taka chłodna, a jednak gdzieś w środku łyska ogień.

Janice jest zaintrygowana.

W jej głowie rodzi się pewien pomysł.

Siada tak, by widzieć tamtą lepiej. Coraz szybciej rusza szczęką. Czeka.

Pomysł nabiera kształtu, gdy tymczasem kobieta sadowi się na swoim miejscu i poprawia ubranie, żeby nie naruszyć przestrzeni okupowanej przez Janice. Janice zaś rozlewa się we wszystkie strony, naruszając też przestrzeń swojej towarzyszki, ale kobiecie udaje się uniknąć jakiegokolwiek kontaktu fizycznego. Jest coś fascynującego w tym pragnieniu izolacji. Janice rzuca jeszcze jedno długie, powolne spojrzenie z ukosa i dopiero wtedy odważa się podjąć decyzję. Ależ tak – tak, tak, tak – jest dobrze. Łatwo zobaczyć ją taką, jaka jest teraz i jaka była kiedyś. Płowiejąca, rudozłota piękność. Zmarszczki doświadczeń, zmarszczki żalu, być może? I jeszcze jakaś taka surowość. Doskonała, po prostu doskonała. Janice pragnie napisać powieść retrospektywną, w której ruda piękność i jej sztuczna, narzucona sobie drętwota uosabiałyby odrodzenie Feniksa. Właściwie mógłby to być tytuł książki.

Kiedy ruda piękność wyjmuje egzemplarz „Kościelnych Wieści" i zaczyna go czytać, Janice czuje, że jej kielich inwencji jest już pełen. Stworzy romantyczną heroinę z żony wikarego – płomienne włosy, płonne nadzieje – oto urozmaicenie, jakiego zawsze szuka. Bez takiego urozmaicenia Janice Gentle nigdy nie dokończyłaby zdania, nie mówiąc już o całej książce. A więc ma już to, czego potrzebuje.

Ruda z Klasą, która będzie żyła długo i szczęśliwie.

Drobna Blondynka, podobna do ptaka i obdarzona ptasim móżdżkiem, którą nuda i rozczarowanie popchną w stronę gorzkiego, rozpaczliwego końca.

Kanciasta Szczęka, o regularnych rysach przywodzących na myśl fazę „Przed" w reklamie Alka-Seltzer, który zasłuży na zaufanie i będzie godzien pożądania – zostanie mu wybaczone i będą go kochać.

Ramy fabuły ustalone.

Janice może już wracać do domu, bo w zasadzie wykonała już pracę wyznaczoną na ten dzień.

Geniusz, z jakichże skrajności zrodzony!

Geniusz!

Janice Gentle naprawdę ma w sobie geniusza. Jej dzieła przyrównywano już do dzieł Jane Austen, Enid Blyton i braci Grimm. W ich omówieniach jednym tchem wymawiano nazwiska Samuela Richardsona i Danielle Steel, doczekały się recenzji w „Timesie", na lotniskach sprzedawano je na kopy. Czytają ją żony wykładowców z Oksfordu i żony rzeźników z Oksfordu, bo Janice Gentle pisze o tym, co najbardziej wyróżnia kondycję ludzką, o owej niemodnej, nieuchwytnej rzeczy, wokół której kręci się świat. Pisze, mianowicie, o miłości. „Nie mury kamienne więzienie tworzą / nie pręty żelazne klatkę...", pisał w czasach renesansu Richard Lovelace. Janice może sobie być odludkiem, może mieć niewielkie doświadczenie w kwestii tego towaru, jakim jest miłość, ale wcale to nie znaczy, by miała się na nim nie znać. Wie, że gdyby usiadł na niej słoń, toby ją zabolało, a przecież nigdy czegoś takiego nie przeżyła. Życie może sobie płynąć obok, ale to jej wcale nie hamuje w puszczaniu wodzy fantazji na podstawie własnych skromnych doświadczeń. A może nawet, niewykluczone, to pomaga, że życie przepływa obok.

Sama zaznała kiedyś miłości i wywarło to na niej głębokie wrażenie, nawet jeśli cała sprawa nie doczekała się rozstrzygnięcia. A że dotychczas nie odnalazła Dermota Polla, wolała pisać o tym stanie, niźli badać, jaki on jest naprawdę. Kaliope, obdarzona cudownym głosem muza tysiąca poematów epickich, pobłogosławiła swą siostrę darem słowa (każda kobieta coś ma, choćby tylko gładkie łokcie) i Janice, samotna, zawiedziona w miłości i poważnie uzależniona od przyjemności jedzenia, wykorzystywała swój dar, jak należy.

Sylvia Perth miała rację. Dziewięćdziesiąt trzy procent jej czytelników to były kobiety, od księżniczek po żebraczki, które odnosiły się do jej romansów z tak dużą albo tak małą rezerwą, jak im się podobało. Były lojalne, entuzjastyczne i czytały ją wprost namiętnie.

Na to pozostałe siedem procent składali się prawie wyłącznie mężczyźni, którzy do tego stopnia nie interesowali się najwyższymi uczuciami, że byli oskarżani przez swoje kobiety, że to słowo „romans" nie mieści się w słowniku ich pojęć. Czytali Janice Gentle tak, jak się czyta podręcznik, w poszukiwaniu wytłumaczenia i zbioru zasad. I zazwyczaj rozstawali się z nią równie skonfundowani jak przedtem, bo oczarowanie tym gatunkiem jest poza zasięgiem mężczyzn, którzy wszak mocno stąpają po ziemi.

Wszędzie był ogromny popyt na powieści Janice Gentle, od Sydney po Sztokholm, od Dubaju po Dundee. Janice zarabiała dużo, wydawała niewiele. Wydawała niewiele, ponieważ jej osobiste potrzeby były skromne i ponieważ nie miała pojęcia, że zarobiła tak dużo. Jest wysoce prawdopodobne, że gdyby jednak wiedziała, to wcale nie wybrałaby się na taką wyprawę jak dzisiejsza, tylko wylegiwałaby się na kanapie ze stopami na poduszce, jedząc i czekając, czekając i jedząc, aż do czasu, gdy jej Poszukiwania nareszcie wydadzą jakieś owoce i wtedy będzie mogła rozpocząć swą Krucjatę.

Ale tylko Sylvia Perth, agentka i przyjaciółka, powierniczka i łącznik w kontaktach z wydawcą, lojalna wielbicielka i oddana księgowa, wiedziała dokładnie, ile na swych powieściach zarobiła Janice Gentle, i z własnych powodów, na razie, nie uważała za konieczne, by ją oświecać.

Z powrotem do domu, misja skończona.

Drobna Blondynka wysiadła już z wagonu. Kanciasta Szczęka i Ruda z Klasą zostają. Kiedy pociąg wjeżdża na stację i Janice wysiada, ogląda się po raz ostatni na swych przyszłych bohaterów. Tak, tak, oboje są doskonali... i jeszcze te włosy. Jeśli się postara, to sporo z nich wyciśnie, zwłaszcza jeśli przerobi ten kok na płynny ogień przetykany srebrzystymi błyskami. Ale będzie też musiała być ostrożna. Między sentymentalizmem a romansem biegnie cienka linia i niewiele trzeba, by osunąć się w banał.

Sylvia przyniosła jej kiedyś cały stos książek, które, jej zdaniem, starały się powielać styl Janice. Janice przeczytała parę i poczuła się zniesmaczona – wyglądało to tak, jakby ich autorzy ogołocili całe drzewo z wszystkich owoców, zamiast zbierać je wybiórczo, albo jakby się uparli, że każde drzewo powinno dźwigać na sobie wszystkie owoce tego świata, a wszystko po to tylko, żeby mieć pewność, że... Kanciasta Szczęka poradzi sobie z tym kokiem i rozpuści te płonące włosy – Ruda z Klasą prawdopodobnie znów będzie młoda i piękna. Tylko w czyich oczach zaistnieje ta jej uroda, w oczach świata czy jedynie w oczach kochanka? Oto jedyna licząca się kwestia. Podobnie jak matka, która spogląda na swe nowo narodzone dziecko i widzi w nim cherubina, mimo że świat widzi w nim kartofla, tak Janice instynktownie wie, jak kochankowie postrzegają swych kochanków. Bo inaczej kto by kochał tych pospolitych i brzydkich? Ta myśl zawsze jej przyświeca. Wierzy w nią bezgranicznie.

To właśnie na ten motyw wierności ideałom, zarysowany jakże subtelnie i zakamuflowany niemalże bez śladu, reagują nieświadomie jej czytelnicy. „Miłość – mawia Janice za George'em Chapmanem – to drugie słońce Natury". „Miłość – mawia również Janice – z duszy nie z oczu jej promienie idą. Stąd na obrazach ślepy jest Kupido"*. Irytuje się przy tym, bo cytuje twórców elżbietańskich, a przecież czuje się całym sercem związana z epoką jeszcze wcześniejszą. W rzeczy samej uważa literaturę elżbietańską za zwykłe popłuczyny złotego wieku, który skończył się tuż przed nią. Ale tak czy owak, są to trafne cytaty. Ma ich w zanadrzu jeszcze więcej, wszystkie huczą jej w głowie, kiedy pisze, dlatego zawsze okrasza nimi swoje teksty.

A więc z powrotem do Battersea.

Kiedy opublikowano jej pierwszą powieść, Sylvia Perth oznajmiła radośnie: „Janice, możesz teraz zamieszkać, gdzie ci się żywnie podoba, stać cię na to, kotuś. Choćby nawet w centrum miasta, jeśli chcesz". Ale Janice wybrała Battersea. Battersea bardzo jej pasowało. I sama pasowała do tej dzielnicy. Za to ta dzielnica nie pasowała Sylvii Perth, która na próżno starała się przekonać Janice, żeby przynajmniej wybrała najlepszą część Battersea. „Dlaczego nie gdzieś w pobliżu Mostu Alberta, tak blisko Chelsea, albo Drogi Księcia Walii...? Wszędzie, byle nie tutaj, kotuś. Nie w tej okolicy. To przecież prawie przy samych torach kolejowych..."

Ale Janice tory wcale nie przeszkadzały i ten blok mieszkalny jej się spodobał. Zbudowany w latach pięćdziesiątych w ten charakterystyczny, upodabniający go do nudnej bryły sposób, niczym nie rzucał się w oczy. Nie duży i nie mały, nie elegancki i nie chamski. I do tego nie wyróżniał się żadnymi szczegółami architektonicznymi. Po prostu sobie był.

Oczywiście zmieniło się tam wiele przez te lata, odkąd się wprowadziła do Battersea. Młodzi i dynamiczni odkryli rzekę, sklepy spożywcze odkryły młodych i dynamicznych i ostatecznie dzielnica zrobiła się całkiem modna. Ale nie okolica, gdzie mieszkała Janice. Tutaj budynki były jeszcze zbyt nowe, żeby je burzyć, zbyt nieciekawe, by stały się godne pożądania, zbyt oddalone od utartych szlaków, by zrobić na kimś wrażenie, z wyjątkiem ponuraków albo tych, dla których najbliższe otoczenie nie jest czymś, czym należy zaprzątać sobie głowy. Dlatego więc w sklepiku na rogu wciąż sprzedawano tak zwyczajne towary, jak herbatniki ułatwiające trawienie i popularne gatunki herbaty, bo nie był to rynek na *langue de chat* ani Lapsang, i dlatego też właściciel sklepiku wciąż nosił bury fartuch i lubił gawędzić z klientami. Janice jak mogła, unikała tego miejsca, wolała supermarket, gdzie jedynymi wymaganymi odzywkami były mruknięcia na przeprosiny, kiedy najechało się wózkiem na czyjąś stopę, i gdzie akt robienia zakupów był tak neutralny, że nie trzeba się było wstydzić tego, co się wetknęło do torby.

Mężczyzna ze sklepiku na rogu usiłował zachowywać niewzruszoną minę wobec życzeń Janice, ale ze spektakularnym brakiem powodzenia. Kiedy prosiła o cztery kartony leguminy, jego brwi strzelały w górę, gałki oczne obracały się wyraziście, a przy tym cały czas przemawiał beznamiętnym głosem, powtarzając, powoli i z emfazą: „Cztery opakowania leguminy, sześć batonów Mars, sześć opakowań czekoladowych biszkoptów, dwa funty masła, jeden funt sera", ani na moment nie zmieniającym się rytmem, który sprawiał, że to wszystko brzmiało jak jedna litania dezaprobaty. Nic, co tam kiedykolwiek kupiła, nie smakowało tak dobrze jak to wszystko, co kupiła gdzie indziej, bez skazy jego spojrzenia. Nie podobał jej się także sposób, w jaki on spoglądał na nią. W jego spojrzeniu było zbyt dużo zainteresowania, za dużo humanizmu: Janice wolała się wykręcać od takich interakcji. Jeśli chodzi o świat, wolała unikać innych żywych istot, dopóki nie nadejdzie czas, żeby wyjść z ukrycia.

Tak jak psy z czasem upodobniają się do swych właścicieli, a właściciele do swych psów, tak Janice Gentle dość dobrze wtopiła się w nicość. I to wszystkim z wyjątkiem swych rozmiarów, oczywiście, które z kolei stanowiły jedną z tych anomalii, które czasami manifestują się w życiu. Gdyby naszą obecność w świecie dało się opisać za pomocą koloru, to Janice Gentle byłaby beżowa. Miała bladą cerę, włosy nieokreślone, oczy niezdecydowanie jasne, wargi bezkrwiste. Jej ciało bez ubrania niewiele się różniło od owsianki albo, mówiąc przychylniej, od kobiet Rubensa, pod warunkiem że odjąć te jego charakterystyczne różane refleksy i niecny blask w oczach. Janice nigdy w życiu nie wylegiwała się na zalanych słońcem plażach, gdzie jej ciało mogłoby nabrać odcienia miodu, i choć jakiś poeta czy autor tekstów piosenek od biedy nazwałby jej cerę mlecznobiałą, była to raczej niezdrowa bladość, pasująca do kogoś, kto zbyt długo przebywał w ciemnościach.

Na ile się orientowała, nie pożądał jej nigdy żaden mężczyzna, żadna kobieta nie wzdychała, by mieć takie kształty jak ona. Żadne dziecko nie pokładało się na jej obfitym łonie, nie przykładało główki do rozłożystego brzucha. Wszystkie rozkosze zmysłowe Janice czerpała ustami, bo tak jej zresztą odpowiadało. Ubierała się w luźny, długi sweter, w którym było jej równie mało do twarzy jak w pokrowcu na meble, nosiła okulary korekcyjne w nieciekawych oprawkach, włosy zaś wiązała zwykłą gumką i myła raz w tygodniu, zawsze w czwartki. Ważyła piętnaście kamieni*, miała pięć stóp i dwa cale wzrostu, była stuprocentową dziewicą i kiedy miała dwadzieścia lat, wyglądała tak samo jak w wieku trzydziestu lat, w wieku lat trzydziestu tak samo jak po czterdziestce, do której to kategorii wiekowej zaliczała się obecnie. Od czasu przeprowadzki do Battersea Janice Gentle żyła neutralnie. Inne kobiety, we własnym mniemaniu światowe i szykowne, postrzegały ją jako smutne stworzenie, a kiedy przemykały niczym mrówki pod jej miniaturowym balkonem na piątym piętrze, ze współczuciem i obrzydzeniem odwracały wzrok, gdy jakimś przypadkiem zdarzyło im się zadrzeć głowę do góry i spostrzec te wietrzące się nad nimi plamki cellulitu.

Mężczyźni jej nie współczuli, bo jej po prostu nie zauważali. Nie widzieli Janice, bo była tak szara, że erotycznie bezużyteczna, bo jej intelekt nie był ani tak ostry, ani tak barwny, by mógł zostać uznany za zagrożenie. Nie licząc właściciela sklepiku na rogu, wszyscy zostawiali ją w spokoju, z czego była zadowolona i miała nadzieję, że zawsze tak będzie. Aż do czasu, kiedy ukończy Poszukiwania, a potem Krucjatę, ma się rozumieć; wtedy sprawy będą musiały się zmienić. Tymczasem miała swoje książki i swój beżowy, jakże beżowy świat. I tylko tego potrzebowała.

A jednak
nie zawsze
tak było...

Rozdział trzeci

Nieboszczka pani Gentle nie miała za co dziękować mężczyznom. We własnym mniemaniu spełniła obowiązek przynależny jej jako kobiecie z nawiązką, ale nie dostała za to należnej zapłaty. Pan Gentle uciekł, kiedy Janice była małą istotką z warkoczykami, i na domiar złamał swojej małżonce nos. Pani Gentle obnosiła się ze swym złamanym nosem tak, jak męczennicy w dawnych czasach obnosili się z bliznami od uderzeń bicza, albowiem do czasu jego otrzymania była dumną i zdyscyplinowaną kobietą, gotową wiele tolerować i wybaczać w imię sąsiedzkiej przyzwoitości. Otrzymała go, gdy stała na ulicy w koszuli nocnej, tuląc do siebie czteroletnią Janice, która z kolei tuliła do siebie misia. Pani Gentle cierpliwie czekała, aż epizod rozgrywający się w jej domu dobiegnie końca, i uważała, że ulica o północy to najbezpieczniejsze miejsce na przeczekanie wściekłości pana Gentle. Dopóki będą cicho, nikt się nie dowie. Janice, której szlafroczek i piżamka nie chroniły przed chłodem, pochlipywała i skarżyła się, że wolałaby być tam, gdzie jest ciepło. Pani Gentle, która malowała na biało schodki wiodące do jej domu, miała zawsze czysto w wychodku i której firanki nigdy nie przyniosły jej wstydu, poczuła, że to jest przysłowiowa ostatnia kropla.

– Zjedz to i zamknij się – powiedziała, podając dziecku cukierka, którego jakimś trafem znalazła w kieszeni swojego płaszcza przeciwdeszczowego. Był to toffee i jego gładka słodycz zrobiła swoje. Janice znowu zrobiło się ciepło.

Pan Gentle, wypatrzywszy żonę i dziecko z sypialni na piętrze, gdzie tłukł ostatnie porcelanowe cacka pani Gentle, i zorientowawszy się, że owa przyjemna czynność dobiega już końca, zbiegł na dół, wypadł na ulicę i wprowadził swoją pięść w równie satysfakcjonującą kolizję z chrząstką nosa żony. Dziecko na nowo zaniosło się rykiem, już pustymi ustami, a krople skapującej krwi poplamiły misia. Pani Gentle, wzięta z zaskoczenia, na moment zwolniona z obowiązku zachowywania godności, zaczęła wrzeszczeć, prosząc o litość, domagając się zemsty, błagając o wsparcie z zewnątrz. Żadne z tych dwóch pierwszych nie było dostępne, a trzecie przyszło zbyt późno, rodzina Gentle mieszkała bowiem na jednej z tych uprzejmych ulic, na których odwracało się głowę na widok czyjegoś upadku, a potem jeszcze dawało upadającemu czas na podniesienie się, bo inaczej mógłby się zawstydzić, że go zauważono. Pan Gentle umknął w sam środek nocy, a potem rzeczywiście nadeszło wsparcie w postaci kostki cukru dla zapłakanej Janice oraz mocnej, słodkiej herbaty dla jej matki. Kostka cukru miała taki sam przyjemny wpływ na małą Janice jak toffee; niebawem mocno spała.

W następnych latach doszło jeszcze do kilku incydentów w tamtym domu, mimo że pan Gentle oficjalnie już nie wrócił. Ale niezależnie od tego, co wywoływał podczas swoich krótkich wizyt, pani Gentle nigdy więcej nie wybiegła na ulicę. Podsumowawszy wszystko, stwierdziła, że upokorzenie dzielenia się swą sytuacją z sąsiadami jest gorsze niż znoszenie jej w samotności, i później już trzymała się wyłącznie własnego towarzystwa.

W dniu siódmych urodzin Janice pan Gentle pojawił się po raz ostatni. Wyszedł z domu z kawałkami tortu we włosach i ranami na twarzy od wybitego okna, przez które ten tort wyrzucił. Tuż za nim podążał sznur rozhisteryzowanych siedmiolatków, którzy byli świadkami zdarzenia. Janice stała na krześle przy frontowym oknie i patrzyła, jak odchodzą. Potem pomogła matce pozbierać potłuczoną porcelanę i nakleić plastry, a następnie zabrała swojego misia do łóżka, razem z dużym kawałkiem tortu, z którego zawczasu pieczołowicie wybrała szczątki ogrodu. Już więcej nie urządzały takich zabaw. Wprawdzie płynęły lata bez odwiedzin ze strony pana Gentle, wydawało się jednak, że lepiej nie udzielać się towarzysko i żyć uporządkowanym, spokojnym życiem. I obie zostały w tamtym domu, przy tamtej ulicy, bo tak właśnie się robi.

Kiedy Janice Gentle zaczęła się dorabiać dłuższych włosów i bujniejszych kształtów, a oprócz tego często popłakiwała sobie bez żadnego szczególnego powodu, pani Gentle kazała jej się pilnować.

– Ty się trzymaj z dala od mężczyzn, dziewczyno – powiedziała, z emfazą potrząsając ścierką do podłogi, a potem jeszcze wskazała swój rozklapany nos. – Popatrz tylko, co mi się dostało. Nie ufaj nigdy żadnemu, a jeśli już zaufasz, to... – tym razem zamiast ścierką potrząsnęła głową – pamiętaj tylko, żeby to twoja pięść była pierwsza.

Janice, z natury posłuszna, usłuchała i trzymała się z dala od płci przeciwnej. Została pilną uczennicą, a nawet niemalże intelektualistką, namawianą przez nauczycieli, by mierzyła wysoko, by wybrała Cambridge, ponieważ świat, którym się zainteresowała, był światem sprzed sześciuset, siedmiuset, ośmiuset lat. Przejście od gospodarki agrarnej do kapitałowej, upadek ustroju feudalnego, powstanie miast, postępująca sekularyzacja, narodziny klasy średniej... Czytała wszystko, co jej wpadło w ręce, na temat średniowiecznych romansów. Uwielbiała prozę, poezję i czyste idee wyrażone dobrymi i złymi uczynkami. Uwielbiała *Powieść o Róży* Wilhelma z Lorris, poszukiwania ostatecznej prawdy przez Piotra Oracza w codziennym życiu opisanym przez Langlanda, Abelarda i Heloizę, Dantego i Beatrycze, Christine de Pisan, która pisała z taką czarowną prostotą, była mistrzynią sztuki dwornej, a przy tym również panią własnego życia dzięki swojemu talentowi. *L'amour courtois*, miłość dworna, od jej prowansalskich korzeni po swój rozkwit w całej Europie, fascynowała i zachwycała Janice, zarówno liryzmem, jak i ideałami: miłość jest czymś, czego należy swobodnie szukać i co należy swobodnie ofiarowywać; małżeństwo nie stanowi wymówki dla braku uczucia. Miłość dworna, najwyższe osiągnięcie. I to z niej zrodziła się wielka literatura i sztuka, filozofia oparta na zasadach, w których ramach żadna kobieta nie mogła być poniżana ani też żaden kochanek odtrącany z pogardą, jeśli je wyznawał. Jedynie za sprawą miłości, mówiła poezja trubadurów, mężczyzna może się stać cnotliwy albo szlachetny i w rzeczy samej – jak odkryła z zachwytem Janice – już same zasady gramatyki i metrum uprawiane w Prowansji były oparte na wzniosłych zasadach miłości.

Miłość dworna, ucieleśnienie ideału, złoty wiek rycerstwa z jego cywilizującym wpływem na maniery stał się dla Janice Gentle złotym wiekiem historii. *Vous ou Mort*, „ty albo śmierć", było w jej mniemaniu jedynym słusznym przedsięwzięciem, jakie należało podejmować z miłości.

Odrzucała Castiglionego z powodu przekonania jemu współczesnych, że w *Dworzaninie* zawarł to wszystko. „Castiglione urodził się sto pięćdziesiąt lat za późno – napisała w swoim eseju – i własne słabości nie pozwoliły mu ogarnąć czystości tego, co przeminęło jeszcze przed nim. Ten renesansowy pisarz, podobnie jak później przedstawiciele epoki elżbietańskiej, zaadaptował dla siebie miłość dworną, wulgaryzując ją, wycinając jej prowansalskie korzenie i grzebiąc ją pod ckliwymi oparami sentymentalizmu, zarozumiałości, sztuczności i plagiatorstwa. Tak jak Bractwo Prerafaelitów zaczerpnęło natchnienie od Giotta i zabrało się do płodzenia niedobrych, naiwnych płócien, mimo wspaniałości swego źródła inspiracji, tak Castiglione uległ inspiracji *l'amour courtois* i zabrał się do pisania niestrawnych pastiszów. Na następnych stronach zamierzam zilustrować to przykładami zaczerpniętymi z wczesnego materiału źródłowego – z dworów Blois, Flandrii, Bretanii, Burgundii, Anglii oraz utworów literackich trubadurów i truwerów Francji, minnesingerów niemieckich i *dolce stil novo* we Włoszech..."

Właśnie za ów esej przyznano jej stypendium w Cambridge. Ze strony matki nie doczekała się większej zachęty, z własnej strony też nie, i ostatecznie postanowiła jednak nie jechać. Jedno to siedzieć wśród dziewcząt z szóstej klasy i dyskutować z nimi o Petrarce, a zupełnie co innego być z dala od domu, w obcym mieście, w otoczeniu nowych twarzy należących do obu płci, i nie bać się przemawiać publicznie na temat własnych poglądów odnośnie do *Sądów* Marie de Champagne. Janice Gentle zrezygnowała więc z tego pomysłu. Tak czy owak, przekonywała samą siebie, matka się starzeje, robi się krucha i choruje: musi zostać przy niej. Matka i córka rozmówiły się i Janice została w domu, z przekonaniem, że słusznie robi: miała kontynuować swe studia korespondencyjnie i uczęszczać czasami na wykłady poświęcone jej ulubionemu tematowi, pani Gentle miała szyć i krzepnąć w roli kruchej rodzicielki. Janice coraz bardziej zwiększała swoje racje żywnościowe i mocno się zaokrągliła, stwierdziwszy, dokładnie tak samo jak w przeszłości, że żucie całymi godzinami rozwesela. Miały niewielki dochód po zmarłej w stanie panieńskim siostrze pani Gentle, a dom należał do nich. Egzystowały więc nie najgorzej dzięki zachowaniu umiaru i skromnym wydatkom, które stanowiły główną spuściznę ich doświadczeń z zaginionym w sinej dali panem Gentle.

Na dwudzieste pierwsze urodziny Janice pani Gentle zdobyła się na specjalny wysiłek i upiekła tort. Pierwszy od czasu, gdy, no cóż, nie bardzo potrafiła sobie przypomnieć. A Janice? Janice pamiętała, wiedząc zresztą, że matka też pamięta, ale powstrzymała się i nie powiedziała tego. Zamiast tego otworzyła pakunek, który wręczyła jej matka, i wypadł z niej płaszcz złożony z tysiąca barw, produkt wielu godzin buduarowych zmagań pani Gentle: zachwycający element ubioru wykonany z od dawna kolekcjonowanych resztek oraz pociętych pozostałości po jej dawnej garderobie, wcale w swoich czasach nie takiej mało wytwornej.

Janice była zdumiona tymi kombinacjami barw i tą jaskrawością. Sprawiły one, że przyszła jej na myśl pani Eglantyna Chaucera w pięknym płaszczu i z koralowymi i zielonymi wstążkami. Zasadniczo nie interesowała się modą, ten płaszcz jednakże wprawił ją w euforię; oplatał jej pulchne kształty, nie tamując przy tym ruchów, i włożyła go już następnego wieczoru, kiedy szła na spotkanie swojego Towarzystwa Literackiego. Bardzo ją podniósł na duchu, bo był niczym klejnot, bo czuła się w nim jak detal z iluminowanego manuskryptu, bo doskonale pasował do jej sposobu bycia. Wciąż ją podnosił na duchu, kiedy wyszła z budynku Szkoły Wieczorowej, chcąc złapać autobus do domu. Była deszczowa, lutowa noc, ponura i chłodna, melancholijna i samotna, ale Janice wcale tego nie czuła. Rozmyślała o Thomasie Campionie (1567–1620) i jego absurdalnych wizjach Astrofela i Stelli, a także o jeszcze bardziej wymyślnym hołdzie dla tych sławnych kochanków autorstwa sir Philipa Sidneya, miała zaróżowione policzki i czuła się szczęśliwa. Wtulenie się w coś tak miękkiego, kolorowego i szykownego było niesłychanie rozkoszne. Cała promieniała, przeobraziwszy się w prześliczną kulę zadowolonej z siebie kobiecości. Oto, jaka jest potęga mody.

Dermot Poll, który właśnie opuścił dom publiczny „Dzwon i Rożek", wytoczył się na mżawkę i zadygotał. Jak przystało na młodego Irlandczyka o bladej (mimo wypitego guinnessa), a przy tym sympatycznej twarzy okolonej wilgotnymi czarnymi puklami, powitał noc w sentymentalnym nastroju. Jego żona, gdzieś za mętnie oświetlonymi oknami szpitala naprzeciwko, dopiero co została ułożona na łóżku z ich pierworodnym i Dermot Poll zamierzał właśnie pokochać cały świat. W „Dzwonie i Rożku" kochali go wszyscy i on też ich kochał, bez dwóch zdań. A w danym momencie również pozostali przedstawiciele gatunku ludzkiego mieli zostać beneficjentami jego emocjonalnej filantropii. Ale niestety, noc była brzydka, toteż pozostali przedstawiciele gatunku ludzkiego wyraźnie postanowili zostać w domach. Tylko jedna ludzka sylwetka zaszczyciła mrok swą obecnością. Janice. I kiedy ją ujrzał, z tą głową skłonioną w strugach deszczu, z tym ciałem mieniącym się barwnie na tle cieni ulicy – tę Madonnę, Tę Która Daje Życie – poczuł, że rodzi się w nim pragnienie wielbienia.

Janice, której myśli ciągle jeszcze krążyły wokół Thomasa Campiona i jego apologetyki klasycznego metrum, miała skupioną minę, gdyż próbowała przypomnieć sobie jakieś wersy z jego *Astrofela* i nie pomylić ich z *Astrofelem* sir Philipa Sidneya. Była tym zadaniem tak pochłonięta, iż nie zauważyła, że podchodzi do niej urzeczony, młody Dermot. W tamtych czasach wyraz skupienia nadawał rysom twarzy Janice całkiem atrakcyjny układ. Jej niewidzące oczy, duże i jasne, zachodziły mgłą, a linia ust wybrzuszała się niemal rozkosznie. Cichym głosem próbowała wyrecytować ową strofę w całości.

> Słuchajcież, białogłowy, wszystkie śpiące
> Królowa z baśni, Prozerpina,
> Każe wam, wstańcie, żal tych, co łkające.

Janice urwała tutaj, niepewna, jak brzmi kolejny wers. Oczarowany Dermot stanął jak wryty. Czyż istnieje coś wspanialszego dla syna Irlandii, z brzuchem pełnym piwa i potencją dopiero co nagrodzoną potomkiem, niż piękne słowa pośrodku nocy?

Janice przypomniała sobie, co trzeba, i ciągnęła to dalej.

> W mroku czynić wolno wam
> To, czego dzień wam wzbrania;
> Noc skryje wszystko wszak,
> Nie lękajcież się psów szczekania.

Dermot wciąż przeżywał ekstazę.

– Noc skryje wszystko...

Ale nie przed Dermotem Pollem. Przyszedł, zobaczył i został zwyciężony. Nie mógł się dłużej powstrzymywać: po prostu musiał wielbić. Kobieta. Rodzicielka. Niczym nie skażony boski twór. Padł na kolana przed Janice i uniósł ku niej swą lśniącą, urodziwą twarz, rozjaśnioną teraz światłem padającym z pobliskiego sklepu.

– O Królowo Nocy – powiedział – tyś jest barwą i magią. Przybywam wielbić cię i wyznać, żeś zdobyła me serce.

Przepełniały go emocje. Ojciec. Mężczyzna. A tu oto przed nim Kobieta. Kobieta, która niezaprzeczalnie wyglądała na brzemienną, na pełną nasienia, na najwyższą formę kobiecego stanu.

– Moje serce – ciągnął – należy do ciebie, o nadobna. – I tu ofiarował siebie w najczystszym sensie.

Janice przyjęła to wszystko bardzo spokojnie. Nie rzuciła się do ucieczki, nie zaczęła krzyczeć – w tamtych czasach powietrze jeszcze nie było wiecznie przepojone groźbą. A w tym obcym, który ukląkł przed nią na mokrym trotuarze, było coś niezwykłego, spojrzała więc na niego z góry i obdarzyła półuśmiechem wyrażającym wahanie, ujawniając przy tym parę pięknych dołeczków.

– O Matko Przenajświętsza, Królowa Nocy ma dołeczki – powiedział Dermot do pustej ulicy.

– Może jednak powinien pan wstać – poradziła mu Janice – zapewne całkiem pan zmoczył kolana.

Ale Dermot, który uległ zarówno sile guinnessa, jak i przytłaczającemu dreszczowi chwili, klęczał nieporuszony. Janice pozostała nieustraszona, toteż uśmiechnęła się do niego raz jeszcze. Dziewczęcy uśmiech dla trzeźwego mężczyzny to coś miłego. Dziewczęcy uśmiech dla mężczyzny na gazie to coś czarodziejskiego. Dermot Poll dał się oczarować i przyznał się do tego.

Janice zamrugała zdumiona. Przecież współcześni mężczyźni to oszuści i brutale, nieprawdaż? A jednak ten klęczał przed nią jak jakiś rycerz z dawnych czasów.

Miłość dworna, pomyślała sobie i wyszeptała:

– Miłość aż do śmierci.

– To też poezja, o Matko Boska od Kolorów?

– Słucham? – spytała Janice, która zdążyła już cofnąć się w czasie i ujrzeć te słowa na tarczy dworzanina.

– Twoja poezja?

Janice potulnie potraktowała to jak żądanie odpowiedzi.

– Cóż – odrzekła – tak naprawdę nie taką poezję chciałabym ci pokazać, ta jednak też ma swój powab.

Dermot przytaknął zachęcająco. Czy to ważne, co powiedziało to zjawisko, dopóki stało tu w tym mroku i na chłodzie razem z nim? Było to nieskończenie bardziej zabawne niż bycie samemu.

Tak więc Janice dalej recytowała Campiona, uznawszy, że niektórzy ludzie mają właśnie takie zainteresowania.

– Ta noc przy księżyca blasku pląsa wesoło....

– Przy księżyca plasku bląsa... – Dermot Poll był zachwycony. Ujął ją za obleczoną w wełnianą rękawiczkę dłoń i ucałował cnotliwie. Nie dość, że znakomicie się bawił, to jeszcze osadził się stabilnie w mało wymagającej roli zniewolonego poezją.

Janice znów zamrugała, czując, że coś się w niej budzi. Tak jakby pragnienie, by wyciągnąć rękę i dotknąć jego twarzy drugą obleczoną w rękawiczkę dłonią, pragnienie, któremu się oparła. Niewykluczone, że jednak mógłby ją ugryźć. Miłość dworna, przypomniała sobie odruchowo, pojawiła się najpierw w poezji dwunastego wieku, a sam termin wziął się prawdopodobnie z kultury islamu, pierwsze europejskie strofy zostały ustanowione przez Wilhelma z Lorris przed 1240 rokiem, ale...

Vous ou Mort...

Vous ou Mort...

Po prostu nie chce jej to wyjść z głowy.

Dermot Poll rozejrzał się dookoła w poszukiwaniu inspiracji. Bardzo chciał wejść w to jakoś głębiej, widzieć znaki, obdarzać metaforami, a tymczasem nie miał nic. Aż tu nagle przeżył niemalże cudowne objawienie. Podźwignął się z klęczek, uchwycił dłoń, którą dopiero co całował, i poprowadził jej właścicielkę, stąpającą tak lekko, jakby frunęła, w stronę rozświetlonej wystawy pobliskiego sklepu.

– Spójrz – powiedział, wskazując palcem ogromne, satynowe serce zdobiące witrynę. – Oto znak...

Ostrożnie przeniosła wzrok z Dermota na witrynę i z powrotem. Wyglądała na nie przekonaną. Dlatego właśnie Dermot Poll poczuł, że jego absolutnym obowiązkiem jest przekonanie jej.

– Twoim jest serce me... – zaczął śpiewać, kładąc sobie wolną dłoń w okolicy tego szczegółu własnej anatomii, gestem rasowego tenora operowego.

Janice wytrzeszczyła oczy jeszcze szerzej, czy jednak reagując w ten sposób na wyrażane przez niego uczucia czy też na sposób ich ekspresji – tego orzec nie potrafił. Przestał więc śpiewać i przemówił, by to sprawdzić.

– Twoim jest serce me – powiedział – bo jesteś taka kolorowa. Taka promienna. Jaśniejesz łuną jak egzotyczny kwiat i dlatego pragnę cię wielbić.

Serce Janice znowu załomotało.

– Tyś obraz wysadzany klejnotami – ciągnął, nie posiadając się z euforii.

Księga Dni, pomyślała Janice z podnieceniem, *Les Trés Riches Heures...*

– W tym twoim cudownym płaszczu, twoim magicznym, majestatycznym, monumentalnym płaszczu, jakby tęcza pobłogosławiła cię swym pięknem. Ach mógłbym ci tak śpiewać całą noc...

Janice wpatrywała się w niego, nie słysząc już nic poprzez szum w uszach i łomot w ciele.

Dermot Poll, mimo że wyczerpany zarówno tą metaforyką, jak i swoim zapałem, kochał cały świat i wszystkie żyjące na nim stworzenia.

– Kocham cię – powiedział, wykonując wielkopański gest, którym ogarniał wszystko w krąg. – I wielbię twą kobiecość...

„Nie słuchaj", podpowiadała Christine de Pisan ze swojego czternastowiecznego gabinetu bujającego gdzieś w przestworzach.

„Słuchaj uważnie", mówili Thomas Campion i cały mityczny dwór królowej Gloriany.

Turniej dobiegał końca. Gloriana wygrywała.

A więc to tego właśnie unikała od tak dawna. Tego, co było takie szczere, prawdziwe i piękne. Pogładziła swój płaszcz. Jakże jej matka się myliła. Jakże niepodobny do pana Gentle był ten urodziwy, rozmiłowany w poezji młodzieniec...

Dermot przyglądał się zafascynowany jej dłoni sunącej po wypukłości brzucha.

Popatrzyła na niego, dostrzegła oczarowanie w jego oczach i zauważyła, że ów, ten jej rycerz, wygłasza prawdę tak potężną, że aż mu się łamie głos. Zauważyła, że chwilami od tego zawirowania emocji staje się wręcz niezrozumiały. Jak mogła mu nie zaufać? Jak mogła mu nie pozwolić, by ją wielbił i kochał, skoro on tego chciał?

Biedna Janice. Zaufanie fatalne w skutkach. *Vous ou Mort*. Ofiarowała samą siebie jak na tacy.

– Powiedz, kim jesteś – poprosiła, na moment nie spuszczając wzroku z jego urodziwej, lśniącej twarzy. To miłość, była już o tym przekonana. Miłość piękna i prawdziwa.

– Nazywam się Dermot Poll – wyjaśnił. – Pochodzę ze Skibbereen. – Tu zwilgotniały mu oczy. – I któregoś dnia, kiedy już objadę cały świat, powrócę tam. Ale ta chwila, o cudowna istoto – spojrzał na napisy na oknie wystawowym, uśmiechnął się do niej ciepłym uśmiechem, ślepym uśmiechem, uśmiechem, który należał do nieobecnej Deirdre – to dla mnie wigilia dnia świętego Walentego.

– O tak – odparła bez tchu, puszczając mimo uszu głos w swojej głowie, głos, który należał do jej dawnej, obecnie nieżyjącej już akademickiej persony, recytujący: „Święty Walenty, męczennik, lata życia nieznane, jego legenda nie tłumaczy, dlaczego stał się patronem zakochanych..." Zamiast słuchać, uśmiechnęła się i z ust wyrwało jej się westchnienie, które jak najbardziej licowało z tak romantycznym nastrojem.

– A to znaczy, że jutro jest dzień świętego Walentego... – wyrzęził.

Janice zlekceważyła ostatnie wątłe podszepty swych intelektualnych nawyków, które wskazywały jej, że to tautologia, bo przecież już powiedział, że jest wigilia dnia św. Walentego, nieprawdaż?

Dermot Poll przypomniał sobie, że potrafi śpiewać. Przez mgły swej roznamiętnionej wrażliwości przypomniał sobie, że właśnie śpiewaniem zarabiał na życie. Prawdziwy irlandzki bard oklaskiwany w klubach dla emerytów, gwiazda niejednych srebrnych godów, weteran kilkunastu irlandzkich pubów...

Jego płuca skwapliwie zabrały się do roboty, gdy ryknął pełną parą.

– Pójdę obok ciebie przez te wszystkie lata... – posłał swój tryl prosto w wilgotną, ciemną noc i do ucha Janice Gentle.

Janice Gentle nie przestała wierzyć. Jeśli już coś, to jej wiara tylko się pogłębiła. Dermot Poll śpiewał teraz dla wszystkich kobiet na świecie i Janice słuchała go jak w transie. Kiedy umilkł, wyszeptała:

– Ty naprawdę myślisz, że mnie kochasz?

Deirdre spytała dokładnie tak samo tamtej nocy, kiedy po raz pierwszy połączyli się fizycznie, dziewięć miesięcy temu, na cztery miesiące przed ich ślubem. A więc to była pamiątka emocjonalna. Na którą odpowiedział tak samo teraz jak wtedy.

– Czy ja ciebie kocham? – spytał z pasją. – Ciebie? Ciebie będę kochał całą wieczność. Nigdy cię nie zostawię. A jeśli cokolwiek nas rozdzieli, będę cię szukać, albo ty mnie. Nawet jeśli udam się do Australii, Ameryki, Chin, znajdę cię raz jeszcze, albo ty znajdziesz mnie. A teraz pocałuj mnie, ukochana... – Janice przeobraziła się w Deirdre. Dermotowi wszystko się pomieszało.

Janice, ostrożna, pałająca pożądaniem, powściągliwa, a przy tym posłuszna, pochyliła się w jego stronę i złożyła pocałunek na bladym, wilgotnym policzku. W dotyku był osobliwie ponętny, egzotyczny, jędrny, chłodny i chrzęścił lekko szczeciną zarostu. Po słodko pachnących, różowych obwisłościach pani Gentle Janice odniosła wrażenie, że całuje samą esencję męskości.

– Ja chyba też cię kocham – powiedziała, sama tym zdumiona. – Spotkasz się ze mną jutro? Naprawdę to zrobisz?

– Ależ oczywiście. A potem ruszę w podróż dookoła świata. – Znów ryknął słowami pieśni: – Śnie mój ty... Spełń me sny... – I cały ten czas patrzył na niebo: podróżnik, który szukał drogi wśród chmur.

– Będę na ciebie czekała jutro o zmierzchu – pospiesznie zapewniła go Janice.

Dermot wyciągnął rękę i wciąż patrząc na zasnute niebo, objechał palcami jej kontury, lekko i zalotnie dotykając jej pulchnych ramion, jej wydatnych piersi, jej szczodrego brzucha.

– Uwielbiam ten kształt – szepnął w stronę firmamentu. – Ten kształt, krągły i pełny, to samo sedno Kobiety.

Janice zamrugała nieznacznie, kiedy ręka przejechała delikatnie po jej brzuchu, ale stwierdziwszy, że wszystko w porządku i że niczego innego się od niej nie spodziewają (w ten sposób ostatecznie podważając złote myśli pani Gentle na temat mężczyzn), odprężyła się. Wyobraziła ich sobie razem, jak podróżują po świecie, trubadur i jego pani. Arterberry Road i związane z tym miejscem nieprzyjemne skojarzenia wreszcie odeszły w niepamięć.

Dermot Poll chwiał się nieznacznie. Ona też miała wrażenie, że się chwieje, może nawet mdleje z tej radości. Przypadkowe spotkanie: Dante, który idzie przez most i spostrzega Beatrycze, Abelard wynajmujący izdebkę w domostwie Heloizy, Dermot znajdujący Janice w ponurą lutową noc w południowym Londynie.

– Będę na ciebie czekała – zapewniła go z absolutnym przekonaniem. – Jeśli to konieczne, będę na ciebie czekała po wsze czasy.

– Ach – odparł i uchwycił jej ramię, żeby ją podtrzymać. – Przyjdę do ciebie jutro, kiedy mgły poranka ustąpią drogi księżycowi.

– Arterberry Road, numer trzydzieści dwa – powiedziała. – Naprzeciwko skrzynki pocztowej.

Dermot powtórzył to sennie i dodał:

– Czerwone walentynkowe serce...

Chcąc mieć absolutną pewność, zapisała mu adres na kartce wydartej beztrosko z notatnika, w ten sposób niszcząc dwie godziny pracy na temat, czy pierwowzorem literackim pani Zapłaty, postaci z *Piotra Oracza* Langlanda, była rzeczywiście kochanka Edwarda III, Alice Perrers. Porzuciła teraz to, co dotąd było dla niej takie absorbujące, na rzecz nowego cudownego objawienia w jej życiu.

Ona, która nigdy nie była całowana i która nigdy do tego nie dążyła, zaczęła mieć nadzieję, że on ją pocałuje, zaczęła naprawdę bardzo na to liczyć. I to zanim nadjedzie jej autobus. On jednak jej nie pocałował i poniekąd była z tego zadowolona, bo cokolwiek by mówić o tym aspekcie sprawy, to nie było miejsce na te rzeczy (a i w ogóle nie miejsce na miłość dworną). Mogło do nich dojść (choć wcale nie musiało) później, za pozwoleniem Losu.

Jego ostatnie słowa skierowane do niej brzmiały: „Żegnaj, o najjaśniejsza na bezgwiezdnym niebie", a po raz ostatni oglądała go z górnego piętra autobusu linii 77A. Młody mężczyzna opierający się o rozświetloną witrynę sklepową pełną czerwonych serc. Machała dłonią i przyglądała mu się roziskrzonymi oczyma, dopóki autobus nie skręcił za róg. I nie zobaczyła już, jak Dermot Poll osuwa się po witrynie na trotuar, bardzo powoli i całkiem zgrabnie, po czym spokojnie układa się tam do snu. Nie dowiedziała się też, że na tej kartce papieru, która chwilę miotała się w rynsztoku, a potem przez jakiś czas leniwie frunęła śladem autobusu, po jednej stronie znajdowały się argumenty przemawiające za tym, że to jednak była Alice Perrers, a po drugiej stronie jej nieczytelny już adres.

Skąd miałaby to wszystko wiedzieć?

Miałaby to wszystko wiedzieć, a przy tym nie zdawać sobie sprawy, że dla młodego człowieka, który przysnął sobie na chodniku, wspomnienie owego najcudowniejszego momentu jej życia pozostało tylko mętnym przebłyskiem – czym bowiem jest zapamiętywanie wobec doświadczenia dźgnięcia w zadek przez but policjanta? Poza tym Dermot był romantykiem, ale nie durniem. I kiedy mężczyzna zostaje ojcem swego pierworodnego, to jednak stara się, jak to właśnie zamierzał Dermot Poll, określić swoje priorytety. Tak czy owak, tego typu ulotne obrazy i słowa, które zostały mu w głowie, zanim je gdzieś zakopał, były przyjemne. Pamiętał, jak reagowała, jak się uśmiechała, jak lśniły jej oczy, kiedy całował ją w rękę i dotykał jej puszystego ciała, i na tej podstawie czuł, że zrobił tej dziewczynie radochę. Zrobił to i tego samego dnia dorobił się syna. Ach! Czyż nie jest szczęściarzem?

Janice czekała cały dzień, z włosami nawiniętymi na wałki. Nuciła, podśpiewywała sobie, zachowywała się osobliwie radośnie w obecności swej matki.

– Wiosna, wiosna, wiosna! – śpiewała, bo chociaż był sam środek lutego, czuła zdecydowanie, że w powietrzu pachnie już wiosną. Wszelkie dotychczas przyziemne czynności nabrały sensu. Po podwieczorku ubrała się w swoje najbardziej kolorowe łaszki – płomienisty pomarańcz stanowiący tło dla wzorku z brązowych zakrętasów przywodzących na myśl maźnięcia czekolady. Zdjęła lokówki, usadowiła się na krześle obok okna w swojej sypialni (która znajdowała się we frontowej części domu, bo pani Gentle wolała ciszę na tyłach) i w oczekiwaniu zaczęła ssać kostki stawów. Próbowała czytać, najpierw *Listy Pastonów*, a później, stwierdziwszy, że będzie to trafniejszy wybór, *Oeuvres poétiques* Christine de Pisan, ale szybko się poddała. Już nie chciała swoich książek, tylko chciała Dermota Polla, bo to tutaj, była tego pewna, kryła się jej przyszłość.

Nastała i minęła północ. Każdy krok na ulicy, każde poruszenie drzewa czy odległy odgłos roweru albo samochodu, każdy ruch cienia sprawiał, że podrygiwała nerwowo i nabierała wiary, że to on. Jej serce pląsało i łomotało, wciąż niespokojne od spotkania na przystanku autobusowym poprzedniego dnia. Niemniej jednak powolutku, powolutku, podczas tego długiego czuwania, zaczynało do niej docierać to, co było nie do pomyślenia. I cały czas odpychała od siebie to, co było nie do pomyślenia, za każdym razem, gdy dochodziło do głosu, raz po raz przywołując wspomnienie jego słów, aby znieść narastającą udrękę przeczucia, że on tak naprawdę nigdy się nie zjawi. Dopiero kiedy rozwiał się poranny mrok i pod jej oknem zaczęło się kłębić prawdziwe życie, uległa wreszcie cierpieniu wiedzy, że narastająca udręka przeczucia wygrała. Dermot Poll nigdy nie przyjdzie. Zrozumiała wszystko na opak, coś jej się pomieszało, powinna była czekać na niego gdzieś indziej, w jakimś zupełnie innym miejscu. Zabrały go jej Australia, Ameryka, Chiny. Spotkali się zbyt późno. On zgubił jej adres, złamał sobie nogę albo... albo... Klekot, klekot myśli. Do teraz błąka się po ulicach i szuka jej. O brzasku wypadła z domu i popędziła przed siebie, po Worple Road, w górę Ridgway, aż wreszcie zapłakana i roztargana zbiegła ze wzgórza Christchurch.

Czuła jego obecność wszędzie, ale nie mogła go znaleźć nigdzie. Machała rękami przy bramie do Ogrodów Holland, przezierając wzrokiem żółtawą dal nadpełzającego świtu. Powędrowała do domu, po drodze przysięgając sobie, że znajdzie go któregoś dnia, gdziekolwiek by był. Przy stacji Raynes Park znalazła sześciopensówkę i wrzuciła ją do automatu z czekoladą. Czekolada pomogła, uspokoiła, podkarmiła kształty, które on tak pokochał. Delektowała się nią przez całą krótką drogę powrotną. A w domu zdjęła brązowo-pomarańczową kreację, przebrała się w stary, beżowy sweter, a potem legła z obolałym sercem na swym dziewiczym łożu.

– Już nigdy nie ubiorę się na kolorowo – przysięgła sobie. – Nigdy przenigdy, dopóki nie zobaczę Dermota Polla. – I zaraz potem zasnęła, a śniły jej się rumaki, pielgrzymujący kochankowie, ona sama i Dermot Poll na krętym gościńcu oświetlonym blaskiem księżyca; jechali obok siebie na koniach i trzymali się za ręce.

– Co za Dermot? – spytała ją rankiem matka.

Janice powiedziała jej.

Pani Gentle wzniosła oczy ku niebu nad swym sponiewieranym nosem.

– Nie dość, że Irlandczyk, to jeszcze mężczyzna! – zakrzyknęła. –

Ani jednemu, ani drugiemu nie możesz ufać. – Popatrzyła na swoją córkę. – A ostrzegałam cię. No powiedz sama, ostrzegałam czy nie?

Janice przewróciła się na drugi bok i znów zapadła w sen. Przespała się, obudziła, napiła się herbaty i zjadła grzankę z serem i masłem.

– A więc to jest miłość – powiedziała sobie tłustymi ustami pełnymi okruchów i wtedy przyszło jej na myśl, że dopiero teraz naprawdę zrozumiała kochanków z dawnych czasów, którzy byli gotowi umierać za swe miłosne uciechy.

Po śmierci pani Gentle być może należało wystawić świadectwo zgonu o treści: „Przyczyna pierwotna: nadmierna troska córki. Przyczyna wtórna: zawał serca".

Nie ulega wątpliwości: matka Janice była gotowa do opuszczenia tego padołu znacznie wcześniej, niż wybiła jej godzina. Przez wiele lat przyglądała się, jak jej córka robi się coraz większa i bledsza, stopniowo upodabniając się do hibernującego ślimaka bez skorupy. Ich wspólne życie w idyllicznym zamknięciu przerodziło się w mało przyjemną wymuszoną bliskość i stało się nudne. Naprawdę bardzo nudne. Nic, tylko telewizja, jedzenie, radio, książki z biblioteki i łóżko; jedynie latem pani Gentle trochę gmerała w ogródku wielkości znaczka pocztowego. Ale tego było za mało, żeby utrzymać ją przy życiu. Pani Gentle, choć nie bardzo wiedziała, co będzie potem, wydała swe ostatnie tchnienie z akcentem głębokiej ulgi. Tam, dokąd się wybierała, z pewnością nie mogło być gorzej niż tam, skąd odchodziła, i była co najmniej urzeczona, że nie będzie się więcej wsłuchiwać w szelest opakowań od herbatników stale pobrzmiewający w kuchni albo w poszczękiwanie łyżki w misce dobiegające po nocy z sypialni Janice. Ostatnie słowa wypowiedziane do córki brzmiały: „Rozchmurz się trochę, Janice – znajdziesz sobie kogoś. I na litość boską, zajmij się czymś, nie myśl o tym tyle".

Mówiąc o „tym", pani Gentle miała na myśli jedzenie. Ale Janice przyjęła radę dosłownie. Powinna się czymś zająć teraz, kiedy matka odeszła. Tylko czym?

Pisała przez bite trzy miesiące i kiedy wreszcie kończyła, miała wrażenie, że coś ją wyżęło do sucha. Na końcu ona i Dermot Poll, na nowo połączeni, przechodzili fazę wzajemnych oskarżeń oraz usprawiedliwień i odtąd czekało ich już tylko czyste, jasne światło samego istnienia. Oboje zżyci, idealnie zgodni i on nie zamierzał więcej podróżować; chciał odpoczywać u jej boku i miłować ją dopóty, dopóki śmierć ich nie rozłączy.

Ach, pomyślała sobie, kiedy już skończyła dzieło, jaka ja byłabym szczęśliwa, gdyby sprawy tak się rzeczywiście miały. Nigdy nie straciła nadziei, że któregoś dnia albo on powróci, żeby ją odnaleźć, albo to ona go odnajdzie podczas swych wypraw po gościńcach życia.

Wepchnęła rękopis na dno szuflady, gdzie byłby pozostał, gdyby nie to, że wyschło źródło dochodu, jakim był spadek pozostawiony przez niezamężną ciotkę. Fakt ów z początku bank Janice przeoczył, więc nie przestawał płacić jej rachunków i wypłacać gotówki, póki jego pracownicy nie dostrzegli błędu. Dyrektor banku był tym szczególnie poirytowany, ponieważ właśnie odchodził na emeryturę i życzył sobie zostawić wszystkie sprawy w jak najlepszym porządku. Janice Gentle była jedyną czarną kartą w jego dorobku. Spotkał się z nią i nie zdziwił się. Ma sporą nadwagę, stwierdził, i prawdopodobnie jest opóźniona w rozwoju. Siedziała tam, ciężka jak worek kartofli, z tą pozbawioną wyrazu twarzą jak u barokowego amorka. Był wytrwały, ale szło mu nie najlepiej. Wyjaśnił jej, że jest zadłużona. Wyjaśnił jej, że musi zacząć zarabiać na siebie. Nie wyjaśnił, że bank też jest winny, ponieważ nie byłoby to właściwe. Niemniej jednak życzył sobie rozwiązania tego kłopotu, aby nie dopuścić do jakichś... hm... dalszych roszczeń ze strony jego następcy. Panna Gentle jakoś nie dostrzegła pilnej natury problemu, więc przeszedł do kwestii jej pracy, w czym też nie szło mu najlepiej.

– Więc co pani robi? – spytał, podnosząc ręce w geście wyrażającym rozdrażnienie.

Janice poczuła się mocno skołowana. Jej codzienne doświadczenia raczej nie obejmowały ugarniturowanych mężczyzn o władczych głosach. Przyglądała się złotemu sygnetowi, który dyrektor okręcał na palcu, mówiąc do niej, i tak ją to hipnotyzowało, że zapominała słuchać. Popatrzyła na niego otępiałym wzrokiem. Czy chodziło mu o to, co robiła przez ostatnie pięć minut? A może przez ostatnie pięć lat? Czy co? Może on pytał o jej codzienne zwyczaje? A może to jakieś pogaduszki? Przełamywanie lodów? Stwierdziła, że ton jego głosu wskazuje na zwykłą towarzyską rozmowę, i zaczęła mu opowiadać o swych codziennych zwyczajach.

Przerwał jej, kiedy doszła do tego, że myje włosy w czwartki.

– Nie pytam o zajęcia natury osobistej – rzucił gniewnie. – Pytam o to, czym się pani zajmowała od... – był zbyt zirytowany, by używać eufemizmów – śmierci matki.

– Aha – odparła Janice, zadowolona, że ma odpowiedź na to pytanie. – Pisałam książkę.

– Jaką książkę? – Był sceptyczny. Czy kogoś tak grubego i nieciekawego stać na tego typu osiągnięcie?

– Mhm – odparła Janice. – To powieść.

– Rozumiem. Dobrze, dobrze. No proszę, proszę. A teraz do rzeczy. – Wziął do ręki pióro, zdjął obsadkę i przyszykował się do pisania. – I ile pani zapłacono?

– Za co?

– Za tę książkę? – Aż go swędziała dłoń, tak bardzo chciał już pisać.

– Nic – odparła Janice. – Leży w szufladzie, w domu.

Stalówka rozszczepiła się.

– No cóż, nic z tego raczej nie wynika, że leży w szufladzie, prawda?

Wynik spotkania był taki, że Janice miała sobie pójść i zastanowić się nad swoją sytuacją – zarówno w odniesieniu do domagającej się natychmiastowego rozwiązania kwestii jej zadłużenia względem banku, jak i w odniesieniu do kwestii znalezienia środków do życia. I wrócić za tydzień z jakimiś określonymi pomysłami. Szczerze mówiąc, pomyślał po jej wyjściu, prawdopodobieństwo, że ona coś takiego zrobi, jest niewielkie. Sprawa jednak nie dawała mu spokoju. Jeszcze tylko trzy miesiące i na jego krześle zasiądzie ten błyskotliwy i rzutki Barnfather, a on nie chciał, by błyskotliwy i rzutki Barnfather się tym potem napawał. To wszystko było nadzwyczaj irytujące i dalece wykraczało poza jego kompetencje (stale to sobie powtarzał), ale jeśli chciał chodzić z podniesioną głową w swoim klubie golfowym, to musiał znaleźć rozwiązanie.

Dzień albo dwa później siedział właśnie na tronie w miejscu, do którego nawet król chodzi piechotą, i bardzo się nudząc wielokrotną lekturą nalepki na środku do czyszczenia toalet, zwracającej uwagę na fakt, że jego żona preferuje produkty zawierające polichlorek sodu, które to produkty są bardzo groźne, jeśli dostaną się do oczu (a kto oprócz upośledzonego na umyśle chciałby kłaść to sobie do oczu?, zastanawiał się), przypomniał sobie o Janice Gentle. Sięgnął po jedno z czasopism, za pomocą którego żona zabijała czas spędzony w tym miejscu, i przerzucił je. Jego uwagę przykuło ogłoszenie o konkursie literackim i kiedy zestawił sobie Janice Gentle z tym ogłoszeniem, możliwe choć odległe rozwiązanie narzuciło mu się samo. Konkurs dotyczył „debiutanckiej powieści napisanej przez kobietę, która wcześniej niczego nie publikowała". No jakże, Janice Gentle była z pewnością kimś takim. Więc czemu nie? Zawsze jakaś szansa. Wydarł tę stronę, zabrał ją do swego gabinetu, kazał sekretarce zadzwonić do Janice – miał już powyżej uszu wszelkich spotkań – i zażądać dostarczenia rękopisu. Janice, której nie było w smak się z nim rozstawać, przypomniano, że ma do spełnienia obowiązek, więc usłuchała. Sekretarka wydarła rękopis z jej niechętnych rąk i wręczyła go dyrektorowi banku, dyrektor banku przekazał go swojej żonie, a ona z kolei przekazała go swojej pomocy domowej. Obie kobiety uznały, że powieść jest cudowna. Żonie dyrektora banku podobał się ten brak sprośności, pomocnicy spodobała się opisana tam historia miłosna.i dyrektor banku, który powieści nie czytał, przesłał ją do czasopisma.

Powieść nie wygrała konkursu. Nawet się do niego nie zakwalifikowała.

Czasopismo bezzwłocznie odłożyło ją na stertę prac odrzuconych, ponieważ tekst został napisany odręcznie; regulamin określał precyzyjnie, że musi to być maszynopis. I gdyby jacyś krytycy ubolewali, że to pogarda dla literatury, to trzeba by im kazać usiąść w cichym pokoiku i spróbować tak dzień za dniem zajmować się odcyfrowywaniem pajęczych gryzmołów. Tak więc rękopis Janice, mimo że w zasadzie czytelny, pozostał na stosie prac odrzuconych. I byłby tam utknął na zawsze, gdyby nie szczodrobliwość umiarkowanego angielskiego klimatu.

Jurorka konkursu, skończywszy zadanie, zadzwoniła po taksówkę po swoim ostatnim spotkaniu z redaktorem naczelnym czasopisma. Wybrano zwyciężczynię konkursu: pewna dama z Bournemouth miała zostać nagrodzona za opowieść o pastereczce osadzoną w realiach dziewiętnastego wieku.

Padał deszcz.

W przyszłości jurorka miała nieraz, z wielu powodów, błogosławić ten bardzo angielski fenomen. W każdym razie, czekając na taksówkę, zaczęła z nudów grzebać w wyeliminowanych tekstach – odrzucone ze względu na treść, nie kwalifikujące się z przyczyn regulaminowych, plagiaty. Wybrała jeden na chybił trafił, potem drugi, trzeci. Myślała, że się uśmieje albo przynajmniej uśmiechnie z pobłażaniem. Coś robić trzeba i agentka literacka – bo właśnie agentką literacką była na co dzień jurorka – nigdy nie czuje się bardziej na miejscu niż wtedy, gdy trzyma w ręku jakiś rękopis i ma wolne pół godziny.

W Bangkoku rikszarze znakomicie prosperują podczas najcięższych ulew, bo właśnie wtedy wyrastają jak grzyby po deszczu. W Madrycie podczas oberwania chmury człowiek ledwie może się ruszać, bo wszędzie są taksówki. W Wenecji z jakiegoś niejasnego powodu nawet wodne taksówki nie wzdragają się przed pomaganiem uwięzionym przechodniom, kiedy powódź zalewa plac Świętego Marka. Interesujące zatem jest to, że w Londynie ów szczególny środek transportu zdaje się podupadać i zanikać już wtedy, gdy pada zwykły kapuśnia-czek. „Upłynie jeszcze wiele lat, miła pani" przekazano z przedsię-biorstwa taksówkowego jurorce, kiedy ta zażądała od nich taksówki – a lata to lata, Sylvia Perth, bo to była ona, usadowiła się więc z powrotem, żeby czekać, za całą rozrywkę mając stertę odrzuconych debiutów.

Deszcz nie przestawał lać, a londyńskie taksówki, zgodnie z obiet-nicą, nie przyjeżdżały. Ale Sylvii Perth już to nie obchodziło. Pogrą-żyła się w lekturze z nagłą żarłocznością, której zapewne doświad-czyliby tamci pasterze, którzy natrafili na rękopisy w jaskini koło Kumran, gdyby nie byli analfabetami.

A kiedy wreszcie owo stworzenie o krótkim, czarnym pysku raczy-ło się pojawić, jego kierowca był wyjątkowo zbity z tropu tym, że powitał go nie rwący sobie włosy z głowy ludzki wrak, tylko świeżo uszminkowana, zadowolona z życia kobieta, która przeciwnie do jego oczekiwań wcale nie była zła, że przyjazd zabrał mu tyle czasu. Dała mu nawet hojny napiwek, kiedy wreszcie zatrzymał się na chodniku pod Arterberry Road trzydzieści dwa, z którego to powodu poczuł, że powinien spytać uprzejmie:

– Czy życzy pani sobie, abym poczekał?

Na co usłyszał pełną łaskawości, okraszoną uśmiechami odpowiedź:

– Nie, dziękuję. Bo może mi to zabrać trochę czasu...

ROZDZIAŁ CZWARTY

Janice Gentle wraca do Battersea, z ulgą i pozytywnym nastawie-niem. Z ulgą, bo jej bohaterowie są już zdefiniowani, z pozytywnym nastawieniem, bo wraca do domu. Istnieje zresztą jeszcze inny powód tych bliźniaczych emocji. Może już zadzwonić do Sylvii Perth, która czeka na to w brzemiennym milczeniu, i powiedzieć, że wywiązała się z umowy, że nowa powieść rozpoczęta, że decyzje podjęte. Dzisiaj zaprosi ją na herbatę, postanawia, i powie jej. Kolejny drobny rytuał. Sylvia Perth czeka na wezwanie do stoliczka Janice niczym krewny na odczyt testamentu, zewnętrznie spokojna, wewnętrznie płonąc z nie-cierpliwości. Janice wie tyle, że to obwieszczenie jest mocno spóź-nione i że podczas ostatnich sześciu miesięcy z okładem Sylvia Perth czekała na owo zaproszenie na herbatę z nieco większym wzburze-niem niż zazwyczaj.

Janice podejmuje ostateczną, wiążącą decyzję i w tym momencie traci dobre samopoczucie. Nie ma nic w domu. A to oznacza, że będzie musiała coś kupić. A to z kolei oznacza katusze w sklepiku na rogu. Wzdycha. Nie bardzo sobie radzi w kontaktach z ludźmi. W rzeczy samej w ogóle sobie nie radzi w kontaktach z ludźmi. Przypomina sobie właściciela sklepiku i wzdryga się. Miałaby ochotę walnąć go kiedyś w głowę tym jego automatem z gumą balonową; podchodzi do drzwi niemal całkiem pozbawiona pozytywnych uczuć. Robi głęboki wdech, wchodzi do środka i jednocześnie stwierdza z determinacją, że nie da się namówić na pogawędkę. Cokolwiek będzie do niej mówił, ona powie tylko, czego chce, i oprócz tego nie odezwie się ani słowem. Dwa opakowania czekoladowych herbatników dietetycznych, bochenek krojonego chleba, słoik dżemu malinowego, cztery maślane bułeczki i opakowanie śmietany kremowej. I to jest wszystko, co powie. Powtórzy, jeśli jej każą, ale poza tym ani słóweczka.

Ale niestety na progu potyka się.

– To mi się podoba: wejście smoka! – woła właściciel.

Janice zaciska usta. Automat z gumą balonową stoi niewinnie obok niej. Jedna chwila i...

– Znowu się zepsuł – mówi mężczyzna.

Janice składa swoje zamówienie.

– Ach, tyle słodyczy dla mojej słodkiej pani – słyszy komentarz.

Janice piorunuje go wzrokiem.

– Malinowy, powiedziała pani?

– Malinowy – powtarza.

– No i niech pani powie, to ma być lipiec? – Właściciel sklepiku wzrusza ramionami. – W jednej chwili upał, w następnej ulewa. Od lat tak nie było. Jak w tropikach.

Janice chowa do torby dżem, herbatniki, chleb i śmietanę. W milczeniu czeka na bułeczki.

– Sześć?

– Sześć – potwierdza. Nie ma zamiaru popełnić tego błędu i mówić mu, że się pomylił. A zresztą czym jest kilka bułeczek w tę czy we w tę?

– A ja myślałem, że pani prosiła o cztery.

– Proszę sześć.

Janice gładzi dłonią misę automatu, przyglądając się płowiejącym opakowaniom w jej wnętrzu.

– Zwykłe czy kakaowe?

– Zwykłe – mówi.

– Też takie wolę. To brązowe świństwo smakuje sznurkiem, co nie?

– Tak – odpowiada Janice. – Prawda.

I w tym momencie zaciska usta, ale jest za późno. Zaczęła rozmawiać i on skwapliwie z tego korzysta.

– Bo ja to pamiętam takie czasy, kiedy wkładali trociny do dżemu, żeby wyglądał na malinowy.

– Naprawdę? – dziwi się Janice i wzdycha.

– Dlatego właśnie powstały spółdzielnie, rozumie pani. – Mężczyzna układa dłonie na kontuarze, jakby zabierał się do jego polerowania. – Miały podwyższyć standardy żywności. Dzisiaj, oczywiście... – I już go ponosi.

Janice czeka cierpliwie, kierując myśli ku bardziej interesującym sprawom. Przypomina sobie, że wybrała już triumwirat swoich bohaterów i to ją odrobinę podnosi na duchu. Jest tutaj, żeby kupić coś do herbaty, którą poda w ramach rytuału początku, toteż jednym uchem przysłuchuje się wykładowi poświęconemu historii nowożytnego handlu detalicznego i jednocześnie zastanawia się, dokąd ten triumwirat ją zaprowadzi i dokąd ona z kolei zaprowadzi jego.

W gabinecie Faceta na Stanowisku stoi Drobna Blondynka, która jest jego sekretarką: starannie ufryzowane włosy, różowe usteczka, szczuplutkie łydki. Jej szef ma dwie kurzajki na lewej dłoni i zmęczoną twarz, klapy jego ciemnego garnituru są obsypane łupieżem. Drobna Blondynka podaje mu filiżankę z kawą i żałuje, że on nie jest podobny do tego szefa z opowiadania w jej czasopiśmie, tego, który miał na imię Hugo. Hugo spojrzałby na nią z roztargnieniem swymi ciemnymi oczyma, natychmiast utraciłby czujność i wtedy za tą fasadą twardziela ujrzałaby prawdziwego mężczyznę. Coś by się zaczęło między nimi, tylko na razie nie dowiedziałaby się, co to takiego. Ale niestety, Facet na Stanowisku nie podnosi wzroku, a za nim nie wisi lustro, które mogłoby odbijać – powiedzmy – zwaliste ciało o potężnych barkach, tylko wykres sprzedaży z mnóstwem niebieskich pinezek. Drobna Blondynka wyjmuje naręcze papierów z bocznej półki w jego biurku i wychodzi. Tylko jej zapach zostaje w pokoju, by zmagać się z wonią zastarzałego tytoniu. On zaś zapala już trzeciego papierosa tego ranka i dzwoni do Birmingham. Jego żona będzie miała za tydzień histerektomię i oboje po cichu liczą w związku z tym, że ich dawno temu umarłe życie seksualne ożyje. Może dojdzie do medycznego cudu, aczkolwiek on nie bardzo w to wierzy. W szpitalu dali mu broszurę o tym, jak sobie radzić z kobietą, której właśnie usunięto macicę, i ta lektura wprawiła go w spore przygnębienie. Rekonwalescencja mogła trwać całymi miesiącami i wymagała cierpliwości i delikatności, a tymczasem jemu dawno temu skończyły się zapasy obu tych towarów. Wzdycha, kiedy otrzymuje połączenie z Birmingham, podnosi słuchawkę i wchodzi w swoją rolę dynamicznego biznesmena. Już tylko to w życiu jakoś mu wychodzi. W każdym razie na pewno nie spełnił się w roli męża.

Drobna Blondynka za jego drzwiami też wzdycha. W jej czasopiśmie stwierdzono, że każda kobieta ma prawo do wszechogarniającego, wielokrotnego orgazmu, więc niepokoi się o siebie, bo jeszcze nigdy nie doświadczyła wszechogarniającego, wielokrotnego orgazmu. Jest tam także artykuł, którego jeszcze nie przeczytała, o unikaniu pułapki nudy w małżeństwie, zatytułowany: „Tak, to się może zdarzyć już po sześciu miesiącach". Pod wpływem samego tytułu niepokoi się podwójnie i jest podwójnie pewna, że lepiej artykułu nie czytać. Gładzi palcami okładkę swojego egzemplarza powieści Janice Gentle; także ukrywa go w szufladzie. U Janice Gentle nie znajdzie żadnych opisów wszechogarniających wielokrotnych orgazmów. Dopiero pod koniec książki, kiedy to dojdzie do zjednoczenia właściwej pary, kiedy dobro zwycięży zło (a bez wątpienia tak się stanie, choć po licznych perypetiach po drodze), dopiero wtedy będzie miejsce na coś takiego. Drobna Blondynka ma swoją wizję owego upragnionego rajskiego stanu: załamujące się morskie fale i na ich tle męska opalona twarz o równych, białych zębach, z wyrazem najwyższej czułości układa swe ciepłe, wilgotne wargi na jej wargach. Potem na stronie pojawią się trzy kropki, symbolizując spełnienie pragnień. Brak takich doświadczeń do pewnego stopnia daje się wytłumaczyć w jej przypadku: Derek robi się różowy od słońca i ma lekko wystające zęby. Jego pocałunek nie kończy się trzykropkiem symbolizującym to, co będzie dalej. Derek po prostu wsadza jej jedną rękę pod koszulę nocną, a drugą między nogi, bardzo zdecydowanym ruchem, i nie ma sensu wołać: „Kropka, kropka, kropka", bo on i tak niczego nie czyta. Jest zbyt zajęty naprawianiem okien czy też czyszczeniem odpływów ściekowych, żeby brać się do książek. Ale na szczęście szybko im to idzie, stwierdza sekretarka dla porządku.

Zdejmuje brzemię niepokoju ze swych wątłych ramionek i przekłada je z całą stanowczością na barki Dereka. I zaraz czuje się znacznie lepiej. To jego wina. Potem przenosi uwagę na strony z przepisami kulinarnymi. Stek *au poivre* i bezy, kebaby rybne i lody z mango. Raczej zbyt egzotyczne, by brać to pod uwagę. Odkłada czasopismo, przypomniawszy sobie, że rozmraża filety z dorsza, i zastanawia się, czy zostało może trochę sera, żeby zrobiła sos. Derek nie będzie miał nic przeciwko. Nie jest wybredny, jeśli idzie o jedzenie. Mężczyzna ze zdjęcia w czasopiśmie, umieszczonym nad przepisami, patrzy z uwielbieńczym, pochwalnym uśmiechem na kobietę, która zapala świece. Ciekawe, czy mają czujnik dymu. Derek zamontował aż dwa takie czujniki w ich domu; pokazuje je gościom jako dowód swojej zapobiegliwości.

Wzdycha i zamyka czasopismo. Teraz, kiedy ich dom jest już wykończony, mogliby zacząć nareszcie korzystać z życia. W każdym razie wydawało im się, że dom jest wykończony, ale nie dalej jak tego ranka, kiedy rozglądała się po łazience, a on tymczasem szorował te swoje wystające zęby (pilnowała, żeby dokładnie je czyścił, rano i wieczorem, żeby przynajmniej były białe, kiedy tak wyłaziły z tych jego zaślinionych warg), musiała przyznać przed samą sobą, że te ściany koloru bzu to był błąd. Może należałoby jakoś je przemalować. Ale nic ponadto. Miała już powyżej uszu tego ulepszania. Tyle hałasu, tyle bałaganu – i to wieczne odkurzanie!

Postanawia zachować stronę z przepisami na czas, kiedy dom będzie gotów do korzystania z życia (już nie może się doczekać, kiedy będzie mogła pokazać całemu światu, że wszystko w nim jest absolutnie doskonałe), natomiast artykuł o orgazmach zamierza doczytać w spokoju domowych pieleszy, zanim przyjdzie Derek. Może to rozwiąże problem, raz na zawsze, odpowie na pytanie, czy ona ma w końcu te orgazmy czy ich nie ma. Wie, że powinna je mieć, bo przecież jest młoda, ładna i ma męża... Prawidłowa w każdym calu... Bardzo prawdopodobne, że jednak je ma.

Facet na Stanowisku wzywa ją, żeby coś podyktować. Drobna Blondynka zamyka czasopismo w szufladzie i wchodzi do jego gabinetu, zastanawiając się, kiedy siada naprzeciwko niego, dlaczego na litość boską żona nie kupi mu „Head & Shoulders", tak jak ona kupuje go Derekowi. Doprawdy trudno współczuć tej kobiecie; Drobna Blondynka czuje wręcz, że z jakiegoś powodu ta histerektomia to musiała być jej wina. Jeśli kobieta nie potrafi zająć się łupieżem męża, to prawdopodobnie nie potrafi też zająć się należycie swoją macicą. Kurzajki można jeszcze jakoś zdzierżyć, ale taki łupież...

Derek rozmawia przez telefon: zamawia nowe wyposażenie do łazienki. Zaskoczy swoją żonę, która jest jego żoną od sześciu miesięcy, tym, że przerobi łazienkę samodzielnie. Dzięki temu on będzie miał zajęcie, a oboje zaoszczędzą setki funtów. Poza tym będzie też odkładał na adaptację poddasza. Czuje rosnące podniecenie, kiedy podaje numery katalogowe firmie handlującej urządzeniami sanitarnymi. Najpiękniejsze z wszystkiego będą kurki. Będą musiały jej się spodobać: francuskie, z ceramicznymi uchwytami. Naprawdę piękne. A ona lubi piękne rzeczy. Odkłada słuchawkę i zaciera ręce. Już się nie może doczekać, kiedy zacznie.

Kanciasta Szczęka tylko połowicznie otrząsnął się z odstręczającego widoku grubej kobiety, która gapiła się na niego w metrze, nie przestając się przy tym obżerać kanapką z szynką. Już wcześniej był ponury i zły, bo po raz kolejny zostawił swoją dziewczynę w pozycji siedzącej na łóżku, zalaną łzami i pochlipującą w kołdrę.

– No przepraszam, przepraszam – powiedział, wcale nie chcąc przepraszać. Tak naprawdę to wolałby wrzasnąć (ale tego nie robił): „Na litość boską! Po co ci kwiaty?"

Mieszkali z sobą od dwóch lat z okładem. Przecież nadchodzi kiedyś taki moment, gdy tego typu bzdury przestają być ważne? A tymczasem Melanie tak tam siedziała, po raz kolejny wywołując w nim poczucie winy swym niepodważalnym argumentem, jak zwykle wygłoszonym tym napuszonym tonem, że dla niej kwiaty są ważne, a więc to tu leży słuszność. No a co z tym wszystkim, co do tej pory zrobił? („Jak na przykład z czym?", spytała wtedy ta suka, a on nie potrafił w danej chwili niczego wymyślić.) Czy ona chce, żeby on się zachowywał jak pies Pawłowa? Żeby na jej widok od razu zabierał do się pakowania prezentów? Przecież kupował jej różne rzeczy, ale lubił robić to spontanicznie. I to nie jego wina, że do tych aktów spontaniczności dochodziło rzadko – Melanie miała w tym spory udział przez to, że była taka wymagająca – ale na pewno były one prawdziwe.

Kanciasta Szczęka maszeruje teraz bardzo żwawo przez mżawkę, złowrogo unosząc nogi i gniewnie łupiąc butami o trotuar. Jedna z jego stóp, zamiast nawiązać kontakt z twardym kamieniem, wpada w dziurę pełną wody. Na niego pada tylko kilka kropel, za to czyjaś damska noga jest doszczętnie przemoczona. Podnosi wzrok. Niezła dziewczyna i nieźle zezłoszczona. On przeprasza, dziewczyna zaś zerka ponuro spod parasolki i mówi:

– Psiakrew, na drugi raz uważaj pan, jak łazisz!

Hmm. Naprawdę niezła. Kanciasta Szczęka uśmiecha się.

– Obiecuję, że to już się więcej nie powtórzy.

Teraz i ona się uśmiecha. Dziewczęco. Domyślnie. Seksownie. I idzie dalej.

Jego samopoczucie znacznie się poprawia. Ma dosyć Melanie i jej dramatów. Tym bardziej że na niej świat się nie kończy. Ostatecznie wcale nie jest taki mało atrakcyjny – uśmiech dziewczyny mówił o tym. Zastanawia się, czy się nie odwrócić i nie pognać za nią: mógłby wcisnąć kwiaty w jej ręce, jak to robią w tej głupiej reklamie, która tak się podoba Melanie. Mógłby to zrobić, gdyby nie, gdyby nie – zatrzymuje się na chwilę i zaraz znów rusza z miejsca – gdyby nie wspomnienie tamtego wybuchu, jakim potraktowała go dziewczyna na samym początku. Miała w sobie coś z Melanie. „Psiakrew, na drugi raz uważaj pan, jak łazisz!"

Ach, nie. Lepiej trzymać się tego, co się ma, tak jest bezpieczniej. Przynajmniej jest im nieźle w łóżku. I robią to regularnie, to jej trzeba oddać. Przejdzie się tego wieczoru do Melanie i zaproponuje jedzenie na wynos. O właśnie, za takie rzeczy nigdy go nie chwaliła. To on wychodził na ulewny deszcz, żeby odebrać jedzenie od posłańca, płacił za nie i często nie chciał, żeby płacili po połowie. O właśnie, tak zrobi dzisiaj, sam zapłaci. Wtedy ona zobaczy, że on się stara. Do diabła z kwiatami.

Melanie od Kanciastej Szczęki wreszcie wstała z łóżka, wykąpała się i umalowała. Przygląda się teraz markotnie workom pod swoimi oczami. I rozpromienia się. Musiało do niego dotrzeć, jak bardzo by go kochała, gdyby co jakiś czas ofiarowywał jej jakieś drobne dowody, coś romantycznego, ot tylko po to, by powiedzieć, że o niej myśli – nawet bukiecik fiołków byłby taki wzruszający. To oczywiste, że zrobi to teraz, kiedy był świadkiem jej niepotrzebnego nieszczęścia, w połączeniu z innymi epizodami niepotrzebnego nieszczęścia. Taki dowód wszystko zmieni. Przecież on musi rozumieć... Wybiega z łazienki, czując się na powrót całkiem szczęśliwa. W końcu ubiegłej nocy było im naprawdę nieźle w łóżku. Nie mógł o tym zapomnieć, nieprawdaż? Dobry seks to plus, bez wątpienia plus, a przy tym nie jest to przecież rzecz zrozumiała sama przez się? Ona ofiarowuje seks („Za darmo", mówi sobie w duchu) w zamian za miłość, a on ofiarowuje miłość w zamian za seks. Proste jak drut. Tyle że czasami chciałaby zobaczyć albo potrzymać jakiś namacalny dowód tego układu. I to wszystko. Ostatecznie tak niewiele...

Zanim kończy się ubierać, jest absolutnie przekonana, że wszystko będzie dobrze. Zaprosi go do siebie tego wieczoru i ugotuje coś naprawdę dobrego – dość tych okropnych świństw na wynos. Nuci pod nosem, kiedy układa narzutę na łóżku, odwiesza jego marynarkę, która leży zmięta na podłodze, płucze kubki i myje wannę. Wychodzi, słysząc znajome szczęknięcie drzwi za plecami. Zbiega na dół i już jest na porannej ulicy, znacznie szczęśliwsza. Tym razem, stwierdza, tym razem wszystko będzie dobrze...

Żona wikarego z Cockermouth przebywa w Londynie na konferencji poświęconej ubóstwu na wsi. Biskup powiedział wikaremu, że ktoś musi uczestniczyć, i wikary uznał, że Alice taka odmiana mogłaby się spodobać. Była wspaniałą współmałżonką, która nigdy się nie cofała przed poświęceniem, a on zwyczajnie nie mógł jechać, nie mógł być w dwóch miejscach naraz, aczkolwiek nie do końca podobał mu się pomysł, że miałaby samotnie pojechać do Londynu. Od czasu, gdy się pobrali, ani razu nie była w Londynie i nigdy nie sugerowała, że chciałaby jechać, aczkolwiek kiedy spotkali się tam po raz pierwszy, Alice uwielbiała to miasto, mówiła mu o tym, zapewniała: „W życiu nie mogłabym wyjechać, Londyn to moje miejsce na ziemi".

Wciąż nie mógł się nadziwić, jak to się stało, że ich miłość zmieniła jej namiętność do stolicy, choć kiedy po raz pierwszy wygłosiła takie oświadczenie, wciąż jeszcze byli tylko znajomymi. On zakochał się w niej od pierwszego wejrzenia, zatrzymując ten sekret dla siebie, pewien, że ktoś taki rzutki i żywy nigdy nie odwzajemni uczuć kogoś takiego jak on, najniższego sługi w kościelnej hierarchii. Była taka ładna, taka błyskotliwa, taka pełna życia. Wciąż była pełna życia, ale tamta iskra, tamta radość jakby gdzieś się zapodziała, zgasła jakby w ciągu jednej nocy jeszcze w londyńskich czasach, na długo wcześniej, zanim on się jej oświadczył i sprowadził ją do Cockermouth. Twierdziła, że po prostu stała się dużą dziewczynką. Popatrz, twoja Alicja urosła. Ale to było takie smutne, że te jej oczy straciły swój blask.

Może tęskniła za światowym życiem? Nigdy się do tego nie przyznała. Kiedy się poznali, była prywatną sekretarką pewnego znanego polityka – podróżowała z nim, dzięki niemu korzystała z różnych rozrywek, była kimś ważnym. Cockermouth raczej nie mogło współzawodniczyć z takim życiem. W rzeczy samej do teraz nie przestało go to nieco dziwić, że zareagowała tak ochoczo, kiedy po raz pierwszy nerwowym głosem zaproponował, żeby razem poszli na koncert – ona była taka ładna z tymi rudozłotymi włosami i wesołymi, niebieskimi oczyma. Samego siebie uważał za nudziarza w porównaniu z tym podniecającym życiem, jakie wiodła przy Izbie Gmin i nie tylko, ale najwyraźniej jednak wcale jej nie nudził. I jaki on był dumny, mimo edyktów kościelnych na temat grzechu śmiertelnego numer jeden, i jednocześnie upokorzony, że tak prędko, niemalże z rozpaczą przywiązała się do niego. Spodziewał się, że będzie musiał długo się o nią starać, ukradkiem nawet zaczerpnął rady z książek w bibliotece, ale podczas roku ich zalotów i w następnych latach, kiedy już byli małżeństwem, wymagano od niego niewiele – prawdę mówiąc, nie wymagano od niego niczego – pod tym względem. A wolałby, żeby jednak wymagano. Przecież chętnie zdobywałby się na jakieś umizgi, kurtuazyjne gesty, dowody miłości i pożądania.

Któregoś razu trochę się zdenerwowała, kiedy przyniósł jej mały podarek, puderniczkę z jej monogramem; powiedziała, że takie przedmioty to zbytek, że wcale się tego po nim nie spodziewała, że w przyszłości naprawdę nie powinien zawracać sobie głowy takimi rzeczami, bo one w małżeństwie znaczą bardzo niewiele, a zresztą sama chyba nie ma już serca do takich słabostek. Nie potrzebuje ani dowodów miłości, ani bezużytecznych podarków. Nic zamierza już nigdy używać pudru.

Rozczarowany i zbity z tropu odparł, że chyba właśnie o to chodzi, że takie rzeczy są bezużyteczne, ale ustąpił – odtąd w ramach prezentów urodzinowych albo gwiazdkowych kupował po prostu kapcie, sekatory i inne tego typu przedmioty. Uważał, że wybrał sobie dobrą żonę, taką, która weszła w rolę żony duchownego z równą gotowością jak on w rolę duchownego. I choć czasami żałował, że nie może zrobić czegoś głupiego, jak na przykład napić się z nią razem szampana w łóżku albo wyszczotkować jej lśniących włosów, to jednak był wyrozumiały i cierpliwy. Nigdy nie odmówiła mu swego ciała, ich małżeństwo wciąż było prawdziwe w tym sensie. I tylko czasami, czuł czasami, że kiedy się kochają, ona ofiarowuje mu jedynie ciało, że jest gdzieś jakiś inny wymiar, gdzieś daleko, zabroniony...

Przestał dochodzić, co to takiego. Najprawdopodobniej dlatego tak na to wszystko patrzył, że był romantykiem. To ona tak go nazywała. Kiedy zaproponował, że wyszczotkuje jej włosy albo że mogliby się napić szampana, odparła z półuśmiechem, że to nie przystoi wikaremu. Zaprotestował wtedy, ale ona wyśmiała go żartobliwie, ostrzegając, że lepiej niech się pilnuje, bo inaczej już ona się zaprze i odtąd będą stosowali wyłącznie pozycję klasyczną, jedyną jej zdaniem właściwą i jedyną zalecaną przez Boga. Roześmiał się wtedy, pokazując, że zrozumiał, w czym dowcip, zarejestrował ukrytą pod tym wszystkim determinację – i kupił sekator. Potem kupił bambosze z owczej wełny i tytułem próby wziął się do płyt gramofonowych – w przeszłości lubiła operę. *Kawaler z różą*, *Turandot*, *Tosca* spodobały jej się, ale jej nie poruszyły. Potem kupił *Fausta*, który przywołał łzy do tych jasnoniebieskich oczu. Ot zagadka. Dlaczego taki ambitny antybohater potrafił wzbudzić coś, czego nie potrafili trzpiotowaci kochanko-wie i tragiczne heroiny? Dość oper, powiedziała, więc kupił jej nowy rower, żałując, że to nie może być czerwone, sportowe auto z białą, skórzaną tapicerką.

Ma nadzieję, powiedział, że nic jej się nie stanie w Londynie. Przy-pomniała mu, cierpkim tonem, że kiedyś mieszkała w Londynie – i to we własnym mieszkaniu w pobliżu Izby Gmin. I w ten oto sposób rozproszyła jego obawy. Nigdy nie rozmawiali o przeszłości, więc na ogół nie pamiętał o splendorach jej życia przed nim.

Na stacji powiedziała mu, żeby nie czekał na tym deszczu, aby jej pomachać na pożegnanie, więc pożegnał się z nią przy wejściu, poca-łował ją w policzek i pomyślał w głębi serca to, czego nie mógł wy-mówić na głos: „Jak pięknie wyglądasz. Wracaj jak najszybciej, będę za tobą tęsknił". Chętnie dałby jej coś na drogę – na przykład kwiatek z ich ogrodu – i powiedział coś tak uroczego jak: „Wróć do domu, zanim zwiędnie..." Ale wiedział, że lepiej tego nie robić. Zamiast tego wręczył jej najnowszy numer „Kościelnych Wieści", a że nie prze-czytał z niego jeszcze ani linijki, więc było to z jego strony prawdzi-we wyrzeczenie podyktowane miłością.

W metrze żona wikarego z Cockermouth rozkłada swobodniej swo-ją plisowaną spódnicę, teraz, kiedy gruba kobieta, która siedziała obok, już wysiadła, i stwierdza, że znakomicie sobie radzi z rolą praw-dziwej chrześcijanki. Ostatecznie usiadła na tym właśnie miejscu, mimo że w krąg było mnóstwo innych, obok tej otyłej kobiety, która najwyraźniej była jakąś... hm... ekscentryczką. Zaiste, czyn godzien prawdziwej chrześcijanki. Alice spędza większą część życia na takich aktach pokuty. Nienawidzi uprawiania ogrodu, więc uprawia ogród. Nienawidzi dzieci, więc prowadzi szkółkę niedzielną. Wiecznie ją mdli od smrodu kotła do herbaty stojącego w parafialnej świetlicy, od smrodu i tego, że wiecznie z niego kapie, więc obsługuje kocioł, kie-dy tylko nadarza się okazja. To jej poprawia samopoczucie, to ją roz-grzesza. Pewien stary kowal z sąsiedniej wioski powiedział jej kie-dyś, że radzi sobie ze swym artretyzmem w ten sposób, że wkłada ręce w pokrzywy. Które wcale go nie leczą, ale za to wywołują nowy, jeszcze silniejszy ból, dzięki któremu przestaje myśleć o tym pierw-szym. Ogród, dzieci, obrzydliwy kocioł do herbaty – oto jej pokrzywy i nie pozwoli Arthurowi zmiękczać ich jakimiś dowodami miłości. Jest cena, jaką trzeba zapłacić, i ona płaci ją już od dwunastu lat.

Od czasu wyjazdu z Londynu.

Pociąg toczy się płynnie przez świeżo odnowione stacje. „Kościelne Wieści" ześlizgują jej się z kolan. Nieprzyjemne wspomnienie grubej, obżerającej się kobiety rozwiewa się, a kołysanie wagonu odpręża ją niczym masaż. Wygładza dłonią włosy ujęte w kok i jej oczy rozbłyskują wizjami przeszłości. Spogląda na zegarek: mogłaby odbębnić pierwszą część konferencji i lunch, a potem umówić się z kimś, żeby ją krył po południu. Chce zobaczyć go znowu, tylko jeden raz, i wie, że wejdzie do gmachu Parlamentu w trakcię regulaminowej godziny odpowiedzi premiera na interpelacje poselskie. On tam będzie, będzie siedział w pierwszej ławie, wspierając swego przywódcę. Gdyby go znowu zobaczyła na własne oczy, to... to... Dotyka nerwowo fałd spódnicy. Nawet jego fotografie w gazetach albo nagłe pojawienia się na ekranie telewizyjnym wciąż sprawiają, że serce bije jej szybciej, że jej mózg przemienia się w wodę. W głębinach szuflady swojej toaletki trzyma garść przedmiotów owiniętych w pożółkłą bibułkę, te nieliczne pamiątki, tanie błyskotki z tamtych czasów – zabrała je z ich miłosnego gniazdka w dniu, w którym mianowali go wiceministrem. (Wyjęła je dziś rano i obejrzała: puderniczkę, świecidełka. Czy je na pewno schowała z powrotem? A czy to ważne?) Kobiety z otoczenia ministra, jak się okazało, powinny być poza wszelkimi podejrzeniami, tak jak żona Cezara. Jego żona, ta madonna o kwaśnej minie, była poza wszelkimi podejrzeniami. Alice natomiast nie. Sekretarka wiceministra mogła być inteligentna i urodziwa. Ale nie mogła być przy tym wszystkim również jego seksowną kochanką. Tym, co kiedyś go podniecało, co trzymało go przy niej tak długo, była jej gotowość do stawania się narzędziem jego przyjemności, zbiornikiem jego romantycznych pomysłów – róż, perfum, jedwabiu. I zupełnie znienacka wszystkie te rzeczy stały się niepożądane, niebezpieczne dla jego kariery. Ambicja to coś zrobionego z poważniejszego tworzywa. Ależ ona głupia, nie zauważyła, że tylko dla niej ten związek to było coś prawdziwego, że dla niego to była tylko zabawa. Jakże znakomicie potrafił odgrywać rolę kochanka. Zakłamany, obojętny, rozbawiony, gdy tymczasem ona... schyla się, by podnieść gazetę, po czym mnie ją w garści – ona mu uwierzyła, do cholery, u w i e r z y ł a...

Twarz jej płonie, w ustach zasycha, serce wali jak zdziczałe. Zaczyna wygładzać gazetę. Zwrócenie jej mężowi w tym stanie byłoby nadmiernym okrucieństwem.

Janice Gentle wchodzi do windy w swoim bloku i wzdycha z ulgą. Nareszcie w domu. W głowie powtarza sobie tytuł: *Odrodzenie Feniksa, Odrodzenie Feniksa...* Sylvia sugerowała dość stanowczo, że tytułem powinno być jedno słowo – najwyraźniej takie krótkie tytuły były w modzie – ale, mówi sobie Janice w duchu, *Odrodzenie Feniksa* to dwa słowa i ja już tu niczego nie skrócę. Sylvia Perth będzie musiała to zrozumieć. Janice czuje niejasno, że coś ją przepełnia. Irytacja? Nie może być tego pewna – zresztą uczucie może mieć też sporo wspólnego z mężczyzną ze sklepiku na rogu, który gadał całe wieki, zanim wreszcie jakoś mu uciekła. Niemniej rzeczywiście czuje się zirytowana. Wie, że Sylvia będzie patrzyła na nią wyczekująco i że w końcu się ugnie: wymyśli tytuł, który będzie się składał z jednego słowa, tak jak to jej zalecono. A przecież *Odrodzenie Feniksa* brzmi tak dobrze. Dlaczego choć raz nie mogłaby się uprzeć przy swoim? Sylvia jest cudowna, pomocna, życzliwa, zawsze zainteresowana. Janice poczułaby się nadzwyczaj winna, gdyby się sprzeciwiła jej życzeniom, ale tak czy siak, tak czy siak, to było irytujące ponad miarę.

Po raz kolejny ten tyci płomyk buntu nadwątlił jej wewnętrzny spokój. To było takie niepokojące i zupełnie niezwykłe, bo przecież jej stosunki z Sylvią Perth zawsze zasługiwały na miano serdecznych i pełnych szacunku, choć było w nich też trochę lęku. Jakkolwiek by było, Sylvia przecież w i e d z i a ł a. I jeśli Janice coś w i e d z i a ł a, to na pewno tyle, że bez Sylvii Perth była nikim.

Tytuły złożone z jednego słowa, zamyśla się i przepuszcza przez swój umysł cały ich szereg. Winda zaczyna się podnosić, a tymczasem one zdają się odrywać od niej i wpadać do szybu niczym martwe muchy, bezużyteczne, bo żaden z nich nie znalazł punktu zaczepienia w jej myślach. *Odrodzenie Feniksa*, powtarza sobie, kiedy wchodzi do mieszkania, *Odrodzenie Feniksa*. Tak będzie musiało zostać. Tylko czy Sylvia Perth jej pozwoli?

Zmęczona i rozzłoszczona zamyka drzwi, zanosi zakupy do kuchni. Czy ona naprawdę, zadaje sobie pytanie, musi przeżywać tę udrękę za każdym razem, kiedy trzeba zacząć nową książkę? Te wyprawy metrem, stłoczeni ludzie, kontakt z tym strasznym światem zewnętrznym? Dlaczego po prostu nie wymyśli jakichś swoich ludzi? Inni pisarze prawdopodobnie to robią, więc czemu nie ona? Smaruje masłem kawałek chleba, odkrawa kilka plasterków sera i czeka, aż w czajniku zagotuje się woda. Oblizuje usmarowane masłem palce. Dlaczego naraża się na taki koszmar? Zabiera się do parzenia herbaty i czekając, aż napar naciągnie, zlewa górną warstwę mleka do filiżanki. Bardzo lubi ten pierwszy łyk, który jest kremowy, gęsty i przetacza się po języku jak jedwab. Przełyka go i od razu robi jej się weselej. Tak to właśnie jest. Zobowiązała się postępować zgodnie z zasadami –

niesie filiżankę i talerzyk do dużego pokoju – więc tak właśnie musi postąpić. Tu zagrożony jest jej etos. Moralny...

Cóż, chyba rzeczywiście tak to może nazwać. Ale wcale nie chce. I dlaczego miałaby? Dlaczego, skoro już o tym mowa, miałaby pisać jeszcze jakieś książki? A jeśli tak, to czy przynajmniej nie mogłaby mieć prawa wyboru ich tytułu, bez pytania o zgodę? Co wcale nie znaczy, by Sylvia tak na to patrzyła. Jej się wydaje, że to jest tylko udzielanie rady, dobrej rady. Tyci płomień buntu znowu podryguje: czy te rady Sylvii są rzeczywiście takie dobre? Janice Gentle zatrzymuje się nad tym na chwilę i stwierdza, że lepiej nie formułować takiego pytania, ale ono i tak nie daje jej spokoju.

I w tym momencie nieruchomieje, po czym odstawia filiżankę, odstawia talerzyk, wsuwa kawałek sera do ust i żując go, uśmiecha się. Może gdyby była trochę mniej uległa wobec Sylvii, gdyby zadzwoniła do niej teraz i zachowywała się z pewną rezerwą, to może przewalczyłaby ten swój tytuł. Nigdy wcześniej nie robiła czegoś takiego, ale... hmmm... może warto spróbować. Znowu zaczyna się irytować. No bo dlaczego nie? To w końcu jej książka. Nawet jeśli Sylvia robi całą czarną robotę i płaci wszystkie rachunki. Przecież ona ma jakieś prawo wyboru? Ostatecznie to przecież ona musi się nagłówkować. Sylvia Perth może sobie być miła, odwiedzać ją, dzwonić od czasu do czasu i zapewniać, że Janice może ją wzywać za każdym razem, kiedy jest jej potrzebna. Ale tu zwyczajnie chodzi o to – Janice odgryza o g r o m n y, wręcz barbarzyński kęs chleba – że znowu zaczyna się to samo. Kolejna książka, kolejny kawał czasu wycięty z jej życia. A przecież zawsze wierzy, że każda następna będzie jej ostatnią. Czy z tą będzie inaczej? Z pewnością powinno być. Czas dla niej biegnie. Powinna zakończyć już Poszukiwania, odbyć Pielgrzymkę i jedyne, co stoi na drodze, to konieczność zgromadzenia sporego zapasu pieniędzy w jej skarbczyku. Każda książka, którą dotąd napisała, miała go napełnić po brzegi. A jednak nie napełniła. Zawsze z uzasadnionego powodu. Sylvia robi, co może, ale jej zapewnienia, że być może po następnej Janice nie będzie musiała więcej pisać, już się nieco zużyły. W rzeczy samej Sylvia Perth powiedziała jej to właśnie już na samym początku. Janice wyraźnie to pamięta. I to się do teraz nie sprawdziło.

Sylvia powiedziała, Janice pamięta to bardzo dokładnie, że po swojej drugiej książce już nigdy nie będzie musiała niczego pisać, pod warunkiem że ją skończy.

Pisanie przychodziło jej z trudem porównywalnym do porodu, a że była dziewicza jak zakonnica, zaczęła nazywać własne dzieła swoimi dziećmi, co miało stanowić ot drobny panieński żart. Sylvia podjęła go i odtąd książki Janice Gentle były jej dziećmi. I jakoś tak ich przybywało w miarę upływu lat – okazało się, że jest całkiem płodna. Kiedy ogląda się za siebie, wciąż nie jest do końca pewna, co się stało z tymi wszystkimi obietnicami Sylvii, ale wie, że winni są czytelnicy i wydawcy. Ani ona, ani Sylvia nie mają się czego wstydzić. Jej przyjaciółka i agentka nie miała tu na nic wpływu.

Niemniej jednak wszystko przerodziło się w: „Potrzebujemy trzeciej". Miała inne wyjście? Musiała się ugiąć. „Potrzebujemy trzeciej". I Sylvia, uśmiechając się, zanurzyła dłonie w swej wiaderkowatej torebce od Gucciego i wyjęła z niej środki dopingujące.

– Popatrz – powiedziała – przypomniałam sobie, jak ci smakowały. – Z głębin torebki wyciągnęła złote pudełko ze wstążkami, na których widniał napis: „Chocolat Dufours".

– Och – ucieszyła się Janice, wniebowzięta – jak ładnie z twojej strony.

– Mało tego – Sylvia Perth uśmiechnęła się porozumiewawczo – wszystkie one są dla ciebie. A teraz zaciśnij zęby i pisz dalej, kotuś. Trzecia książka jest kluczowa.

Janice zabrała się do jedzenia, a Sylvia sobie poszła. Odtąd wniosek zdawał się zawsze z góry przesądzony: ma przed sobą jeszcze długą drogę, zanim jej Poszukiwania będą mogły się zacząć.

– Czy już dość zarobiłam? – spytała Janice rok czy dwa później.

– Obawiam się, że jeszcze nie, kotuś. Czy potrzebujesz jeszcze czegoś, oprócz wiadomej rzeczy? – I tu Sylvia obnażyła zęby w uśmiechu.

I jak to było w zwyczaju, Janice tylko potrząsnęła głową.

Wydawało się, że Janice Gentle nie ma ani upodobań, ani pragnień poza tymi najbardziej podstawowymi, i Sylvia Perth bardzo się zaciekawiła, kiedy się dowiedziała, co chciałaby kupić ta dziwna kobieta-odludek, która wyglądem przywodziła na myśl pudding. Sylvia musiała się mocno namordować, żeby namówić Janice do sprzedania domu po matce i móc zacząć negocjacje na temat kupna mieszkania gdzieś bliżej centrum. I nawet wtedy Janice uparła się, że to mieszkanie ma być w Battersea. Wzięły taksówkę, by zwiedzić domy w okolicach Harrodsa i Kensington Town Hall, ale durnowaty taksówkarz pojechał nie tym brzegiem rzeki, co trzeba. Janice, która wyglądała przez okno, powiedziała nagle: „To tutaj!" i na tym stanęło. Żadne perswazje tego nie zmieniły. I skoro Janice chciała zamieszkać właśnie w Battersea i skoro była szczęśliwa w tej swojej norze, Sylvia Perth uznała, że nie ma co się dziwić, iż Janice nie prosi o nic więcej. Tylko, o matko, cóż za marnotrawstwo...

– Dermot Poll – odezwała się Janice rozmarzonym głosem.

Sylvia uniosła brew. Boże, znowu ją naszło.

– Jestem dość mocno przekonana, że tamtej nocy musiał coś powiedzieć, co ja przeoczyłam. Myślałam, że on przyjdzie po mnie, ale... cóż... pewnie wszystko pomyliłam. Prawdopodobnie zaproponował spotkanie całkiem gdzieś indziej. Pewnie czekał tam całą noc, tak jak ja czekałam całą noc na niego...

Jej głos nabrał siły, oczy napełniły się łzami i Sylvia poczuła się zażenowana, bo widziała tu prawdziwe cierpienie. Otarła oczy Janice swą chusteczką obrzeżoną wenecką koronką.

– No już, już – powiedziała. – Znajdziemy ci go. Nic się nie martw.

– A czy zatrudniłaś już tych prywatnych detektywów?

Sylvia Perth schowała chusteczkę do swej kopertówki od Anastasie, zatrzasnęła ją i powiedziała bez zająknienia:

– Ależ oczywiście. Mówiłam ci, że nie mieli szczęścia. I dlatego właśnie, obawiam się, potrzebujemy kolejnej książki. Jak już ci tłumaczyłam, kotuś, w dzisiejszych czasach detektywi kosztują bardzo, ale to bardzo dużo...

– Wskazówką było Skibbereen. Pochodził ze Skibbereen...

– Tak, kotuś, a Charlie Chaplin pochodził z Londynu. Ale ostatecznie poniosło go gdzieś indziej. Rozumiesz?

– Napomykał o Australii, Ameryce, Chinach...

Sylvia przytaknęła.

– Pamiętam, kotuś. Dlatego właśnie potrzebujemy mnóstwo pieniążków, żeby móc coś z tym zrobić. Skup się więc i do dzieła. Zgoda?

Janice powstrzymała łzy. Na co by się zdały? Należało działać, tworzyć, dostarczać. Ostatecznie czy te królowe Hiszpanii i Francji wzdragały się przed zbieraniem funduszy na udział w swych krucjatach? Nie. I dlatego jej też nie wolno.

– Czy ty uważasz, że on mógł o mnie zapomnieć?

Sylvia spojrzała na Janice. Wielkie cielsko, nudne beże i zmętniałe, zaczerwienione oczy wyzierające zza zaparowanych szkieł, a do tego ten różowy guzik nosa.

– Kotuś, nie wyobrażam sobie, jak mógłby zapomnieć – odparła Sylvia Perth z uczuciem i w tym właśnie momencie po raz pierwszy poczuła ucisk w piersi. Posiedziała chwilę bardzo spokojnie i niebawem ucisk przeminął. Wstała. – No to życzę ci, kotuś, powodzenia – powiedziała, wygładzając swoją spódniczkę od Diora. I wyszła na powietrze, żeby odetchnąć powoli i głęboko oraz przypomnieć sobie, że musi zachować spokój.

Janice Gentle pisała dalej.

Sylvia Perth była tak uprzejma, że przejęła zarządzanie wszystkimi sprawami Janice, za co Janice była jej niezmiernie wdzięczna. Już nie musiała mieć nic do czynienia z księgowymi, wydawcami, urzędem skarbowym, rachunkami, czytelnikami, dyrektorami banków (zwłaszcza z nimi), z mediami – z nikim. Sylvia potrafiła nawet podpisywać różne rzeczy za Janice, co oszczędzało mnóstwo tego, co Sylvia nazywała „zachodami".

Zachodów Sylvia Perth życzyła sobie unikać również dla własnego dobra. Zachody utrudniały jej oddychanie, od zachodów ściskało ją w piersi albo ni stąd, ni zowąd łomotało w uszach, jakby zamykał się wokół niej ocean. Zachody, w miarę upływu lat, zdawały się plagą, która wiecznie gdzieś czyhała i najbardziej ją osłabiała.

– Po prostu zostaw wszystko na mojej głowie – powiedziała ostatnim razem, kiedy się spotkały. Ułożyła dłoń obleczoną w rękawiczkę od Alfredo na jasnowłosej głowie Janice i poklepała ją. – Ty już się niczym nie kłopocz. Po prostu dalej pisz, bo nie ma innego wyjścia. I nie zapomnij, naprawdę byłoby dobrze, gdybyś tym razem wymyśliła tytuł złożony z jednego słowa. Tak jest teraz w modzie. – Zapaliła swego tureckiego papierosa i Janice, spowita w siny dym, upodobniła się do hurysy w okularach. – Kto wie, może ta następna powieść wreszcie wypali. A wtedy – tu obdarzyła Janice szelmowskim uśmieszkiem – kiedy przyjdę, zastanę tu Dermota...

Wydmuchnęła wielki kłąb dymu, uwalniając resztki dziwnego napięcia, które nagromadziło się w jej piersi.

– Jak ja ci zazdroszczę tej izolacji, Janice – powiedziała. – Czasami miałabym ochotę zamknąć swoje drzwi na zamek i wyrzucić klucz. Jak mi się podoba ta cisza i spokój, ta nieobowiązująca kolorystyka, ten brak rozgardiaszu i ozdób. Jak ja bym chciała też tak mieszkać, wreszcie poczuć się u siebie w domu. Ale nie mogę. Jedna z nas musi działać, dobrze mówię?

Janice przytaknęła, natychmiast czując się winna.

Sylvia obdarzyła ją męczeńskim grymasem.

– Jakie to musi być cudowne, gdy z nikim nie trzeba się komunikować i gdy wszystko robią za ciebie... – I pozostawiwszy Janice z tą myślą, Sylvia Perth zapięła guziki marynarki od Ungaro i wyszła.

Janice wiedziała, że Sylvia ma rację. Jak zawsze zresztą. Jej się tu żyło cudownie, miała ochronę, nikt nie przeszkadzał. Nie znała niczego lepszego, no chyba że klasztor, do którego by się schroniła, gdyby żyła w dawnych czasach. A zresztą tak też było doskonale, z Sylvią

Perth pełniącą rolę matki przełożonej i tym, że jej mieszkanie było tak odgrodzone. Poza tym raczej nie zostałaby zakonnicą, bo mogliby jej potem nie wypuścić, żeby mogła szukać Dermota Polla. Wzięła do ręki kalendarz i zaznaczyła pinezką dzień swojej najbliższej wyprawy metrem. Nie było sensu opóźniać procedury.

Pinezka wybrała właśnie ten dzień – i na domiar szczęścia rankiem po raz pierwszy od sześciu tygodni spadł deszcz. Ale już to miała za sobą. Wszystko się udało. A to – radośnie spojrzała na bułeczki – już było coś.

Przed wykonaniem telefonu do Sylvii idzie najpierw do komputera. Pociesza ją jedynie to, że Dermot Poll, gdziekolwiek jest, też się starzeje. Ona zachowała swoje krągłe kształty, które on tak podziwiał (nie było to wcale trudne), więc z pewnością ją rozpozna w stosownym momencie. A jeśli idzie o nią, to, no jakże, wyłuskałaby go z tłumu na plaży w Brighton w samym środku fali upałów. Tego jest absolutnie pewna. Dobry Boże, myśli, czy to czekanie nie zaszło za daleko?

Znowu czuje nawrót zniecierpliwienia i złości. Nic nie może na to poradzić. Jak długo, zastanawia się, można podtrzymywać miłość przy życiu, nie mając przy sobie jej obiektu. Agresywnym ruchem uruchamia komputer. Sporządza notatki – opisy bohaterów, zarys fabuły – a potem wraca na początek pliku i tytułuje go. „Odrodzenie Feniksa", pisze tłustym drukiem. W ten sposób tytuł nabiera mocy. Jest teraz w komputerze. Sylvia Perth po prostu będzie musiała go zaakceptować. Jeśli Christine de Pisan mogła sama wymyślać swoje tytuły sześćset lat temu, to w takim razie, w epoce emancypacji, Janice Gentle też chyba wolno?

Wykręca znajomy numer, nie odrywając oka od ekranu. Choć raz zamierza się postawić.

Sylvia Perth jest w swoim biurze blisko hotelu „Claridge's"; właśnie zrobiła pouczający wykład na użytek pewnej młodej pisarki-idealistki. Młoda pisarka-idealistka cały ten czas zwracała swą śliczną, podobną do kwiatu buzię w stronę biurka, na którym przysiadła Sylvia, a Sylvia z kolei usiłowała, z miernym powodzeniem, zajrzeć jej w dekolt.

Sylvia ma pięćdziesiąt cztery lata. Większą część swego życia zawodowego spędziła na tłumaczeniu wydawcom, by publikowali książki z entuzjazmem, i autorom, by pisali w duchu entuzjazmu. Nieraz się zastanawiała, czy jedni i drudzy w ogóle zamieszkują tę samą planetę. Teraz jednak reprezentuje tylko jedną autorkę, Janice Gentle, która przynosi zdumiewająco wysokie zyski. Sylvia Perth czuje, że wyrzekła się dostatecznie wielu radości będących przywilejami zwykłych śmiertelników, by zasłużyć sobie na taką rekompensatę. W pogoni za karierą zrezygnowała z małżeństwa, dzieci, przyjaźni i nie ma absolutnie żadnych skrupułów w kwestii metod biznesowych, jakie stosuje wobec swej autorki, czy też w kwestii prób zaglądania w dekolt siedzącej naprzeciwko niej młodej kobiety. „Może i jestem starą, sprośną lesbą – mówi sobie w duchu z krzywym uśmieszkiem – ale przynajmniej moja autorka jest niewinna jak łza". Sama ceni sobie przeciwieństwa i niedopowiedzenia, zwłaszcza te, które trzeba zastępować kropkami. Tymczasem książki Janice mają w sobie czystość, pod wpływem której Sylvia – która pod wieloma względami uważa siebie ze zdeprawowaną, mimo że powszechnie nie jest tak postrzegana – czuje się lepiej. Czuje, że tym jednym aktem honoru reprezentowania Janice kupiła sobie wiele odpustów. Innymi słowy, mimo że nigdy by się do tego nie przyznała przed żywą duszą, jedyną z rzeczy, w jakie jest zaangażowana Sylvia Perth, która sprawia wrażenie czystej, prawej i dobrej, są książki Janice Gentle. I kiedy ktoś zwraca się do niej, tak jak ostatnio, z propozycją wyjęcia ich z tej skorupy moralności i nasączenia ich nieuzasadnionym brudem, odmawia z rozkoszą. Nie dlatego, by seks w literaturze obrażał Sylvię Perth, bo przecież literatura odzwierciedla wszelkie formy bytu, ale dostatecznie dobrze zna się na książkach, by wiedzieć, że takie pisarstwo jest najlepsze, kiedy jest organiczne, i że umieszczanie gorącej sceny łóżkowej w powieści Janice byłoby tym samym, co próba przymocowania zasuszonego kwiatu do szyby chroniącej obraz Chardina. Janice nazywa swoje powieści dziećmi, więc byłoby to tym samym, co wydanie ich na pastwę pedofila. Ta kura znosi złote jaja. Po cóż u licha narażać się na ryzyko, że zacznie znosić chłam?

Były jeszcze inne powody, dla których Sylvia Perth wolała zostawiać sprawy bez zmian – powody bynajmniej nie związane z etosem pisarskim, powody, nad którymi wolała się nie zastanawiać i które dobrze chowała w mrocznych zakątkach swych najbardziej prywatnych myśli.

Sylvia Perth wzdycha. Jaka ładna jest ta młoda pisarka-idealistka i jakże rozkosznie słucha się tego jej świergotania, niezależnie od tego, o czym ona tak świergocze. Zapewne mogłaby coś dla niej zrobić, szepnąć gdzieś dobre słowo; być może w przyszłości okazałaby wdzięczność. Sylvia tłamsi pokusę. Popełniła już dzisiaj jeden błąd oceny podczas lunchu z piękną Amerykanką o popielatych włosach –

ciężki grzech przeciwko sobie samej. Nie, nie, lepiej podglądać z daleka. Chociaż to dobrze, że żywi upodobanie do piersi, bo w kulturze zorientowanej na mężczyzn nigdy ich nie brakuje.

Młoda pisarka-idealistka urywa, żeby zaczerpnąć oddechu. Rozmowa z prawdziwą agentką literacką, która zdaje się zainteresowana jej dziełem, to coś cudownego. Normalnie nie pali, ale przyjmuje jednego z tych dziwnych papierosów Sylvii, z gestem wyrażającym, że co jej tam, dziś pójdzie na całość, i pochyla się w stronę zapalniczki.

Sylvia na chwilę traci panowanie nad sobą i pyta:

– Jesteś mężatką?

Młoda pisarka-idealistka robi zdumioną minę. Właśnie dochodziła do swych poglądów na temat znaczenia znaczenia, więc to pytanie wydaje się zdecydowanie nie na miejscu. Papieros daje jej jednak sporo pewności siebie; Sylvia Perth mruży oczy za płachtą dymu, jednocześnie uśmiechając się zachęcająco i przymilnie.

Młoda pisarka również mruży oczy, choć bardziej z konieczności niż celowo, i mówi:

– Mężatką? Gdzie tam! Mam dopiero dwadzieścia trzy lata i szukam metod autoekspresji za pośrednictwem własnej prozy.

Sylvia ujmuje dłonią swój podbródek i przytakuje inteligentnie.

– I chyba słusznie – odpowiada.

– Liczy się doświadczenie. Każde możliwe doświadczenie, które da się wymyślić, wyobrazić... Lejtmotywem tej wyprawy, jaką jest odkrycie literackie, jest przecież...

Sylvia zupełnie gubi wątek. Przy słowach „każde możliwe doświadczenie" owładnęła nią cudowna wizja z udziałem oliwki do masażu ogrzanej w dłoniach.

– ...poznawanie nowych lądów, przełamywanie barier.

– O tak, tak – zgadza się z nią Sylvia, choć nie do końca w tym akurat kontekście.

Dobry Boże, myśli sobie młoda pisarka-idealistka, jak my się świetnie rozumiemy.

– Czy powtórzymy to jeszcze?

Sylvia, dla której to pytanie pada nieco zbyt wcześnie w jej wizji, wraca do świata rzeczywistego. Patrzy na okrągłe, ciemne oczy pierwszej naiwnej i mówi to, co akurat przychodzi jej do głowy.

– Masz ogromny talent. – Spogląda na biust dziewczyny. – O g r o m n y.

– Naprawdę? – pyta tamta, pochylając się w stronę zarumienionej i lekko spoconej twarzy Sylvii Perth.

Sylvia pochyla się w jej stronę i klepie czubkiem palca ten różany, wyszorowany policzek, jakby chciała powiedzieć: „Oj, niegrzeczna, niegrzeczna". Praktycznie stykają się nosami, kiedy dzwoni telefon.

To Janice Gentle.

– Tak? Co tam? – rzuca do słuchawki.

Irytacja, która nieco ustąpiła w chwili, gdy Janice wykręciła numer, wybija się znowu na powierzchnię pod wpływem nieoczekiwanej obcesowości w głosie Sylvii.

– Sylvia, mówi Janice.

Sylvia natychmiast odrywa wzrok od roztaczających się przed nią rozkoszy i skupia się najlepiej, jak potrafi, na swojej rozmówczyni.

– Janice! Kotuś, jak miło!

– Chciałam spytać, czy zechciałabyś przyjść na herbatę?

– Ależ oczywiście. – Sylvia patrzy na piękną, podobną do kwiatu twarz zwróconą ku niej ufnie i ochoczo. – Kiedy? – Agentka otwiera zamaszyście swój notes. W głowie wciąż jej wiruje idea wspólnej kolacyjki.

Dotąd niewielkie rozdrażnienie Janice potęguje się.

– Teraz. Na herbatę.

Sylvia rozumie sygnał. Waha się tylko chwilę.

– A nie jutro?

Janice jest zdumiona. Spodziewała się jak zawsze natychmiastowej reakcji. Jest gotowa stanąć do bitwy o jej złożony z dwóch słów tytuł. Do jutra zarówno jej impet, jak i bułeczki zestarzeją się.

Niewielka irytacja staje się zarzewiem ogniska. Janice zdziera zębami opakowanie z czekoladki wziętej z miseczki stojącej obok telefonu. To Sylvia przysłała te czekoladki. Zawsze pamięta o przysyłaniu różnych drobnych przysmaków. Janice zatapia zęby w nadzieniu. Które okazuje się piaszczyste. Bo to marcepan. Błąd producenta, nie Sylvii. Tak czy owak Janice nienawidzi marcepanu. Marcepan zdobił tort, który dostała na swoje siódme urodziny, czyli w dniu, w którym odszedł tatuś. Wypluwa czekoladkę. Straszliwy smak zostaje. Złość jeszcze bardziej rośnie.

– Prawdę powiedziawszy, Sylvia – mówi – mam spory kłopot z tytułem...

Sylvia stara się wrócić do rzeczywistości.

– Jedną chwileczkę – mówi bezgłośnie do młodej pisarki-idealistki, po czym zwraca się do Janice: – Ależ doprawdy, kotuś, nie musisz się o to martwić już na tym etapie, nieprawdaż? Może po prostu zasiądziesz do pisania i tytuł sam przyjdzie później...?

Janice, która aż pała od tych ciągłych napadów irytacji, robi się jeszcze bardziej poirytowana tym lekceważącym tonem. Sylvia zachowuje się tak, jakby to było łatwe.

– Prawdę mówiąc – oświadcza – ugrzęzłam na amen i mam tego powyżej uszu i... no więc nie wiem, czy jeszcze coś kiedyś napiszę. Może po prostu przejdę na emeryturę. Chyba już mi się odechciało. Tak... bardzo możliwe... że mi się zupełnie odechciało. Zrozum, ja... halo?... halo? Sylvia? Sylvia... ?

...Ale Sylvia już odłożyła słuchawkę. Janice nigdy dotąd nie rozmawiała z nią w taki sposób. Janice jest poczciwa, klocowata, nieruchawa. Sylvia musi iść, lecieć, być tam natychmiast albo jeszcze prędzej. Czymże są bliźniacze kule zmysłowej rozkoszy i fantazje na temat ciepłej oliwki z rozmarynem w porównaniu z czymś takim? Przecież koniec Janice to koniec oliwki.

W wynikłym z tego kompletnym zamieszaniu młoda pisarka-idealistka doznaje zawrotu głowy, kiedy w powietrzu pod jej nosem pojawia się znienacka woń ciała miotającej się agentki, perfum Arpège i olejku różanego. Sylvia Perth wypada z pomieszczenia jak latający święty od Tintoretta. Coś przy tym mówi, ale młoda pisarka nie dałaby głowy, czy zrozumiała. Być może agentka życzyła jej powodzenia.

Sylvia zabiera płaszcz. Jej serce, kiedyś tak lekkie, ciąży teraz. Obojętna blondynka w sekretariacie zadziera głowę, uśmiecha się i mówi „Do widzenia" w ten elegancki sposób, jakiego nauczono ją w szkole, i udaje, że nie zauważyła niczego niezwykłego, której to umiejętności również nauczono ją w szkole. W najbliższych latach wyjdzie za mąż za kogoś bardzo bogatego i bardzo dobrze wychowanego, a kiedy zastanie go w krzakach z opiekunką do dziecka, zastosuje te same umiejętności i samotnie napije się herbaty.

Sylvia Perth oszalałymi gestami przywołuje taksówkę. Jej twarz osiągnęła śliwkową barwę i przed oczyma tańczą jej plamki. Pada bez sił na siedzenie. Jest naprawdę przestraszona.

Janice wykłada bułeczki, dżem i śmietankę; jest teraz pełna skruchy.

W czasie, gdy ona przygotowuje poczęstunek, Sylvia Perth więźnie w korku i zaczyna palpitować. Nie przechodzi łatwo menopauzy i ma skłonność do silnych uderzeń gorąca pod wpływem stresu. W tym momencie jest bardzo rozgrzana i bardzo, ale to bardzo zestresowana. Ostatecznie wykorzystawszy cały swój zapas niecenzuralnych wyrażeń, których wystarcza, by wywołać rumieńce na twarzy taksówkarza, wysiada i rusza dalej piechotą. W tym dokładnie momencie korek się rozładowuje i Sylvia stoi porzucona na krawężniku, podrygując ze złości, machając rękami i klnąc jak szewc: wygląda jak nieskazitelnie elegancka kloszardka. Palpitacje słabną tylko nieznacznie, kiedy znajduje kolejną taksówkę i wsiada do niej, z wrażeniem, że jej pierś ściska stalowa obręcz. Ćwiczenia oddechowe nie przynoszą rezultatów.

Co się stało? Co poszło nie tak? Skąd nagle ten bunt u Janice Gentle? Na samą myśl o nim ból wzmaga się i Sylvia jest w stanie oddychać tylko bardzo płytko.

– Janice! – krzyczy Sylvia. – Janice! Już idę. Czekaj na mnie!

Janice naciska guzik domofonu i czeka na szczęknięcie, które jej powie, że Sylvia Perth weszła do budynku. Przynajmniej winda dzisiaj działa.

Jest jeszcze bardziej skruszona, bo do tej pory pochłonęła już dwie bułeczki. Ale Sylvia nigdy nie jada zbyt wiele – choć jak mogłaby się oprzeć... Janice wsadza palec w śmietankę i oblizuje go. Czeka, aż usłyszy zgrzyt windy i hałas rozwierających się drzwi. Cała jej złość i irytacja stopniały; nie może się już doczekać, kiedy zobaczy twarz Sylvii, kiedy jej powie, że wszystko w porządku, że nowe dziecko w drodze, że już powzięła decyzję odnośnie do tytułu, ale poza tym jest zwarta i gotowa, więc już się zabiera...

No dalej, myśli, śpiesz się, bo inaczej – ślurp, ślurp, ślurp – nie zostanie dla ciebie ani grama śmietanki.

Ale Sylvia Perth się nie zjawia. W każdym razie nie zjawia się w stanie jakiejkolwiek używalności. Drzwi windy rozsuwają się, ale Sylvia Perth wytacza się z nich, zamiast wyjść. Zsiniałe wargi i zbielała twarz zaklęsłe w ostatnim podrygu śmierci, w drodze na spotkanie z wielkim wydawcą w niebiesiech.

Jej ciało spoczywa teraz częściowo w windzie, a częściowo na korytarzu; drzwi zamykają się i otwierają, zamykają i otwierają, zdezorientowane, że nie są zdolne zamknąć się do końca. Wizg i łomot zderzają się z torsem Sylvii, wizg i łomot – próbują bez końca. A Janice, która wciąż czeka, na chwilę zapomniawszy się w zdaniu otwierającym pierwszą wypowiedź Rudej z Klasą – „Wydaje się, że całe wieki minęły od tamtej nocy pachnącej kwieciem, kiedy to całowano mnie pod jabłonią..." – czuje niepokój.

Niepokoi ją to rytmiczne łomotanie dobiegające z korytarza. Niepokoi ją fakt, że Sylvia nie zadzwoniła jeszcze do jej drzwi. Janice podchodzi do drzwi swojego mieszkania, otwiera je i wygląda na zewnątrz. To, co tam widzi, też jest niepokojące. Bardzo niepokojące. Do tego stopnia, że aż wypuszcza z rąk bułeczkę, która upada na posadzkę posmarowaną stroną (oczywiście), zmusza się do powrotu z balsamicznej nocy pierwszych dni lata (czy kwiecie jabłoni rzeczywiście pachnie? Sprawdzić!) i wydaje okrzyk zdziwienia.

Zdarzyło się coś nie do pomyślenia. Coś najstraszliwszego, jeśli idzie o potencjalne skutki. Sylvia Perth, agentka, księgowa, przyjaciółka, radca prawny, łączniczka ze światem i gwiazda przewodnia, turla się po podłodze. I wygląda jak zimny trup.

Janice najpierw podnosi bułeczkę, potem przechodzi na palcach przez korytarz i spogląda z góry na ciało. Drzwi kontynuują rytmiczny pląs, wykorzystując turlający się tors niczym worek treningowy. Janice klęka i przykłada unurzany w śmietance palec do policzka Sylvii Perth. Nie ma wątpliwości. Nawet najnowsze wysiłki „Harper's" albo „Vogue'a", których rady Sylvia ceniła sobie tak wysoko, nigdy nie zaleciłyby niebieskiej szminki, pergaminowych policzków, demonicznych oczu. I ten język – ależ on długi – ten wywalony na zewnątrz język jest czerwony. Zbyt czerwony.

Janice kuca, nie przestając się gapić. Odrobina śmietanki spada z bułeczki na policzek Sylvii Perth. Janice zgarnia ją palcem. Bezwiednie wylizuje palec do czysta. Smakuje pudrem. Wciąż się gapi. Naprawdę nie do pomyślenia. Sylvia i Janice, agentka i autorka, związane, uzależnione od siebie: Sylvia, strażnik Janice i wszystkiego, czym ona jest; Janice, protegowana Sylvii, która bez niej jest nikim. Obie tak blisko siebie, że nie wetknąłby nawet szpilki, nie mówiąc już o innym agencie czy wydawcy.

Niemożliwe, niezrozumiałe, nie do pomyślenia.

A jednak zdarzyło się naprawdę.

Śmietanka rośnie jej w ustach.

Kto ją teraz będzie chronił?

Twórczość Janice Gentle, tak ceniona przez Sylvię Perth, tak chroniona przed wszelkimi próbami zamachu, stanowiąca tak absolutną własność jednej kobiety, staje się nagle potencjalnym łupem chciwych rąk.

Rozdział piąty

Sylvia Perth umarła jako męczennica terapii zakupami.

Dzięki swemu związkowi z Janice Gentle nauczyła się wielbić i nabywać piękne przedmioty dostępne za pieniądze. Ona marzyła nie o miłości, ale o przedmiotach właśnie, pragnęła nie przyjaźni, tylko rzeczy, dóbr materialnych, które nigdy nie zawodzą (a jeśli nawet, to zawsze można je zwrócić i odzyskać pieniądze – w odróżnieniu od zmarnowanego życia). Miłość to spektakularny fałsz, zdradliwe oszustwo i Sylvia nie miała na nią czasu. W jednej minucie poprzysięgała dozgonną wierność, w następnej morderstwo.

Nawet gdyby złamała swoją zasadę i poszła na kolację z twarzą-niby-kwiat, to wcale nie dlatego, że szukała miłości. Miłość wymagała zasilania, czasu, uwagi, opieki, wyrzeczenia, a Sylvia Perth rozkoszowała się tym, że wiedzie życie, w którym nie musi z niczego rezygnować. Lukę powstałą z braku miłości bez trudu wypełniała pięknymi przedmiotami, które stanowiły jej DNA. Perspektywa życia bez nich była zbyt okrutna, zbyt jałowa, by Sylvia brała ją w ogóle pod uwagę. Dlatego kiedy Janice Gentle naszła niewinna, drobna ochota na bunt, na Sylvię podziałało to jak najgorszy piekielny żar. Koniec z powieściami Janice Gentle, koniec z pięknymi przedmiotami. I co gorsza, gdyby sprawy zaszły dalej, gdyby prawda wyszła na jaw, to wtedy, no jakże, mogliby wręcz wszystko to jej zabrać...

Jezu Chryste, pomyślała Sylvia Perth, kiedy wytarabaniła się z taksówki i dżgnęła przycisk domofonu, ta kupa mięcha naprawdę mogła mówić to na poważnie. Dżgała i dżgała przycisk, wściekła na siebie za to, że straciła czujność z powodu jakiegoś tam przelotnego kaprysu. Po dziesięciokroć wściekła, bo to naprawdę była jej wina i niczyja inna. Janice Gentle nigdy nie odnosiła się do niej tak nonszalancko. Janice miała wielkie, rozkłapane stopy, które stawiała na jakiejś wielce czcigodnej, średniowiecznej posadzce, i zazwyczaj mówiła to, co myślała.

Sylvia czekała na windę, panikując i zalewając się potem strachu. Łup, łup w guzik. Przecież ta głupia krowa nigdy nie chciała wydawać swoich pieniędzy, mamrotała histerycznie. Łup, łup, jeszcze raz. Przecież niczego nie wzięła od tej nieruchawej kluchy, a w każdym razie tak tego nie można było nazwać. Janice Gentle nigdy niczego nie chciała, nigdy, gdy tymczasem ona, Sylvia, była wprost stworzona do lepszych rzeczy. Ona jedna rozumiała Imeldę Marcos, nawet jeśli nikt inny jej nie rozumiał. Dlaczego nie posiadać miliona par butów, jeśli tak ci się podoba? No przecież buty nie wbiją ci noża w plecy! I kapelusz też nie spadnie ci z głowy i cię nie udusi! Pieniądze nie znały barier wieku, płci ani religii i dzięki nim przynajmniej, przynajmniej, można się było poczuć naprawdę dobrze.

Winda zjeżdżała cały wiek. Sylvia Perth rozważyła pomysł pójścia po schodach, ale czuła się bardzo zmęczona. Dlaczego do diabła Janice nie przeprowadzi się w jakieś lepsze miejsce? Za rzekę? Do Chelsea, Knightsbridge albo jakiejś innej eleganckiej dzielnicy? Battersea, też coś – stuk, stuk w guzik. I to mieszkanie, które wygląda jak lokal zastępczy przyznawany przez gminę. Styl i pieniądze – Janice nigdy nie będzie ich miała w nadmiarze. A zresztą wcale nie chciała – ani trochę. Janice nie ceniła sobie nic oprócz starej komody, w której trzymała jakiś upiorny stary płaszcz – to oraz swój apetyt. Podczas gdy ona, Sylvia...

Odetchnęła. Wreszcie usłyszała windę. Uśmiechnęła się i wypuściła powietrze, czekając, aż nagromadzone w piersi napięcie ujdzie. Kiedy już dotrę do Janice, wszystko będzie dobrze. Miała podejście do Janice. Uszczęśliwiała ją, dawała jej to, czego ona chciała, słuchała bredzenia o Dermocie Pollu i uspokajała zawsze, kiedy Janice zaczynała się denerwować, że ten facet jeszcze się nie znalazł. Bardzo liczyła, że to nie ma z nim nic wspólnego. Gdyby Janice Gentle odnalazła Dermota Polla, straciłaby złudzenia, a bez złudzeń...

Sylvii przypomniał się dywan, który ostatnio wpadł jej w oko, i palpitacje spotęgowały się. Nie mogła teraz tego wszystkiego stracić, to byłoby niesprawiedliwe. Bo w końcu czym sobie zasłużyła? Niczym. Nie wzięła nic, czego mogłaby potencjalnie chcieć Janice. W rzeczy samej dawała jej wszystko, czego tylko zapragnęła: spokojny dom, nienaruszalną prywatność, kojące jedzenie i zajęcie, które podtrzymywało jej marzenie przy życiu. Zresztą nie warto realizować marzeń. Są takie rzeczy, które cię nakręcają, kiedy są nieosiągalne, i które zawsze rozczarowują, kiedy wreszcie je osiągasz. Gdyby Dermot Poll się znalazł, Janice Gentle prawdopodobnie odechciałoby się żyć. W jakiś sposób, przekonywała się wewnętrznie Sylvia, wyświadczała Janice grzeczność tym, że nie pomagała w odnalezieniu Dermota Polla. Oby to marzenie żyło wiecznie. Przecież te książki, które pisała, wytyczały jej drogę przez życie, czyż nie? Nawet jeśli Janice wcale tak na to nie patrzyła. Ale na pewno dzięki nim miała się czym interesować. Gdyby Dermot Poll się znalazł, z pewnością przestałaby pisać. A wtedy stałoby się coś, czego Sylvia – au! boli! – bała się bardziej niż czegokolwiek....

Sylvia bynajmniej nie zaplanowała z góry, że będzie sobie pożyczać od dochodów Janice Gentle, i cała sprawa miała dość niewinną genezę. Na samym początku tylko odjęła swój procent, tak jak to musi robić każdy agent literacki, a reszta powędrowała na konto Janice. I ponieważ Janice w ogóle nie była obeznana w takich sprawach, wydawało się sensowne, a nawet wręcz konieczne, by Sylvia Perth przejęła kontrolę nad kontem w kwestii rozdziału różnych kwot wymaganych do tego, by życie Janice przebiegało bez zakłóceń. Cały problem polegał na tym, że Janice chciała tak mało. I że zarabiała tak dużo. Tak więc tu szło tylko o przesunięcie akcentu: Sylvia zaproponowała, że przejmie za wszystko odpowiedzialność, i Janice nie posiadała się z wdzięczności. Któż by nie chciał się zrzec odpowiedzialności za wszystko, zadawała sobie co jakiś czas pytanie Sylvia, kiedy sumienie zaczynało podnosić swój wraży łeb. I któż by nie płacił hojnie za takie usługi, gdyby go było na to stać? Jedyna sprzeczność w tym rozumowaniu była taka, że Janice nie do końca wiedziała, za co płaci, choć na początku wystarczyło tylko zapytać, a Sylvia zaraz by jej powiedziała.

Po drugiej książce sprawy, czy raczej ręce Sylvii, zrobiły się nieco bardziej lepkie. Sylvia ciężko harowała w imieniu swojej autorki i uznała, że nie jest nagradzana sprawiedliwie. Ostatecznie należało wyjść od tego, że gdyby nie ona, Janice Gentle nigdy nie wydałaby swej powieści i na zawsze zostałaby w domu przy Arterberry Road. Tak więc...

I takim oto sposobem do kieszeni Sylvii Perth zaczął wpływać strumyczek...

Dzięki temu, że chroniła Janice Gentle przed światem zewnętrznym, chroniła również samą siebie przed zdemaskowaniem, ale to nie pomagało jej sercu, temu staroświeckiemu organowi, który buntuje się przeciwko oszustwom i często wchodzi w niezdrowe alianse z sumieniem. Sylvia miała jednak własne sposoby na walkę ze stresem i tak jak wielu ludzi uważała siebie za nieśmiertelną. Wciąż szastała pieniędzmi, wciąż rozkoszowała się posiadaniem. Odtrącała myśl, że mogliby jej to wszystko odebrać.

Cały czas była bardzo ostrożna. Przez lata z powodzeniem udaremniała innym przedstawicielom świata wydawniczego wszelkie kontakty z Janice Gentle i obecnie powszechnie przyjmowano, że ta autorka jest patologicznym odludkiem i że tak już będzie zawsze. Sylvia Perth, agentka Janice Gentle, pośredniczyła w interesach i wszystko pięknie grało. Wprawdzie co jakiś czas tę harmonię naruszał jakiś bezczelny nowy przybysz, któremu się wydawało, że jest w stanie poprzestawiać pionki na planszy, ale zawsze kończyło się to jego porażką. Janice sprzysięgła się z Sylvią w kwestii swej pustelniczej egzystencji, więc cały układ był oparty na wolnej woli. W tej historii nie było łańcuchów, kolczastych żywopłotów, zamkniętej na cztery spusty wieży, tak więc Sylvia mogła oddychać ze spokojem, no prawie mogła.

Prawie mogła, bo na listę starających stale zapisywał się ktoś nowy. Dla Sylvii ten nieustający turniej na ogół nie miał większego znaczenia, ale niekiedy odnosiła wrażenie, że rzuca się jej wyzwanie. Tak jak z tą Bulbecker dzisiaj. Bardzo inteligentna, bardzo pozytywnie nastawiona, żadnego owijania w bawełnę. Kiedyś to sobie ceniła. I obie świetnie się bawiły na tym lunchu, podczas którego mierzyły się wzrokiem i rozmawiały o zupełnie innych sprawach.

Dopiero przy kawie panna Bulbecker powiedziała:

– Obie wiemy, dlaczego tutaj jesteśmy.

Na co Sylvia, jak zawsze zwolenniczka zabawy w kotka i myszkę, odparła:

– No cóż, ja wiem, dlaczego tutaj jestem. Jestem tutaj, ponieważ dają tu najlepsze langustynki w mieście i to ty płacisz.

Sylvia Perth spojrzała na Rohanne Bulbecker, a Rohanne Bulbecker spojrzała na Sylvię Perth.

Sylvia Perth potrząsnęła głową.

– Nie, kotuś – powiedziała. – Nie.

– Jedna książka – prosiła Rohanne, unosząc w górę swój świeżo wymanikiurowany palec. – Jedna książka, wyposażona w tę nową perspektywę, która jednocześnie nie będzie...

Sylvia uśmiechnęła się lisio.

– Na tej nowej perspektywie można sobie język połamać, nie uważasz? Z pewnością możemy użyć tu słowa „seks"?

– Ależ oczywiście! – potwierdziła Rohanne Bulbecker z nadzieją w głosie.

– Ale odpowiedź nadal brzmi nie.

– A czy wolno mi spytać dlaczego?

– Janice Gentle nie będzie pisała o seksie, jej ten temat nie interesuje. Woli pisać tak, jak do tej pory.

– Pieniądze?

Sylvia potrząsnęła głową. Strzepnęła popiół z papierosa na nadwerężone ciała langustynek, który to gest miał być w zamierzeniu prowokacyjny.

Rohanne wyobraziła sobie Morgana P. Pfeiffera siedzącego za biurkiem, zniecierpliwionego, czekającego.

– Chciałabym poznać Janice Gentle i porozmawiać z nią o tym projekcie. I powiedzieć jej, twarzą w twarz, jak bardzo ją podziwiamy, jak bardzo panu Pfeifferowi i mnie zależy na współpracy z nią. Czy to byłoby możliwe?

– Niemożliwe – odparła Sylvia. – Janice nie umawia się na rozmowy. Wszystko jest załatwiane za moim pośrednictwem. Opisz wszystko w liście, a ja już dopilnuję, by ona ten list zobaczyła. – Wstała. – Muszę już iść. Niestety mam jeszcze jedno spotkanie.

Rohanne wstała.

– Bardzo ładna sukienka – pochwaliła Sylvia Perth.

– Dziękuję – odparła Rohanne.

– Armani, domyślam się?

– Może powinnam do niej zadzwonić?

– Obawiam się, że nie. Ona nie ufa telefonom.

– W takim razie napiszę.

Podały sobie ręce.

– Potrafię być bardzo uparta – oświadczyła Rohanne z uśmiechem. Przyglądała się, jak jej przeciwniczka zabiera się do odejścia, demonstrując irytującą pewność siebie. Wsunęła palec do ust i odgryzła sporry kawał swego bezcennego paznokcia.

– A my – odparła Sylvia Perth, również się uśmiechając – potrafimy być bardzo nieczułe. – I z tym oddaliła się i nie przestając się uśmiechać, powiedziała od drzwi: – Ja zawsze powtarzam: po moim trupie.

Na co Rohanne, wpatrzona nieszczęśliwym wzrokiem w swój zdewastowany palec, pomyślała, że nie jest to wcale taki zły pomysł.

Sylvia Perth starała się nie pamiętać tych proroczych słów, kiedy czekała na windę w bloku Janice.

– Ażeby cholera wzięła tę windę! – warknęła, nie znajdując w sobie sił, by zakląć szpetniej. – Cholera! Cholera! Cholera! – Przy każdym takim okrzyku kopała zamknięte drzwi tak długo, aż wreszcie rozsunęły się niczym jakaś awangardowa wersja sezamu. Sylvia Perth odzyskała oddech, przycisnęła dłoń do bolącego miejsca pod piersiami i weszła do swojego grobu. Niemalże się słaniając, wsparła się ciężko o stalową ścianę windy; z jakiegoś niewiadomego powodu, choć obawiała się, że wie, z jakiego, przez jej myśli przelatywały obrazy z przeszłości.

Jej matka, pani Perth, w bezrękawniku i chustce zamotanej na głowie na kształt turbana, przerzucająca prasę branżową w poszukiwaniu zamorskich nowości, którymi mogłaby wypełnić ich sklep. Nigdy nie odwracała się od akwizytorów, bo taki mógł mieć najróżniejsze modne śmieci wśród swoich towarów. Pani Perth skupowała tanio nowe plastikowe wiadra, kiedy nastawała moda na blaszane, kupowała gumowe buty z Tajwanu, kiedy był popyt na rafię, i zawsze podejmowała rozsądne decyzje. Ona była siłą napędową rodzinnego biznesu. Sylvia wyobrażała ją sobie, jak siedzi przy owalnym stoliku nakrytym kordonkową serwetą, pali weighty i robi notatki na odwrocie koperty, gdy tymczasem pan Perth gawędzi jowialnie z klientami i urządza wystawę. Za każdym razem, kiedy nachodziły ją te wspomnienia, co nie zdarzało się często, Sylvia wiedziała, że gardziła nie talentem swej matki do wynajdywania nowości, tylko jej ograniczonością, prowincjonalizmem, brakiem rozmachu w eksploatowaniu własnego talentu. Blaszane wiadra i gumowe buty, też coś. Wieśniacki, wulgarny, parweniuszowski...

Zobaczyła swego ojca, pana Pertha, ze skurzawką w jednym ręku i T-shirtem z Boyem George'em w drugim, zaśmiewającego się, kiedy klient decydował się na kupno sztucznych psich kupek i cukierków z pieprzem. A potem znowu panią Perth, która po jego śmierci przeniosła się do centrum Birmingham, stwierdziwszy, że ma już dosyć poszerzania horyzontów. Postanowiła nie sprzedawać sklepu, tylko go wydzierżawić, ponieważ gardziła Costa del Sol i uważała, że jego uroki mogą zaczekać. Rak skóry dowiódł, że miała rację, i z ostatnim triumfalnym gestem wróciła do swego rzemiosła, by kupować blaszane wiadra teraz, kiedy plastik został skazany na niesławę, a także rafię zamiast gumy, i ogólnie znakomicie sobie radziła. Obecnie mieszkała w samodzielnie opłacanej wygodzie domu opieki w Birmingham. Sylvia zobaczyła matkę taką, jaka była teraz, i zobaczyła samą siebie podczas swych rzadkich odwiedzin u niej, ucharakteryzowaną do roli pokornej córki, która wbija się w sukienkę i buty z supermarketu, kupuje niskokaloryczne czekoladki reklamowane w telewizji i przynosi najnowszą powieść Janice Gentle w miękkiej oprawie – dwuznaczna ironia, którą Sylvia uwielbiała – a na dodatek dojeżdża z dworca autobusem. Tak właśnie wyglądały akty jej pokuty, będące jednocześnie znakomitym przypomnieniem, jak nie należy skończyć.

Pani Perth traciła intuicję w odniesieniu do córki. Nigdy nawet przez myśl jej nie przeszło, że Sylvia jest bogata, podobnie zresztą jak w ogóle się nie domyśliła, co tak naprawdę się kryje za jej staropanieństwem. Wyobrażała sobie, że jej córka zwyczajnie wiąże koniec z końcem, że jest nudna jak flaki z olejem i że nie ma czasu jej odwiedzać, bo musi siedzieć w Londynie, żeby zarabiać na życie.

– Gdybyś tak się bardziej postarała – powiedziała ustami pełnymi francuskich ciągutek podczas ostatniej wizyty Sylvii – bo ja tam nie widzę powodu, dla którego mimo wieku nie miałabyś znaleźć sobie bogatego męża. Takiego, który by cię choć trochę wsparł. Przecież tobie też powinno coś skapnąć od życia. – Tu wzięła do swych lepkich rąk najnowszą powieść Janice Gentle. – Widzisz to? Tej to się dopiero udało. I to lepiej niż tej całej Cartland. Bardziej to prawdziwe, więcej w tym mięsa, zawsze mam takie wrażenie, jakbym znała tych ludzi, o których ona pisze. Jakby to byli sąsiedzi. Wiesz, że się kiedyś popłakałam nad książką Janice Gentle? – Pokiwała głową, dziwiąc się samej sobie. – Dziękuję, że mi ją przyniosłaś. Czekoladkę?

Mimo bólu Sylvia zakrztusiła się: odkrycie prawdy mogłoby przy okazji uśmiercić jej matkę. Ha, ha, a to by dopiero była ironia...

Zaczęła rzęzić. W tej komórce było tak duszno. Rohanne Bulbecker. Do zamkniętej przestrzeni windy wpłynął najpierw jej głos, a potem twarz. Po co powiedziała do niej tamte słowa w restauracji?

– Po moim trupie, Rohanne. Po moim trupie, kotuś...

Ha, ha...

Ha.

ROZDZIAŁ SZÓSTY

Janice okryła trupa swojej agentki kilkoma lekko przybrudzonymi ścierkami; to był pierwszy pomysł, jaki jej przyszedł do głowy. Zaklinowała drzwi windy jednym z szytych na zamówienie pantofli Sylvii i w tym momencie z głębi szybu dobiegł ją głos sfrustrowanego niedoszłego pasażera. Janice nigdy nie dążyła, ani przedtem, ani teraz, do towarzyskich konfrontacji z sąsiadami albo ich znajomymi, tak więc zrobiwszy wszystko, co jej zdaniem należało w tych okolicznościach, schroniła się do swojego mieszkania. Ekran komputera zamrugał do niej drwiąco. *Odrodzenie Feniksa*, przypomniał, i Janice poczuła straszliwą pustkę w otchłani swojego brzucha.

Kiedy przechodziła obok stolika z bułeczkami, poczęstowała się jedną; wgryzła się i to ją trochę uspokoiło – jedzenie bułeczek przynajmniej przywracało jakieś poczucie rzeczywistości. Spojrzała na dżem, ale już jej nie kusił. Jego czerwień była jakby trochę za ponura i żywa; brzoskwiniowy, pomyślała odruchowo, trzeba było kupić brzoskwiniowy, jego kolor nie jest taki wściekły i niepokojący. Kiedy człapała w stronę telefonu, zastanawiała się, dlaczego ta kombinacja nigdy przedtem nie przyszła jej do głowy. Brzoskwinie. Mleczne bułeczki, biała śmietanka i łagodne, przezroczyste złoto tego wcześnie dojrzewającego owocu.

Wystukała numer dozorcy, nie mając pojęcia, co mu powie, i zaczekała, aż on odezwie się pierwszy.

– Tak? – warknął głośno.

Janice wzdrygnęła się nerwowo.

– Moja agentka właśnie zmarła w trakcie wysiadania z windy – powiedziała. – Piąte piętro. Czy może pan tu przyjść, panie Jones?

Potem wykręciła wspólny numer służb ratunkowych; chciała wezwać pogotowie, ale bezmyślnie wezwała policję, a potem wróciła do stolika i już tylko czekała, nasłuchując, żując i przełykając, z nadzieją, że wszystko samo się rozwiąże.

Pan Jones, który właśnie marynował cebulki, uznał, że jego aparat słuchowy znowu się zepsuł. Wrzucił chili i ziarenka pieprzu do wrzącego octu, licząc, że malinowy przecier, z którym eksperymentował, zabarwi cebulki równie skutecznie, jak zabarwił mu palce. Wzdychając, skręcił gaz pod rondlem, by jego zawartość dusiła się na wolnym ogniu, po czym wziął do ręki swoją skrzynkę z narzędziami. Zgodnie z przepisami powinien był się przebrać w kombinezon, ale dzień był taki ciepły. Mieszkańcy, pomyślał, ci mieszkańcy! Zawsze coś. Niechcący zawadził o uchwyt rondla i wylał odrobinę octu na swoją podręczną torbę i koszulę. Jego już zachmurzone czoło zachmurzyło się jeszcze bardziej. Wyglądał wręcz na wściekłego.

Wyszedł z sutereny, powoli, ponuro, owiany gorącymi miazmatami marynaty. Przy frontowym wejściu do budynku zatrzymał się, by popatrzeć na niebo, zrobił głęboki wdech i zamknął oczy, rozkoszując się przez chwilę popołudniowym spokojem, który mu się słusznie należał. Zrobił jeszcze jeden, jeszcze głębszy wdech i naszła go dość niezwykła refleksja, że życie jednak jest dobre. Ale potem zmienił zdanie. Przypomniał sobie o malinach, przypomniał sobie, że mu przeszkodzono, i na nowo się zezłościł, z wciąż zamkniętymi oczyma, a tymczasem spokój jego otoczenia został pogwałcony przez rozdzierający ucho odgłos syren (a więc jednak aparat działał, jak należy) i protestujący pisk hamulców. Skrzywił się raz i potem jeszcze raz, kiedy coś go dźgnęło pod żebra. Otworzył oczy i napotkał parę wpatrzonych w niego podnieconych oczu, ocienionych czapką funkcjonariusza władzy. Głos o piskliwym zabarwieniu przemówił gwałtownie, naśladując amerykańskiego gliniarza.

– Gdzie ono jest? No gadaj! Gdzie ciało?

– Jakie znowu ciało? – spytał nie bez racji pan Jones.

Sierżant Pitter spojrzał na skrzynkę z narzędziami i zauważył, że jej właściciel się poci, zauważył, że dłoń ściskająca skrzynkę jest zakrwawiona. Na samej skrzynce też zresztą widniały jakieś podejrzane plamy, a także na odzieniu mężczyzny. O radości! Jego serce, organ zazwyczaj nieco zestresowany, podskoczyło mu w piersi. To nie był jakiś fałszywy telefon od znudzonej gospodyni domowej – to się działo naprawdę.

– Masz prawo nic nie mówić – zaczął (kolejny powód do radości – przecież od zawsze marzył, że kiedyś wypowie tę formułę) – ale wszystko, co powiesz, może...

Pan Jones, zaniepokojony, że jego marynata gotuje się zbyt długo, odwrócił się na pięcie. Nie zrobił nic złego, sumienie miał czyste i za nic nie mógł się rozeznać w tym, co ten policjant do niego gadał. Pewnie chodziło o jakieś bilety na loterię. Zawsze chodziło o bilety na loterię. Cóż, dźganie go w żebra i wciskanie mu tych biletów na siłę na pewno nie mogło go skłonić, by zaraz sięgnął do kieszeni. I jeśli ten przecier z malin będzie się gotował za długo, to wyjdzie mu z tego dżem. Wszedł prędko do budynku. Sierżant Pitter pląsał za jego plecami.

– Pilnuj tylnego wyjścia – powiedział do towarzyszącego mu policjanta czekającego w radiowozie.

– Wydaje mu się, że jest 007 – mruknął tamten, ale poszedł szukać tylnego wyjścia.

Sierżant Pitter nie przestał przemawiać z podnieceniem do pana Jonesa, kiedy wchodził za nim do środka:

– ...może zostać wykorzystane przeciwko tobie...

– A, Jones! – powiedział wysoki, szczupły mężczyzna o szacownym wyglądzie. W ręku trzymał laskę. – Winda znowu zepsuta.

Panu Jonesowi brakowało korności.

– No to używaj pan schodów – odparł apodyktycznie. Popołudnia zgodnie z umową miał mieć wolne.

– Ależ co pan mówi, panie Jones? – odparł szacowny mężczyzna, wywijając swoją laską. – Przecież dobrze pan wie, że mam niedowład w nodze.

Nawet sierżant Pitter, mimo bujnej wyobraźni, nie wyobrażał sobie, by tak mogła wyglądać improwizowana wymiana zdań między dwoma złoczyńcami.

– Pan wybaczy, sir – zagadnął ze smutkiem sierżant Pitter – czy zna pan tego mężczyznę?

Mężczyzna postukał laską o posadzkę, gotując się do przemówienia, ale sierżanta Pittera już tam nie było, bo powlókł się niczym cień za panem Jonesem, który właśnie postanowił zejść ze sceny.

– Kim jesteś? – wysapał sierżant do dziarskich pleców pana Jonesa. Mimo że w głębi serca już wiedział. Na podstawie niepodważalnych dowodów, które zebrał jako wyszkolony funkcjonariusz. Wiedział, że wbrew pozorom nie ma do czynienia z Dusicielem z Bostonu, tylko z najprawdziwszym w świecie dozorcą i że ten pot, podobnie jak jego własny pot, należało usprawiedliwić upałem i nagłym wysiłkiem. Czerwone plamy też bez wątpienia miały jakieś usprawiedliwienie. Sierżant Pitter szedł za nim, zachowując dystans, bo człowiek ten pachniał zaiste bardzo dziwnie.

Usłyszawszy zbliżające się kroki, Janice wyjrzała ukradkiem zza swoich drzwi na piątym piętrze. Ona też była spocona, zarówno od upału, jak i ze strachu. Właśnie tłumaczyła samej sobie, że Sylvia Perth jest już nieboszczką, więc żadne wystawanie obok windy, żadne debatowanie o przyczynie i skutkach już tego nie zmienią. Tak brzmiała ostateczna prawda, która nie wymagała niczego więcej oprócz swej akceptacji. Dlatego właśnie nie zamierzała się komunikować z żadnym z tych ludzi. Nie nadawała się do tego i nie chciała tego, mimo że Sylvia Perth zmarła w drodze na spotkanie właśnie z nią – cóż, jakkolwiek by było, ostatecznie nie dotarła, nieprawdaż? Dlatego więc nie była to sprawa jej, Janice. Nie chciała tej sprawy, nie chciała brać udziału w żadnych dialogach. Dlatego właśnie supermarkety są takie miłe. Może, pomyślała sobie, mogłaby po prostu powiedzieć: „Proszę, oto ono, zabierzcie je" i wrócić do własnego, bezpiecznego świata, by tam spokojnie opłakiwać zgon Sylvii. Wszak można rzec, że ciało to tylko skorupa, że liczy się tylko dusza, a ta jednoznacznie odeszła. Niemniej jednak Janice, nawet jeśli kiepsko sobie radziła w komunikowaniu się z innymi ludźmi, to wcale nie była głupia. Wiedziała, że ma dużo więcej do powiedzenia w całej kwestii, a poza tym pozostawała jeszcze sprawa jej ścierek. Żałowała teraz, że w ogóle je tam zaniosła. W każdym razie wydawały się nie na miejscu i żadną miarą nie były świeżo wyprane.

Przygnębiony sierżant Pitter zatrzymał się na przedostatnim podeście i nasłuchiwał. Nie było wątpliwości, brnący przed nim pan Jones pogwizdywał. Sierżanta Pittera przygnębiło to jeszcze bardziej. Dozorca nie powinien pogwizdywać, no chyba że jest niewinny.

– Przestań pan! – zawołał.

– Że co? – Pan Jones odwrócił się zdezorientowany.

– Przestań pan gwizdać – powiedział ochryple sierżant. I zastanowił się, jakim sposobem pan Jones mógł nadal wydawać ten dźwięk, skoro przecież nie poruszał wargami.

– Że jak? – powtórzył pan Jones i postukał w swój aparat słuchowy. Gwizdanie ustało.

– Już lepiej – powiedział sierżant Pitter, czując się raźniej teraz, kiedy się okazało, że jego mundur jednak ma jakiś autorytet.

– To za tym rogiem, panie oficerze – zaryzykował pan Jones. – Za tym podestem.

Skręcili za róg i policjantowi zamarło serce.

Nie zobaczyli żadnego ciała, tylko stertę prania wystającą z windy. Same brudne ścierki, na pierwszy rzut oka. To jakieś oszustwo? Kawał telefoniczny? Ktoś za to zapłaci. Podniósł wzrok i zauważył, że jedne z drzwi poruszają się ledwie dostrzegalnie, zauważył błysk wyzierającego stamtąd oka w okularach, oka, którego wyraz miał w sobie ślad poczucia winy. Pognał w tamtą stronę.

– Mam cię! – krzyknął, wywlekając Janice na korytarz, a w każdym razie starając się to zrobić, bo okazała się cięższa i większa, niż to sugerowała szpara w drzwiach. Znacznie cięższa, znacznie większa, i mówiąc wprost, wcale sobie nie życzyła, by ją przemieszczano.

W plecach coś mu zaskrzypiało, mięśnie przeszył spazm – ból był nieludzki. Puścił rubensowskie ramię Janice, osunął się na kolana i obrócił dookoła własnej osi. W tym samym czasie pan Jones zerwał ścierki i wtedy sierżant Pitter znalazł się, w całkiem dosłownym sensie, twarzą w twarz ze swoim pierwszym sztywnym. Wielki, buraczkowy język, sine policzki i oskarżycielsko wybałuszone oczy. Sierżant Pitter usiłował się wycofać na czworakach.

– A może tak usta-usta? – spytał pan Jones.

Sierżant Pitter nie przestawał się cofać, aż wreszcie zderzył się z nogami Janice.

– Zna pani tę osobę? – zaczął, starając się wykręcić szyję, by móc przemówić wprost do drżącej Janice... I w tym momencie zemdlał.

Janice krzyknęła sobie od serca. Nie na widok swej niegdyś żywej agentki, nie na widok pana Jonesa, który metodą usta-usta usiłował wetchnąć życie w jej niegdyś żywą agentkę (pierwsza pomoc to jeden z elementów pracy dozorcy), ale dlatego, że owładnęło nią przeczucie, że cały ten epizod to początek końca jej sielankowej klauzury. Janice za bardzo się bała Sylvii, by ją teraz szczerze opłakiwać, ale na pewno mogła opłakiwać utratę swej ochrony – największego podarunku agentki.

Cóż, niczego nie zyska, jeśli będzie tak tam wystawała i dawała się wciągać w to wszystko.

Poruszała się wyjątkowo chyżo.

Pan Jones poddał się i ponownie okrył ciało ścierkami. Wciąż zemdlony sierżant Pitter mamrotał coś. Janice wślizgnęła się z powrotem do mieszkania i zamknęła za sobą drzwi, ale nawet znajoma monotonia tego wnętrza nie przyniosła jej uspokojenia. Zabrała miseczkę z dżemem do kuchni i spłukała jej zawartość do zlewu, jakby to ona, Janice, była morderczynią. Potem posprzątała stolik nakryty dla dwóch osób, zgasiła natarczywe oko monitora i z batonem Mars oraz *Troilusem i Criseydą* Chaucera przysiadła na kanapie, by zaczekać na pukanie.

Podwójne ukojenie.

Wybiera scenę wejścia Troilusa do komnaty jego bogdanki, gdy tymczasem Pandarus przemawia w imieniu swojego bohatera. Jej ulubiony fragment. I jednocześnie wgryza się namiętnie w czekoladowy batonik.

Ów Troilus wprędce się przy niej pojawia, wnet u wezgłowia pada na kolano*.

Na chwilę pozwala sobie podstawić Dermota Polla pod Troilusa, ale zaraz wyzbywa się tego pomysłu. Ich związek od samego początku miał w sobie czystość kwiatu lilii i niby czemu nie miałby taki pozostać? Jak w przypadku niepokalanej miłości Dantego i Beatrycze? Czyta dalej. Świat książek jest o tyleż bezpieczniejszy.

To zaczytywanie się *Troilusem i Criseydą* jedynie pogłębia zamęt, jaki Janice ma w głowie w związku z kwestią seksu. W każdym razie miała o nim raczej mętne pojęcie, gdy przychodziło do technikaliów. Czasami, kiedy siedziała w wannie, zaglądała tam na dół, pod trzy ogromne wałki białego ciała, i przyglądała się owemu tajemniczemu miejscu ukrytemu w gęstwinie, bynajmniej się nie interesując jego tajnikami. Starała się nie myśleć o tym, że jej rodzice musieli doświadczyć tego czegoś przynajmniej raz, żeby ją spłodzić. A jednak była to myśl tak niepokojąca, że w momencie, kiedy się pojawiała, Janice czym prędzej wyciągała korek z wanny i czekała, aż zniknie razem z gulgoczącymi ściekami. Któregoś dnia, zawsze sobie przyrzekała, któregoś dnia... Na razie jednak jej powieści nie zawierały żadnych odniesień do tego czegoś, ponieważ nie chciała się tutaj pomylić. Na miłości się znała, bo nosiła w sobie to uczucie. Ale seks? Na seksie się nie znała. A nie miała najmniejszego zamiaru go wymyślać.

Czyta dalej, wciąż czekając na pukanie, wciąż czerpiąc ukojenie z Troilusa, który pokładał wiarę w miłości do tego stopnia, że nie zorientował się w porę, iż obiekt jego uczucia ostatecznie go zdradzi. Scena w alkowie, uważa Janice Gentle, jest jedną z najbardziej czarujących w całej czternastowiecznej literaturze. I przypomina sobie, że w jej marzeniach Sylvia Perth nieraz przejmowała rolę Pandarusa i niejako ciskała Dermota na łoże obok niej, tak jak Pandarus cisnął Troilusa obok Criseydy. Ale to już się teraz nie zdarzy, prawda? Wzdycha. Życie okazało się mocno nieżyczliwe, zwłaszcza że tak naprawdę zawsze pragnęła tylko szukać, znaleźć, kochać i być kochaną.

– Lecz wszystko minie, a z tym odejść muszę. – Hałasy na zewnątrz nie ustają. Ale na szczęście nikt dotąd nie zapukał. – ...tyś ich stworzył, Panie, by znali marność, co króluje w świecie – czyta – a tak przemija jako barwne kwiecie*.

Tak, myśli sobie, to jest dopiero tragedia. Że świat jest niby taki piękny, a jednak taki brzydki. Tak, uroda świata jest wielka i tragiczna. Powinna być od niej odseparowana, dopóki nie nadejdzie czas, by dla niej rozkwitła. Wiedziała o tym Christine de Pisan, wiedział o tym Langland, wiedział o tym Chaucer. Życie to podróż, podczas której winno się mężnie wymachiwać sztandarem piękna. Dlatego nie będzie pisała o brzydocie. Jacy mężni, myśli, byli ci, którzy pielgrzymowali do Canterbury – pokonywali gościńce usłane niebezpieczeństwami, za jedyną ochronę mając opowieści i skromne rzesze swych towarzyszy. Ona też będzie gotowa do podróży, kiedy nadejdzie czas. Choć teraz wydawało się to tak odległe jak nigdy. Zabrakło Sylvii Perth, do kogo więc mogła się zwrócić? I skąd tu wziąć dość pieniędzy na kontynuowanie Poszukiwań? (Przypomina sobie dyrektora banku i przebiega ją dreszcz. Nigdy. Nigdy. Nie. Nie. Nie.) Podróżnicy z dawnych czasów wiedzieli przynajmniej dokładnie, dokąd się wybierają. Janice nie wie na razie nawet tego. I dla nich katedra w Canterbury stała otworem, nawet jeśli dostępu do niej bronili rozbójnicy i ciemne bory. I jeszcze nosili pieniądze przy sobie, wszyte w odzienie. Janice nie wie, ile ma do swojej dyspozycji, jeśli w ogóle cokolwiek. Siedzi dalej na kanapie, nasłuchując hałasów dobiegających z zewnątrz, żałując, że nie cichną, czekając na natarczywe pukanie niczym gotycka dusza czekająca na Armagedon. I postanawia zrobić jedyną możliwą rzecz w tych okolicznościach.

Nic.

Ostatecznie Sylvia Perth zjawiła się magicznie na jej progu tyle lat temu. Dlaczego nie miałaby się zjawić jakaś następna? Było to równie prawdopodobne jak wszystko inne.

Zabiera się z powrotem do lektury, odgradzając myśli od wrzawy za drzwiami. Na kartach książki wszystko jest sielankowe i eleganckie. *Vous ou Mort*. Czym są przekleństwa i hałasy na korytarzu w porównaniu z tym?

Janice siedzi w milczeniu, przerywając je jedynie szelestem przewracanych kartek i cichym pomrukiwaniem. Maszyna po drugiej stronie pokoju też milczy. Ona też czeka na iskrę, która przywróci ją do życia.

Drobna Blondynka zamyka maszynę do pisania, uprząta biurko i idzie z torebką do toalety. Kładzie papier na desce i siusia, potem myje dłonie i stroszy włosy. Przygląda się swoim brwiom, orzeka, że domagają się już epilowania, po czym wraca do pokoju. W szparze w uchylonych drzwiach widzi Faceta na Stanowisku; z papierosem w ustach i telefonem przy uchu otrzepuje jedno ramię wolną dłonią. Obrzydliwe, stwierdza jego sekretarka, wychodzi z firmy i kieruje się w stronę stacji metra, energicznie postukując obcasikami na chodniku. Jakiś robotnik gwiżdże na jej widok, na co reaguje wyniosłym spojrzeniem. Przyjmuje jednak ten gwizd jako należny jej hołd. Dba o swój wygląd, więc nie powinna narzekać, kiedy ktoś daje do zrozumienia, że to zauważył. Czuje się nieco rozdrażniona, bo ta nieciekawa (i nie najpiękniej pachnąca) dziewczyna, która obsługuje centralkę telefoniczną, oznajmiła dzisiaj, że spodziewa się dziecka. Drobna Blondynka ze zdziwieniem odkryła, że telefonistka, mimo swej fryzury, jest jednak mężatką. Stuk, stuk, stuk, stukają jej obcasy, kiedy schodzi prędko do metra.

– A wiesz co? – mówi Derek, nabierając na widelec wielkie kawały ryby i przełykając je niemal w całości, bez gryzienia. – Zamówiłem nowe wyposażenie do łazienki; powinnaś zobaczyć same tylko kurki.
– Gryź dobrze, Derek – mówi Drobna Blondynka.
Derek zaczyna opisywać kurki, uśmiechając się przy tym. Z ust wystają mu te jego zęby, z przylepionymi kawałkami ryby.
– Nie mów z pełnymi ustami, Derek – upomina go ona.
Derek przełyka i znowu zaczyna opisywać. Brunel, dziewiętnastowieczny twórca największych parowców brytyjskich, nie był pewnie tak entuzjastyczny, kiedy po raz pierwszy poznawał pożytki płynące ze stosowania kutego żelaza.
Drobna Blondynka czuje, że już jej lepiej. Lubi, jak Derek ma zajęcie. Nikt inny nie będzie miał takich kurków, bo to świeży import z Francji. Któregoś dnia, kiedy wykończą wreszcie dom i zaczną korzystać z życia, na ludziach wywrze on wielkie, ale to wielkie wrażenie. Jaka szkoda, że tak rzadko widywali znajomych od czasu, kiedy wprowadzili się tutaj, ale nie bardzo było co im pokazać, a poza tym ten brak czasu...

– Cudownie – mówi i dolewa wody do dzbanka z herbatą. Na kuchennym stole leży kartka, na której napisała „Brwi!" i podkreśliła to kilka razy.

Derek odsuwa talerz i zaczyna przeglądać katalog narzędzi w poszukiwaniu obcęgów. Najpierw obejrzy *Coronation Street* (ona lubi, jak on trawi pokarm należycie), a potem weźmie się do obmiarów.

Kanciasta Szczęka wychodzi z restauracji „Rawalpindi" i nucąc pod nosem, wraca do samochodu. Kupił jagnię pasanda, kurczę mughlai, okrę Bangalur, dhal, nadziewane parathy i zwykłe nany (przypomniawszy sobie, że Melanie woli je zamiast ryżu). Do tego kilka przystawek i lody z mango. Jego serce znowu jest lekkie. Robi to, co należy. Zaleca się do niej tak, jak o to prosiła. A może nie?

Melanie też sobie nuci. Ostatecznie postanowiła zaszaleć i robi kebaby rybne, stek *au poivre* i bezy. W czasopiśmie doradzali także lody z mango, ale ona nie ma ochoty na owoce. Poza tym jedzenia i tak jest całkiem sporo, a zresztą – tu wdzięczy się głupawo do zamarynowanych kawałków ryby – nie będą przecież całą noc siedzieli tylko i jedli, nieprawdaż? I teraz on wreszcie zrozumie, co to są dowody miłości. Melanie uśmiecha się i znowu zaczyna nucić. No chyba zrozumie?

Ruda z Klasą namówiła panią Lovitt, żeby ją kryła po południu.

– Muszę coś dostarczyć do pałacu Lambeth – mówi – i będę musiała zaczekać na odpowiedź.

Jeśli chcesz kłamać z powodzeniem, przypomina sobie jego słowa rzucone przed jakimś wywiadem dla telewizji, to kłam po prostu skandalicznie.

Pani Lovitt nie posiada się z wrażenia. Pałac Lambeth! Siedziba samego biskupa Canterbury!

– Żałuję, że nie mogę powiedzieć nic więcej – szepcze Ruda – ale przysięgłam zachować tajemnicę.

Pani Lovitt wytrzeszcza oczy. Praktycznie pada na kolana. I to taka z Cockermouth. To prawda, Kościół rzeczywiście poważnie się wziął do sporu Północ–Południe. Pani Lovitt pochodzi z Guildford i nigdy w życiu nie miała nic wspólnego z pałacem Lambeth.

Ruda z Klasą wymyka się dyskretnie. Zamierza najpierw wstąpić do jakiejś perfumerii i skorzystać tam z darmowego makijażu.

Serce bije jej boleśnie.

Trzęsą jej się ręce.

Miłość.

Jest niemal bliska omdlenia od perspektywy czekającego ją występku.

Nie, Arthurze, mówi, kiedy jego smutna twarz wdziera się do jej podniecenia, byłam dobrą żoną i odpokutowałam już za to, że nie kocham. I to jest moja nagroda. Tylko jedno spojrzenie, może jedno spotkanie (pragnie tego tak potężnie, że naprawdę na to liczy), a potem już nic więcej. Tylko to jedno. Zobaczyć go raz jeszcze, porozmawiać z nim. Co w tym złego? Tylko ten jeden raz?

Kiedy zjawili się sanitariusze, odkryli nie jedno, lecz dwa ciała. Jedno bardzo martwe, drugie całkiem żywe i pojękujące. W korytarzu było ciepło, brakowało powietrza. Pan Jones stanął z boku, żeby ustąpić im drogi. Pociągnęli nosami.

– Jest tu już od jakiegoś czasu, sądząc po zapachu – orzekł jeden. Drugi przyłożył czystą białą chusteczkę do nosa i przytaknął.

Pan Jones podniósł swoją skrzynkę z narzędziami, przestąpił przez trupa i stanął blisko nich. Ciekawiło go, co mają do powiedzenia.

– Musi tu leżeć od wielu dni. Fuj! – Mówili unisono i z niejakim zadowoleniem.

– Przeciwnie – odparł pan Jones z godnością, czując, że w jakiś sposób jest to zaprzeczenie jego skuteczności jako dozorcy. – To się zdarzyło dopiero co. – Podszedł bliżej, a ich skręciło na nowo.

– Chryste – powiedział ten z chusteczką. – To od niego.

Ciepłe powietrze, zamknięte korytarze, ciepło ciała i marynata tworzą zapach całkiem podobny do woni charakterystycznej dla gnijących trupów albo nie mytych stóp. Pana Jonesa poproszono więc, by opuścił ten teren, co on z wdzięcznością uczynił. Wzywały go jego cebulki. Od powoli stygnącego ciała Sylvii Perth biło wonią perfum Arpège i olejku różanego. Sanitariusze, znowu oddychający swobodnie, podeszli do rannego policjanta. Byli dobrze przeszkoleni, więc wiedzieli, że w pierwszej kolejności należy zająć się żywymi. Sierżant Pitter zaskowytał, kiedy zabrali się do niego, i zasugerował, by jednak najpierw zajęli się trupem; chciał czasu, by dojrzeć do pomysłu, że miałby się dokądkolwiek udać; w tamtym momencie posadzka zdawała się najlepszym i jedynym miejscem, gdzie mógłby się znajdować, i bał się, że zaleje się łzami albo zrobi coś wstydliwego, jeśli zabiorą mu tę kojącą przestrzeń.

Bardzo delikatnie znieśli po schodach Sylvię Perth razem z jej mieszaniną woni perfum, róż i śmierci, po czym ułożyli ją wygodnie w ambulansie. Potem wrócili po rannego policjanta. Bez entuzjazmu słuchał, jak wracają powoli na górę. Właśnie znalazł pozycję, w której ból, nieważne jak ostry, dawał się znieść, pod warunkiem że gryzł końcówkę swojego krawata i rozmyślał o marmoladowym puddingu pani Pitter. Umysł potrafi płatać całkiem użyteczne figle, kiedy ciało mdłe. Dwaj sanitariusze stanęli nad nim z rezolutnymi minami. Rozstał się z puddingiem, choć nie z krawatem, i popatrzył na nich.

Oni z kolei popatrzyli na niego i obu ich naszła równocześnie myśl, że już kiedyś widzieli tego funkcjonariusza. Tylko gdzie? Jeden podrapał się po głowie, drugi spojrzał pytająco. Policjant popatrywał błagalnie to na jednego, to na drugiego.

– Wiem, że wypełniacie tutaj swój obowiązek – powiedział i również zaczął się zastanawiać, gdzie on ich widział.

Właśnie ta fraza, o wypełnianiu obowiązku, dokonała swego. Ostatni raz, kiedy sierżant Pitter wymawiał ją w ich obecności, okoliczności były absolutnie inne i używał do tego zgoła innego tonu głosu. Wtedy zostało to wypowiedziane z towarzyszeniem onieśmielającego sarkazmu, krótko zanim posterunkowy Pitter, rzutki rekrut sił policyjnych skwapliwie łaknący awansu, zdarł ich plakaty i przewrócił stolik, przy którym zbierali datki. SPRAWIEDLIWA ZAPŁATA DLA SANITARIUSZY, głosiły ich plakaty, zanim nadzwyczaj dobrze wypastowane buty wgniotły je w trotuar. Dwanaście tygodni bez wypłaty, kalumnie ze strony polityków i etykietka potencjalnych zabójców nadana przez prasę brukową pozostawiła głębokie piętno. Cała afera rozegrała się wiele lat temu, a jednak jej wspomnienie pozostało na zawsze świeże w ich umysłach.

Trącili się łokciami, by się wzajemnie utwierdzić, a potem żmrużyli oczy.

– To on? – spytał pierwszy.

– To on – potwierdził drugi.

– Na pewno? – upewnił się pierwszy.

– Na pewno – zapewnił go drugi.

Splunęli w dłonie i zatarli je. Sierżantowi Pitterowi ten gest wcale się nie spodobał. Widywał go przed szczególnie zażartymi walkami zapaśniczymi. Ku jego zażenowaniu wyrwało mu się:

– Proszę, nie róbcie mi nic złego.

Znów splunęli, zatarli, podeszli jeszcze bliżej i pochylili się nad nim. Te wrzaski budziły litość. Nawet Janice je słyszała, mimo że znajdowała się przecież na piątym piętrze i trzymała poduszkę na głowie, mimo że dobiegały z trzewi zamkniętego ambulansu. Jedynie Sylvia Perth pozostała niewzruszona. Pan Jones wyłączył swój aparat słuchowy. Od tych hałasów i paplaniny tłumu gapiów, który zebrał się wokół karetki, odnosił wrażenie, że jego mózg przeobraził się w gąbkę. Gapie sądzili z początku, że policjant odniósł poważne obrażenia w trakcie pełnienia obowiązków, ale stracili doń wszelką sympatię, kiedy sanitariusze powiedzieli im, że naciągnął sobie mięsień grzbietowy. Jeśli w taki oto sposób sierżant policji reagował na coś równie trywialnego, to w takim razie nie dziwota, że na ulicach roiło się od zagrożeń.

– Facet, wyluzuj – powiedziała obdarzona bujnymi kształtami kobieta w podeszłym wieku – a spróbowałbyś tak urodzić dziecko...

Inna kobieta zachichotała nerwowo.

Trzecia zaniosła się serdecznym rechotem.

Praworządność uległa poważnemu osłabieniu.

– Pomocy! – krzyknął cierpiący z wnętrza karetki.

Kierowca wrzucił wsteczny bieg i najechał na dziurę w jezdni. Sylvia Perth podskoczyła, niczym się nie przejmując.

– Pomocy! – krzyknął sierżant Pitter.

Nikt mu jej nie udzielił.

Mimo leczenia na wyciągach i krótkiego okresu spędzonego w domu, w trakcie którego wiecznie wchodził pod nogi pani Pitter (która z kolei odcięła go zarówno od marmoladowego puddingu, jak i małżeńskich praw), sierżant Pitter już nigdy nie był tym samym energicznym i pomysłowym młodym policjantem co kiedyś.

Kiedy karetka odjechała, Janice, która wydobyła głowę spod poduszki i wyjrzała ostrożnie na dół z balkonu, poczuła w sobie głęboką ulgę. Przeczuwała także, że prawdopodobnie – miała taką nadzieję i jednocześnie pewność – na stałe uwolniono ją od grozy stukania do drzwi. Teraz należało już tylko czekać. I nie tracić nadziei. Popatrzyła na reprodukcję wizerunku Christine de Pisan, na którym ta klęczy przed swą królową i patronką, by jej ofiarować napisaną przez siebie książkę.

Z jakimiż uśmiechami przyjmowała hołd królowa. Jakże zachwycająco wyglądały jej dworki. Christine de Pisan była młodą wdową, która piórem utrzymywała trójkę dzieci i matkę. Janice pomyślała, że może trochę to z jej strony oznaka słabości, że się tak ukrywa. I przez jedną szaloną chwilę chwały zastanawiała się, czy stać by ją było na to samo wobec królowej Elżbiety II? Stwierdziła jednak, że tego nie zrobi. Raczej nie wierzyła, by dali jej w pałacu Buckingham jakąś izdebkę do pracy. Więc może jednak lepiej czekać tutaj. Coś się w końcu okaże.

ROZDZIAŁ SIÓDMY

Rohanne Bulbecker leżała właśnie pod mężczyzną, kiedy zadzwonił telefon.

– Przepraszam cię – powiedziała, wyciągając rękę i podnosząc słuchawkę. – Zejdź ze mnie. Brak mi tchu.

Zza okna dobiegały odgłosy ruchu ulicznego na Broadwayu. Kulturalni przybywali do Carnegie Hall, albo przynajmniej próbowali przybyć. Mężczyzna usłuchał i poczuł, że oto zaczął poznawać Rohanne. Skupił się na przypominaniu sobie billboardu, który niedawno ustawiono w pobliżu jego mieszkania, a który przedstawiał piersiastą kobietę o rozchylonych, wilgotnych wargach reklamującą pastę do zębów. Musiał coś zrobić, żeby podtrzymać aktywność dolnych partii swego ciała.

Rohanne była z pewnością podniecająca. Nawet jeśli potrafiła zrzucić go z siebie, bo zadzwonił telefon. I robić się coraz bardziej podniecona podczas rozmowy.

– Naprawdę myślisz, że jest jakaś szansa? O Boże! – wydyszała z zadowoleniem. Mężczyzna popatrzył nieco nerwowo. – Byłoby cudownie... – Odsunęła od siebie słuchawkę i przemawiała teraz do sufitu. – Cudownie aż do bólu!

Herbie chrząknął. Nie bardzo wiedział, czy ona już skończyła z tym telefonem czy nie. A zresztą były jakieś granice. A tak w ogóle to co tu się działo? Ale na całe szczęście było w tym wszystkim coś erotycznego. Nawet ten telefon...

– Rohanne – odezwał się stanowczym głosem – ciągniemy to więc czy nie?

– Chcę tego, chcę tego. O Boże, jak ja tego chcę! – wrzeszczała Rohanne Bulbecker, tarzając się po zmiętej pościeli wciąż ze słuchawką w ręku.

Nie należało winić Herbiego, że źle wszystko zinterpretował. Rohanne potrafiła być nieprzewidywalna (czerwone wino do ryby, niechęć do musicali Lloyda Webbera), więc nie było to takie nieprawdopodobne, że mogłaby chcieć kontynuować ich stosunek i jednocześnie rozmawiać przez telefon. Kobiety miały prawo do swych fantazji tak samo jak on. Na nowo czując w sobie wigor, co żywo wrócił na właściwą pozycję i na nowo ruszył do dzieła niczym kołek wbijany w ustępliwe drewno.

Zbulwersowany londyński łącznik Rohanne Bulbecker odłożył słuchawkę. Był to pedantyczny, żyjący w celibacie mężczyzna, który nawykł do okazywania posłuszeństwa. Kiedy więc ktoś krzyczał do niego przez telefon: „Zabieraj się stąd, ale to już!"', potrafił tylko usłuchać. Potrząsnął swą schludną, niczym nie rzucającą się w oczy głową i zadumał się nad ludzkim szaleństwem. Na ile się orientował, jego informacje na temat śmierci Sylvii Perth i uwolnienia Janice Gentle powinny były bardzo uszczęśliwić pannę Bulbecker. Został przez nią wynajęty, kiedy była w Londynie, i poinstruowany, że ma trzymać ucho przy ziemi (aż się skrzywił wobec dosłowności tego sformułowania), oczy otwarte i gębę na kłódkę (jeszcze raz się skrzywił), za co otrzyma sowitą zapłatę. I oto właśnie doniósł jej dokładnie to, co chciała usłyszeć, a tymczasem ona zareagowała w taki sposób. Jeszcze bardziej zadowolony, że nie jest emocjonalnie związany z żadną nieprzewidywalną kobietą ani trudnym mężczyzną, wyszedł ze swojego służbowego mieszkania i ruszył przed siebie, by zjeść samotnie curry.

Kiedy spożywał cebulowe bhaji, podjął decyzję: jednak zostanie mnichem. Jakiś spokojny zakon, gdzieś na prowincji; tak będzie dla niego najlepiej. Poczuł w sobie nagłą pewność, że już nigdy, przenigdy, w żadnych okolicznościach, nie pozwoli, by go jeszcze kojarzono z biznesem książkowym. W kontekście całej literatury popularnej – tu skubnął chrupiącej masy – Janice Gentle była niezła. A nawet nadzwyczaj dobra, jeśli wziąć pod uwagę to, co można było znaleźć w dzisiejszych czasach. Wręcz zachwycał go sposób, w jaki udawało jej się docierać do jądra sprawy. Człowiek wyczuwał tu prawdziwe emocje mimo dość stereotypowego tła. Poza tym jej bohaterowie byli tacy kojąco ludzcy... I, trzeba jej oddać sprawiedliwość, podobnie jak Henry Miller potrafiła pisać; miała naturalne wyczucie rytmu, delikatność, gdzieś zaczajone zacięcie poetyckie. Wcale się nie dziwił, że Pfeiffer chce ją zdobyć. Ona ma klasę. Westchnął. Pewnie teraz wszystko przepadnie. Janice Gentle zacznie pisać o seksie, bez wątpienia za poduszczeniem Rohanne Bulbecker. A on sam – nadal związany z nowoczesnymi obyczajami panującymi na ziemi – przyjął srebrniki. Z bhaji zawisłym w drodze do ust wykrzywił twarz w grymasie wyrażającym bolesny żal. Srebrniki Judasza. Janice Gentle pisała zgodnie z cudowną tradycją wywodzącą się prosto od okresu najwcześniejszego rozkwitu literatury. Chaucer, Pisan, Langland, Boccaccio. A teraz to wszystko zostanie zaprzepaszczone.

Nagle bardzo się ucieszył, że Rohanne Bulbecker tak krzyczała przez telefon. Nagle zobaczył wyjście. Nagle, choć w rzeczywistości mógłby siedzieć na londyńskim gościńcu, znalazł się na metaforycznej drodze do Damaszku. Fraza usłyszana ostatnio na popijawie u pewnego wydawcy obraziła jego uczucia tak głęboko, że do tej chwili za nic nie chciał jej sobie przypominać. A teraz ją sobie przypomniał i aż się wzdrygnął. Towary wydawnicze. Książki rozumiane jako opakowane produkty funkcjonujące na rynku. Równie inspirujące jak pakowana próżniowo szynka, mniej więcej z taką samą zawartością wody. Czysta, wysterylizowana szata okrywająca halki starej dziwki. Stara dziwka zastępująca chleb i igrzyska, bo kto jak nie dureń dawałby w dzisiejszych czasach motłochowi szansę czytania czegoś, co mogłoby w nim zaszczepić jakieś nowe horyzonty? Pióro utraciło uniwersalną moc i stało się niczym więcej jak somą z *Nowego wspaniałego świata*. Spojrzał na kelnera, który siedział i czekał cierpliwie, aż on dokończy swoją zakąskę. Czytał gazetę, która była lekka, poręczna, łatwa do strawienia (tak jak frytki), żaden z akapitów nie miał więcej niż cztery linijki...

No cóż. Nie będzie dłużej się na to godził. Jeśli Rohanne Bulbecker przemyśli to, co powiedziała, i oddzwoni do niego, by drążyć sprawę, odmówi. W każdym razie mógłby to zrobić w ramach pokuty. Tak, bardzo chciał odpokutować. Należało skończyć z rynkiem wydawniczym wiele lat temu, kiedy po raz pierwszy wylądował orzeł Higginsa....

Kelner, który akurat podniósł wzrok, stropił się na widok tego bólu na twarzy i podszedł pospiesznie, bardzo chcąc się dowiedzieć, co jest nie tak z tym bhaji. Odprawił go eleganckim gestem ręki naśladującym błogosławieństwo. W myślach już miał tonsurę i już go beatyfikowano. Popijał piwo, jakby to był likier benedyktyński. Trwała inwazja śmieci. Niektóre sam wypromował, a teraz wstydził się tego przed swoim Bogiem. I przed Janice Gentle. Jeśli ta podstępna kocica Perth rzeczywiście miała na swoim koncie jakieś osiągnięcie, to była nim z pewnością skuteczna obrona jej popularnego kociątka. A teraz, po jej śmierci, nikt nie zostawi tak wybitnej postaci w spokoju. Miałkość nad miałkościami. Literatura popularna. Fuj! Zdjęty obrzydzeniem, hałaśliwie odstawił szklankę. Miał już dość popu. Popatrzcie, dokąd ich zawiódł – do wieszania czarnych i wsadzania gejów do szpitali. Nie, nie, on zdradził ich wszystkich, od Dantego po Woolf, od Petrarki po Joyce'a, zdradził tych, którzy wierzyli w wysoką literaturę dla wszystkich. I teraz musi odpokutować.

A skoro musi odpokutować, to w takim razie najlepiej w jakiejś zgrzebnej szacie, w pełnej ascezie, wzniosłej i inspirującej. Pod rytualną elegancją Thomasa Becketa znaleźli włosiennicę: odkrycie to sprawiało, że ludzie padali na kłęczki i łkali. Wrzucił do ust ostatniego cebulowego bhaji. To dopiero wymowna wizja... Będzie modlił się za tych, którzy odwracali się tyłem do literatury i wiedli bezmyślne żywoty pozbawione jakichkolwiek wartości. Będzie modlił się za nich godzinami i liczył, że nie stanie się jeszcze gorzej. Przecież nie mogło – nieprawdaż? Zresztą nieważne, najlepiej zrobi, jeśli się z tego wypisze...

– I pozostawi świat ciemności i mnie...

Pomyślał z czułością o pięknym Rupercie Brooke'u. Był taki uzdolniony, taki szlachetny. Jak to dobrze, że taki książę poezji umarł tak młodo. Czyż nie powinno się patrzeć na śmierć jak na oczyszczający romans? Flandryjskie okopy I wojny światowej wcale nie musiały niszczyć urody poległych, leżących tam wśród czerwonych jak krew maków. Oczy Ruperta były skierowane w górę, nie w dół. Heroizm, liryzm, piękno... poezja. Oto, co się kiedyś liczyło, poezja duszy, duch, a nie ciało, prawdziwy romans zdefiniowany przez potężną tradycję. Wszyscy czytali kiedyś romanse. Nikt nie mówił, że są za trudne, że nic, psiakrew, nie rozumieją, że poprosiliby o coś lżejszego. No jakże, wszak do porażki Wojny jako Masowej Rozrywki doszło za sprawą poetów i ich piór: Sassoona, Owena (kolejny piękniś), Hardy'ego. Dlaczego nikt już nie ceni takiej literatury? Brooke. Myślami wciąż wracał do Brooke'a – jaki on był piękny! Uśmiechnął się z żalem. Z tym już koniec. Za takie myśli będzie musiał odpokutować.

Wytarł dłonie w serwetkę – zupełnie jak Piłat, przyszło mu na myśl. Poezja. W tej właśnie restauracji jakiś czas temu spytał pewnego młodzieńca o jego zdanie na temat poezji. Przystojnego młodzieńca o silnej, kanciastej szczęce, który czekał na swoje zamówione jedzenie na wynos. Facet był wykształcony, wygadany, wyraźnie wysportowany, a jednak powiedział tylko tyle, że się nie zna na tych sprawach – nic a nic. I skwitował to takim uśmiechem, jakby powiedział tylko tyle, że nie wie, jakim autobusem można dojechać do Catford. Pokusa, by zaproponować mu jakąś wspólną lekturę, była silna, ale przezwyciężył ją. Nie. Wybrał celibat. A więc celibat. Wystarczyć musi wspomnienie słów miłości.

Jeśli Janice Gentle ma zacząć pisać o seksie, to on umywa od tego ręce. Fakt, że w ramach rozkwitu ideału rycerskości poszukiwanie wiary przemieszało się z poszukiwaniem miłości romantycznej, wydawał się możliwy do przyjęcia, zrozumiały, wybaczalny. Wręcz niewinny. Ale zastępować je wulgarnością przeżycia seksualnego? Jakież to niskie.

Zapatrzył się na swoje piwo, uniósł je w górę. Po cóż spoglądać ponuro przez szklankę, jeśli wszędzie było tyle tęsknoty za promykiem światła? Żadnej tajemnicy. Anatomia zamiast uczucia. Same kości, żadnego oddechu. Być może powinien opisać swoją przemianę niczym mnisi z dawnych czasów? Uśmiechnął się do tej myśli. Aelfric, Caedmon, Beda Czcigodny. Skąd mogli wiedzieć, co zapoczątkowali? Uśmiechnął się znowu i rozsmarował cienką kreskę raity na skraju talerza. Skwaśniało to, co kiedyś było takie słodkie. Zagadka współczesności. Pfeiffer spłodził Bulbecker, a Bulbecker spłodzi Gentle. I kto ich powstrzyma? On? A gdzie tam. Nic nie mógł zrobić, nic...

Pozostawał zakon i poezja Gerarda Manleya Hopkinsa, czytana w chłodnej, białej celi. Miał nadzieję, że znajdzie się tak daleko od banału jak niebo jest dalekie od piekła.

Przyniesiono mu jego kurczaka mughlai. Przyjrzał mu się w duchowej zadumie, ze splecionymi dłońmi. Było to prawdopodobnie ostatnie kaloryczne danie, jakie miał spożyć w życiu, i pachniało cudownie. Zaczął jeść. Niech sobie Rohanne Bulbecker grzeszy na własną rękę. On już nie będzie brał w tym udziału.

– Niech śmierć śmieciem ciała karmi robaki...*

Wyjął z sosu migdał, zaczął go ssać.

Kelner krążył przy nim z niepokojem.

– Pobłogosław, Boże, ducha ludzkości, jeśli nie jej dzieła – powiedział.

Kelner ukłonił się. Mughlai bez wątpienia smakował.

– Spójrz – powiedział gość, odwzajemniając ukłon. – Oto czyste światło rozkoszy. – Uśmiechnął się do kelnera. – Czytałeś kiedykolwiek poetę, który nazywa się Gerard Manley Hopkins?

Kelner odwzajemnił uśmiech, ukłonił się raz jeszcze i wycofał. Ci Anglicy są tacy dziwni. Dlaczego miałby się znać na ich poetach, skoro miał dosyć własnych?

Rohanne Bulbecker usiadła na łóżku i ponownie bez powodzenia wykręciła londyński numer. Herbiego powierzyła pod opiekę rozgwieżdżonego nieba Manhattanu. Rzuciła w niego kołonotatnikiem, trafiając go w goleń, a teraz na dobre utonęła wśród poduszek i po raz drugi starała się nawiązać kontakt telefoniczny z londyńskim łącznikiem. Sygnał był, ale nikt nie odpowiadał. Ktoś gdzieś jadł cebulowy bhaji, ktoś gdzieś podejmował życiowe decyzje, a Rohanne Bulbecker, podobnie jak jej londyński gruby zwierz, tkwiła w miejscu samotna jak kołek.

Odstawiła telefon, podkuliła długie, białe nogi, wsparła wyniosły podbródek na swych doskonałych kolanach i zamyśliła się. Była inteligentną kobietą. Zrozumiała, że jej wrzaski musiały urazić londyńskiego łącznika, i zrozumiała też, że na razie nic z tym nie zrobi. Poza tym powiedział jej wszystko, co musiała wiedzieć. Sylvia Perth nie żyje. Janice Gentle wróciła na rynek. Akcja. I w tym momencie sturlała się z łóżka.

– Do Londynu! Do Londynu! Tym razem po zwycięstwo! – śpiewała, sięgając po walizkę, grzebiąc wśród swych ubrań, przeklinając zniszczone paznokcie za to, że zahaczały o wszystko, czego dotknęła. Od lunchu z Sylvią Perth obgryzała je ciągle do żywego mięsa, czekała, aż odrosną, i znowu obgryzała. Obrzydliwość, a poza tym oznaka głębokiej depresji. Uśmiechnęła się w duchu. Przyjrzała się swoim dłoniom i już przestała odczuwać depresję. Niebawem je odhoduje. Być może odrosną dłuższe i kształtniejsze niż kiedykolwiek.

Złożyła w kostkę swoją czarną motocyklową kurtkę, zrolowała skórzane spodnie i dorzuciła do tego lustrzanki. Groźny wygląd przydawał się, zwłaszcza wtedy, gdy człowiek był obdarzony urodą blond-żylety, a zresztą wolała nosić skóry, niż dać sobie zgolić włosy na zero albo profesjonalnie złamać nos w zamian za błogosławieństwo bycia braną na poważnie. Ale też bywało, że jej wdzięki stawały się zdecydowaną wadą. Jedną z rzeczy, które dość ceniła w Herbiem, było to, że jemu zdawało się nie przeszkadzać, jak wygląda – czy wyczerpana podróżą czy gotowa na bal. Na pewno jednak nie zamierzała mu o tym mówić. Miłość wiąże się zawsze z katastrofą czyhającą tuż za rogiem, a zresztą życie oferowało za dużo pokus, by dawać się pochwycić w jej sidła. Zadygotała. O właśnie, dopiero co miała wymowny przykład.

Tak czy owak, wolałaby, żeby jej oddał, zamiast wychodzić, kuśtykając. Z drugiej strony jednak była to ich trzecia randka i należało już dać mu rozkaz wymarszu. Zdaniem Rohanne Bulbecker mężczyźni, podobnie jak ryby, nie powinni kręcić się zbyt długo w jednym miejscu.

Zamknęła walizkę i zadzwoniła do Morgana Pfeiffera.

– Sylvia Perth umarła – powiedziała – i wybieram się właśnie do Londynu, żeby odszukać Janice Gentle. – Wszystko było już zaaranżowane i Rohanne Bulbecker ruszyła w drogę z lekkim, radosnym sercem.

Kiedy pakowała kołonotatnik, znowu pomyślała o Herbiem. Jak on mógł pomyśleć, że chciałaby uprawiać seks podczas rozmowy telefonicznej? Ach ci faceci!

Nie czekała na windę, tylko zeszła schodami; po drodze pogwizdywała, czując, że przepełnia ją szczęście. Spodziewała się już niebawem dużego sukcesu. Niedobrze dla jej londyńskiego łącznika, ale przecież nie opłacało się być takim zasadniczym w tych czasach i w takim wieku.

Rozdział ósmy

W Skibbereen Dermot Poll chrząknął i z irytacją poruszył głową. Jego zarośnięty podbródek zachrzęścił na zszarzałym prześcieradle, które miał naciągnięte aż po uszy. Przewrócił się na drugi bok i zaklął.

– Zasrane życie – jęknął. – No co jest, nie mogą latać tymi samolotami gdzie indziej? Przecież to jeszcze środek nocy...

Wcisnął pośladki w obfity kobiecy zadek należący do Deirdre i Deirdre też chrząknęła. Trudno było wysłyszeć jakąś treść w tym chrząknięciu, ale jego znaczenie było oczywiste.

– Sama jesteś świnia – odparował i wcisnął głowę w silnie woniejącą poduszkę. – Jakbyś tu trochę ogarnęła, tobym się tak nie zaświnił.

Tym razem jej warknięcie było całkiem zrozumiałe.

– I ty też – mruknął pogodnie i na powrót zasnął.

Ich syn Declan przeszedł właśnie na palcach pod drzwiami. Był już mężczyzną i zamierzał szukać szczęścia w Londynie. I nie tak jak inni – nie dla niego harówka na placach budów. Co to, to nie – Declan potrafił śpiewać, miał swoją gitarę, a także trzydzieści osiem irlandzkich funtów w kieszeni. Otworzył drzwi pubu swego ojca i wyszedł na świeże, pachnące powietrze. Za nim wionęło zastarzałymi oparami niezdrowej atmosfery ubiegłonocnej hulanki. Wtedy po raz ostatni śpiewał dla tej bandy pijaków, z ich łzami, gniewem i bezsensownym, sentymentalnym patriotyzmem. Wciągnął do płuc duży cudowny haust morskiego powietrza i wyruszył drogą biegnącą ze Skibbereen w stronę szczęścia. I, inaczej niż kiedyś jego ojciec, nie miał zamiaru nigdy wracać.

Dermot spał dalej, ze swym zjełczałym oddechem, z nieogolonym podbródkiem, spocony od snu i woniejący nadużywaniem, nieświadom, że na wybrzeżu Skibbereen nie zobaczy nigdy srebrnych koni, lecz tylko więcej załamujących się fal.

Samolot Rohanne przeleciał z hukiem nad Irlandią w całej jej zielonej krasie, ona jednak ani razu ani nie spojrzała w dół, ani też nie poświęciła jej myśli. Na kolanach trzymała jedną z powieści Janice Gentle oraz kalkulator. Zaklepanie tej umowy będzie porównywalne do odrodzenia Feniksa.

Bębniła palcami po okładce książki. Kapitan zapewnił pasażerów, że właśnie przelatują nad wodami Dublina. Spojrzała w dół, ale nie zobaczyła nic prócz zieleni i morza spowitego w poranne mgły. Dla niej cała ta Irlandia oznaczała jedynie irytujące wydłużenie szacowanego czasu przylotu.

Rozdział dziewiąty

Sylvia Perth została osądzona za wulgarny występek, jakim jest umieranie w miejscu publicznym bez uprzedniego wygłoszenia oświadczenia woli oraz brak oryginalności, jakim jest uczynienie tego z dowiedzionych przyczyn naturalnych. Sprawę zamknięto i szczątki Sylvii Perth zostały wydane, by można je było pochować. Media okazały niewielkie zainteresowanie tak mało ważną śmiercią, ponieważ w tym samym czasie w pewnym salonie masażu nakryto członka królewskiego rodu, a poza tym nadeszła fala letnich upałów; te oto wiadomości zepchnęły zgon agentki literackiej w cień. Na szczęście dla Janice (i na nieszczęście dla królewskiego lowelasa) ujadające hordy zostawiły ją w spokoju.

Czekała dalej, bez słowa, spokojnie, w swoim beżowym klasztorze, pewna, że w końcu coś się okaże.

Policja, która starała się ustalić, z jakich powodów Sylvia Perth znalazła się w tym bloku, orzekła, że w zasadzie jedyną naturalną rzeczą w życiu Sylvii Perth była przyczyna jej zgonu i że prawdopodobnie odwiedziła Battersea z powodów zgoła nie literackich. Fakt jednak był taki, że niezależnie od preferencji obyczajowych policji, tego typu wykroczenia nie podlegały karze, nawet jeśli postrzegano je jako obrzydliwe, dlatego więc sprawa zakończyła się jedynie powierzchownym śledztwem, tym bardziej że zabrakło zapału sierżanta Pittera.

Przesłuchania od drzwi do drzwi nie naprowadziły na żaden poważny trop; jedyna z mieszkanek bloku, która nie miała alibi, była gruba i nosiła okulary, więc zostawili ją w spokoju. Pan Jones chciał żyć spokojnie, dlatego więc niczego nie mógł sobie przypomnieć. Kiedy kwestionowano tę jego amnezję, bardzo mu się przydawał aparat słuchowy. Z kolei sierżant Pitter tak bardzo skupiał się na swym bólu, że nie potrafił nawet określić, co było jego przyczyną, i ostatecznie strony zaangażowane w sprawę „trupa w windzie" okazały się mało atrakcyjne.

Zainteresowanie mało atrakcyjnymi osobami nie stanowiło wtedy kwestii istotnej dla brytyjskiej opinii publicznej. Brytyjska opinia publiczna życzyła sobie, żeby wreszcie przywrócono prawo i porządek, żeby brytyjskie harcerki mogły jeździć za granicę i tam spacerować po nocy, nie narażając się na bicie, gwałty i terror – nawet tradycyjne kręgi przestępcze były oburzone niesmacznym obrotem spraw. Mimo nacisków ze strony rządu, by w prasie brukowej ukazywało się więcej młodszych i większych obnażonych piersi, rdzenni mieszkańcy zaczynali się niecierpliwić. Policja, której powiedziano dość dosadnie, że ma schwytać jakieś grube ryby, które zeszły na psy, popełniła błąd i przyłapała pewnego rekina przemysłu na dokonywaniu oszustw w porozumieniu z władzami miasta, tym samym hańbiąc raczej, zamiast wzmocnić rząd, z którym (być może tylko metaforycznie) ów rekin przemysłu był intymnie związany. Nie był to czas na ściganie zboczeńców, chyba że dany zboczeniec zajmował jakieś wysokie stanowisko. Ostatecznie reputacja funkcjonariuszy prawa znalazła się w wielkim kryzysie. Kobiety z Battersea nie dziwiły się. Jedna z nich powiedziała do drugiej w pralni: „Skoro policjant potrafi wybuchnąć płaczem i wezwać karetkę tylko dlatego, że bolą go plecy... no cóż...”

Janice okryła swój komputer, bo praktycznie tylko w taki sposób mogła obchodzić żałobę. Przedtem zastanawiała się, czy nie wymazać wszystkiego, co napisała w związku z *Odrodzeniem Feniksa* (zwłaszcza tytuł), ale tego nie zrobiła. Z jakiegoś powodu uznała, że powinna wszystko zachować przez wzgląd na pamięć Sylvii, nawet gdyby nie miała już tego nigdy wykorzystać. Nikt jej nie przysłał żadnej informacji o pogrzebie, a zresztą Janice nie była pewna, czy mogłaby znieść udział w takim rytuale: nie doszło do tego, więc Sylvia Perth w pewnym sensie wciąż była przy niej.

Ducha próbowała jej dodać Christine de Pisan. „Kiedym zaczęła pisać, jakież wszystko było trudniejsze. Powiadam wam, te przemądrzałe lordziątka publikujące gdzie popadnie swe *blastanges de femmes* przeciwko mojej płci. A wszak takich jak oni ceniono sobie wielce. Rzecz jasna udało mi się odeprzeć owe oszczerstwa i opublikowałam moje *Cité des dames* ku chwale niewiast – w rzeczy samej ku ich wielkiej chwale. Tako więc, obawiam się, iż nie umiem tak naprawdę żywić do was dużej sympatii”.

Nieszczęśliwa Janice nabrała musu czekoladowego na łyżeczkę. Wszystko bardzo pięknie, Christine, ale przecież ty n i e ż y j e s z, pomyślała. Ona zaś bez wątpienia żyła. I jakoś nie zauważyła, by ktoś zamierzał otoczyć ją już niebawem patronatem. Wciąż czekała. Zerknęła na okryty ekran i zaczęła się bardzo mocno zastanawiać, co teraz z tym wszystkim będzie.

W Croydon Derek wydał głośny okrzyk radości, kiedy obudowa wentylatora wsunęła się idealnie do otworu, który sam wykonał. Niewielu ludzi potrafiłoby to zrobić od razu, pomyślał, i uznał, że jest bardzo męski. Poszło mu tak samo dobrze jak ze schodami do piwnicy. Bingo! Okazały się takie równe. Ale kiedy wezwał żonę, aby obejrzała ten sześciostopniowy cud, ta nie wykazała się aż takim entuzjazmem, jakiego się spodziewał. „Mam nadzieję, że nie narobiłeś bałaganu", tylko tyle powiedziała, co nie było zbyt sympatyczne, jeśli wziąć pod uwagę jego starania. Zużył przecież połowę przysługującego mu urlopu, żeby wykonać tę robotę. I nieważne, że zrobienie schodów w piwnicy było dla niego tym samym co tydzień w Torquay: naprawdę należały mu się pochwały. Czekaj tylko, pomyślał z irytacją, czekaj tylko, aż będziesz musiała tu zejść z pełnymi rękoma. Dopiero się ucieszysz, że masz takie porządne schody.

To tyle w kwestii piwnicy. Może z wentylatorem będzie inaczej. Pstryknął przełącznik i cichy szum wirowania zabrzmiał dla jego uszu niczym melodia. Postał tam przez chwilę, pławiąc się swym osiągnięciem, a potem zawołał żonę. Po chwili zawołał ją jeszcze raz. Zawołał ją ze szczytu schodów, ale wciąż nie odpowiadała. Zezłościł się; to on tu haruje w tej łazience od kolacji, a ona nie przyszła ani razu – ani razu! – żeby sprawdzić, co robi, albo przynieść mu coś gorącego do picia. Inne żony tak robią. Ken, kumpel z pracy, mówił o tym nie dalej jak właśnie tego dnia – i co więcej, ten sam Ken dwa razy w tygodniu chodził z kolegami do pubu. Derek nigdy czegoś takiego nie zrobił, bo wolał zostawać w domu i majsterkować.

– Nie teraz, Derek! – odkrzyknęła w końcu. – Nie widzisz, że jestem zajęta?

Z pewnością miał prawo czuć się urażony. Przeciwdziałanie wilgoci i zaleganiu nieprzyjemnych zapachów (z pewnością niełatwe zadanie) było pracą, którą wykonywał przecież dla nich obojga. Zazwyczaj bardzo go zachęcała, a jednak ostatnio, no cóż, przestała być taka praktyczna i pomocna jak zawsze. Opowiadała jakieś historie o telefonistce z pracy, ale zgubił wątek. Równie dobrze to on mógł powiedzieć, że jest zajęty. Ostatecznie, czy nie mogła poświęcić tych kilku chwil, żeby wskoczyć na górę i wyrazić podziw dla tego, co zrobił? Jeszcze raz z dumą spojrzał na wentylator.

Podczas rozmowy z Kenem zwrócił przecież uwagę, że to prawda, pierścionek z brylantem być może jest wieczny, ale jeśli kratka odpływu jest źle zamontowana, to może wpaść do środka i zaginąć. Aha! On sam zawsze starał się jak najlepiej usprawnić funkcjonowanie różnych urządzeń. I to jej się podobało, może nie? No więc dlaczego nie zostawi tego, co akurat robi, i nie przyjdzie na chwilę na górę, żeby to powiedzieć? Kobiety to zagadka. Równie dobrze mógłby iść do pubu, jak mu proponował Ken. Jeszcze raz sprawdził wentylator, zanim zszedł na dół; działał jak złoto. Potem bardzo ostentacyjnie stanął przy otwartych frontowych drzwiach, ze swoim skafandrem przerzuconym beztrosko przez ramię, i oświadczył dość sztywno, że wychodzi.

Może każe mu zawrócić?

– Pa! – odkrzyknęła z kuchni. Miała włączoną kasetę Van Morrisona i podśpiewywała razem z nią.

– Będziesz dziś brała kąpiel? – zawołał.

Wystawiła głowę zza kuchennych drzwi.

– Zawsze się kąpię, Derek, co wieczór – i z tym znowu zniknęła.

Wyraźnie z jakiegoś powodu miała muchy w nosie. Pokazał w uśmiechu swoje wystające zęby. Przecież nie mogło chodzić o tamto, skoro zainstalował nowy sprzęt?

Usiłował trzasnąć drzwiami, ale nie udało mu się z powodu nowych uszczelek. Wszystko się sprzysięgło przeciwko niemu. Nawet inspektor budowlany, który powiedział, że tu po prostu nie ma miejsca na adaptację strychu. Derek był taki rozczarowany. Przecież zdobył już cały niezbędny sprzęt. Ten wentylator stanowił doprawdy niewielką rekompensatę.

Zanim dotarł do bramy, jego złość gdzieś wyparowała. Halo? A to co znowu? Jeden z zawiasów nie wygląda dobrze. Będzie go musiał wyregulować. Zresztą jak o tym pomyślał, uznał, że cały płot wydaje się jakby przekrzywiony. Może tym właśnie powinien się zająć podczas weekendu. Ruszył przed siebie, wymachując skafandrem i obliczając, ile będzie potrzebował drewna. I znowu zrobiło mu się wesoło.

Drobna Blondynka westchnęła z ulgą. Wymyła wannę po Dereku, starła pozostawiony przez niego kurz – w łazience, na podeście i w sypialni, na miłość boską! – a teraz odmaczała się w ich wannie, pięknej, nowiutkiej i bardzo dużej. Odgłos delikatnego wirowania rozlegający się nad jej głową sprawił, że podniosła wzrok. Ze ściany wystawał jakiś nowy, plastikowy obiekt, brzydki i irytujący. Para leciała prosto w jego stronę i wtedy terkotał jeszcze głośniej. Usiłowała leżeć z zamkniętymi oczyma i myśleć o miłych rzeczach, tak jak to radził tamten artykuł o relaksowaniu się dla urody, ale nie była w stanie. Ten odgłos brzmiał tak, jakby razem z nią w łazience zamknął się jakiś dentysta z wiertłem. Na litość boską! Wyszła z wanny.

Kiedy się wycierała i ubierała w koszulę nocną, przyszło jej na myśl, że bez wątpienia ma prawo do odczuwania złości. Po pierwsze, bałagan, który zostawił w całym domu (on jest ślepy czy co?), po drugie, oto po raz pierwszy od wieków była sama w domu i mogła rozkoszować się spokojem (żadnych wierteł, smrodu farby, kucia młotem), a tymczasem on nawet nie wykonał swojej pracy właściwie, bo to, cokolwiek wisiało na ścianie łazienki, robiło potworny hałas i z pewnością domagało się uwagi.

Oczyściła cerę, szczególnie dokładnie zajmując się porami w okolicach nosa. Te pory – przyjrzała im się uważnie – stawały się jakby większe. Może powinna kupić sobie to urządzenie do nawilżania twarzy parą; widziała je na reklamach. Wyrwała kilka włosków z brwi i parsknęła kwaśno; lepiej nie mówić Derekowi, że myśli o kupieniu sobie czegoś takiego, bo wtedy natychmiast zaproponuje, że sam to skonstruuje. Niemniej jednak lubiła wszystko, dzięki czemu wyglądała pięknie; jeśli się wyglądało pięknie, to i czuło się pięknie, a jeśli czuło się pięknie, to i życie stawało się piękne. Jak to możliwe, że ta pospolita telefonistka mogła zajść w ciążę z takim wyglądem – cóż... Drobna Blondynka nie miała zamiaru się zaniedbywać, nigdy, bo jak raz się człowiek zaniedba – tu zadygotała – to już nie da rady na powrót stać się piękny. Na przykład tamta kobieta w metrze. Potwór, istny potwór... Nic dziwnego, że tak się na nią gapiła: to przez zazdrość. Potwór.

Przez chwilę czytała w łóżku powieść Janice Gentle, a kiedy zrobiła się senna, podkuliła nogi, zgasiła światło, a następnie ślicznie i gustownie zapadła w sen, by śnić o egzotycznych miejscach, pięknych ubraniach i mężczyźnie, który nie miał twarzy, ale w niczym nie przypominał Dereka, ponieważ był – jakie to dziwne – dentystą.

Derek, który wrócił nieco później, wsunął się obok niej do łóżka i wyciągnął rękę w stronę tej miłej fałdki u dołu jej brzucha. Próbował ją obudzić, ściskając tę fałdkę, ale ona odsunęła się, przycisnęła kolana do piersi i spała dalej. I dobrze. Przypomniał sobie nowy element wyposażenia łazienki.

– Ciekawe, co sobie pomyślałaś na widok tej niespodzianki? – mruknął szczęśliwym głosem. – Widzę, że wzięłaś kąpiel. Dobrze było, prawda?

Przejechał językiem po swoich zębach. Zapomniał je umyć. A co tam. Skoro ona nie mogła przyjść i popatrzeć, kiedy on ją prosił, to czemu on miałby cały czas robić to, czego chce ona? Zamknął oczy. Ken prawdopodobnie miał rację, mówiąc, że można wykorzystać stare drewno na nowy płot. Przycisnął się do niej plecami. Kiedy odpływał w sen, przyszło mu na myśl, że chętnie by sobie tego-śmego – w ramach drobnej nagrody za jego starania – ale ona znajdowała się teraz daleko stąd, a raczej nie wyobrażał sobie, by mogła się ucieszyć, że ją budzą tylko z takiego powodu. A co tam. Przyłożył dłoń do swoich organów. Za chwilę zwiędną. Ziewnął – przez to piwo i w ogóle – i z wielkim zadowoleniem wcisnął się jeszcze głębiej w słodko pachnące siedzenie żony i odpłynął w sen.

Kanciasta Szczęka leżał bezsennie i użalał się nad sobą. Czuł się nierozumiany i niedoceniany, a na domiar złego w pralni nie sczyścili wszystkich śladów po jedzeniu na wynos, którym go obrzuciła. Szkoda gadania: kobiety są przewrażliwione i cokolwiek by człowiek robił, wszystko i tak musi być źle. Wbijają sobie do głowy jakieś bukiety kwiatów i temu podobne rzeczy, ale jak się robi coś miłego, mówią, że wcale nie tego potrzebują. A potem, kiedy im się zadaje pytanie: „No to czego ty potrzebujesz?", odpowiadają: „Powiedziałabym, ale nie widzę w tym większego sensu". Jakby człowiek był jakimś cholernym jasnowidzem czy kimś takim. No i taka to jest prawda w związku z Melanie. A przecież może uprawiać seks, kiedy chce, bez tych wszystkich zachodów. Wystarczy tylko iść do jakiegoś klubu czy coś tam. Tego jest zawsze mnóstwo pod ręką i wystarczy tylko używać prezerwatyw. Co wcale nie znaczy, by aktualnie aż tak bardzo przepadał za seksem – w ogóle za niczym specjalnie teraz nie przepada – ale z kolei ta pogoda jest taka dołująca... Oczywiście za dnia nic mu nie było, bo miał swoją pracę, która całkowicie zaprzątała umysł, ale czuł się tak, jakby stracił całą parę.

Wiedział oczywiście, że z początku będzie mu trudno, ale już od dawna nie mógł się doczekać, kiedy znów zacznie żyć sam. I uwolni się od najróżniejszych rzeczy. Wieczorami bywało trochę trudno, ale oglądał telewizję albo wychodził na miasto. Zeszłego wieczoru obejrzał *Nieznośną lekkość bytu*, bo ktoś w pracy mówił, że tam jest dużo seksu, ale jego ten film raczej przygnębił, niż podniecił. I parę kwestii, które wypowiedziała ta kobieta, przypomniało mu... cóż, brzmiały znajomo w każdym razie. Dlatego znowu wyszedł z domu i nie obejrzał końcówki. Sentymentalne bzdury. Nic więcej. I wcale mu się nie podobało, że się kochali w taki sposób. Wcale się nie napalił od tego widoku, tylko... cóż, naprawdę mocno go to zdołowało.

Seks był pułapką, bo to właśnie przez niego człowiek szukał stałego związku. Gdyby nie seks, prawdopodobnie już nigdy nie spojrzałby na żadną kobietę. Kobiety zastawiały sidła swoimi ciałami, uśmiechami i tym, że na początku były takie uległe. Tak czy siak schował już wszystkie jej rzeczy – flakony z perfumami, koszulę nocną, suszarkę do włosów, kosmetyki do makijażu, ubrania (zdumiewające ilości) – do kartonowego pudła i wepchnął je pod łóżko. Z pewnością nie zamierzał siedzieć i cały czas pamiętać o tym gównie, a tym bardziej o niej. Nie było sensu rozmyślać o tym, o co jej mogło chodzić. Bo i po co? Wieczne wałkowanie tego w myślach mu nie pomoże – lepiej to wszystko pogrzebać i zwyczajnie zapomnieć. Powąchał swoją marynarkę. Nie mylił się, czuł zapach jagnięciny i był pewien, że wciąż ma jej odrobinę w uchu. Boże – te baby! W myślach wykwitła mu nagle twarz Melanie. Co ona teraz robi? Wziął prysznic, a potem nastawił muzykę. Nie chciał wiedzieć. Przypomniała mu się tamta kobieta z metra, to grube babsko z plastrem szynki wystającym z ust. Kto wie, czy Melanie tak nie skończy? Musi znaleźć sobie jakieś zajęcie, zapełnić czymś czas, bo jeszcze zacznie się uważać za samotnego i poczuje się zmuszony do myślenia.

Melanie zrobiła kilka rzeczy. Na przykład samodzielnie zalała robaka. Poszła do winiarni, gdzie czuła się cudownie i gdzie flirtowała z tym facetem, który okazał się naprawdę świetny, mówił różne miłe rzeczy i prawił jej mnóstwo komplementów, ale ni stąd, ni zowąd przestał jej się podobać i odmówiła mu, bardzo stanowczo, kiedy chciał, żeby wzięła go do siebie.

– Jesteś wariatką – orzekła Becky, jej przyjaciółka – on jest naprawdę fajny.

Tamten też był kiedyś fajny, pomyślała Melanie. I poszła do domu, by samotnie pławić się w smutku.

Spotkała się też z przyjaciółkami, obgadała z nimi sprawę, rozbierając wszystko na czynniki pierwsze, dochodząc wspólnie do tego, co on czuł, dlaczego powiedział to, czemu zrobił tamto, aż wreszcie, kręcąc głowami z niedowierzaniem, stwierdziły zbiorowo: mężczyźni już tacy są, że nie da się z nimi ujechać, a Melanie jest szczęściarą, że udało jej się uciec. Ale wcale tak to nie wyglądało następnego wieczoru, kiedy w nieznośnym przypływie tęsknoty przejechała pod oknami jego mieszkania i widziała go, jak wynędzniały wsiadał do swego samochodu. Najpierw poczuła satysfakcję, a potem się popłakała, bo ten jego wynędzniały wygląd oznaczał prawdopodobnie, że on żyje pełną parą, że się nie oszczędza, że sypia z całymi tabunami kobiet. Nagle zapragnęła wiedzieć, czy to prawda, i wykręciła kolejno wszystkie cyfry jego numeru telefonicznego z wyjątkiem ostatniej, zanim odwiesiła słuchawkę. Nie chciała wiedzieć i jednocześnie bardzo chciała. Płakała na filmach, płakała w biurze, płakała w domu, w samochodzie, nawet u Marksa & Spencera na widok orchidei, ponieważ były to kwiaty, które ofiarował jej na pierwszej randce. Trzymała się tylko dzięki przekonaniu, że ta straszna separacja da mu czas na zastanowienie się i zrozumienie, co się właściwie stało – pod warunkiem że chciało mu się o tym myśleć. Jeśli myślał, to w takim razie z pewnością zrozumie...?

Ruda z Klasą stała przy furtce swojego ogrodu w Cockermouth; ze znękaną miną wysłuchiwała tyrady, jaką z przejęciem wygłaszała do niej starsza kobieta w chustce na głowie.

– Na świecie za dużo grzechu – stwierdziła Głowa w Chustce.

– Albo za mało – zareagowała butnie Ruda z Klasą, a potem natychmiast poczerwieniała, zarówno od tego lekkiego dreszczu podniecenia, który ją stale nachodził, jak i od skutku, jaki mogło wywrzeć to jej oświadczenie.

– I pomyśleć: takie rzeczy z ust żony wikarego? – odparła zszokowana kobieta. – Co by to niby miało znaczyć?

Ruda zastanowiła się prędko.

– Chciałam powiedzieć – wyjaśniła odpowiednio pokornym tonem – że im mniej grzechu jest w świecie, tym bardziej sprawiedliwa będzie większość, która stoi ponad tymi, którzy błądzą i których Biblia nakazuje nam kochać.

Kobiecie w chustce opadła szczęka. W tym rozumowaniu było coś nie tak, mimo że zabrzmiało bardzo przekonująco.

Podszedł do nich wikary. Wzrok miał utkwiony w żonie, w krzywej jej karku, w linii jej ramienia, w kształcie jej dłoni, którą gładziła niebieskie ostróżki. Druga dłoń, odziana w rękawiczkę, to ściskała, to puszczała końcówki żerdzi w płocie. Właśnie ta dłoń uniosła się jakby z własnej woli w geście pozdrowienia, na co odpowiedział podobnym gestem. Żona nie obejrzała się jednak.

– Dzień dobry – powiedział do zdeprymowanej parafianki. – Tak pani wygląda, jakby coś panią wstrząsnęło.

Ujął dłoń żony i nieświadomie przycisnął ją do ust, w geście połączenia, okazując miłość; widział po jej sylwetce, że coś ją zdenerwowało.

– Ktoś tu uważa, że na świecie jest za mało grzechu. – Ani to oświadczenie, ani ten pocałunek nie rozbawiły parafianki. Pomijając wszystko inne, potajemnie podkochiwała się w wikarym, podobnie zresztą jak w jego poprzedniku. Jako ta osoba, która najwięcej dbała o kwiaty w kościele i zawsze polerowała mosiężne naczynia, miała prawo, by potajemnie podkochiwać się w wikarym. Co częściowo polegało na tym, że współczuła mu, widząc w nim mężczyznę unieszczęśliwionego przez współmałżonkę. Ale kiedy całował dłoń tamtej, trudno było podtrzymać w sobie litość, a gdyby jej zabrakło, to, cóż, być może i miłość podzieliłaby jej los.

Jego żona cofnęła dłoń. Ukradkiem potarła ją w miejscu, gdzie ją pocałował; nie taki pocałunek wypełniał jej myśli. Ułożył rękę na jej ramieniu i poczuł, jaka ona jest zesztywniała. Pragnął powiedzieć, że jej oczy są takie jak te kwiaty i położyć się razem z nią na pełnym stokrotek trawniku, na porannym słońcu. Bóg, który wiedział wszystko, musiałby po prostu przystać na to, że on tak grzeszył w myślach. Ona nie wiedziała, jego parafianie (a kysz!) nie wiedzieli: to była sprawa tylko między nim a jego Bogiem. Dotknął jej kościstego ramienia, wiedząc, że jeśli powiedzie dłonią dalej, dotrze do miękkiej rozkoszy jej piersi. Uśmiechnął się przepraszająco do Głowy w Chustce, która zadarła nos, wystawiła podbródek do przodu i czekała, aż obali tamto stwierdzenie.

– Żona tak mówi – odparł szarmanckim tonem – bo wie, że ja lubię mieć zajęcie. A teraz, obawiam się, będę musiał ją porwać. Trzeba do niedzieli przeliczyć datki, a ja nie mam głowy do liczb...

Żona wikarego wodziła dłonią tam i z powrotem po kwiatach, przyglądając się opadaniu pyłku i więdnących pączków.

Na świecie było za mało grzechu. Pół godziny grzechu w zeszłym tygodniu, a ona wciąż rozkoszowała się każdą minutą, każdą sekundą. Poszła do perfumerii i tam zrobiła sobie makijaż (starając się przy tym nie przyglądać sobie zbyt uważnie: drobne, czerwone zmarszczki od okrutnych, północnych wiatrów, obrzmienia wokół zmętniałych oczu, usta zaciśnięte w cienką kreskę – już nie ta róża, którą ją nazywał). Ożywiła swój wygląd chustą tak jak kiedyś udrapowaną na ramionach – znów elegancka od niechcenia, inna niż ostatnimi czasy. Tak czy owak zabawne, że ta chusta natychmiast wskoczyła na swoje miejsce. Uśpiona umiejętność, londyńskie zarzucanie chusty na ramię, umiejętność, której, jak się okazało, nie można utracić. Tak to niemal było, jakby coś jej przypomniało, że ona przecież ma inne życie, że wystarczy tylko chcieć i po nie sięgnąć, bo to drugie życie wciąż tu jest, wciąż tutaj...

Podczas godziny interpelacji poselskich w Izbie Gmin niczemu się nie przysłuchiwała, tylko cały czas patrzyła na niego. On zaś charakterystycznie splatał ramiona na piersi, wyciągał długie nogi i krzyżował je w kostkach. Pamiętała to ciało ukryte pod granatowym garniturem i jak wyglądało, jakie było w dotyku, kiedy było nagie. Z daleka wydawało się, że zmienił się jedynie nieznacznie – może trochę nabrał ciała, może trochę posiwiał, może stał się trochę bardziej oficjalny, ale to był on. Przyszło jej na myśl, że gdyby zamknęła oczy, to znowu poczułaby jego zapach. Kochaj mnie, posłała wiadomość przez całą salę, kochaj mnie ten jeszcze jeden raz... Tylko ten jeden raz i to wystarczy.

Poszli na krótką herbatę. Spytał ją, czy mu wybaczyła, pocałował wnętrze jej dłoni (właśnie w to miejsce, miała teraz ochotę powiedzieć Arthurowi, całuje się kobiecą dłoń – nie w jej zimny, kościsty grzbiet, tylko w mięsistą i ciepłą miękkość wnętrza. Ty durniu). Skłamała i powiedziała, że jest strasznie, strasznie szczęśliwa na północy. Że Arthur jest taki kochany, że jej ogród jest piękny, że... A potem spojrzała mu butnie w oczy i powiedziała: „Chciałabym raz jeszcze iść z tobą do łóżka", na co on spytał: „Tylko jeden raz?", sprawiając, że podskoczyło jej serce i poczuła skurcz między nogami.

W taksówce wzięła go za rękę i pocałowała wnętrze jego dłoni, tak jak on przedtem ją pocałował, a potem wsunęła sobie tę dłoń pod robiony ręcznie sweterek wrzosowej barwy, pod zwykły bawełniany biustonosz (ach, gdzie te niegdysiejsze koronki i kuszące kokardki, gdzie te perłowe satyny i brzoskwiniowe jedwabie!) i na krótką chwilę poddała się rozdzierającemu doświadczeniu na nowo rozpalonej namiętności, aż wreszcie dojechali do ulicy St. James's. I tam się rozstali.

– Czy to jest możliwe? – Stała na chodniku, trzymając się otwartego okna taksówki, pilnując, by ta nie odjechała, póki ona nie będzie gotowa.

Wiedział, o co ona pyta.

Nazwał ją swoją najdroższą Alice i w tym momencie miała wrażenie, jakby te wszystkie lata gdzieś się zapodziały. Poczuła mrowienie w piersi. Popatrzyła na jego dłoń, na te długie i wrażliwe blade palce, na łódeczki prawidłowo utrzymanych paznokci i sama siebie zadziwiając, zadała sobie w myślach pytanie, gdzie one ostatnio były; wyglądały tak niewinnie, te palce, on wyglądał tak niewinnie, ten człowiek z establishmentu.

– Następnym razem uprzedź mnie, że przyjeżdżasz. – Powiedział to ostrożnym tonem.

Była wniebowzięta.

Podczas ostatniej części konferencji nie mogła się przestać uśmiechać i chichotała pod nosem, wprawiając tym w wielkie zamieszanie panią Lovitt, ponieważ to posiedzenie było poświęcone przemocy wobec dzieci.

Wróciła do domu, znów była Alice, tą co zawsze. Opowiedziała Arthurowi wszystkie szczegóły swojej podróży, opisała nawet tłustą ekscentryczkę, która siedziała obok niej w metrze.

– Londyn wydaje się pełen szaleństwa – stwierdziła, ale powiedziała to szczęśliwym tonem. Pragnęła, by Arthur kochał się z nią tej nocy, ale on długo nie przychodził do łóżka. Nagle przypomniała sobie, że zostawiła jego „Kościelne Wieści" w saloniku. Prawdopodobnie to go uraziło – zachowywał się dziwnie, kiedy powitał ją na dworcu.

Arthur popijał na dole whisky i zastanawiał się, dlaczego jego żona wróciła uperfumowana i umalowana, dlaczego jej oczy, zawsze niebieskie, wyglądały tak, jakby wymieniła w nich baterie, bo tak lśniły. Tęskni za Londynem, pocieszał się; powinna mieć dziecko, pocieszał się. Nie chciał myśleć o niczym innym. Ani też o tym, dlaczego podczas rozpaczliwego poszukiwania spinki do kołnierzyka (na pewno tego szukał?) natrafił na puderniczkę i inne drobiazgi w głębinach jej toaletki. Najpierw pomyślał, że to ta puderniczka, którą on jej kupił, ale to nie była ta. Ta była znacznie elegantsza. A na wieczku miała wygrawerowane zapewnienia o wiecznej miłości, podpisane jej i jeszcze czyimiś inicjałami. Pił dalej, a tymczasem obok leżały zapomniane jego otwarta Biblia i *Widzenie o Piotrze Oraczu*.

ROZDZIAŁ DZIESIĄTY

Janice otwarła okno wychodzące na niewielki balkon, ale zamiast świeżego powietrza wpuściła do środka skwar samego środka dnia, smród samochodów i asfaltu. Powoli ogarniała ją panika. Nic się dotąd nie okazało. Tego ranka posłaniec na motorze dostarczył jej comiesięczną wypłatę, co aż ją zmroziło swoją normalnością. Może to wszystko jej się przyśniło? Może Sylvia Perth wcale nie umarła? Zauważyła kręcącego się na dole pana Jonesa odzianego w kombinezon. On by wiedział, ale jego wolała nie pytać. Bo niby jak? „Pamięta pan może, czy działo się tu ostatnio coś odbiegającego od normy?" A gdyby powiedział, że nie? Czy wtedy dalej grzebałaby w jego pamięci? „Widział pan coś dziwnego? Dajmy na to w windzie? Na przykład jakiegoś trupa czy coś podobnego?"

Akurat.

Wczoraj, wiedziona impulsem silniejszym niż strach przed szaleństwem, zadzwoniła do mieszkania Sylvii. Nigdy tam ani nie była, ani tam nie dzwoniła, ale Sylvia podała jej swoje namiary, które miała wykorzystać w razie sytuacji awaryjnej. No cóż, to była najprawdziwsza sytuacja awaryjna i chociaż niczego się nie spodziewała, wykręci-

ła numer – zupełnie nie przygotowana na szok, jakim będzie usłysze-
nie głosu Sylvii.

„Przepraszam, ale w tej chwili nie mogę podejść do telefonu. Proszę zostawić wiadomość, to oddzwonię”.

Janice przełknęła ślinę. Tak to zabrzmiało, jakby jej agentka wcale
nie odeszła, jakby wcale nie umarła, jakby wciąż tu była, szykowna,
inteligentna, czujna, żywa. Janice zjadła funt orzechów brazylijskich,
zastanawiając się jednocześnie nad tym zjawiskiem. Nie wymyśliła
żadnego rozwiązania, oprócz takiego, że coś tu jest mocno nie tak.

Potem jeszcze kilka razy wykręcała ten numer i zawsze słyszała
ten głos, stanowczy i pełen życia, który sprawiał, że wspomnienie tor-
su wystającego z windy wydawało się nieprawdziwe i odległe...

Erica von Hyatt oparła się o kilim z gryzącej wełny z wyhaftowaną
sceną przedstawiającą Khomi (piękną nałożnicę o migdałowych
oczach), która ściga Khani (dziewczynę ze świętym dzwoneczkiem
przebraną za chłopca), i zastanawiała się, jak tu teraz postąpić, żeby
było jak najlepiej. Zjadła prawie wszystkie skromne zapasy jedzenia,
jakie znajdowały się w mieszkaniu, i została jej już tylko paczuszka
chałwy, puszka mleka w proszku (z której gwałtownie ubywało), pół
puszki kawy i kilka zasuszonych owoców granatu, które być może
ułożono tu kiedyś dla dekoracji. Oprócz tego był tam jeszcze bardzo
zdobny barek, do którego jak dotąd sięgała tylko parę razy i bardzo
ukradkiem, ale to mogło się zmienić, jeśli w najbliższym czasie nic
się nie zdarzy.

Nie odbieraj telefonów, przykazała jej Sylvia, i obiecuję przynieść
ci dziś coś ładnego. Cóż, to się zdarzyło tak dawno temu, że Erica von
Hyatt straciła rachubę dni. W sumie wcale jej to nie niepokoiło, ponieważ życie na ogół było ciągiem nie dotrzymanych obietnic i nieprzyjemnych rozstań – ale w sumie nie spodziewała się, że to będzie
się ciągnęło aż tak długo. Z jednej strony przebywanie tutaj było
znacznie przyjemniejsze od szwendania się po Piccadilly, z drugiej
strony było tu nudno. Telefon dzwonił non stop i to nieustające pika-
nie i poszczękiwanie sekretarki stało się nieodłącznym akompania-
mentem jej obecnego życia. Szczęk, szmer, szczęk, pauza, pik, pik,
szmer. Znała to już na pamięć i musiała się bardzo pilnować, by nie
cisnąć aparatu na posadzkę i nie podeptać go. Położyła na nim kilka
wyszywanych cekinami poduszek, co pomogło, bo po pierwszych kilku dniach liczba telefonów mocno się zmniejszyła. Telefon odzywał
się teraz tylko od czasu do czasu i prawie go już nie słyszała.

Cisza, która panowała w tym apartamencie, była rozkoszna i przez cały ten spędzony w samotności czas Erica von Hyatt dokonała wiele w dziedzinie tego, co określała mianem luksusu spania, ale choć było to doświadczenie przyjemne, to jednak wolałaby móc wyjść z domu raz na jakiś czas. Niestety, gdyby wyszła, to już by tu nie weszła. Ale i tak była to kusząca myśl. Znalazła w jednej z szuflad banknot dziesięciofuntowy oraz kilka monet i wiedziała, że gdzieś w pobliżu musi być jakiś sklep spożywczy, mimo że za oknem nie było widać nic oprócz eleganckiej, szarej ulicy. Może mogłaby się po prostu wymknąć, zostawić drzwi uchylone i podjąć to ryzyko, że ktoś skorzysta z okazji i włamie się tutaj? Ale co będzie, jeśli wróci Sylvia i stwierdzi, że w mieszkaniu nikogo nie ma? Będzie zła i wyrzuci ją za taką lekkomyślność. A Erica von Hyatt nie chciała, by ją wyrzucono już teraz. Chciała rozkoszować się tą czystością, spokojem i ciszą jak najdłużej. Życie na koszt własnego sprytu było OK i działało dobrze na wydzielanie adrenaliny, ale nie dawało się go przyrównać do tego wylegiwania się na kanapie i oglądania telewizji całymi dniami. Erica domyślała się, że tym właśnie zajmują się regularnie prawdziwe kobiety.

Zaburczało jej w brzuchu. Nawet w pobliżu statuetki Erosa było jedzenie, do cholery! Jeśli nie od turystów, to przynajmniej z własnych źródeł: kradzione owoce, piętki od chleba, przybrudzone okrawki sera, wszystko puszczane w obieg z tą samą wspólnotową solidarnością jak zmoczone pety. Raczej nie zadawała sobie pytań o przedłużającą się nieobecność Sylvii. Rodzona matka często pozostawiała Ericę von Hyatt samej sobie, zanim zniknęła na dobre, a potem były jeszcze całe serie innych matek i ojców, którzy też zapominali o niej prędzej czy później. Bycie w ciągłym ruchu stanowiło po prostu nieodłączny element życia; jak było trzeba, to się zwyczajnie szło dalej. Sama z kolei wyprowadziła się od własnej córki, kiedy nadszedł czas. Urodziła ją, utuliła, pocałowała kilka razy, a potem zostawiła w poczekalni u doktora; nie da się chować dziecka na ulicy. Później Erica postanowiła trzymać się kobiet. Z kobietą nie zachodzi się w ciążę i – w zasadzie – nie zaznaje się od nich przemocy. Erica von Hyatt porzuciła córkę w szpitalu i uznała, że jako matka dowiodła swej odpowiedzialności, nieważne, co mogli mówić inni. Ona naprawdę była odpowiedzialna. Ostatecznie od bardzo dawna opiekowała się sobą na ulicy, przeżyła dwadzieścia siedem lat (albo dwadzieścia osiem, tu sprawa była dość mglista) i tak naprawdę nigdy nie przytrafiło jej się nic złego. Bito ją, więziono, nawet kilka razy zgwałcono, ale z tymi rzeczami człowiek sobie radził jak ze wszystkim innym, co mu zsyłał los. I w odpowiednim momencie bronił się, z zachowaniem dobrych manier, jeśli to było możliwe. Erica wiedziała, co robić, gdy ktoś chciał ją gwałcić. Po prostu mówiła takiemu, że ma AIDS – wierzył bez trudu, kiedy była w swoim ulicznym rynsztunku – i tyle go widzieli. Skądinąd była dość mocno przekonana, że nie ma AIDS. Od urodzenia Dawn rzadko bywała z mężczyznami i narkotyków też brała niewiele. Dosłownie tyle co ptaszek. Po prostu dbała o siebie.

Zdarzało się jej, właśnie tak jak teraz, uwierzyć, że znalazł się wreszcie ktoś, kto będzie się nią opiekował już do końca życia. Ale ludzie już byli tacy, że w pewnym momencie dawali nogę. O tak jak ta tutaj, która też pewnie zwieje. Ale przecież nie mogła już zwiać. Nie mogła, przecież pozwoliła Erice tu zostać. Wróci. Zresztą na razie było OK. Choć raz trochę spokoju. Musiało się zdarzyć coś nieprzewidzianego. Nieważne co, Erica von Hyatt mogła poczekać.

Przeciągnęła się, rozkoszując się świeżością własnego zapachu. Nikt jej nigdy tak naprawdę nie uszkodził od wewnątrz, a od zewnątrz wciąż wyglądała świetnie, lepiej niż przeciętna, pod warunkiem że miała gdzie się umyć. Niektórzy ludzie są po prostu silni. Ona była silna. Lubiła samą siebie, ponieważ umiała przetrwać i podobało jej się to, jak wyglądała, bo to właśnie pomagało jej przetrwać. Zawsze nosiła swoje naturalnie jasne włosy bardzo długie, bo kiedy już miała sposobność je umyć, stawały się naprawdę piękne. Jej twarz wyglądała na zdrowszą niż u większości tych dziwek-sekretarek, które widywała rankiem na ulicach. Jej talia, biodra, tyłek i uda były tak zgrabne jak wtedy, gdy odchodziła z domu, a przy tym jej cycki poprawiły się od czasu urodzenia dziecka, bo powiększyły się i takie już zostały – nie jakieś tam wielkie balony, tylko po prostu w sam raz. Dawn musiała już kończyć cztery latka; na pewno była szczęśliwym dzieckiem. Erica von Hyatt nie miała co do tego wątpliwości, ponieważ wiedziała dokładnie, kim był ojciec, a on miał pogodną naturę, dokładnie tak jak ona miała pogodną naturę, więc Dawn musiała być taka sama. Rówieśnicy wołali na Ericę Mona Liza, ale jeden ksiądz powiedział jej, że nie jest to właściwe określenie, bo Mona Liza uśmiechała się tak jakby smutno, a tymczasem w uśmiechu Eriki była iskra wesołości. Powiedziawszy to, ucałował ją w czoło, a ona – prosto od serca, jak jej się wydawało – mimo że był tym, kim był, też zaoferowała mu buziaka i wtedy podskoczył w miejscu, jakby go ugryzła. Powiedział jej, że powinna nauczyć się rozróżniać między odmianami miłości, jakie są na świecie, i znaleźć taką, jakiej pragnie.

Wciąż o tym myślała. Ale tymczasem – przeciągnęła się leniwie – tymczasem miała tutaj to mieszkanko, zamelinowała się w nim i chciała, by ten stan trwał jak najdłużej. Nie istniało nigdzie takie miejsce, gdzie byłoby bezpiecznie już do końca świata, ale tutaj było bezpiecznie teraz. Było ciepło, naprawdę luksusowo, choć nieco ciasno, i przede wszystkim miała to wszystko dla siebie.

Oczywiście właścicielka musiała wrócić, prędzej czy później, ale to raczej nie stanowiło problemu. Erica uznała, że na pewno będzie od niej wymagała niewiele więcej poza wdziękami, jakich mogło dostarczyć jej ciało, a to też nigdy nie stanowiło problemu, wystarczyło tylko się zawziąć i mieć na to zlewkę, wymigiwać się, kiedy to tylko było możliwe, a jeśli cała sprawa stawała się bardziej wymyślna i niebezpieczna, to wtedy człowiek się spinał i godził na wszystko, tyle że z większym baczeniem. Wątpiła, by tutaj miało się dziać coś takiego. Sylvia była dość miła, młodsza niż przeciętna, miała przyzwoite ciało – nawet jeśli nieco obwisłe. Erica przejechała dłonią po własnym brzuchu, ciągle był jędrny, ani trochę nie obwisał. Wątpiła, by sama miała kiedykolwiek osiągnąć taki wiek, kiedy wszystko flaczeje, ale w ogóle jej to nie robiło – tylko życie chwilą miało sens. Zwłaszcza taką chwilą jak ta teraz. Od czasu do czasu marzyła sobie, że to naprawdę jej własny dom, ale wtedy się rozklejała, więc zaraz wyzbywała się takiego myślenia. Inni ludzie mieli swoje domy – ludzie godni szacunku. Ona nigdy nie będzie taka jak oni i, no cóż, kiedy na nich patrzyła, nie była do końca pewna, czy chciałaby tego. Oni wszyscy mówili jedno, a robili co innego. Tak czy owak, lepiej było dać sobie spokój z tymi fantazjami o domu. Do pewnego stopnia nie mogła się już doczekać, kiedy wróci prawdziwa właścicielka tego mieszkania. Wtedy skończyłaby z tymi rojeniami, które czasami stawały się dość bolesne.

Erica zastanawiała się nad tym wszystkim, ssąc pojedynczo pestki granatu. W przypadku tej babki liczyło się przede wszystkim to, że była bogata, a przy tym wcale nie taka wredna jak wiele innych bogatych babek. Tamtego pierwszego wieczoru porządnie się razem najadły i było bardzo elegancko, bo to żarcie im przynieśli. A potem zabawiały się w łóżku, całe wieki, z zapachami, olejkami i innymi zabawkami. Wszystko naprawdę było bardzo miłe. I chociaż ta kobieta w nocy mocno się do niej przytulała, który to element okazał się nieco trudny dla Eriki, przyzwyczajonej do spania samotnie, przez jakiś czas mogła to wytrzymać. Nie, nie, Erica von Hyatt nie zamierzała tracić wszystkiego tylko dlatego, że właśnie zrobiła się głodna. Nie wybierała się donikąd, no chyba że ktoś powiedziałby jej, że absolutnie musi. Tak więc będzie czekała. Kazano jej czekać, to będzie czekała. Wystawiła swój śliczny podbródek w geście determinacji, z którego nie zdawała sobie sprawy; zaprosili ją tutaj i niech tylko ktoś spróbuje powiedzieć, że tak nie było. Zje chałwę, wypije kawę, zaryzykuje z jeszcze jednym granatem i jeśli w międzyczasie nic się nie zmieni, to potem znowu się zastanowi. Jednak odpowiedź wciąż będzie brzmiała tak samo. Dekować się dalej. Po co zaglądać darowanemu koniowi w zęby, kiedy życie stało się takie łatwe?

Mogła wziąć kolejną długą, perfumowaną kąpiel (jeszcze jedna dobra rzecz w tym miejscu: w łazience było pełno smarowideł, pachnideł i różnych pięknych, pachnących rzeczy, w tym szkatułek z biżuterią), a potem przebrać się w jedną z tych podomek, które Sylvia trzymała w szafie. Tych podomek wisiało tam trzynaście, Erica von Hyatt policzyła je wszystkie, i każda była bardzo piękna – wystarczyło je przymierzyć i już robiło się miło. A potem oglądałaby telewizję, czytała kolejną z tych popapranych książek, które Sylvia trzymała na półkach, i być może zabrałaby się nieco śmielej do butelek stojących w barku. Mogłaby nawet otworzyć tego jacka daniel'sa, który wydawał się drogi, złoty i w ogóle interesujący. Kiedyś często marzyła, że posiada takie miejsce na własność – a teraz je miała. Ale jaki sen trwa wieczność? Dopóki może, dopóty będzie w nim mieszkała, a kiedy to się skończy, no to cóż, pójdzie dalej. Bez urazy. Bo niby czemu? Urazy nie prowadzą do niczego i psują ci zabawę. Przedtem i potem to rzeczy, do których nie ma się dostępu. Prawdziwe jest tylko dzisiaj. Tylko dzisiaj się liczy. I dzisiaj było dla niej bardzo miłe. Wsadziła do ust jeszcze jedną pestkę granatu i zaczęła ją ssać z zadowoleniem. Życie bywa gorsze, a zresztą, powtarzała sobie, że cokolwiek się zdarzy, została tu zaproszona i powiedziano jej, że może tu zostać. Cokolwiek się stanie, nawet ona, zdeprawowana Erica von Hyatt, ma swoje prawa. Ziewnęła i przeciągnęła się z ogólnego ukontentowania. Sylvia Perth wróci niedługo, a w międzyczasie – cóż, w międzyczasie będzie po prostu żyła zgodnie ze swoim marzeniem. Szkoda tylko, że ten telefon odzywał się od czasu do czasu, ale no cóż, nie można mieć wszystkiego, no i przynajmniej wiedziała, że nie ma sensu go odbierać, bo z pewnością nie dzwonił do niej: ona nie istniała.

Kanciasta Szczęka wykręcił numer Melanie. Miał za sobą kilka nieudanych prób i dwa kieliszki białego wina, ale nie bardzo wiedział, po co mu one były, bo przecież dzwonił tylko w sprawie jej rzeczy, schowanych do kartonu wepchniętego pod łóżko. Zakładał, że będzie potrzebowała niektórych, bo inaczej nie chciałoby mu się dzwonić. To było takie dziwne, że musiał się zbierać na odwagę przed wystukaniem tego znajomego numeru. Długo wsłuchiwał się w sygnał. Po takim nagromadzeniu napięcia aż trudno było uwierzyć, że ona nie odpowiada. Odłożył słuchawkę i poczuł ulgę. I tak wcale nie chciał z nią rozmawiać. Zastanawiał się przez chwilę, gdzie ona jest, ale bardzo szybko pozbył się tej myśli. To nie jego sprawa.

Ruda z Klasą poderwała się z miejsca i Arthur spojrzał ostro znad notatnika. Niemalże katapultowała, zamiast podejść do telefonu swymi zwykłymi, zdecydowanymi krokami, i odezwała się do dzwoniącego głosem, którego nigdy u niej nie słyszał. Stała do niego plecami; zauważył, jak się zgarbiła, odłożywszy słuchawkę obok aparatu.
– To do ciebie – powiedziała i wyszła z pokoju.

Drobna Blondynka zdjęła żółte, plastikowe rękawiczki i włożyła je schludnie do wiaderka stojącego pod zlewem. Dom był czysty i lśniący od dołu do góry, a ona miała w piecyku dwie nadziewane piersi z kurczaka kupione u Marksa & Spencera, ponieważ był to sobotni wieczór. Czuła się pogodzona ze światem. Derek wszedł tylnymi drzwiami, zdjąwszy buty na ganku. Była zadowolona, że o tym pamiętał, i stwierdziła, że naprawdę jest dobrym mężem, że zachowuje się bardzo odpowiedzialnie od czasu, gdy powiedziała mu o bałaganie na piętrze. Uśmiechnęła się do niego zachęcająco i pochwaliła: „I tak trzymać, Derek”, patrząc na jego stopy w skarpetkach. Derek odwzajemnił uśmiech. Pocałowałaby go w policzek, ale się nie ogolił. Zamiast tego więc, w ramach ilustracji, przejechała czubkiem palca wskazującego po swojej brodzie, kręcąc głową.

Piersi z kurczaka okazały się bardzo dobre, uznali oboje, choć może nieco zbyt pikantne. Oboje wypili po kieliszku lambrusco, resztę wina schowali do lodówki, na następny dzień. Potem poszli usiąść na nowej kanapie w świeżo wysprzątanym frontowym pokoju i obejrzeli ostatni odcinek serialu według Jeffreya Archera, który oboje uważali za bardzo ekscytujący. Później Derek zrobił im obojgu koktajl mleczny i poszli do łóżka. Spała dobrze i podobnie Derek, choć oboje mieli niepokojące sny, za które winą obarczyli lambrusco i Jeffreya Archera. Rankiem podbródek Dereka znowu był kłujący.

Erica von Hyatt zasmakowała w jacku daniel'sie zmieszanym z mlekiem i pitym powoli w wannie. Mleko zdobyła dzięki swemu ulicznemu sprytowi. Butelki z mlekiem (chudym, niestety) dostarczano do mieszkania na dole, razem z sokiem pomarańczowym i jogurtem. Odgłos poszczękiwania butelek stanowił kiedyś jedną z większych przyjemności życia. Teraz wiele przychodziło jej zbyt łatwo i dlatego sporo straciła ze swej czujności. Na ulicy nie miałaby żadnych skrupułów, nie zastanawiałaby się dwa razy i wzięłaby, co trzeba, z progu burżuja. Tutaj, przez tę pułapkę wygody, natychmiast stała się odpowiedzialną obywatelką. I popełniła błąd. Tak więc, szybko jak rzutka, milcząca jak cień, z rozwianymi złotymi włosami, ledwie zakłócając powietrze szelestem miękkiej, różowej podomki, zbiegła na dół po schodach, nie czekając, aż ucichnie szuranie gumowych podeszew oddalającego się mleczarza. Zatrzymała się, złapała równowagę i zastanawiała się.

Trzy butelki mleka, jeden karton soku pomarańczowego i opakowanie zawierające sześć jogurtów. Kopalnia!

Rozumowała następująco: Jeśli wezmę wszystko, to w przyszłości będą się pilnowali. Jeśli w przyszłości będą się pilnowali, to moje źródło całkowicie wyschnie. Ale jeśli wezmę tylko minimum tego, co potrzebuję, to może nie zauważą. A jeśli zauważą, to pomyślą, że mleczarz ich roluje.

Postąpiła następująco: Wzięła jedną butelkę mleka. Otwarła opakowanie zawierające sześć jogurtów i wzięła dwa. Zostawiła sok pomarańczowy, stwierdzając, że jego brak będzie za bardzo rzucał się w oczy. Ogólnie jej doświadczenie wskazywało, że ludzie, którzy mają dużo, nie są tacy na ślepo rozrzutni, ale jeśli się uważało i brało tylko część, to bardzo często nie zauważali straty wśród tego, co im zostało. Tak więc sok pomarańczowy musiał zostać.

Właściciel mieszkania nie zauważył, ponieważ jego towarzyszka wniosła wszystko do mieszkania. Akurat krzywił się do najnowszych wieści ze świata biznesu, więc nie interesował się zawartością swojej lodówki, podobnie zresztą jak nie interesował się rzewnymi oczyma i nagim ciałem tej kobiety ubranym w jego koszulę, bo tym już się nasycił. Ona zaś zrobiła kawę dyskretnie jak gejsza i zalała płatki mlekiem, marząc przy tym o dniu, w którym osiągnie status społeczny wykraczający poza przyjaciółkę na zawołanie.

Tak więc ten, który miał, podzielił się z tą, która nie miała, i nie cierpiał z tego powodu. Niemalże podstawa sukcesu nowoczesnej dobroczynności – z takim wyjątkiem, że normalnie pozwalało się dającemu mieć świadomość, że coś dał, tym samym zezwalając mu na odczuwanie rozkosznej fali ciepła. I wtedy wszystko stawało się doskonałe.

Jeden jogurt jest jak uczta dla skurczonego żołądka. Jedna trzecia butelki mleka wypita prosto z butelki to pokarm nadzwyczaj pożywny. Erica von Hyatt była znowu szczęśliwa, zwłaszcza że następnego dnia czekał na nią odłożony jogurt o smaku czereśniowym. Mając dwie trzecie butelki mleka i jacka daniel'sa mieniącego się w rżniętej karafce, Erica von Hyatt mogła jeszcze przeżyć jakiś czas. A to, mówiąc uczciwie, było wszystkim, o co kiedykolwiek prosiła.

Rozdział jedenasty

Gretchen O'Dowd była z Sylvią od lat. Mężczyzna i Synuś w jednej osobie, tak nazywała ją Sylvia, gdy owładał nią dobry humor. Gretchen to nie przeszkadzało. Przez te wszystkie lata stworzyły zaiste wygodny układ: Sylvia była panią, Gretchen służką i żadna ponadto nie ingerowała w sprawy tej drugiej. Ich żywoty przylegały do siebie nadzwyczaj gładko, ponieważ Gretchen opiekowała się domkiem na wsi, do którego Sylvia przyjeżdżała na weekendy. Gretchen była wdzięczna, a Sylvia zwolniona z odpowiedzialności; przypominało to trzymanie na wsi dużego psa, zaufanego i wiernego, który – jak to pies – nie żąda wiele. Przelotna miłostka, która je połączyła, niemal odeszła w niepamięć i nawet jeśli czasami dzieliły łoże, to bardziej po to, by służyć sobie wzajem za termofor niż z miłości czy pożądania. To Sylvia wytyczała granice intymności w owym związku, ale Gretchen i tak była wdzięczna za zawartą w nim gwarancję bezpieczeństwa i spokoju.

Poznały się na przyjęciu zorganizowanym przez pewne wydawnictwo; Gretchen, odziana w zgrabny czarny fraczek z białym żabotem i z kokardą we włosach, podawała tam drinki. W tamtych czasach goliła sobie nogi, tleniła wąsik i mimo poniekąd kanciastej sylwetki miała powierzchowność młodej kobiety. Kiedy Sylvia kupiła sobie domek w stylu królowej Anny w hrabstwie Oxford, razem z dużym ogrodem, osoba Gretchen stała się idealnym rozwiązaniem – silna, zdrowa, potulna i w ogóle nie chciwa. Zainstalowała ją tam, płaciła najniższe wynagrodzenie i wiedziała, że może jej całkowicie ufać, ponieważ życie wielokrotnie poniewierało Gretchen. A kogo życie nie poniewierało? – miała chęć spytać Sylvia. I zaproponowała: „Trzymaj się mnie, kotuś, a już nigdy nie będziesz musiała kłopotać..." – chciała powiedzieć: „kłopotać swojej małej ślicznej główki" – ale wzięła pod uwagę fakt, iż byłoby to duże naginanie rzeczywistości, i zastąpiła to bardziej sensownym „kłopotać się o siebie".

Ojciec Gretchen był bokserem. Od wszelkich poczętych przez siebie potomków wymagał dwóch rzeczy. Otóż taki potomek miał obowiązek okazać się synem i musiał stanowić jego wierną kopię. Gdyby zaś coś się nie powiodło i potomek okazał się córką, to owa córka miała stanowić tak krańcowe przeciwieństwo swego ojca, jak się tylko da. Perwersyjny los sprawił, że urodziła się Gretchen, która nie pasowała do żadnej z powyższych kategorii: była córką o atrybutach fizycznych właściwych synom. Jej matka, florystka, też przeżyła rozczarowanie. Gdzie ta śliczna, złotowłosa dziecina o delikatnych paluszkach i wrażliwości na kolor, której tak potrzebowała? Wciąż w jej jajowodach, tak to jakoś wyglądało.

Gretchen wprost stawała na uszach, żeby być dobrym androginem. Nauczyła się boksu i nauczyła się układania kwiatów. Gdyby była synem, to bez wątpienia wysławiano by ją i szanowano w tej epoce, jakże zdominowanej przez tak zwanych Nowych Mężczyzn. A że była „oną" i jednocześnie nie... Nieco skołowana zaczęła sobie wytyczać własną drogę przez świat.

Kiedy ojciec Gretchen stracił przytomność na ringu i zaraz potem wyzionął ducha, kwietne hołdy złożone jego pamięci wprost olśniewały. Sąsiedzi z East Grinstead jeszcze długo potem rozprawiali o procesji i przywoływali jej uroki, gdy tylko umarł ktoś z ich rzeszy. Niestety dla Gretchen, sąsiedzi z East Grinstead rozmawiali również o niej oraz o jej, jak powiadali, „zboczeniu". W wieku lat piętnastu zakochała się straszliwie i pewna nauczycielka nakryła ją razem z obiektem jej uczuć w miejscu typowo uczęszczanym przez nastolatków, a mianowicie w szopie na rowery. Traf chciał, że była to żeńska szkoła, a rzeczony obiekt miał na imię Wendy. Wendy uniknęła piętna „zboczenia", bo złożyła samokrytykę i obiecała, że już nigdy więcej nie będzie robiła takich rzeczy (co okazało się nieprawdą, jak to z bólem odkryła Gretchen), Gretchen zaś została na zawsze skazana na ogień piekielny, gdyż oświadczyła coś dokładnie przeciwnego. W jej przypadku była to prawdziwa miłość i jedyna droga; zupełnie osłupiała, że prawda (a więc rzekomo najwyższe dobro) miała się nagle okazać czymś tak skończenie złym.

Pani O'Dowd, wciąż pławiąca się w podziwie sąsiadów nad orszakiem żałobnym i przeświadczona, że przyszłość jawi się różowo teraz, kiedy wypłacono pieniądze z polisy, nie zamierzała wszystkiego spartaczyć. Kiedy więc się okazało, że nic nie wpłynie na odmienność córki, Gretchen musiała odejść z domu. Wyekspediowano ją do Londynu, oszołomioną, ale i pogodzoną z losem, z wianem w postaci dziesięciofuntowego banknotu. Jej wąsik rozrósł się znacznie od czasu, gdy osiągnęła dojrzałość płciową, i jeszcze bardziej się zdumiała, kiedy odkryła, że jest z niego całkiem dumna – wbrew całemu światu, który usiłował jej wmówić, że te wąsy to piętno jej grzechu i że powinna je usuwać razem z włosami z nóg.

Jej ciotka od strony ojca, mieszkająca w Londynie, stawiała tarota i co jakiś czas organizowała seanse w domach szanowanych ludzi. Gretchen zamieszkała u niej i przez jakiś czas prowadziła jej dom, dopóki nie zakochała się w pewnej barmance, która przyszła w poszukiwaniu odpowiedzi na pytanie, czy jej mąż kiedykolwiek raczy łożyć na dom. Owa barmanka – piętnastoletni staż małżeński, jeden syn, zdezelowany mąż – była nieco znudzona mężczyznami, bo dzięki pracy w pubie miała w czym wybierać. Na jakiś czas przeniosła więc swoją uwagę na Gretchen, która kochała ją i niewolniczo jej służyła. Ale ta niewolniczość też stała się nudna, bo nie dostarczała żadnych zgrzytów.

– Nie ma nic gorszego – powiedziała którejś nocy barmanka – jak bycie kochaną za mocno. Problem z kobietami twojego pokroju, w takim związku jak nasz, polega na tym, że ciebie nigdy nic nie wkurza. Szczerze mówiąc, nudzę się, bo ty jesteś na okrągło czuła, kochająca, opiekuńcza i wyrozumiała. A ja przecież potrzebuję od czasu do czasu dostać po uszach – ciągnęła metaforycznie barmanka – i to nawet brutalnie. Żeby ktoś mnie szturchnął, przyłożył mi; nie od rzeczy byłoby wręcz, gdyby mnie walnął w nos...

Tak więc Gretchen, która była istotą przyziemną i ceniącą sobie dosłowność, posłusznie walnęła barmankę w nos, zapominając, że przecież jest krzepką córą boksera. Barmanka, która o dziwo nie chciała się przyznać do współudziału w owym akcie przemocy, i z twarzą bardzo teraz przemeblowaną zakończyła romans, a pogrążona w wielkim żalu Gretchen, która przecież bardzo kochała swą kształtną partnerkę, przeżyła egzystencjalny przełom. Ale też zyskała wiedzę, że w jej sercu zawsze się znajdzie miejsce dla barmanki.

Zrezygnowała z marzeń o miłości i postanowiła zacząć zarabiać na życie. Zaniechała swych niekobiecych obyczajów – a więc usunęła owłosienie z nóg, rąk i znad górnej wargi – i została kelnerką, mimo iż ten zawód bynajmniej nie sprawiał wrażenia odpowiedniego dla uczciwych ludzi, by się przekonać na własnej skórze, jak wygląda życie po drugiej stronie barykady. Szczypano ją w siedzenie, obmacy-

wano po udach, kiedy jej ręce były zbyt pełne szklanek, by mogły coś
z tym zrobić; mężczyźni w smokingach o oddechach przepojonych
winem szeptali jej do ucha wulgarne propozycje i często też obłapia-
no ją od tyłu, kiedy zmywała. Długo tak cierpiała, aż w końcu stwierdziła, że ma dość. Kiedy na party wydawców czyjaś zabłąkana ręka
uszczypnęła ją po raz n-ty, cisnęła wielką tacę pełną brudnych kieliszków na posadzkę, spojrzała sprawcy prosto w oczy i wśród ciszy zdumienia, jakie wypełniło wnętrze, zaaplikowała mu prawego sierpo-
wego, który miał w sobie coś z ducha zen, bo był taki doskonały
i wysublimowany.

– Przepraszam – powiedziała Gretchen do sprawcy, który wyłożył
się jak długi – ale nie lubię, jak mężczyźni szczypią mnie w tyłek.

– Z takim wyglądem – odparł leżący – powinnaś być tylko wdzięczna.

Czyjaś dłoń ujęła Gretchen pod łokieć i wyprowadziła ją na wie-
czorne powietrze Berkeley Square.

– Dobra robota, kotuś. Jak ci na imię? Chodź, przespacerujemy się
trochę – powiedziała Sylvia Perth, bo to była ona.

Sylvia właśnie kupiła domek w hrabstwie Oxford. Był to początek
jej finansowych machlojek z Janice Gentle i chciała mieć jakiś azyl,
w którym mogłaby się separować od swego londyńskiego życia – po
części dla zabawy (gdy jedna gra robiła się nudna, mogła się przerzu-
cić na inną), a częściowo z przyczyn poważniejszych (jeśli jej perfidia
wyjdzie któregoś dnia na jaw, to wciąż będzie miała tutaj swój dom).
Rozumiało się samo przez się, że jeśli Sylvii przytrafi się cokolwiek,
Gretchen dziedziczy wszystko i tak oto zrodził się ów idealny układ.
Jeśli wiesz, że coś odziedziczysz, to opiekujesz się tym szczególnie
dobrze. Sylvia mogła ufać Gretchen bezgranicznie. A Gretchen z zadowoleniem czekała na nią przed telewizorem, z robótką na drutach,
bo wiedziała, że już na zawsze jest zabezpieczona. O sprawach londyńskich nie wiedziała nic oprócz tego, jak się kontaktować z Sylvią
w razie konieczności, i nie wiedziała też absolutnie nic o istnieniu
pani Perth w Birmingham.

W hrabstwie Oxford Gretchen mogła być sobą, włączając w to jej
wąsik. I w reakcji na kokardki i fartuszki z okresu kelnerowania już
nigdy nie włożyła niczego specyficznie kobiecego. Gdyby komuś
stamtąd chciało się w ogóle nad tym zastanawiać, to uznałby ją pewnie za mężczyznę, ale zmieniały się pory roku i w okolicy wszyscy
byli zaabsorbowani uprawą roli i przycinaniem drzew, malowaniem
płotów i uprzątaniem stajni, więc nikt nie miał czasu na oznaczanie
płci sąsiadów. Świnie, tak. Konie, tak. Ludzie, nie.

Zawsze, gdy o tym myślała, a myśleć musiała, bo między nimi była różnica wieku wynosząca dwadzieścia lat z okładem, Gretchen O'Dowd planowała urządzić Sylvii Perth cudowny pogrzeb. Ostatni wielki dzień jej ojca wywarł na niej niezatarte wrażenie i wiedziała, że będzie potrafiła samodzielnie urządzić kwietną orgię. Ponieważ za życia Sylvia prosiła ją o tak niewiele, przyjemnie było pomyśleć, że po śmierci Gretchen będzie jej mogła oddać ten ostatni publiczny hołd.

Oczywiście nie liczyła się z możliwością, że ten obowiązek spadnie na jej barki aż tak szybko. A jednak w tych mrocznych dniach, które nadeszły po zgonie Sylvii Perth, to właśnie planowanie podnosiło ją na duchu. Ogród był piękny, pełen letnich kwiatów i spora połać trawnika nadawała się wprost idealnie na ustawienie namiotu. Gretchen nareszcie, i to zgodnie z przynależnym jej prawem, miała przeżyć to jedno doświadczenie, którego dotąd nie było jej dane zaznać ze względu na wysoce prywatny charakter ich sporadycznego życia razem. A było to zaproszenie sąsiadów.

Nikt nie wiedział, gdzie się podziewa Janice Gentle.

Wczesnym rankiem Rohanne odebrała dość ostry telefon od Morgana Pfeiffera, który dał jej podstawy do paniki.

– Panna Bulbecker?

– Pan Pfeiffer?

– Do tej pory, wbrew naszym oczekiwaniom, nie otrzymaliśmy potwierdzenia, że kontrakt został podpisany, panno Bulbecker.

– Już niedługo, panie Pfeiffer.

– Jeszcze pani nie znalazła Janice Gentle?

– Jestem bliska, panie Pfeiffer.

– I dobrze, panno Bulbecker, i dobrze. Potem zechce mi pani przefaksować kopię...

– Podpisanego kontraktu? Z pewnością to uczynię. Na pewno bardzo niedługo. Panie Pfeiffer, jestem już o krok...

– I co ja mam teraz robić? – spytała na głos, kiedy odłożyła słuchawkę. Nigdy nie czuła takiej ochoty na wydzwanianie do przyjaciół, kochanków, sojuszników. Nigdy nie czuła się taka bliska łez, nigdy nie czuła się aż taka samotna. Ale nie odstępowała od swoich zasad: światu pokazujesz tylko twarz zwycięzcy; to, co dzieje się między tobą a twoim lustrem w godzinach mroku i milczenia, zostawiasz wyłącznie dla siebie.

Bądź stanowcza, powiedziała sobie, wystroiła się w skóry i lustrzanki, po czym udała się w drogę do biura nieboszczki Sylvii Perth.

Jeszcze jeden raz zaatakuje tę sekretarkę-kretynkę, a potem wybierze się na Dog Street. Gdzieś musiał zostać jakiś ślad. Cała sprawa zaczynała dziwnie przypominać fabułę jakiejś staroświeckiej opowieści o pannie uwięzionej w zamczysku, która czeka, aż uwolni ją ktoś śmiały i bezczelny. Cóż, Rohanne nigdy nie brakowało żadnego z tych atrybutów. I cały czas się zastanawiała, jak też może wyglądać Janice Gentle, bo nie dotarła do żadnych jej fotografii. Kiedy wzywała taksówkę, która miała ją zawieść na Brook Street, stwierdziła, że sądząc po tonie, w jakim utrzymane są jej powieści, niewykluczone, że Janice Gentle wygląda właśnie jak taka księżniczka z wieży obrośniętej cierniami.

Gretchen O'Dowd postanowiła podejść mężnie do całej sprawy. Oświadczyła przedstawicielowi odnośnych władz, że nie jest krewną (o wiele zbyt szczerze, stwierdziła po namyśle), i dlatego też ów przedstawiciel nie zechciał rozmawiać z nią na temat wydania ciała. Co gorsza, odmówił podania jej jakichkolwiek informacji przez telefon. Na pytanie: „Kim pani jest?", Gretchen mimo woli się zmieszała, ponieważ nie było to jasne – raczej nie mogła wyznać temu szorstkiemu głosowi, że jest towarzyszką, przyjaciółką, gospodynią, dawną kochanką. Byłoby łatwiej, gdyby tak mogła zwyczajnie powiedzieć, że jest żoną, ale w końcu rozmawiała z przedstawicielem władzy, a to było kłamstwo. Wybrała więc kompromisowe rozwiązanie, mówiąc, że znała Sylvię Perth od wielu lat i że była jej bliską towarzyszką. Głos po drugiej stronie linii chrząknął.

– Więc co mogę zrobić?

– Najlepszym wyjściem byłoby skontaktowanie się z prawnikiem zmarłej. – I podał jej adres.

Gretchen wiedziała, że kiedy już odzyska Sylvię Perth (wciąż nie potrafiła myśleć o niej jako o trupie), to wszystko będzie w porządku. W jak najdoskonalszym porządku. Honory zostaną oddane i życie znowu potoczy się dalej...

Nie było wątpliwości, Gretchen musiała wyprawić się do Londynu i sama zobaczyć się z prawnikami, żeby uporządkować sprawy. Sylvia Perth musi wrócić do niej, tak jak się należało. Pod tym względem Gretchen czuła w sobie mało dla niej charakterystyczne przekonanie. Umówiła się na spotkanie, w pierwszym dostępnym terminie, późnym popołudniem jeszcze tego samego dnia, a potem, czując, że nie będzie potrafiła usiedzieć na miejscu, natychmiast wyruszyła w drogę. Miała klucze do biura i klucze do mieszkania przy Dog Street; była ciekawa tych miejsc, bo jeszcze ich nigdy nie odwiedzała. Najpierw pójdzie do biura, potem na Dog Street. Później zaś złoży wizytę prawnikowi. Właściwy plan na cały dzień bardzo pomógł. Nie ma nic gorszego jak wrażenie zagubienia w tym jedynym momencie życia, w którym człowiek zamierzył sobie znaleźć się jak najdoskonalej. Przejechała poślinionym palcem po wąsiku i to ją ostatecznie uspokoiło. Był tam zawsze, kiedy go potrzebowała.

Janice Gentle wypchała wszelkie możliwe zakamarki swej odzieży rozmaitymi drobnymi artykułami spożywczymi, wzięła do ręki torbę podróżną i zrobiwszy głęboki wdech, przywołała windę. Wiedziała, że kiedyś będzie musiała do niej wsiąść, i ten dzień, kiedy to wybierała się na Dog Street, wydawał się najstosowniejszy. Nie było ani wieści, ani nawet wzmianek o pogrzebie i Janice podjęła samodzielnie decyzję, że wzorem tych, którzy ongiś kładli monety na powiekach zmarłych, jej obowiązek jako żałobnika każe udać się do mieszkania Sylvii Perth i wyłączyć sekretarkę, bo było w tym coś skończenie nieprzyzwoitego, że głos Sylvii wciąż żył, podczas gdy ona sama już nie. Z całą jednak pewnością nie wybierała się tam metrem – Janice Gentle zamierzała iść tam pieszo. Dzień był słoneczny, miała mnóstwo czasu, a jazda metrem mogła przywołać zbyt wiele wspomnień.

Winda nie chciała przyjechać. Janice zastanawiała się, czy o tym nie donieść, ale postanowiła, że tego nie zrobi. Oznaczałoby to angażowanie pana Jonesa w rozmowę, a on mógłby zagadnąć ją o ich ostatnie spotkanie. Przeszła na palcach obok drzwi jego sutereny i zauważyła w wystawionej na zewnątrz torbie ze śmieciami mnóstwo słojów zawierających coś, co wyglądało jak wnętrzności zamarynowane we własnej krwi. Dziwny człowiek, zadumała się, chyba faktycznie lepiej go omijać z daleka.

Gretchen O'Dowd właśnie zamykała za sobą drzwi, kiedy listonosz wręczył jej list.

– Dzień dobry, panie O'Dee – powiedział. – Jeszcze jeden miły dzionek. Jak się miewa żona?

Gretchen już miała powiedzieć: „Nie żyje", ale zatrzymała to dla siebie.

– W Londynie – odparła.

– Nie dziwota, że wy dwoje tak się dobrze zgadzacie – stwierdził – skoro jej nigdy tu nie ma. – I pogwizdując, poszedł w swoją stronę.

Wsadziła list do kieszeni i wzięła przykład z listonosza. Nie istniało nic przyjemniejszego niż łąki hrabstwa Oxford w pełni lata – gadatliwe bażanty pomykające wzdłuż żywopłotów, gruchanie gołębi, krakanie gawronów, a w górze kołujące, pikujące i pokrzykujące alarmująco czajki. Zatrzymała się, by podziwiać ich wyczyny. Dzielne ptaki. Zrobią wszystko, by bronić swoich młodych. Je lubiła najbardziej. Za brzozami i kępą tarniny jakiś farmer sprzątał zboże z pola. Pomachał do niej, ona mu odmachała.

– Dzień dobry! – zawołała.

– Dobry, dobry! Jak się miewa żona?

– Obawiam się, że nie żyje – odparła.

Dopóki siedział w kabinie traktora, nie miało znaczenia, co mu się odpowiedziało; ten hałas zagłuszał wszystko. Sylvia zwykła stawać na skraju pola, machać i z uśmiechem wygadywać w jego stronę obrzydlistwa, na które on tylko kiwał głową i odwzajemniał uśmiech. Gretchen czuła, że jest w tym dużo okrucieństwa.

– To dobrze, dobrze! – odkrzyknął i znów pomachał.

W miasteczku, zanim wsiadła do pociągu, wstąpiła jeszcze do domu pogrzebowego pana Mole'a. Należało wstępnie poruszyć temat pochówku Sylvii Perth. Z pełnieniem pieczy nad nieboszczykiem wiązał się niejaki prestiż i Gretchen bardzo się podobało, że jej status społeczny rośnie, a także to, że ma w perspektywie zorganizowanie stosownego pogrzebu.

Rozmowa z panem Mole'em okazała się bardzo krzepiąca.

– Proszę się nie martwić, sir, urządzimy piękny pogrzeb. O proszę, ta trumna to nasz najlepszy towar. Niczego się nie zyskuje, jak się skąpi na uchwytach. Na pewno nie. Trzeba sobie zapewnić odpowiednie dodatki. Wie pan, jakie są kobiety, lubią odpowiednie dodatki. Pańska małżonka pewnie nie była inna?

Gretchen, przypomniawszy sobie, jak bardzo Sylvia ceniła sobie swój wygląd, pomyślała, że pan Mole cudownie się we wszystkim orientuje.

– Oczywiście chcę wszystkiego, co najlepsze – oświadczyła. – Ma być ta trumna i te uchwyty.

– I wyściółka ze śnieżnobiałego jedwabiu?

– I wyściółka ze śnieżnobiałego jedwabiu.

Gretchen zapisała ceny i poszła w swoją stronę. Ludzie z tamtego dużego domu mieli w zeszłym roku przyjęcie w ogrodzie z namiotem. Jak ona im zazdrościła tych przyjęć...

Morgan Pfeiffer opadł na oparcie krzesła i splótł dłonie w geście zamyślenia. Wyglądał na zadowolonego. Rohanne Bulbecker była żądna sukcesu. Wyjdzie ze skóry i załatwi, co trzeba.

Stojący po drugiej stronie gabinetu mężczyzna o twarzy łasicy, odziany w błyszczący garnitur, odłożył słuchawkę drugiego aparatu, pogładził swojego rolexa i odwzajemnił uśmiech. Był to Stoat, dyrektor ds. marketingu, znany z tego, że chwalił się wszem i wobec, iż w życiu nie przeczytał ani jednej książki. Niemniej znał się wyjątkowo dobrze na pakowaniu towarów i oddychał głęboko w oczekiwaniu na Janice Gentle, oddychał głęboko i gotował się do skoku.

– Zachęcające, panie Pfeiffer.

– Mam nadzieję, Stoat. Mam nadzieję.

– O radości, iskro bogów... – zanucił Stoat.

Jadąca pociągiem, podtrzymana na duchu entuzjastyczną atmosferą spotkania z panem Mole'em, Gretchen O'Dowd oddawała się marzeniom. Jaka szkoda, że straciła kontakt z matką. Chętnie posłałaby jej zdjęcia z tego wydarzenia. Ostatecznie nie żywiła do niej urazy za tamten dziesięciofuntowy banknot i za ciotkę spirytualistkę. W rzeczy samej wręcz odwrotnie, była nawet wdzięczna. Kiedy pani O'Dowd nabawi się starczej demencji albo zwyczajnie utraci wszelkie siły z powodu wieku, ona nie będzie musiała mieć z tym nic wspólnego. Pod tym względem jej sumienie było czyste jak łza. Tamten dziesięciofuntowy banknot to była zapłata za zerwanie więzi. Kiedy życie wyrzuci panią O'Dowd na swe skaliste brzegi, Gretchen nie będzie obowiązana wysyłać jej tratwy ratunkowej. Która to myśl przynosiła duże pocieszenie.

Gretchen O'Dowd nie mogła się już doczekać, kiedy stanie się finansowo niezależna. Dzięki pieniądzom, czuła, pokona wiele barier, które dotąd stanowiły dla niej brzemię, w tym jej osobiste skłonności, a nawet wąsik. Niekiedy autentycznie wstydziła się tego, co zrobiła w przeszłości, aby go usunąć albo ukryć. Ale wystarczy, że się dorobi własnej złotej karty kredytowej banku Barclaya, i ludzie na pewno przestaną ją odtrącać za zbędny włos tu czy tam. Pogładziła palcem miejsce nad górną wargą. Jeśli już, pomyślała, to byłoby jej ładnie, gdyby go odrobinę przyciemniła na przykład, wyróżniła go tak, jak niektóre kobiety zmieniają kształt brwi albo podkręcają rzęsy. Bo czemu nie? Czym się różni jakiś tam włos na twarzy od innego włosa? I w takim razie po co go przyciemniać? Czemu nie przefarbować na różowo? Albo na kilka kolorów? No właśnie, kto wie, co ona teraz zrobi? Wszystko, co jej się żywnie spodoba. Absolutnie wszystko. Ależ cudowna myśl, wręcz spełnianie się marzeń... Kochana Sylvia. Będzie za nią tęskniła. Z pewnością jednak znajdzie się coś, co zrekompensuje jej brak.

Przyglądała się zadbanym terenom wiejskim, które stopniowo ustępowały miejsca miastu, i wyobrażała sobie siebie, jak po pogrzebie pełnym czarnych pióropuszy zaszyje się gdzieś błogo z jakąś miłą, młodą kobietą. Będą robiły na drutach, odbywały długie, męczące spacery po błotnistych opłotkach (zachwycając się przy tym czajkami), dyskutowały o programach telewizyjnych, oglądały stare filmy i objadały się łakociami, które przygotuje ktoś inny, nie ona. A miła, młoda kobieta będzie nawet mogła wracać co jakiś czas do swej posady barmanki – jeśli oczywiście zechce...

Była to bajkowa wizja i mężczyźnie siedzącemu w pociągu naprzeciwko Gretchen bez wątpienia należało wybaczyć, że nie spodobało mu się bliskie towarzystwo wąsatej kobiety, która z nieprzytomnym okiem szczerzyła się w uśmiechu od ucha do ucha. Tym bardziej że owa kobieta co jakiś czas śliniła palec i gładziła nim górną wargę w sławnym geście Herkulesa Poirota. Nie mówiąc już o tym, że Gretchen dość często, nie zdając sobie z tego sprawy, mówiła coś bezgłośnie albo wykonywała jakiś gest, gdy wizja różanej przyszłości roztaczająca się w jej głowie nabierała jeszcze bardziej konkretnych kształtów.

W momencie, gdy wyciągnęła zapraszającą, acz pustą dłoń w stronę współpasażera i zagadnęła uprzejmie: „Jeszcze jedną kanapkę z wędzonym łososiem, moja droga?", ów wstał i wyszedł. Czemu los tak się na niego uwziął i tak mu zohydzał podróże? Dopiero co musiał w metrze ścierpieć obrzydliwy widok jednej z tych miejskich wariatek, która wsysała plaster szynki, jakby to był jej język. A wszak czuł się taki osłabiony po historii z Melanie i nie sypiał najlepiej ostatnimi czasy – rzucał się po łóżku i budził wpatrzony w swe puste ręce, albo co gorsza, tuląc do siebie poduszkę.

Erica von Hyatt, ze wzrokiem nieco zmętniałym od snu, ale za to z umysłem w jak najlepszej formie, podniosła się do pozycji siedzącej. Usłyszała hałas, na który czekała. Rzeka mleka. Musiała pilnie coś wymyślić, aby przetrwać, ponieważ człowiek, który mieszkał pod nią, wyraźnie przestał cokolwiek zamawiać. Na kartce dołączonej do butelki po mleku było napisane: „Żadnych dostaw do odwołania". Zdaniem Eriki brzmiało to zbyt mało konkretnie i w związku z tym mogło oznaczać całe tygodnie. Wyturlała się z łóżka, chwyciła banknot dziesięciofuntowy i wypadła jak strzała z mieszkania, zostawiając drzwi otwarte na oścież. Złapała mleczarza w momencie, gdy już miał odejść.

– A czy mógłbyś pan przyjąć zamówienie od mieszkania na górze? – spytała.

– Płatne z góry? – odparł mleczarz.

– Jasne – odparła z wyższością, wymachując banknotem i czując swą wielką moralną wyższość. Zachwycając się, że może wejść w rolę takiej, która płaci krociami. Delektując się tą rolą. – A co bym mogła kupić?

Powiedział jej. Brzmiało to tak miło, że aż jej ślina napłynęła do ust.

– Ale zacznę dopiero od jutra. Najsamprzód muszę zrealizować zamówienie.

– Ojej – zmartwiła się.

– Przykro mi, miła pani – odparł – ale tak to właśnie wygląda...

Erice von Hyatt przemknęło przez myśl, że tę trudność dałoby się obejść w pewien bardzo łatwy, doskonale jej znany sposób, ale jakoś tak, pewnie dzięki tym pieniądzom, od których czuła się taka wiarygodna, dzięki temu, że była taka czysta od tych wszystkich kąpieli i peniuarów, i dzięki temu, że to mieszkanie na górze należało na razie tylko do niej, nie chciała wszystkiego niszczyć. Dlatego więc podniosła rękę władczym gestem, by uciszyć jego usprawiedliwienia.

– Przecież rozumiem. Ale czy nie odstąpiłbyś pan choć odrobiny mleka?

– Jedną butelkę mam – odparł pogodnie. I zastanowiwszy się chwilę, dodał: – Mogę się też podzielić bochenkiem krojonego białego chleba.

– A masło? – spytała z nadzieją.

– Masła nie mam. A może tak mleko czekoladowe? Mogę odstąpić dwie sztuki.

W brzuchu zaburczało jej radośnie.

– I bardzo dobrze – powiedziała. – Wielkie dzięki!

Nasycona chlebem maczanym w mleku czekoladowym z domieszką jacka daniel'sa, po której to uczcie wzięła długą, wonną kąpiel i przywdziała różowy peniuar ze srebrnymi tasiemkami, Erica von Hyatt rozłożyła się na obitej adamaszkiem otomanie i zasnęła snem ukontentowanego. Leżała jak księżniczka, ze złotymi włosami rozłożonymi na koralowej miękkości poduszek, z ustami rozchylonymi w półuśmiechu, mrucząc do siebie, kiedy zapadała w sen i osuwała się w swoją wieczorną rozkosz jedzenia, ciepła i chwilowego szczęścia.

Gretchen O'Dowd nieco się zdziwiła na widok bladego ascetyzmu biura Sylvii Perth. Całe było urządzone na czarno i szaro, z akcentami białymi albo kremowymi. Zdaniem Gretchen taki wystrój był dość onieśmielający, ale z kolei zawsze uważała Sylvię za onieśmielającą, więc ostatecznie uznała, że nie ma się czemu dziwić. Oprócz krwisto-czerwonej kanapy na przeciwległym krańcu pomieszczenia w ogóle nie było tam żywych barw. W sekretariacie zresztą też nie było wiele lepiej, bo za całe jego umeblowanie służyło tylko lekkie biurko z jakiegoś egzotycznego drewna, sosnowe półki, na których stały encyklopedie i książki telefoniczne, krzesła obite tweedem oraz jakaś zamierająca roślina. Jeśli Gretchen liczyła, że dowie się tutaj czegoś więcej na temat swej zmarłej chlebodawczyni i przyjaciółki, to się rozczarowała. O tym wnętrzu dałoby się powiedzieć jedynie to, że kompletnie się różniło od wnętrza ich domku w stylu królowej Anny, urządzonego w stylu angielskiego antyku, z tymi krzesłami obitymi tkaniną dekoracyjną i siedziskami z rzeźbionego dębu. Dziwne, pomyślała Gretchen, zawsze sądziłam, że ona lubi przede wszystkim takie meble.

Podeszła do kanapy, która rzucała się w oczy niczym wielka rana. Dotknęła jej. Była aksamitna i bardzo miękka. Zasłony z szarej satyny były do połowy zaciągnięte, osłaniały przed słońcem to pomieszczenie, monochromatyczne i uspokajające, zwłaszcza wtedy, gdy Gretchen położyła się na plecach na kanapie i dzięki temu przestała oglądać pulsującą barwę aksamitu. Położyła się, bo miała za sobą dość długą podróż, a dzień był ciepły. Zamknęła oczy, odetchnęła głęboko i zasnęła.

Pani Lovitt zapisała wikaremu z Cockermouth spory datek wzięty z funduszy parafialnych Guildford. Komitet zgodził się z nią, że skoro możni tego świata do tego stopnia interesują się problemami nędzy na północy, to w takim razie oni też powinni. Podkreśliła w swoim liście, że szanowna małżonka wikarego nie zdradziła ani słowem niczego w związku z poufną wizytą w pałacu Lambeth i że ma nadzieję, iż jej notatki, które sporządziła na prośbę szanownej małżonki, podczas jej nieobecności na popołudniowej części konferencji, okazały się przydatne. Jeśli nie, to być może sam wikary zechce napisać bezpośrednio do niej celem uzyskania wyjaśnień.

Drobna Blondynka spakowała czasopismo i ruszyła pospiesznie w stronę tunelu metra. Okładka przedstawiała pewną aktorkę i jej nowo narodzone dziecko. Oboje wyglądali zdrowo i ładnie. Główny artykuł tego tygodnia był poświęcony płodności i nie wytrącił jej do tego stopnia z równowagi jak tamten artykuł o orgazmie, który zalecał poznawanie własnego ciała przez obmacywanie się tam na dole! Znalazła miejsce siedzące i zaczęła lekturę od stałej rubryki poświęconej podróżom; tym razem było o Meksyku. Ostatnimi czasy człowiek często mógł sobie poczytać o bardzo interesujących miejscach na świecie, aczkolwiek jej wystarczało, że tylko o nich czyta. Zwłaszcza po tych wszystkich pikantnych, cudzoziemskich kurczakach.

W biurze gość zajmujący pokój obok spytał Kanciastą Szczękę, czy coś z nim nie tak.

Kanciasta Szczęka powiedział, że nie.

Gościowi z pokoju obok wyraźnie ulżyło, gdy usłyszał tak jawną nieprawdę, i zamknął za sobą drzwi. Obowiązek odfajkowany. I już przestał zauważać, że Kanciasta Szczęka jest blady jak trup.

Gretchen O'Dowd rzadko o czymś śniła, ale tu akurat nie było wątpliwości: wielkie, czerwone usta, z licznymi, białymi jak perły zębami, wisiały nad nią jak ten kot od Alicji z Krainy Czarów. A właściwie to w ogóle mógł być kot, z tą bujną jasną grzywą i zgrabnym małym noskiem. Jedyną rzeczą, która się nie zgadzała (ale tego akurat należało się spodziewać w snach), były dwa ciemne lusterka nad tymże noskiem, w których widziała własne odbicie. Otwarła szerzej oczy; widziadło ze snu dostało teraz pary ramion i ni stąd, ni zowąd wydało się bardzo rzeczywiste.

– Cześć – powiedziało widziadło z amerykańskim akcentem. – Jestem Rohanne Bulbecker. A ty?

Gretchen stosownie do sytuacji wrzasnęła przeraźliwie. Przyczyna wrzasku zaczekała, aż wrzask ucichnie, po czym znowu się uśmiechnęła, wyciągając przed siebie złowieszczą, odzianą w rękawicę dłoń.

– Nic ci nie zrobię – powiedziała Rohanne Bulbecker, tym dobrodusznym tonem osoby, która doskonale potrafi coś komuś zrobić. Usiadła obok Gretchen i w lusterkach, za którymi ukrywały się jej oczy, ukazało się odbicie okrągłej, różowawobrązowej twarzy stężałej w grymasie strachu. – Czy jakimś cudem znasz może miejsce pobytu Janice Gentle? – spytała łagodnie.

Okrągła, różowawobrązowa twarz otrząsnęła się.

– N-n-nie – odparła Gretchen, z nadzieją, że to właściwa odpowiedź.

– I dupa zimna! – zaklęła Rohanne. Trzask uderzenia rękawicą o obleczone w skórę kolano sprawił, że Gretchen wzdrygnęła się i podskoczyła w miejscu.

– Przy-przykro mi – powiedziała Gretchen i wcale nie kłamała.

– Och, mniejsza z tym – odparła Rohanne Bulbecker. Zdjęła lu-

strzanki i dokonała dokładnych oględzin Gretchen. Oględziny zakoń-
czyły się na wąsiku. – Sorry, że ci przerywam tę sjestę – powiedziała –
ale drzwi były otwarte.

To ostatnie oznajmiła z uśmiechem, który nie objął ani nosa, ani
oczu. Gretchen pomyślała, że ona wygląda na gotową do mordowa-
nia, i głośno przełknęła ślinę. A ludzie mieli czelność stwierdzać, że
to ona wygląda dziwacznie!

– Nie wiesz przypadkiem, gdzie mogła się podziać sekretarka Sylvii?
Gretchen potrząsnęła głową.

– I naprawdę nie masz pojęcia, gdzie jest Janice Gentle?
Gretchen zrobiła nerwowy tik, który miał oznaczać, że nie ma.

– A wiesz może, gdzie ona mieszka?
– N-n-nie – odparła Gretchen.
– No to kim w takim razie jesteś? Co tu robisz?
– To biuro mojej byłej szefowej. – Gretchen spróbowała usiąść.
Czuła, że to raczej nie działa na jej korzyść, gdy sama znajduje się
w pozycji leżącej, a jej dziwaczna napastniczka pochyla się nad nią
i lustruje ją wzrokiem.

– Sylvii Perth? – Kobieta przysunęła się jeszcze bliżej.
Gretchen chrząknęła, ale nie była w stanie przemówić. Przytaknęła.

– Kim jesteś? – dopytywała się Rohanne, rozpaczliwie starając się
dociec, czy ta osoba jest w stanie pomóc jej jakoś w poszukiwaniach. –
Szoferem? Dozorcą?

Gretchen postanowiła nadal kroczyć ścieżką, na której końcu czekała niewidzialność.

– Przyjaźnicie się? – ciągnęła z rozpaczą Rohanne. – Jesteście rodziną?

Nie było sensu udawać. Definitywnie domagano się odpowiedzi.
– Jesteś jej osobistym asystentem? Asystentką?
Gretchen zdecydowała się na to właśnie i przytaknęła.

– Och – odpowiedziała Rohanne z wielką ulgą – w takim razie musisz wiedzieć, gdzie ona jest.

Gretchen, której umysł był tak oddalony od Janice Gentle, jak umysł
Rohanne Bulbecker był nią pochłonięty, niewłaściwie połączyła zaimek
z jej zmarłą chlebodawczynią i uznała, że pytanie dotyczy Sylvii.

Rohanne, której oczy rozjarzyły się żądzą stosowania fizycznego
przymusu, wpatrywała się w leżące pod nią stworzenie, modląc się
w myślach, by ono znało odpowiedź.

Gretchen cała zesztywniała, z wyjątkiem mózgu, który z kolei przeobraził się w gąbkę. Nie była w stanie wykrztusić ani słowa.

– No mów – namawiała ją Rohanne, dla odmiany przymilna – przecież wiesz, gdzie ona jest. Bo wiesz, prawda? – Wyprężyła się i uśmiechnęła tym swoim niszczycielskim uśmiechem.

Gretchen skrzywiła się, kiedy znów zobaczyła to olśniewające uzębienie.

– No w pewnym sensie wiem – wybąkała, wciąż mając na myśli Sylvię Perth. I jednocześnie cały czas się cofała, więc ostatecznie jakoś udało jej się podnieść do pozycji siedzącej.

– A w mordę jeża! – warknęła Rohanne, opętana myślą o Janice Gentle. – No więc gdzie ona jest?

Gretchen podskoczyła w miejscu. Wszelkie pomysły, by ująć to w jakichś kategoriach poetyckich, tak jak to uczynili oboje z panem Mole'em, na dobre wywietrzały jej z głowy.

– No więc ona nie żyje – wyrzęziła.

– O Boże! – jęknęła Rohanne Bulbecker i ukryła twarz w swych złowieszczo urękawicznionych dłoniach. – O Boże!

Gretchen zaczęła się podnosić z kanapy, zamierzając pokonać przestrzeń pokoju jednym skokiem i natychmiast wybiec na zewnątrz.

– I to by było na tyle – stwierdziła zrozpaczona i zrezygnowana Rohanne.

Gretchen stała już prawie obydwiema nogami na podłodze.

Rohanne zadarła głowę.

– Kiedy umarła?

– Bardzo niedawno – odparła Gretchen O'Dowd, starając się, by to zabrzmiało zdawkowo i wcale nie tak, jakby jej ciało znalazło się w bardzo osobliwej pozycji: dwie stopy stały już bezpiecznie na podłodze, jeden pośladek zsunął się i odzyskał wolność, ręce natomiast szykowały się do katapultowania ciała. Jeden ruch i będzie wolna.

To dziwne, stwierdziła Rohanne, że zarówno agentka, jak i pisarka umarły w jednym czasie. Być może Janice Gentle uznała, że nie da sobie rady bez swojej protektorki.

– Czy to było samobójstwo? – spytała osłabłym głosem.

Gretchen zatrzymała się w połowie ostatniego, ułamkowego ruchu, w wyniku którego miała się ostatecznie wyswobodzić.

– Serce – powiedziała.

– Słodki Jezu! – zakrzyknęła Rohanne z niedowierzaniem, wiedziała bowiem, że również Sylvia umarła na serce. – Jeszcze jedno serce? W tym samym czasie?

Teraz Gretchen wiedziała już z całą pewnością, że ta osoba jest obłąkana. Mimo interesujących osiągnięć nowoczesnej chirurgii, ludzie wciąż używali niektórych organów wyłącznie pojedynczo. Można było mieć jedną nerkę za dużo – to się zdarzało – ale z pewnością nie dwa serca.

– Ona miała tylko jedno – oświadczyła butnie.

– Jedno co?

– Serce.

W tym momencie Rohanne wiedziała już z całą pewnością, że ta osoba jest stuknięta. Co było dosyć pocieszające. Jeśli była stuknięta (a tak też wyglądała), to być może rzeczywiście nic nie wiedziała.

– A nie dwa serca – dodała Gretchen.

– Chcesz powiedzieć... – zaczęła ostrożnie Rohanne, wręcz dobrotliwie, bo coś już jej zaczynało świtać: oto miała przed sobą kogoś owładniętego głęboką depresją; było to widać nawet po sposobie, w jaki wyginała się ta istota – że gdyby miała dwa serca, to jedno mogłoby się zepsuć, bo wówczas drugie podtrzymałoby ją przy życiu. Tak jak w samolotach z ich zapasowymi silnikami?

Do tej pory Gretchen miała już taki zamęt w głowie, że chwilowo zapomniała się bać.

– Chcę powiedzieć, że Sylvia miała tylko jedno serce i że to na nie właśnie umarła. Niedawno.

– Tak – zgodziła się łagodnie Rohanne – i Janice Gentle też umarła?

– Co ty nie powiesz? – spytała uprzejmie Gretchen.

W tym momencie Rohanne przeraźliwie wrzasnęła.

– „Człowieczy żywot jawi się jako ta uczta – recytowała Janice, kiedy zbliżała się do miejsca, w którym zaczynała się jej droga. – A potem z naczyniem nocnym z gliny ulepionem Śmierć przychodzi i stół do czysta oporządzi".

Kto to napisał? – zastanawiała się. Któryś z tych nieudolnych przedstawicieli epoki elżbietańskiej zapewne. Co za wulgarna metafora. Ale też i trafna. Śmierć z pewnością oporządziła jej stół, mówiąc metaforycznie.

Czy to był Bacon? A może hrabia Essex?

Kombinacja słów „Bacon" i „uczta" powędrowała jej najpierw do głowy, a stamtąd do żołądka. Chętnie zjadłaby kanapkę z bekonem, nieważne, który poeta by ją sporządził. Omal nie zawróciła w stronę domu, bo znienacka owa kanapka z bekonem stała się jej priorytetem. I również znienacka wyprawa na Dog Street wydała jej się czymś strasznie niemądrym.

Jakiś głos za jej plecami zawołał:

– Dzień dobry! Nie widuję pani zbyt często o tej porze dnia. No więc mamy dziś upał, muszę powiedzieć, straszny, straszny upał, moim zdaniem. I co pani na to powie?

Oddaliła się i pospiesznie przeszła na drugą stronę ulicy. Wszystko już było lepsze, niż gdyby miała zawrócić, bo wtedy musiałaby przejść obok tego miejsca. Dlatego należało zdobyć się na odwagę i iść dalej. Wczoraj wykręciła numer Sylvii i usłyszawszy jej żywy głos, zaczęła z nim rozmawiać, a nawet wręcz gawędzić. To przypieczętowało sprawę. Janice znakomicie zdawała sobie sprawę, że pod pewnymi względami narusza zasady, jakimi rządzi się społeczeństwo, ale na pewno nie była kimś, o kim jej matka powiedziałaby, że ma „nierówno pod sufitem". To będzie wymagało odwagi, ale na Dog Street iść musi. Ostatecznie czy pielgrzymi z dawnych czasów mieli lepiej? Tylko jedna droga, pełna rozbójników i innych niebezpieczeństw. A gospód za to jak na lekarstwo. Spacer po dzisiejszym Londynie raczej nie dawał się do tego przyrównać... Ostatecznie nawet taka pani Eglantyna, grymaśna Przeorysza, podróżowała w nieuchronnym dyskomforcie wieku, mimo swoich korali, futer i strojów.

I tak oto Janice wyruszyła w słoneczny poranek, wyruszyła z pełną i kojącą pewnością, że przybędzie, cała i nie napastowana, do miejsca przeznaczenia. No bo raczej nie mogła zawrócić, jeśli wziąć pod uwagę tamte przeciwności, nieprawdaż? Potrząsnęła głową i raz jeszcze powzięła postanowienie. Traktuj tę eskapadę jak własną pielgrzymkę, Janice, powtarzała sobie, ale wcale się tym nie pocieszyła.

Rohanne Bulbecker stanęła na rogu ulicy i zagwizdała na taksówkę. Jedna się zatrzymała. Krępa i dość niechętna towarzyszka Rohanne wsiadła do środka.

– Dog Street – rzuciła Rohanne, trzasnąwszy drzwiami – Dog Street i to piorunem!

ROZDZIAŁ DWUNASTY

Morgan Pfeiffer zapatrzył się na fotografię swojej zmarłej żony i uśmiechnął się do niej porozumiewawczo. Dopiero co znowu dzwonił do Londynu, ale nie złapał już Rohanne Bulbecker w hotelu, a to oznaczało, że musiała być na tropie. Miał zamiar utrzymywać presję. Nic nie przynosiło lepszych rezultatów niż presja. Poza tym Stoat niemalże się dławił od tłamszonej energii. Jeszcze trochę i dopadnie go choroba wieńcowa, a był za dobrym pracownikiem, żeby go tracić. Gdzie pani jest, panno Bulbecker? – rzucił pytanie w eter. Gdzie pani jest teraz?

Panna Bulbecker, z twarzą zakrzepłą w uśmiechu, jechała taksówką razem z Gretchen O'Dowd, na której obliczu malował się wyraz tak upiorny, że upodabniał owo oblicze do maski pośmiertnej. Rohanne mimo to nie przestawała się uśmiechać. Na tym etapie nic więcej zrobić nie mogła.

Kiedy Facet na Stanowisku zobaczył żonę świeżo po przebytej operacji, kiedy posłuchał, jak ona się czuje z cewnikiem i co pielęgniarki miały do powiedzenia o jej wnętrznościach oraz o zwiotczeniu mięśni jej brzucha, tego samego popołudnia wykonał bardzo agresywny biznesowy telefon. Nawet Drobna Blondynka była zdziwiona, słysząc zniecierpliwienie w jego głosie chrypiącym za drzwiami.

– Tylko mi tu bez jakichś zakichanych wymówek! – krzyczał. – Żądam wyników!

Tak naprawdę to miał ochotę krzyczeć na żonę.

Drobna Blondynka podskoczyła w miejscu. Normalnie Facet na Stanowisku był tak opanowany, że aż nudny, a kiedy coś go rozzłościło, cedził to, co miał do powiedzenia, cichym głosem przez zaciśnięte zęby. W tym wybuchu natomiast było coś niemalże podniecającego, coś, co upodabniało go do tych mężczyzn, o których tyle się naczytała, mężczyzn, którzy mieli władzę, mężczyzn bezlitosnych, mężczyzn, których należało poskramiać... Ukradkiem odłożyła czasopismo, które właśnie przeglądała – okazało się, że jednak istnieją kremy, które zapobiegają rozstępom, i że dzięki dobrym biustonoszom dla matek karmiących biust już się tak nie deformuje, dzięki Bogu. Odwróciła się w stronę maszyny do pisania i przepisała do końca kolumnę cyfr. Zbliżała się pora lunchu i chciała się przejść do domu towarowego, bo miał tam właśnie być pokaz mody dla przyszłych matek.

Facet na Stanowisku otrząsnął się po tym niezbyt owocnym wybuchu złości i niechcący polał sobie kawą tors i kolana, przez co po raz kolejny wpadł w rozdrażnienie i w związku z tym ryknął gromko: „A do dupy z tym wszystkim!” Szokujący swą wymową okrzyk sprawił, że jego sekretarka była bardzo rozdygotana, kiedy biegła mu na pomoc. Wytarła górną połowę jego ciała, gdy tymczasem on zajął się partiami poniżej pasa. Odruchowo otrzepała mu również ramiona z łupieżu. W końcu czemu nie? Potrafiłaby poprawić jego prezencję. Jej drobne dłonie, z tymi perfekcyjnie opiłowanymi różowymi paznokietkami, były zręczne i biegłe. Już dawno nikt go nie dotykał tak intymnie. Podziękował jej, a kiedy wychodziła z jego gabinetu, zauważył, że ma opięty, nieduży tyłek i zgrabne nogi. Aż go coś zaświerzbiło w pachwinie. Postawił fotografię swojej żony przodem do siebie, zapatrzył się na nią, skrzywił tak, jak zapewne krzywił się doktor Crippen, słynny morderca własnej żony, i przestawił fotografię na mniej eksponowane stanowisko.

Morgan Pfeiffer zbił swój majątek na batonikach. Stoat, którego sprowadził ze sobą z królestwa złota do królestwa literatury, był jego rekinem marketingu, odpowiedzialnym za wprowadzenie na rynek „Hop do buzi", batonika reklamowanego jako produkt pełen witamin, energii i naturalnych składników – a także znakomicie wspomagający życie seksualne. Morgan Pfeiffer był nieco sceptyczny z tym podkreślaniem życia seksualnego, ale okazało się, że miał sto procent racji: sprzedawało się wszystko, co się wiązało z seksem – a jeśli nie, to wystarczyło powiedzieć, że się wiąże. W marketingu nie chodzi przecież o wiele więcej. Stoat wyjaśnił mu, że jak masz zdrowe, tryskające energią i czystością ciało, to zaliczasz się do rasy ludzi pięknych. A ludzie piękni to tacy, którzy nie mają problemów z uprawianiem seksu i cieszeniem się nim. Natomiast niedojdy, które palą, piją i nie jedzą „Hop do buzi", mają problemy ze swą atrakcyjnością. I tak jak wiele lat temu, kiedy wyniki sprzedaży za okres pierwszych sześciu miesięcy dowiodły, że ten argument jest niepodważalny, tak teraz Stoat też z całą pewnością miał rację. Zapewnił Morgana Pfeiffera, że połączenie Janice Gentle z seksem niesie w sobie ogromny sens marketingowy. Stoat nazwał nieboszczkę panią Pfeiffer „kobietą genialną" za to, że odważyła się o tym pomyśleć; nie powiedział natomiast, że to on przede wszystkim podsunął jej taki pomysł.

Morgan przyjrzał się spowitej w mgiełkę błękitnawego dymu fotografii na biurku i westchnął. Nieboszczka pani Pfeiffer uśmiechała się do niego żarłocznie, z oczyma zatopionymi w czerstwych polikach, ż podwójnym podbródkiem mocno zaakcentowanym przez słońce Bermudów, z opalonymi na ciepły brąz krągłymi ramionami, które kusiły swą potencjalną siłą, no i z tymi piersiami, ogromnymi piersiami, które ledwie mieściły się w szkarłatnym gorsecie i wyglądały jak dwa przelewające się rondle budyniu czekoladowego. Kobieta w pełni rozkwitu. Ach, pomyślał, gdzie tu znaleźć taką drugą?

Jakże on za nią tęsknił. Do stu piorunów, jaki ona miała apetyt! Już nigdy więcej nie zaprosi na kolację żadnej z tych eleganckich szprych, bo gdyby jeszcze raz miał oglądać, jak one popychają po talerzu liście sałaty, to chybaby wykorkował. Pani Pfeiffer mogła sobie być kobietą tego typu, o których się mówi, że winda nie jest w stanie dowieźć takiej na samą górę, ale człowiek wiedział, że coś ma, kiedy ją obejmował. I właśnie to czyniło ją tak ponętną. Ostatnimi czasy bezustannie szukał rozmaitych rozrywek, by sobie skompensować stratę. Nie ma na świecie niczego bardziej samotnego niż różowe jak puder, podwójne królewskie łoże w kształcie serca. Wziął fotografię do ręki. Gotów był iść o zakład, że ona tam na górze dostarcza niezłych rozrywek świętemu Piotrowi, że do tej pory na pewno mu pokazała, co to znaczy prawdziwa kobieta. Usiadł i potrząsnął głową.

Próbował wielu rzeczy – kupił sobie nawet nadmuchiwaną lalkę rozmiarów XXL, ale ona tylko leżała nieruchomo na ich różowym, sprężynującym łożu, mimo że on ją obejmował, taka niema i taka ponura, że już następnego ranka wyrzucił ją do śmieci. Lubił szelest papierków od cukierków w sypialni, lubił zapach tureckich łakoci na poduszce, lubił nawet – trudno w to uwierzyć, ale tak było – lubił cukier i okruchy biszkoptów w łóżku i brzmienie tego głosu, nieco niewyraźnego, aksamitnego z zadowolenia, który paplał coś do niego bez sensu, kiedy ściskał jej posłuszne udo. Czasami może nawet żałował, że ona nie potrafiła rozmawiać o niczym innym niż telewizja, czasopisma i tego typu rzeczy, ale w tym niedoskonałym świecie Belinda Pfeiffer była raczej niezastąpiona.

Niezastąpiona. Sprawdził to na własnej skórze, kiedy kupił usługi ludzkiej repliki, kobiety, która z pozoru wyglądała, jak trzeba. Była zbudowana jak podwójna dawka Mae West, więc kiedy leżała na ich łożu, kształtami przywodziła na myśl firmową figurkę Michelina, bardzo różowa, uśmiechnięta we właściwy, prosięcy sposób. Ale niestety, kiedy już zaczął czuć to coś, kiedy akt ściskania jej uda stał się tym pożądanym boskim doświadczeniem, w którego ramach doszło do połączenia rzeczywistości z nieboszczką panią Pfeiffer, zaproszona przez niego dama zaczęła – zgodnie zresztą z jego życzeniem – mówić. I niestety, choć była zbudowana jak podwójna dawka Mae West, to jednak zrozumiała opacznie, co właściwie ma mówić... Mae West minus rozum. Wulgarna, bardzo wulgarna.

Postanowił więcej nie próbować. Nie, w życiu nie liczyło się teraz nic oprócz zysku i sukcesu. Nic.

– Żądza, chciwość, morderstwo, zdrada – zadumał się Morgan Pfeiffer – z morałem. – Zajrzał do notatek, które zostawił mu Enrico

Stoat. – I sześć mityngów seksualnych rozsianych po całej książce. Potraktowanych z dużą wrażliwością.

Chętnie by dodał: „I bohaterka ma być bardzo duża", ale przeważyło właściwe wyczucie rynku. No cóż. Teraz już pozostawało tylko siedzieć i czekać.

Rozdział trzynasty

Na Dog Street Rohanne zażądała od Gretchen, by ta dała jej klucze Sylvii. Gretchen zrobiło się przykro z tego powodu, bo uważała, że ma do nich wszelkie prawo, ale władczy powiew bijący od Rohanne uświadomił jej, że źle myśli. Zamiast więc protestować, wparowała za pancerną Rohanne do budynku niczym ochoczy, rozpędzony szczeniak buldoga i natychmiast zaczęła wspinać się jej śladem po schodach. Wąska przestrzeń sprawiała, że nie dawało się iść pierś w pierś, i Gretchen doszła tak krok w krok za Rohanne aż do najwyższego piętra. Rohanne, czując na sobie oddech ścigającego ją szczeniaka, wspinała się bardzo żwawo, z takim rezultatem, że zanim dotarły do najwyższego podestu, obie dyszały i postękiwały, a odzienie Rohanne od środka osiągnęło stan upodabniający je do tych skór, w które oprawia się luksusowe wydania książek. Niezdolna iść dalej, ponieważ mieszkanie Sylvii Perth było położone najwyżej w budynku, Rohanne zastygła raptownie na samym szczycie schodów, naprzeciwko jakichś drzwi. Gretchen, która stwierdziła, że wspinanie się z pochyloną głową pomaga jej w oddychaniu, nie była przygotowana na ten nagły przystanek i ze sporym impetem walnęła w kość ogonową Rohanne.

Sami sobie zróbcie taki eksperyment: podchodzicie do nieznajomych drzwi, w których jest i zamek, i klamka, chwytacie za klamkę i jednocześnie wsuwacie klucz do dziurki. Zakładacie, że drzwi ustąpią dopiero wtedy, gdy klucz wywiąże się ze swojego obowiązku, i w większości przypadków wasze założenie będzie słuszne. Ale Erica von Hyatt, która nie posiadała własnego klucza i wcześniej wymknęła się na spotkanie z mleczarzem, zapomniała zamknąć drzwi od wewnątrz – ludzie, którym zdarzyło się pomieszkiwać w kartonowych pudłach i pod mostami kolejowymi, mają tendencję do zapominania poszczególnych faz procedury zamykania drzwi. I takim oto sposobem, zamiast dokonać chłodnego, spokojnego, pełnego godności i lekko groźnego wejścia, jak to sobie z góry zaplanowała, Rohanne Bulbecker wkroczyła do mieszkania nieboszczki trochę jakby zbyt energicznie, nosem najpierw, wręcz, jak to mówią, „na łeb, na szyję". Z kolei drepcząca jej po piętach Gretchen O'Dowd, dysponująca znacznie mniejszym wdziękiem niż jej transatlantycka siostra, a przy tym tak samo rozpędzona, wparowała do środka nie tylko równie prędko, ale po prostu zwaliła się na Rohanne niczym wór kartofli.

Zdarzają się tacy ludzie, którzy podchodzą do tego filozoficznie, jeśli natychmiast po wejściu do pomieszczenia, w którym kryje się niewiadoma, padają na czworaki i jeśli zaraz potem przygniata je ciało innej osoby. Rohanne Bulbecker nie zaliczała się do takich ludzi. Niemniej, obelżywe uwagi kierowane na użytek Gretchen O'Dowd, która leżała na niej niczym kłoda, zwyczajnie tonęły z lepszym lub gorszym skutkiem w grubym, białym dywanie, w który wbił się nos Rohanne. I nieważne, że te obelgi, którym jakimś cudem udało się wyrwać na wolność, brzmiały nadzwyczaj autorytatywnie: jej organ powonienia nie odzyskał wolności.

To nie tylko na widok tego arabskiego przepychu Gretchen tak zastygła w miejscu. I też nie przez dziesiątki tajemniczych cieni powstałych dzięki żółtawemu światłu, które wlewało się przez wielkie szpary w zasłonach. Nie sprawił tego również uderzający do głowy zapach, który zawisł w tym martwym wnętrzu, ani też rozsiane po nim egzotyczne przedmioty. Nie. Tym, co zmusiło Gretchen O'Dowd do pozostania w pozycji leżącej, była osoba przebywająca w mieszkaniu. Osoba ta spoczywała na kanapie, pogrążona we śnie, być może coś śniąc, rozświetlona i upiększona blaskiem słońca, który wdzierał się zza w połowie zasuniętych zasłon. Gretchen pomyślała, że nigdy w życiu nie widziała wizji równie pięknej.

Erica von Hyatt nie przebudziła się z drzemki. Jack daniel's zmieszany z mlekiem czekoladowym ma sam z siebie usypiający wpływ, za to popijany pomaleńku, po długiej, parującej, perfumowanej kąpieli, na poduszkach i w upale późnego poranka, uśpiłby chyba nawet samego Cerbera. Tymczasem Erica nie strzegła ani nikogo, ani niczego, tylko samą siebie. I Erica czuła się bezpieczna. Dlatego spała. Spała snem zadowolenia. Nie snem z głodu, nie snem eskapistycznym, ale snem osoby, która postanowiła umilić sobie życie tym doświadczeniem. I było widać, że jest jej miło. Była zaróżowiona jak dzieciątko, a jej złote włosy – umyte, wyczesane i iskrzące się w świetle – rozkładały się wokół niej wachlarzem na obitej aksamitem kanapie. Wokół ust miała obwódkę ze swego ulubionego koktajlu. Jeden z policzków zdobił zarys dołeczka, blade powieki były gładkie i nieruchome jak kamyczki. Pod tym wszystkim rozpościerał się różowy peniuar, którego grube, srebrne tasiemki opadły na podłogę. Było to żywe wcielenie legendy, sen o dzieciństwie, księżniczka z fantazji tak czysta i piękna jak w bajce. Gretchen wpatrywała się w to zjawisko jak skamieniała.

Z kolei Rohanne Bulbecker nie widziała nic oprócz frędzli dywanu i jakichś tasiemek. Sformułowania, które coraz głośniej adresowała do owych frędzli, nie wywodziły się z języka obcego Erice, która – mimo że spała – zaczęła rejestrować ten wulgarny i brutalny przekaz. Życie na ulicy nauczyło ją, jak przemieszczać się z miejsca na miejsce w taki sposób, by nie budzić się do końca. Ktokolwiek przemawiał, wyraźnie sobie życzył, aby ona, Erica von Hyatt, wyniosła się stąd, i Erica, niczym pies Pawłowa, nie mogła zrobić nic innego, jak posłuchać. Zawsze musiała słuchać.

Wstała z kanapy, wciąż na poły śpiąc, i przeszła chwiejnie przez pokój.

– OK, OK – mruczała zaspanym głosem – idę już, idę... – A kiedy otworzyła oczy, stwierdziła, że coś jej tarasuje drogę, i w tym momencie przewróciła się na dwie obce jej osoby, które zdawały się „robić to" na podłodze.

Z samego dołu tej plątaniny ciał dały się słyszeć stłumione okrzyki, niewyraźne, ale pełne złości. A potem Rohanne, która wreszcie zaczerpnęła nieco więcej powietrza, odkaszlnęła i wykrztusiła głośno:

– Co tu jest grane, do cholery?

– Przepraszam – odparła pokornie Erica von Hyatt, prostując się. Ujęła młócącą na oślep rękę i pociągnęła ją, uwalniając mówiącą, gdy tymczasem Gretchen O'Dowd przetoczyła się bez wdzięku na plecy.

Leżąca na wznak adoratorka Eriki von Hyatt wytrzeszczyła oczy i spytała:

– Kim jesteś?

Nim jednak Erica zdołała odpowiedzieć, jej ręka została pochwycona w ciasny, obleczony w skórę uścisk i w powietrzu zapachniało podnieceniem.

– Czy jakimś cudem nazywasz się Janice Gentle? – spytały usta pod parą okularów słonecznych.

– A bo co? – spytała Erica von Hyatt, dostrzegając rozpaczliwy ton pytania i grając na zwłokę. Zmierzyła od góry do dołu strój przemawiającej do niej kobiety. Czarna skóra i to w taki upał. Dla Eriki było jasne, cóż takiego ta osoba ma na myśli.

– Ponieważ jej właśnie szukam – odparła Rohanne, starając się używać głosu osoby sympatycznej. – Mam dla niej propozycję.

W to nie wątpię, pomyślała Erica von Hyatt.

– No więc jak – dopytywała się zachęcająco Rohanne Bulbecker – nazywasz się Janice Gentle?

Erica zastanawiała się nad odpowiedzią, czując żar bijący od lśniącego, czarnego ciała i coraz bardziej kurczowy uścisk dłoni odzianej w rękawicę. Ostatecznie już kiedyś zetknęła się z sadomacho, aczkolwiek teraz, sądząc po tym, jak ta kobieta była ubrana, coś się Erice nie wydawało, by ona, czy raczej ta jakaś Janice Gentle, miała być poproszona o występowanie w roli dominy. A szkoda. Gdyby tu chodziło tylko o zwykłe „Zwiąż mnie, a potem nie słuchaj, jak będę cię błagać", poszłyby na to z radością. Czy też raczej ze stanowczą i zaciętą miną, jak swego czasu poinstruował ją pewien handlarz rybami z Hull. Ci ludzie od S&M jakoś chyba nie mają poczucia humoru...

– No więc powiedz, że się tak nazywasz – wymruczała Rohanne, nagle zmęczona tym wszystkim. – Proszę.

Więc Erica powiedziała.

Z nadzwyczaj zachęcającym rezultatem. Kobieta w czerni ujęła ją za ramiona, ucałowała w oba policzki i potem już tylko gadała i gadała, jak to ona się cieszy, że ją znalazła, itd., itd., aż w końcu Erica trochę się w tym wszystkim pogubiła.

– Naprawdę trudno cię było namierzyć – ciągnęła Rohanne Bulbecker. – Sylvia Perth bardzo cię chroniła.

Erica postanowiła jeszcze przez jakiś czas podążać tą ścieżką niejasności, tym bardziej, że jack daniel's i nagłe wyrwanie ze snu nieco ją przymuliły.

– A gdzie Sylvia? – spytała.

Gretchen, zadowolona, że może wnieść coś od siebie, powiedziała:

– Moim zdaniem ciągle jeszcze na policji, ale już niebawem trafi do salonu pana Mole'a.

Erica uznała, że to całkiem niezła nazwa dla burdelu. Nie prosiła już o dalsze wyjaśnienia.

– To wspaniale – stwierdziła.

– O tak – dodała Gretchen. – Ceremonia będzie przecudowna.

A więc będą jeszcze jakieś rytuały, pomyślała Erica von Hyatt z nagle ciężkim sercem.

– Co będę musiała robić? – spytała osłabłym głosem.

– Ty nic – odparła Rohanne Bulbecker. – Wszystko będzie się odbywało na tych samych zasadach jak do tej pory, tyle że bez udziału Sylvii Perth. My też się tobą zaopiekujemy. Nie będziesz musiała o nic się martwić.

Już to kiedyś słyszałam, pomyślała Erica von Hyatt.

– A jednak czegoś ode mnie chcecie – naciskała.

Rohanne podniosła rękę i uśmiechnęła się radośnie.

– Ależ skądże znowu. To znaczy marzy nam się jeszcze jedno dziec-ko – tu uśmiechnęła się kokieteryjnie – a resztą już my się zajmiemy.

Erica usiadła z powrotem, wciąż skołowana i roztrzęsiona.

– Więc wy nie jesteście od S&M?

– A spodziewałaś się ich? – spytała Rohanne Bulbecker, nagle za-alarmowana, że mógł się pojawić jakiś rywal.

Erica zmierzyła ją wzrokiem od stóp do głów.

– Cóż, tak jakby...

– Nie, ja nazywam się Rohanne Bulbecker. – Zaczęła się obmacy-wać, zła, że nie ma przy sobie żadnej wizytówki.

Erica popatrzyła na jej sugestywne gesty i westchnęła. Jej dotych-czasowa spokojna niezależność była taka cudowna.

– Kiedy mówisz o dziecku, to co dokładnie masz na myśli...?

Rohanne zaśmiała się.

– Mam na myśli to wszystko, co opowiedziała mi o tobie Sylvia. Która wypowiadała się nadzwyczaj entuzjastycznie o twoim następ-nym dziecku. Cóż, wszyscy już nie możemy się go doczekać.

Rohanne Bulbecker uśmiechnęła się promiennie do Eriki. Nigdy, nawet w swoich najdzikszych wzlotach wyobraźni, nie odważyła się mieć nadziei, że zwierz, na którego poluje, okaże się taki urodziwy. Czekajcie tylko, kiedy wróci i przedstawi ją Morganowi Pfeifferowi i Enricowi Stoatowi. Cały ten projekt będzie sensacyjny!

– Morgan Pfeiffer zakocha się w tobie – zapewniła ją.

– Kto to jest Morgan Pfeiffer? – spytała Erica, wytrzeszczając oczy. Ilu jeszcze ludzi jest w to zamieszanych, w mordę jeża?

Rohanne zaśmiała się.

– Ot tylko największy wydawca amerykański – odparła. – A także – znowu się zaśmiała i żartobliwie poklepała Ericę po ramieniu – coś mi się zdaje, że mogłabyś nazwać go przyszłym ojcem swojego dziecka...

Ani Syzyf, któremu zabrano by głaz, ani Prometeusz, którego uwol-niono by od orła, nie czuliby chyba tak głębokiej ulgi jak Rohanne Bulbecker w tym momencie. Dlatego właśnie tak ją naszło na harce z metaforami.

– Ależ z niego będzie tatuś – wdzięczyła się afektowanie. – Po pro-stu niesamowity!

Erica von Hyatt nagle zrozumiała. Tu wcale nie chodziło o żaden sadomasochizm. Tu szło o to coś, co nazywają zastępczym macierzyństwem. Znała ludzi, którzy poszli na coś takiego. Opiekują się tobą, dopóki jesteś w ciąży, a potem dostajesz za to całkiem sporo forsy. Erica nie widziała w tym nic złego. Jak ktoś potrafi robić na drutach, to robi sweter dla kogoś, komu jest zimno, a ten ktoś potem płaci za ten sweter; jak ktoś potrafi gotować, to ktoś, komu chce się jeść, płaci mu za przygotowanie posiłku. Dlaczego więc nie urodzić komuś dziecka za pieniądze?

– Co ty na to? – spytała Rohanne.

– W porządku – odparła Erica von Hyatt. – A jaki jest... mhm... tatuś?

Rohanne Bulbecker była zachwycona całą tą grą słowną.

– Morgan P. Pfeiffer jest wybitny. I bardzo inteligentny. Uwielbia książki.... Chyba tak, jak my wszyscy?

– Jak bardzo?

Rohanne spodobał się ten bezpośredni ton, więc podała kwotę w dolarach.

Erica von Hyatt oniemiała.

Rohanne zaczęła obgryzać paznokcie.

Gretchen, która stwierdziła, że nic nie pojmuje z tej rozmowy, dmuchnęła sobie w wąsik i czekała na oświecenie. Milczenie wypełniające pokój powoli stawało się nieznośne, nabrała więc powietrza do płuc, gotowa zaraz przemówić.

– Cicho bądź – przeszkodziła jej Rohanne Bulbecker. – Janice myśli.

Gretchen zerknęła na myślicielkę z niemym uwielbieniem, a Erica zareagowała intuicyjnie – trzepocząc rzęsami. Poza tym nie była w stanie ani się ruszyć, ani nic powiedzieć. Gretchen O'Dowd westchnęła niczym bohaterka staroświeckiego romansu. Erica znowu zatrzepotała. Gretchen O'Dowd westchnęła jeszcze głębiej. Wiedziała, że jest zakochana, po uszy i na wieczność.

– Janice – odezwała się uwodzicielskim tonem Rohanne – na czym to stanęłyśmy?

Erica nie bardzo wiedziała. Bardzo prawdopodobne, pomyślała, że to wszystko mi się śni.

– No i? – dopytywała się Rohanne. – Czy ta liczba wydaje się właściwa? Oczywiście to jest tylko zaliczka i do tego dojdą rozmaite korzyści uboczne, ale taką właśnie kwotę proponuje ci Morgan Pfeiffer. Jedna połowa już teraz, druga, jak już spłodzisz, co trzeba. I co ty na to?

– Mnie tam się podoba – powiedziała Erica. Ostrożnie wzruszyła ramionami. Nie należało robić zdumionej miny, bo inaczej mogliby opuścić cenę. Wprawdzie nie potrafiła w to wszystko uwierzyć – ale postanowiła godzić się na wszystko, na wypadek, gdyby to miała być prawda. We własnej głowie udawała, że zaoferowano jej tylko darmowy posiłek. Znacznie łatwiej było myśleć w tak prostych kategoriach. A zresztą już raz kiedyś została tak jakby matką zastępczą – kiedy urodziła Dawn. Przecież to chyba nieważne, czy to się dzieje przez pomyłkę, czy wtedy, gdy obiecują ci za to zapłacić i to z góry?

Rohanne ułożyła rękę na oparciu kanapy.

– A.... mhm... jak myślisz, ile czasu ci to zabierze?

Erica poczuła się tutaj na pewniejszym gruncie, choć to pytanie lekko ją zdziwiło.

– Podejrzewam, że zwykłe dziewięć miesięcy. Będę musiała tam pojechać i przelecieć go, czy jak?

Rohanne, mocno wstrząśnięta obcesowym tonem kolejnego pytania, nie chciała jednak niszczyć delikatnej natury tej chwili i uśmiechnęła się. Wiele słyszała o osobliwym poczuciu humoru Brytyjczyków.

– Wydaje mi się... ha, ha, ha... że to nie będzie konieczne.

– Naprawdę? – zdziwiła się Erica, znowu wytrzeszczając oczy. – Ale jak to? Wyśle to pocztą, czy co?

– A czemu nie? – zapewniła ją Rohanne. – Zresztą prawdę powiedziawszy, wszystko już czeka na ciebie w banku.

Erica von Hyatt słyszała co nieco o bankach spermy.

– Ach, już rozumiem. Więc to będzie w taki sposób... Nawet nie musimy się spotykać.

– No cóż – odparła Rohanne. – Podejrzewam, że on ostatecznie będzie chciał cię poznać.

– A ten pan Pfeiffer to nie lubi seksu? – Przecież skoro płacił takie pieniądze, należała mu się chyba odrobina przyjemności, a zasady wymyślano po to, aby je łamać. – Na pewno by mu się spodobało. Jestem w tym całkiem niezła, że się tak wyrażę.

Rohanne Bulbecker poczuła się tak, jakby właśnie trafiła do nieba.

– No to się cudownie składa – powiedziała. – To jest dokładnie to, czego chcemy. Morgan Pfeiffer prosił, żebyś wprowadziła dwie drobne zmiany...

– Tak? – spytała posłusznie Erica. – A jakie?

– No więc ma być seks. I trochę też tym razem wszystko wydłuż.

– Któregoś dnia zajęło mi to całą noc i cały dzień – oświadczyła z dumą Erica. – Długość to żaden problem. W tych sprawach każde życzenie jest dla mnie rozkazem.

Rohanne aż się zakrztusiła. Liczyła na coś, ale nie na to, że Janice Gentle będzie aż taka dosadna w kwestiach seksu. W jej dziełach nie było po tym ani śladu.

– Och nie – zaprotestowała pospiesznie – tak daleko nie będziesz musiała się posuwać. Tylko odrobinę żaru pożądania, udo wyzierające spod jedwabiu, rozumiesz, co mam na myśli?

Erica uśmiechnęła się.

– Rozumiem. Coś z klasą.

– O właśnie.

Erica opadła na oparcie kanapy i zamknęła oczy. Nie wiedziała, kim jest ta Janice Gentle ani też gdzie ona jest, ale ona, Erica, była tu pierwsza. I niech ktoś powie, że nie.

Rohanne Bulbecker spojrzała na nią. Właściwie to rozumiała teraz, dlaczego Sylvia Perth trzymała ją w ukryciu. No bo tak było, nieprawdaż? Również w tajemnicy przed tą wąsatą, jak należało chyba wnosić z tego wyrazu oszołomionej adoracji. Zabawna, stara, diabelska Sylvio, pomyślała Rohanne Bulbecker, twój sekret się wydał.

– Czy jesteś odludkiem? – spytała złotowłosą piękność.

– To znaczy?

– Czy wolisz ukrywać się przed światem?

Erica zastanowiła się. W przypadku dużego kłamstwa zawsze to lepiej trzymać się możliwie jak najbliżej prawdy. Nie uważała, by świat był tym miejscem, w którym chciałaby spędzać dużo czasu. A już na pewno nie wtedy, gdyby mogła żyć tak jak tu i teraz.

– Tak – potwierdziła – ale też się przy tym nie upieram.

– To dobrze – stwierdziła Rohanne Bulbecker – ponieważ zamierzam zaraz zadzwonić do pana Pfeiffera, żeby mu przekazać dobre wieści, i po prostu wiem, że będzie chciał, żebyś się tam przejechała, kiedy poczujesz się gotowa. Czy jest tu jakiś telefon?

Erica wskazała ozdobioną cekinami poduszkę na blacie inkrustowanego biurka. Gretchen podniosła ją. Los pobłogosławił Rohanne podwójnie – Ach ci szczęśliwi technokraci! – bo za misą z kutego mosiądzu, która kryła mało dekoracyjne kształty aparatu telefonicznego, gnieździł się także faks.

– Wspaniale – ucieszyła się Rohanne, z oczyma, które rozbłysły niczym na widok ukrytego klejnotu. – Tego mi właśnie było trzeba. Będę to mogła od razu do niego wysłać. – I tu wyjęła z głębin swej kurtki umowę wydawniczą sporządzoną w imieniu Pfeiffera. – Zechciej, proszę, przejrzeć to i podpisać się tutaj – powiedziała do Eriki von Hyatt. – Mów zaraz, jeśli coś ci się nie spodoba.

Erica przerzuciła kartki, niczego nie zrozumiała, przytaknęła i potulnie ujęła pióro.

– A jak się pisze „Gentle"? – spytała. Rohanne Bulbecker wzdrygnęła się nerwowo, więc czym prędzej dodała: – To tylko żart. – Powieki miała ciężkie od jacka daniel'sa. Bardzo chciała znowu się zdrzemnąć.

Morgan Pfeiffer przestał słuchać entuzjastycznej tyrady Rohanne Bulbecker w tym momencie, w którym użyła frazy „smukła jak brzoza". Dla niego „smukła jak brzoza" to nie żaden ideał urody. Westchnął głęboko. No tak, ale reszta świata była zapewne innego zdania. Z pewnością uważał tak Enrico Stoat, słuchający wszystkiego z drugiego aparatu, który bawił się zegarkiem i przewracał oczyma, wyraźnie już świętując zwycięstwo. Morgan Pfeiffer usiadł z powrotem na swoim krześle i przypomniał sobie kurort nad Morzem Czarnym, który on i pani Pfeiffer tak bardzo sobie upodobali w dawnych czasach, bo to tam właśnie dowiedzieli się, jak wygląda prawdziwie piękne ciało. Tam kobiety toczyły się raczej, niż szły, a kiedy kładły się na plecach w wodzie, morze wybijało na powierzchnię ich piersi podobne do dojrzałych melonów – mmm, mmm...

– No pewnie – usłyszał Stoata. – Ściągnij ją tutaj najszybciej, jak się da. Dobrze wiedzieć, że to superbabka. Bałem się jak sto pięćdziesiąt, że to jakiś dziwoląg...

– Dobra robota, panno Bulbecker – pochwalił Morgan Pfeiffer. – Byłem pewien, że pani sobie poradzi.

– Natychmiast prześlę umowę faksem.

Erica von Hyatt spała na kanapie, za plecami Rohanne. Z kolei za kanapą stała na straży Gretchen O'Dowd. Zgrzana upałem Gretchen postanowiła zdjąć marynarkę i kiedy to robiła, pod ręką zaszeleścił list, który jej wręczono tego ranka. Zapomniała o nim z kretesem. Leżące pod nią żywe wcielenie piękna drgnęło nieznacznie. Na powrót całkiem zapomniała o liście.

Rohanne Bulbecker zaczęła wyciągać szuflady z biurka Sylvii, z początku z nudów, ale potem, kiedy wczytała się w niektóre z dokumentów, jej oczy zaczęły błyszczeć i ogromnieć. Wybrała kilka takich plików, wsunęła je sobie za pazuchę i zamaszystym ruchem zasunęła zamek. Tu dopiero była sensacja.

Arthur uśmiechnął się do niej nad stolikiem nakrytym do śniadania. Pochwyciła to spojrzenie, bo tym razem nie mogła go uniknąć, i odwzajemniła uśmiech. W wazonie stały ostróżki, których okres świetności dawno przeminął, o barwie spowiałego błękitu. Zdawały się stanowić echo jej oczu, oczu, które ostatnimi czasy skrywały tajemnicę, oczu, do których nie bardzo docierał uśmiech.

– Może powinnaś sprawić sobie kapelusz? – zagadnął.

– A to dlaczego? – spytała, zaciekawiona mimo przygnębienia.

– Czy nie w taki właśnie sposób kobiety poprawiają sobie humor?

– Jesteś staromodny. Takie sposoby odeszły w niepamięć razem z płaszczami rzucanymi na błoto, by dama mogła po nim przejść. A poza tym jestem w znakomitym humorze – powiedziała, a potem, ponieważ była to jawna nieprawda i wyraz jego oczu powiedział jej, że on o tym wie, wzruszyła ramionami. – No prawie znakomitym.

– W takim razie dlaczego – spytał – kruszysz tę grzankę jak jakaś pogrążona w rozpaczy bohaterka powieści gotyckiej?

– Dla ptaków – odparła butnie. – To przecież boże istoty.

– A czy ja mam posmarować te okruchy masłem i marmoladą?

Jej śmiech był równie suchy jak grzanka.

Odłożył na bok list, który dostał od ich misji w Azji Południowo-Wschodniej. Wcześniej zaplanował sobie, że ją poprosi, aby zaangażowała miejscową drużynę harcerek w jakąś pracę na rzecz misji – mniej (gdyby miał uczciwie wyspowiadać się przed swoim Bogiem) dla dobra misji i samej drużyny, a bardziej po to, by miała jakieś zajęcie. Aktywność na ogół uwalniała ją od melancholii albo łagodziła jej rozdrażnienie, niemniej ten smutek i niemal kompletne zobojętnienie stanowiły nowość w ogólnym wzorze. Przyjechały razem z nią z Londynu. Wiedział, że będzie musiała zawieźć je tam z powrotem, jeśli kiedykolwiek ma się ich pozbyć.

Wsparła podbródek na dłoniach i popatrzyła na niego. Zaczynała go już wręcz nienawidzić za tę zdolność do obdarzania jej miłością, za to, że starał się być rycerski, za jego taktowne umizgi. On natomiast zauważył to spojrzenie w jej oczach, stanowiące wypadkową bólu i pogardy. Poruszył pytająco głową.

– Chodzi o ten kocioł do herbaty – wyjaśniła. – Wiesz, jak ja nie cierpię tego obrzydlistwa.

– Ach, kocioł! – odparł. – W takim razie może powinniśmy kupić ci nowy kocioł zamiast kapelusza.

– To układ oparty na miłości i nienawiści, Arthurze – odparła. – Zabierzesz mi go i z czym ja wtedy zostanę? – A to ci dopiero trafna metafora, pomyślała. – A poza tym sam przecież tłumaczysz swoim owieczkom, że gdyby Bóg chciał nam wszystko ułatwiać, to brałby nas prosto do nieba, bez całego tego ambarasu po drodze. Ten kocioł to mój krzyż. – Uśmiechnęła się.

Z jakiegoś powodu wcale to nie zabrzmiało jak bluźnierstwo.

– Człowiek nie może wiedzieć, czym jest niebo, dopóki odrobinę nie pocierpi. – Splótł dłonie i popatrzył na nią ze współczuciem. – Ale po co zaraz męczeństwo? Wolno ci rozwiązywać i wiązać, jak ujął to Eliot w *Mordzie w katedrze*.

– Kiedy to robisz, wyglądasz dokładnie tak, jak powinien wyglądać wikary.

Na chwilę jej oczy zrobiły się znowu bardzo niebieskie, błyskały ogniem, złe. Czerwień jej włosów jakby się zaogniła.

– A ty wcale nie przypominasz żony wikarego, kiedy to robisz – odrzekł łagodnie.

– Kiedy co robię?

– Kiedy się wściekasz oczyma.

– To przez ten kocioł – zapewniła go stanowczo.

– W takim razie kupimy nowy.

– Och nie – zaprotestowała. – To zbyt łatwe.

– Nawet nasz Pan miał swojego Szymona Cyrenejczyka.

– Tego, który niósł krzyż?

Przytaknął.

– Zrobił to, bo chciał, czy go do tego zmuszono?

Oparł się na krześle i już na nią nie patrzył.

– Chciał, nie chciał, przydało się. Tak więc myślę, że... – Zapatrzył się na list z azjatyckiej misji, potem wziął go do ręki, złożył schludnie i schował do koperty. Dziecko i babcia z obrazka zdobiącego kopertę przyglądali mu się czujnie. Jakkolwiek było, tamte pieniądze z Guildford zostały ofiarowane na lokalne potrzeby. – ...kupimy nowy, ulepszony, dynamiczny, ultranowoczesny kocioł do herbaty.

– Ultranowoczesny? Arthur, skąd ty bierzesz takie wyrażenia?

– Jeszcze nie skostniałem na amen – odparł z uśmiechem. Schował kopertę pod stosem innych – a ty pojedziesz do Londynu i dokonasz zakupu.

– Dlaczego do Londynu? – spytała, nie dowierzając, cała się trzęsąc.

– Bo... – Ujął ją za rękę. Ta ręka była bezwładna, chłodna i nieruchoma, zadawała kłam jej twarzy, silnie zaróżowionej, i oczom, które błyszczały. A potem cofnęła ją, szybko, zdecydowanie, i znowu zaczęła kruszyć grzankę. Zapragnął jakiegoś magicznego doświadczenia, zapragnął powiedzieć: „Chodź do łóżka. Może znów obdarzymy się wzajem szczęściem, może nam się to uda". Podniosła głowę, kiedy wymówił jej imię.

– Bo co? – spytała szorstko, bojąc się tego, co odczytywała w jego twarzy.

– Bo wierzę, że właśnie w Londynie znajdziesz dobry nowy kocioł. – Zrezygnował z magii i wstał z miejsca. Przemawiał tak stanowczym tonem, jakby załatwiał jakieś interesy.

– Kiedy? – spytała.

– Kiedy tylko będziesz chciała.

Zamknęła oczy, nie mogąc się nadziwić, że modlitwa wygłoszona bez wiary w powodzenie została wysłuchana.

Rohanne Bulbecker usłyszała jakiś potworny skowyt, dochodzący ją z tyłu, z okolic okna – skowyt, jaki na terytorium Baskerville'ów nie byłby aż taki nie na miejscu, ale który w tym maleńkim pokoiku obwieszonym jedwabiami i wyścielonym poduszkami podpadał pod kategorię *faux pas*.

– O Matko Boska! – wzdrygnęła się. – A co to było, do diabła?

– Zdaje się, że twojej znajomej – przebudzona Erica wskazywała Gretchen O'Dowd – nie spodobało się to, co wyczytała w tym liście...

Rohanne spojrzała na Gretchen O'Dowd, która przeskakiwała z nogi na nogę, z twarzą wykrzywioną straszliwymi emocjami, w jednej ręce trzymając list i bijąc go drugą.

– Zdaje się, że masz rację – odparła Rohanne Bulbecker, wytrzeszczywszy oczy ze zdumieniem. Zerknęła na zegarek. – Wiesz, co myślę?

Erica potrząsnęła swą złotowłosą głową.

– Myślę, że najwyższy czas na lunch dla uczczenia okazji. Ty wybierasz lokal. Znasz Londyn o wiele lepiej niż ja.

Znam Londyn ale nie ten, który masz na myśli, zadumała się cierpko Erica. Ale przypomniała sobie, że kiedyś poznała bliżej pewien znakomity próg przy Piccadilly, nawet nie o rzut kamieniem od najsławniejszego ze znajdujących się tam hoteli. Stała tam przez kilka nocy i powoli czuła się tam jak w domu, dopóki przechodnie się nie poskarżyli. Potem oblali cały teren wodą, więc nie miała wyboru i musiała pójść dalej. Od tamtego czasu już tam nie wróciła.

– Ritz – powiedziała. I dodała zgodnie z prawdą: – Nie byłam tam od wieków.

Janice Gentle przeprawiła się przez rzekę w Vauxhall, wiedząc, że wkracza do niebezpiecznego świata bogatych i wyrafinowanych. Alarmująca myśl. Nie miałaby nic przeciwko wykorzystaniu jej w swoich powieściach, ale nie bardzo jej się podobało, że dotyczy jej osobiście. Przerażały ją takie pojęcia jak „klasa" i „styl". Wsunęła do ust jeszcze jednego kakaowego karmelka i zabawiła się w przedłużanie mu życia, co polegało na tym, że starała się go nie gryźć, tylko ssać jak najdłużej. W tej zabawie nigdy nie była stroną wygrywającą. Łaknienie zawsze brało nad nią górę i ostatecznie zaczynała gryźć. Do drugiego krańca mostu Vauxhall dotarła przy trzecim karmelku. Do tego miejsca starała się być tak uważna i ostrożna jak Przeorysza Chaucera, kapryśna pani Eglantyna – co to „głęboko w sosie palców nie maczała"* – i mimo ostrego słońca pozostała zasadniczo czysta i świeża. Prowadziła ponadto rejestr wszystkich zjedzonych i nie zjedzonych karmelków. Teraz jednak, mając przed sobą nieznany ląd, Chelsea i Pimlico, poddała się. Ryła w swojej torbie raz po raz i idąc, cały czas jadła, zła, że była taka głupia i wyruszyła w tę drogę. Oglądała się w stronę swojego drogiego, znajomego, niewymagającego Battersea i była pewna, że na zawsze straciła jego klasztorny spokój. I czuła się teraz niezaprzeczenie średniowieczna. Bo stało się z nią tak, jak działo się z Pielgrzymami. Jak z każdym wędrowcem. Porzucenie znajomego na rzecz niepewnego zawsze wiązało się z tym, że człowiek zmieniał się nieodwracalnie. Dlatego właśnie nigdy nie chciała przekraczać granic odizolowanego świata metra. Nie chciała wkraczać na żadną nową drogę i ulegać nieodwracalnym zmianom, dopóki wciąż była absolutnie przekonana, że podąża utartym traktem, na którego końcu znajdzie Dermota Polla. On stanowił jedyną życiową zmianę, jakiej pragnęła, i na nią mogła czekać z całą cierpliwością. A tymczasem spotkało ją to, co ją spotkało. I to w taki skwarny, nieprzyjemny dzień.

Przeorysza ukłoniła się, ustąpiła drogi i ostatecznie oddaliła się w skwar środka dnia, zabierając ze sobą wszelką schludność. A Janice na powrót stała się Janice Gentle, jednako lękającą się tego, co ją jeszcze czekało w dalszej części tej wyprawy, i tego, co już zostawiła za sobą. Szła dalej. Jadła. Minęła Millbank, minęła Tate Gallery i dorobiła się czekoladowej obwódki wokół ust. Minęła Opactwo Westminsterskie, minęła hotel Churchill i umazała sobie czekoladą przód beżowego swetra. A jej dłonie już wcześniej były lepkie i brudne od zanieczyszczeń londyńskich ulic. Twarz miała czerwoną od ciągłego wystawiania jej na palące słońce i szła z trudem, bo otarła sobie uda. Zauważyła z irytacją, że opactwo nadal jest otoczone rusztowaniami; takie było ostatnim razem, kiedy zwiedzała tę część Londynu taksówką, razem z Sylvią Perth.

Ciekawe, czy wszyscy pielgrzymi byli zmuszeni do tak srogich niewygód? Jeśli tak, to i ona zalicza się do ich kategorii, pomyślała z najgłębszym przekonaniem. Ale z pewnością jej wysiłki zostaną jakoś nagrodzone? Kiedy już dotrze do Dog Street, coś będzie musiało się zdarzyć. Kiedy już miłosiernie uciszy Sylvię Perth, coś będzie musiało się zacząć, nieprawdaż? I po raz bodajże tysięczny w swojej historii zastanowiła się, gdzie, w tej dokładnie chwili, może być Dermot Poll. Jej nastrój poprawił się. Jeśli wciąż remontowali Opactwo Westminsterskie po takim upływie czasu, to w takim razie czym jest czas? W takim razie być może jej ukochany jest gdzieś blisko. I tak oto, podniesiona na duchu ową dziwaczną logiką, Janice Gentle kontynuowała swoją wyprawę.

Rozdział czternasty

W Skibbereen huczały dzwony zwiastujące Dzień Świętego Patryka, a Dermot i jego pani usilnie starali się dalej spać. Na poduszce, po stronie Deirdre, widniała mała plamka krwi. Ubiegłego wieczoru Dermot zamachnął się nieco szybciej, niż pomyślał, i z całej siły zdzielił ją w nos.

– Widzisz to? – spytała z obrzydzeniem, otwierając tylko jedno oko, bo drugiego nie była w stanie. – Nie będę więcej leżała z tobą w jednym łóżku. A kiedy kobieta mówi nie, to mówi nie, ty świnio, i już więcej na ten temat ode mnie nie usłyszysz.

Powiedziawszy to, wytoczyła się z łóżka, wlokąc za sobą poduszkę, i położyła się do pustego łóżka w pokoju obok, który jeszcze niedawno należał do Declana.

– Synu, synu, synu – jęknęła, odpływając z powrotem w sen, ale wcale nie rozpaczała. Declan na pewno świetnie sobie radzi w Londynie – z tą urodziwą twarzą, sztywnymi, czarnymi puklami i głosem słowika. I na pewno jest mu tam znacznie lepiej niż tutaj. Może sama też kiedyś wróci do Londynu.

Tak czy owak, przeprowadzka do innej sypialni była właściwym pierwszym krokiem i na razie niczego więcej nie chciała. A podbitemu oku pomogła kompresem z roztworu sody oczyszczonej. Dzwony ucichły i Deirdre spała dalej, zadowolona i spokojna w swoim odosobnieniu. Pomyślała, że należało to zrobić wiele lat wcześniej...

Dermot przewrócił się na drugi bok, pomacał puste miejsce obok siebie. Poczuł chwilowy żal, ale zaraz mu przeszło. Wyciągnął nogę i potarł wolną teraz przestrzeń piętą. Potem naprężył łydkę, palce i westchnął z zadowoleniem. Tak było lepiej, znacznie lepiej, miał teraz tyle miejsca. Na jakiś czas na pewno miło. A ona wróci – wiedział to. „Będę szedł obok ciebie przez te wszystkie lata", zaśpiewał do sufitu i przypomniał sobie, że w dawnych czasach kobiety bardzo lubiły, jak on śpiewał, tak bardzo, że aż się zalewały łzami. I jakie wszystko było wtedy niewinne. I pomyśleć, że mógł mieszkać w Londynie do dzisiaj, śpiewać, żyć sobie jak panisko, myśleć czule o Irlandii, wysłuchiwać z zadowoleniem gorzkich żali swoich kumpli-emigrantów, gdyby tylko tamta dziewucha nie zaczepiła go owej nocy, kiedy urodził się Declan. Baby, ach te baby! Diabły wcielone. Czy jakikolwiek mężczyzna zostawiłby go tak leżącego na samym środku ulicy i odjechałby autobusem? Zwłaszcza że w każdej chwili mógł go tak znaleźć jakiś policjant? Najpierw kopniak, a potem pytania. „Jak się nazywasz, synu?" Synu? Synu? Wcale nie był od niego starszy. „Co ty tu robisz? Gdzie mieszkasz?" I jeszcze te drwiny. „Irlandczyk? A wracaj ty do swojego torfu, szumowino..."

Czy to jego wina, że wybuchła tamta bomba? Czy to jego wina, że odpowiadał takim tonem, jakby był winny? I czy to jego wina, że spisali jego adres, i to tylko dlatego, że był pijany? „Syn mi się urodził", tłumaczył im, ale i tak go zabrali i sześć dni później wrócił do domu. Sąsiedzi wybili wszystkie szyby, Deirdre wyschło mleko, a poza tym miała bilety na prom. „Dni radości i śmiechu, bólu i łez..."

Gdyby tamta kolorowa dziewczyna wsadziła go do autobusu i zawiozła do domu, to wszystko byłoby z nim dobrze. Tak by postąpił każdy mężczyzna, może nie? Baby, ach te baby! Wszystkie z piekła rodem. No jakże, przecież już w raju...

ROZDZIAŁ PIĘTNASTY

Po drodze do Ritza Gretchen znów przeczytała list.

– Mam jeszcze przez trzy miesiące pełnić moje obecne stanowisko gospodyni, a w ramach masy spadkowej należy mi się, zgodnie z wolą mojej byłej chlebodawczyni, akwarela przedstawiająca pejzaż morski, czyli ta, która wisi w moim pokoju.

– To miłe – stwierdziła Erica. – A czy to ładny obraz?

– Nie – odparła nieszczęśliwym tonem Gretchen. – Nienawidzę morza. I ten obraz jest jakiś taki rozmazany i dziwaczny.

– A co z pieniędzmi? – spytała Rohanne Bulbecker.

Gretchen O'Dowd zerknęła do listu.

– Mam dostać należne mi wynagrodzenie oraz coś, co się nazywa *ex gratia*...

– A więc nie jest tak źle...

– Tylko że ja miałam odziedziczyć wszystko. Tak obiecywała. Nie miała nikogo równie sobie bliskiego.

Rohanne wzięła list do ręki.

– Powinnaś zobaczyć się z tymi ludźmi.

– Zrobię to – przytaknęła nieszczęśliwa Gretchen. – Jestem umówiona dziś po południu.

– Pójdę z tobą – obiecała Rohanne Bulbecker. – Muszę przeprowadzić małe śledztwo.

– A ja chciałam ją pogrzebać. Miał być taki piękny pogrzeb. Bardzo wytworny. Goście i w ogóle.

– Należy mieć głęboką nadzieję, że już ją pogrzebali – odparła Rohanne Bulbecker. – A oto jesteśmy na miejscu. Ritz!

Kanciasta Szczęka wydobył pudło z rzeczami Melanie. Powinna je dostać z powrotem. Za każdym razem, kiedy kładł się do łóżka, uderzał się w duży palec o to pudło i mógłby przysiąc, że w pokoju unosi się jej zapach. Miał rację. Po bliższym zbadaniu stwierdził, że jeden z flakoników przewrócił się i przeciekł. W tym pudle były różne różności, których ona na pewno potrzebowała. Dotykał czasami tej czy tamtej rzeczy, wszystkich mu znajomych. Zadzwoni do niej, zaproponuje, że je odwiezie, i w ten sposób pokaże, że nie żywi urazy, że stać go na gest uprzejmości. No i przy okazji chętnie się z nią zobaczy...

Tym razem wykręcił jej numer z dużym opanowaniem; nawet nie musiał się przedtem napić. Tym razem miał doskonały, niepodważalny, uzasadniony powód, żeby to zrobić – i przede wszystkim wiedział, co chce powiedzieć. Podniosła słuchawkę.

– Cześć! – zagaił pogodnym tonem.

– Cześć, jak ci leci? – odparła. Równie pogodnie.

I tym go wytrąciła z równowagi. Spodziewał się przecież, że zdradzi choć trochę emocji. Był zadowolony, że tego nie zrobiła – i jednocześnie nie był. Co za pomieszanie z poplątaniem...

– Dobrze – zapewnił ją. – A tobie?

– OK – powiedziała. – A jak w pracy?

– Nie najgorzej. Wkurza mnie tylko to jeżdżenie.

– Zawsze cię wkurzało.

– Nie lubię metra.

– No to przesiądź się na autobus.

– Jeszcze gorzej.

Melanie zastanawiała się, z rosnącą irytacją, dlaczego dyskutują o londyńskiej komunikacji miejskiej. I dlaczego on jest taki negatywnie nastawiony, jak zawsze zresztą. Dlaczego zwyczajnie nie powie: „Melanie, kocham cię. Wrócisz?"

Kanciasta Szczęka zastanawiał się, dlaczego Melanie w ogóle nie potrafi już powiedzieć niczego miłego. A przecież na początku była taka troskliwa i czuła. Żeby tak chociaż powiedziała, że jest jej przykro.

– Dzwonisz z jakiegoś szczególnego powodu?

– Mam twoje rzeczy.

– Tak?

– Pomyślałem, że może ich potrzebujesz. – Próbował zażartować. – Bo mnie one po nic.

Melanie poczuła, że łzy podchodzą jej do oczu i że ściska ją w gardle.

– Pewnie nie. Niestety nie miałam czasu po nie przyjechać. Byłam bardzo zapracowana.

– Ja też – rzucił prędko. Nie zamierzał pytać, nie zamierzał... Melanie, ze swojej strony, też nie zamierzała, a jednak spytała.

– A co robiłeś?

– To i tamto – odparł.

Tym razem naprawdę jej dopiekł. Tak wymijająca odpowiedź mogła oznaczać tylko jedno, że mianowicie robił rzeczy, o których nie chciał jej mówić. Czyli po prostu poznał kogoś. Nic dziwnego, że chciał się pozbyć jej rzeczy. Cóż, ona na pewno po nie nie pojedzie, nie będzie mu niczego ułatwiała.

– Nie mam pojęcia, kiedy będę miała czas.

– Mógłbym ci je podrzucić – zaproponował z ulgą, że wreszcie doszedł do tego, co chciał powiedzieć.

– Nie trudź się – odparowała lodowatym tonem. – Sama je kiedyś odbiorę.

– Kiedy?

– Kiedy będę miała czas.

– Czyli na przykład kiedy? – Podniósł głos. Potrafiła wkurzyć tym swoim uporem. Był zły, bo czuł się upokorzony, że nie chciała się z nim zobaczyć.

– Zawiadomię cię.

– Za tydzień? Za rok?

– Nie krzycz.

– Zajmują miejsce w moim cholernym mieszkaniu, nie w twoim!

Rozłączyła się. Jeśli on chce, żeby wyniosła się od niego na dobre, to sobie poczeka – kimkolwiek jest ta druga. Arogant, choleryk, egoista. Zadzwoniła do swej najlepszej przyjaciółki, która się z nią zgodziła.

Samolubna, niewdzięczna, nieczuła suka. Nastawił wideo i zatopił się w *Nagiej broni*.

Ruda z Klasą zamknęła oczy i zaczęła śnić o tym, jak to było w przeszłości. Pociąg kołysał się i telepał, sprawiając, że czuła się tak, jakby już znajdowała się w objęciach kochanka.

– Przyjeżdżam do Londynu kupić kocioł do herbaty. – Zaśmiała się do słuchawki.
– Kiedy? – spytał.
O nie, pomyślała. Taka głupia to ja nie jestem.
– Kiedy tylko będziesz wolny – odparła.
Zajrzał do terminarza i podał jej datę. I to był właśnie ten dzień. Ten przecudowny pociąg wiózł ją do niego. Romans z kochankiem z przeszłości. Romans jednej nocy, nocy, która będzie się liczyła za całą wieczność. Nie prosiła o więcej. Chciała tylko zamknąć księgę. A potem z powrotem do Arthura i rzeczywistości już zawsze wypełnionej rzeczami takimi, jakimi były zawsze. Życie potoczy się dalej – tyle że ona będzie miała ten swój drogocenny sekret, dzięki któremu przetrwa głodne zimowe wieczory.

Po rozmowie z nim przytuliła słuchawkę do policzka. Serce jej cwałowało, pragnęło śpiewać. A jednocześnie wróciło odległe wspomnienie jej podstępnej gry: tych starań, żeby nie wyglądać inaczej, żeby nie mówić innym tonem, żeby nie dać Arthurowi do zrozumienia, że ma w głowie coś więcej oprócz kotła do herbaty i innych sprawunków. Kłębiło jej się w żołądku i czuła pustkę w głowie. Wypiją herbatę u Ritza (ona zapłaci). A potem? Nieważne, co potem. Potem gdzieś pójdą. W głowie wręcz jej huczało od tajemnicy uczucia, które nosiła w sobie, uczucia do tego jedynego mężczyzny na całym świecie. Miała szczęście, powtarzała sobie, że doświadczyła tego choćby tylko raz. Odłożyła słuchawkę i spojrzała przez okno na Arthura, który siedział w ogrodzie razem z uczestniczkami kursów przedmałżeńskich. Większość ludzi – na przykład Arthur i te trzy młode kobiety towarzyszące mu w ogrodzie – nie miała nawet tego.

Przeniesiona na płótno, pomyślała, ta scena byłaby zachwycająca. Trzy młode kobiety, piękne i niewinne jak stokrotki, siedzące u stóp sługi Bożego, który pomagał im dostrzec rozkosze czystości, piękno wiary, radość płynącą ze związku małżeńskiego. W rzeczywistości to

– O tak – mówiła marzycielskim tonem, bo szampan dodał jej skrzydeł – leżałaby w otwartej trumnie cały dzień i całą noc, ze świecami w wezgłowiu i nogach, ubrana w suknię z białej satyny i z pojedynczą różą na piersi. Dookoła stałyby ogromne kompozycje z letnich kwiatów, głównie pachnących lilii, by ukryły zapach.

– Jaki zapach? – spytała Erica z zainteresowaniem.

– Rozkładu – wyjaśniła usłużnie Gretchen.

– O tak – zgodziła się Erica – też mieliśmy taki kłopot. Kiedy mieszkałam pod filarami Kennington. No więc ten facet zdobył gdzieś obudowę od pralki, bardzo fajną i dużą, która na dodatek otwierała się od góry, więc mógł się zamykać na noc. Naprawdę było mu bardzo prywatnie. I nikt z nas przez wiele dni nie wiedział, że on kopnął w kalendarz. A było to podczas tych letnich upałów. Pamiętacie, zeszłego roku? Było dwa razy goręcej niż teraz. W każdym razie, dopiero jak ten smród się rozszedł, połapaliśmy się, co... się... stało. – Najpierw zwolniła, a potem po prostu przestała mówić, kiedy się zorientowała, że Rohanne Bulbecker, z łyżką uniesioną do ust, przygląda jej się takim wzrokiem, jakby ona sama umarła w obudowie od pralki.

– Mam kontakty z tymi od dobroczynności – dodała skwapliwie Erica, przypomniawszy sobie listopadowy wieczór, kiedy dobroczyńcy zrobili nalot na ich domy, bo uparli się, że muszą pocierpieć razem z nimi przez jedną noc. „Zabierz mnie z sobą, chłoptasiu", zawołała drwiąco za ich smutnookim przywódcą rankiem, ale on wyraźnie nie usłyszał.

Rohanne znowu się odprężyła.

– A już przez chwilę myślałam... – powiedziała, a potem pokręciła głową, wkładając do ust łyżkę z bulionem.

– Opowiadaj, opowiadaj – zwróciła się Erica do Gretchen. – Co jeszcze?

Gretchen opowiedziała o spacerze wśród pól.

– Bardzo ładny pomysł – pochwaliła Erica.

– Jezu... – szepnęła Rohanne ledwie słyszalnie, nie przestając się uśmiechać.

Ni stąd, ni zowąd poczuła, że jest nikim. Instynkt i charakter zalecał jej buntowanie się przeciwko takim głupotom, a jeszcze nad wszystkim ciążył obowiązek zachowania dyskrecji w sprawach biznesowych. Niemniej jednak cała ta sytuacja z każdą chwilą robiła się coraz bardziej dziwaczna, dlatego więc złamała swoje zasady i kazała sobie nalać jeszcze jeden kieliszek bąbelków. Który sprawił, że świat stał się jakby łatwiejszy do zniesienia.

Przyniesiono dwa kieliszki Château Haut-Brion. Rohanne zadowoliła się filetem z soli, bo jakoś tak się wydawało, że w związku z obrotem spraw sola będzie jedyną rzeczą, jaką zniesie jej żołądek. Uśmiechała się więc nad estetycznie ułożonym daniem, podczas gdy Gretchen opisywała czuwanie przy zwłokach, muzykę na czuwaniu, tańce...

– Tańce? – Rohanne odłożyła widelec. W tych okolicznościach nie była w stanie przełknąć już nic więcej.

Gretchen przytaknęła.

– Tańce. Pomyślałam, że byłoby miło...

Erica, która słuchała tylko jednym uchem, jednocześnie podejrzliwie popatrując na wciąż pełny talerz Rohanne Bulbecker (zdążyła już opróżnić i wytrzeć do czysta swój), spytała: „Nie jesz?", wskazując ledwie tkniętą rybę. Rohanne przyglądała się ze zdumieniem, jak Erica wychyla się ponad stołem i przyciąga do siebie jej talerz. Była jeszcze bardziej zdumiona, kiedy zobaczyła, że robiąc to jedną ręką, drugą ukrywa kromki chleba w fałdach rozkołysanego różowego peniuaru. Rohanne Bulbecker wzruszyła ramionami. Lepiej o tym nie myśleć. Jeszcze tylko deser, uspokajała się, i będzie po wszystkim.

Erica domagała się powrotu na Dog Street. Na temat własnego domu wyrażała się dość niejasno, a Gretchen O'Dowd miała w sobie dużo stanowczości w kwestii dziedziczenia.

– Dopóki nie dowiodą ponad wszelką wątpliwość – swego czasu obejrzała w telewizji niejeden dramat sądowy – że nie jestem jej spadkobierczynią, masz moje przyzwolenie, aby tam przebywać.

– Czy potrzebujesz czegoś? – spytała Rohanne.

– No więc w tej chacie jest sporo braków – odparła Erica. – Brakuje nawet papieru toaletowego. Pasowałby różowy.

Rohanne przypomniała sobie kromki chleba.

– A co z jedzeniem?

– Nie ma już prawie nic.

Rohanne westchnęła z ulgą. Przynajmniej to było jakieś wytłumaczenie.

– Prawnicy Sylvii mają swoją siedzibę w Knightsbridge. Potem kupimy coś u Harrodsa.

– U Harrodsa? – spytała ekstatycznie Erica. – Zwędziłam tam kiedyś cztery pieczone kurczaki pod nosem ekspedienta. W ogóle nie zauważył. Ale kiedy wróciłam, żeby to zrobić jeszcze raz... – ziewnęła – okazało się, że tak je ułożyli, by nie dało się ich dosięgnąć.

Odprowadziły ją wzrokiem, kiedy odjeżdżała taksówką.

– I załatwione – mruknęła Rohanne z wątpliwością w głosie. Znowu poczuła się dziwnie samotna.

Gretchen O'Dowd i Rohanne Bulbecker poszły pieszo do Knightsbridge. Rohanne wsadziła nos w plik papierów.

– Co to takiego? – spytała Gretchen.

– Och, jakieś tam dokumenty, które znalazłam na Dog Street: rachunki, papiery związane z Janice Gentle, tego typu rzeczy... – Przez chwilę czytała. – Posłuchaj – powiedziała w końcu i chwyciła Gretchen za ramię z taką siłą, że Gretchen przestraszyła się tego, co zaraz miało się zdarzyć – jak już tam będziemy, udawajmy, że ja jestem amerykańską prawniczką Janice Gentle. OK?

Gretchen wzruszyła ramionami i przytaknęła. Ta propozycja przynajmniej była bezbolesna.

Janice Gentle coraz bardziej żałowała, że wymyśliła sobie tak trudne zadanie. Spodziewała się, że ta strona miasta, w której mieszka Sylvia, będzie emanowała elegancją, kulturą i wyższym wykształceniem, a jednak w porównaniu z Battersea okazała się gorsza niż średniowieczny gulasz. I z pewnością zdawała się równie groźna. Ledwie dotarła do Piccadilly, a już zdążyła ją napaść wygrażająca pięścią staruszka, z grzywą zmierzwionych włosów, w popękanych butach i ze śladami przemocy wokół oczu i na skroniach – bliznami, siniakami, otarciami.

– Czego pani chce? – spytała uprzejmie Janice.

– Zemsty – odparła kobieta i wepchnęła Janice do rynsztoka.

Nikt nie przyszedł jej z pomocą, a jakaś kobieta, która przestąpiła ponad nią, syknęła: „Pijana zdzira". Nie doczekała się też wsparcia od mężczyzny z dredlokami i modlitewnikiem, który stał na pobliskim rogu i gardłował przeciwko złu tego świata, nie zważając na grupkę małych chłopców, którzy go poszturchiwali i obrzucali sprośnościami, krytykując w ten sposób jego światopogląd.

– Dzień Pański już blisko! – dowodził.

– Wracaj do dżungli! – odpierali na to.

Mężczyzna z dredlokami miał rację: świat zaiste zdawał się stać nad jakąś przepaścią, pogrążony w przemocy i rozpaczy. Janice w coraz mniejszym stopniu uważała, że uczestniczy w jakimś burgundzkim święcie albo chauceriańskiej procesji, nabierając w zamian pewności, że kroczy ścieżką społecznej degeneracji.

Rozstała się już z dziesięcioma funtami w drobnych, zanim do niej dotarło, że nie może wrzucać garści pensów do kubka za każdym razem, gdy ją o to proszą, a kiedy wreszcie odmówiła, młoda kobieta o ściągniętej twarzy, ze zdezelowanym wózkiem spacerowym i dwójką dzieci o bezwładnych głowach, podcięła jej nogi i życzyła raka. Próbowała odpocząć w Green Parku i wtedy sama dostała kilka monet od przechodnia. Kiedy wręczyła je dziwacznemu młodzieńcowi z kolczykiem w nosie, ten splunął (choć jej zdaniem akurat niekoniecznie na nią) i z bestialską miną ruszył w swoją stronę. Warczały na nią psy. W jednym sklepie kazali najpierw pokazać pieniądze, a w innym usiłowano ją oszukać przy wydawaniu reszty. Nie wpuścili jej do miejskiej toalety, a kiedy pokazała, że ma czym zapłacić, wpuścili, ale wtedy odkryła, że już lepsze będzie ryzyko okrycia się wstydem na samym środku ulicy. Tak więc w sumie poznała piekło na ziemi. Nie mogła się już doczekać, kiedy wreszcie odłączy Sylvię Perth i wróci do bezpieczeństwa swojej celi.

Zanim w końcu znalazła Dog Street – co potrwało znacznie dłużej, niż powinno, a to dlatego, że wyrwano jej z ręki przewodnik po Londynie – czuła, że już dość się nacierpiała, nawet dla czcigodnej Sylvii. Podróże metrem odbywały się przynajmniej w ograniczonej przestrzeni. A to... to była jakaś rozpasana wolna amerykanka. I nie spotkała na swej drodze żadnej uprzejmej osoby z wyjątkiem kobiety o rudozłotych lokach, która wcisnęła jej w garść funta i powiedziała: „Weź w imię miłości". Ale nawet ona chciała czegoś w zamian. „Życz mi szczęścia", domagała się, „życz mi szczęścia w miłości". Poszła sobie jednak, zanim Janice zdążyła... Gdyby nie wyglądała na o wiele młodszą i znacznie bardziej frywolną, Janice byłaby przysięgła, że to jest ta sama kobieta, którą wypatrzyła sobie wtedy w metrze.

No cóż, nareszcie Dog Street. Omiotła wzrokiem budynek. Na kółku spinającym klucze, które ściskała w garści, miała wygrawerowany numer. Mieszkanie znajdowało się na najwyższym piętrze.

– Jasne, że na najwyższym piętrze – wydyszała i zaczęła się wspinać. Już nic nie wydawało się łatwe.

Było to działanie pod wpływem impulsu – rzecz niezwykła w jego przypadku. Kanciasta Szczęka wsiadł do samochodu, po drodze kupił cholerny bukiet cholernych kwiatów i pojechał do mieszkania Melanie. Włożył pudło z rzeczami do samochodu, na wypadek, gdyby przywitała go chłodno, a kiedy dzwonił do jej mieszkania, łomotało mu serce, co było niedorzeczne, bo przecież znali się od tak dawna. I po tylu zachodach okazało się, że nie ma jej, psiakrew, w domu. Znowu. Ale i tak czekał, na wypadek, gdyby coś zatrzymało ją w pracy. Czekał godzinę w samochodzie, słuchając Claptona, żując miętówki, za każdym razem, gdy słyszał jakiś dźwięk, myśląc, że to ona. Niemalże się zadomowił, tak na nią czekając. Jak w dawnych czasach. Tym bardziej że – tu spojrzał na kluczyki w stacyjce – tym bardziej że wciąż miał jej klucze. Mógłby, gdyby zechciał, wejść do jej mieszkania. Ale nie zechciał. Przeczekał całe *Behind the Sun* i *Greatest Hits*, a potem odjechał. Czuł się zły, oszukany. Zastanawiał się, czy nie zostawić jej kwiatów, ale mogła je wyśmiać, albo mogła też wrócić z kimś, kto by je wyśmiał.

Po powrocie do domu wsadził je do zlewu i odsłuchał wiadomości nagrane na sekretarce. Jedna była od dziewczyny Jeremy'ego.

– Wraca z Hongkongu – powiedziała – i kazał ci przekazać, że robimy imprezę. – Mówiła to lekko rozdrażnionym tonem (słyszał czasami taki ton w ustach Melanie). – Zdaje się, że Jeremy podpisał jakiś kontrakt i chce to uczcić. Przyjdź około dziewiątej. – Podała też datę.

Może i przyjdę, powiedział sobie, ale wcale tak naprawdę nie myślał, że to zrobi.

Melanie wróciła z ciężkim sercem. Och, co za nieszczęście. I te łzy. Wiedziona impulsem przejechała wolno samochodem obok jego domu, zaglądając do tych ciemnych okien, do tej milczącej pustki. Więc gdzie on był? Kusiło ją, żeby otworzyć drzwi swoim kluczem, ale to, co stanowiło niegdyś terytorium otwarte, teraz było zakazane; naruszyłaby je. A nawet gdyby tam weszła, to co dalej? Siedziałaby i czekała na niego? Może całą noc? Albo czekała, żeby się przekonać, że wrócił z kimś innym? Zaparkowała w cieniu, nieco dalej przy jego ulicy, i czekała całą godzinę. Puszczała sobie Eurythmics i Annie Lenox (jak zawsze) doprowadziła ją do płaczu. W końcu po *Savage* i *Be Yourself Tonight* ruszyła w stronę domu, wybierając trasę nad rzeką i łkając do księżyca.

Na sekretarce miała nagraną wiadomość od Geralda, którego poznała w zeszłym tygodniu, kiedy razem z Becky poszła do tamtej winiarni. A czemu nie? – pomyślała, ale z niewielkim przekonaniem.

Janice wspinała się po schodach. Podeszła filozoficznie do faktu, że były bardzo strome i że Sylvia Perth żyła – żyła? – na samej górze. Jakiemu pielgrzymowi, jakiemu wędrowcowi kiedykolwiek było łatwo?

Sapiąc, człapała dalej.

Rozmyślała o Christine de Pisan, zziębniętej w grubych, zimowych murach, piszącej do późna przy nędznym świetle garstki świec.

Langland, rażony piorunem na pastwisku, destylujący poezję i moralność z surowej materii... Czyń dobrze, czyń lepiej, czyń najlepiej. „Skrucha na plecach leży i śni", powiedział Pokój. „Na Chrystusa więc! Pielgrzymem się stanę i dotrę do krańca ziemi, by znaleźć uczciwy zarobek..."*

Uczciwy zarobek? Janice Gentle dalej wspinała się mozolnie, choć serce waliło jej jak młotem i miała boleśnie otarte uda. Oby to się okazało końcem wyprawy. Najprawdopodobniej, w najlepszym razie, wyłączy Sylvię. A w najgorszym? Zadygotała. Oprócz wyłączenia głosu agentki nie miała żadnych innych pomysłów.

Powiedziała sobie: kiedy świat zdaje się szydzić i odrzucać cię, winnaś czerpać odwagę z włóczni Christine de Pisan, tej, którą władała Pani Nadzieja, tej, którą ukochała sobie Cierpliwość, i tej, którą chroniła tarcza Wiary.

Nad głową usłyszała kroki, trzaśnięcie drzwi, gruchotanie i brzęk tłuczonych butelek, jakby ktoś je specjalnie kopał. Ze schodów sturlał się podskakujący, pęknięty z boku kubek z jogurtem. Zatrzymała się. Kroki były coraz bliżej, niosły z sobą powiew irytacji. Janice przywarła do ściany na widok młodej kobiety, która zbiegała w dół schodów, mrucząc do siebie niczym Królik z Krainy Czarów odziany w elegancką białą suknię: „Już jestem spóźniona. Już jestem spóźniona". I jeszcze: „Dlaczego ja?" W tym momencie przystanęła z oszalałym wzrokiem, by spytać: „On jest w Hongkongu, więc co ja tutaj robię?"

Janice potrząsnęła głową, starając się wyglądać jak strona zainteresowana.

– Czy ja nie mam lepszych zajęć? Czy on by przyszedł do mnie i umył mój zlew? – Młoda kobieta spojrzała nagle na swoje ręce. Oprócz niepokalanej sukni nosiła również parę jaskrawożółtych gumowych rękawiczek. Zagapiła się na nie takim wzrokiem, jakby zobaczyła krew. – No popatrz tylko – powiedziała.

Janice usłuchała.

Młoda kobieta zdarła jedną rękawiczkę z towarzyszeniem głośnego trzasku gumy, po czym cisnęła ją beztrosko i energicznie za siebie niczym Rosjanin kieliszek.

– No powiedz sama. Czy on by przyszedł do mojego mieszkania i zrobił to dla mnie? No powiedz? Czy ten pieprzony Jeremy zrobiłby to? – Poruszając się teraz mechanicznie i leniwie niczym manekin, zerwała powoli drugą rękawiczkę i pozwoliła wypaść jej z ręki, na podłogę. I potem, zastukawszy lśniącymi obcasikami, skręciła za róg i zniknęła.

Janice pomyślała o swym pięknym Dermocie Pollu i zastanowiła się ze smutkiem, czy on ma zlew. A jeśli on ma zlew, to ciekawe, czy sam go myje, a jeśli nie myje go sam, to czy ma kogoś, kto by go mył za niego? To mogła być ona, gdyby sprawy potoczyły się inaczej...

Podniosła rękawiczki. To wszystko to było pomieszanie z poplątaniem. Jakby cały czas żyła na opak i potrzebowała kogoś, kto by ją poprawił.

– Istnieje zasada: dżem jutro, dżem wczoraj... ale żadnego dżemu dziś [powiedziała Biała Królowa].
– Ale czasem musi zdarzyć się, że będzie „dżem dziś"– zaoponowała Alicja.
– Nie, nie może się tak zdarzyć – powiedziała Królowa. – Dżem jest co drugi dzień, a dziś nie jest drugi dzień, prawda?
– Nie rozumiem – powiedziała Alicja. – To okropnie zagmatwane!
– Są to skutki życia na wspak – powiedziała łagodnie Królowa. – Wszystkim się od tego początkowo kręci w głowie...*

Tak pomyślała sobie Janice, nadziawszy się na ten bałagan i cudzą awanturę. Upuściła rękawiczki nieopodal i trąciła piętą rozbitą butelkę od mleka. Na kartce do niej doczepionej widniało: „Wznowić dostawy od dzisiaj".

Zrobiła kilka głębokich wdechów, wymieniła kwef pielgrzymującej kobiety na męstwo tarczy krzyżowca i podjęła swą wędrówkę w stronę drzwi Sylvii Perth.

ROZDZIAŁ SZESNASTY

Gretchen O'Dowd patrzyła i słuchała z podziwem, jak Rohanne Bulbecker infiltrowała biuro prawnika Sylvii. Wygadywała tak nieziemskie kłamstwa, że Gretchen na poły się spodziewała, że ta posadzka rozstąpi się lada chwila i pochłonie je obie – ale ta ani drgnęła.

– Śmierdząca afera – powiedziała w końcu Rohanne do mężczyzny w prążkowanym garniturze. –Wasze biuro prawne wpakowało się w śmierdzącą aferę, którą ja zamierzam ujawnić. Czy teraz porozmawiamy?

Mężczyzna, który dopiero co proponował, żeby umówili się na spotkanie kiedyś tam w następnym tygodniu, zamrugał raz, zachował wyraz nieodgadnionego niesmaku i wprowadził je do swojego gabinetu.

– Mogę wam poświęcić dokładnie pięć minut – zapowiedział.

Rohanne przystąpiła do układania na jego biurku jakichś dokumentów i pokazywania ważnych ich fragmentów. Te pięć minut, które upłynęło bez przeszkód, przedłużyło się do dziesięciu, a potem do godziny. Mężczyzna w prążkowanym garniturze poróżowiał nieznacznie, ale pozostał spokojny jak trup. Rohanne poprosiła o herbatę, którą podano im w filiżankach z wykwintnej porcelany, i Gretchen z zadowoleniem zauważyła, że filiżanka prawnika zaszczękała cicho, kiedy odstawiał ją na podstawek.

Najpierw odbyli stosunek, a teraz Derek trzymał nogi Drobnej Blondynki w górze. Nawet on, bynajmniej nie znawca w takich sprawach, uważał tę gimnastykę (czysto położniczej natury) za osłabiającą. Ostatnimi czasy bezustannie zaciągała go ze sobą do łóżka i poczynała sobie z nim w tym łóżku na sposoby, o których znajomość nigdy by jej nie podejrzewał, i nie sądził też, by jeszcze do niedawna ona sama podejrzewała siebie o taką wiedzę.

Usiłowali mianowicie począć dziecko.

– Najwyższy czas założyć rodzinę – powiedziała, ale mimo że niedawno zrezygnowała z kapturka, jakoś wcale nie czuła się w ciąży. I co z tego, że tamto czasopismo mówiło, że nie ma się czym przejmować. Ona się przejmowała. I czuła, że trzeba tu silnej ręki. Derek był wiecznie za bardzo zmęczony, przez ten płot i wizyty w pubie. A tu należało naprawdę nie szczędzić wysiłków.

– Musisz włożyć w to całe serce i duszę, Derek – powiedziała. – I jedz więcej sałatki.

Mógł tylko przytaknąć, kiedy to powiedziała, bo usta miał pełne witaminowych pigułek, a ona patrzyła i czekała, aż wypije szklankę piwa słodowego.

Czasopismo okazało się bardzo przydatne. Twierdzono w nim, że jeszcze nigdy żadnemu mężczyźnie korona z głowy nie spadła, gdy zadbał o siebie, ale jakoś tak to już było, że to na barki kobiety spadała organizacja wszystkiego. Święta prawda. Popatrzcie na jej tatusia. Popatrzcie na Dereka. Popatrzcie na Faceta na Stanowisku.

W pracy uśmiechnęła się do tego ostatniego, kiedy przechodził obok, dyskretnie wyzierając zza płachty jej czasopisma. Facet na Stanowisku zatrzymał się. Od wielu tygodni nie widział takiego uśmiechu. I tak strasznie mu się nie chciało jechać na tę konferencję do Birmingham. Tak miło było popatrzeć na kobiecy uśmiech, bo on mu przypominał, że wciąż jest (mimo jej rurek i jej blizn) mężczyzną. Jak by to było przyjemnie, gdyby miał z kim pogadać o wydarzeniach całego dnia, jedząc przy tym cywilizowany posiłek – kobiecy głos, kobieca obecność, kobiecy uśmiech...

Odwzajemnił uśmiech Drobnej Blondynki.

– Czy zechciałaby pani jechać ze mną na konferencję? Przydałaby mi się pomoc...

Przypomniała sobie ten pełen szacunku ton jego głosu, kiedy przyglądała się mężowi podczas jego rytuałów mających na celu poprawę kondycji zdrowotnej.

– No więc, Derek, sprawdziłam w kalendarzyku i okazało się, że konferencja jest w moim – tu zniżyła głos – bezpiecznym okresie. Zadzwoniłam do ciebie i ty mi pozwoliłeś...

Derek, jeszcze przełykając, pomyślał, że chciałby zobaczyć jej minę, gdyby spróbował jej czegoś zabronić.

– I wiesz, co on na to?

Derek potrząsnął głową.

– Powiedział, że gdybym była jego żoną, nie spuszczałby mnie z oka nawet na chwilę.

– Ale nie jesteś – odparł Derek. – Jesteś moja. I ja cię spuszczę.

Jeśli Drobna Blondynka uznała, że z jego odpowiedzią jest coś nie tak, to jednak nie potrafiła orzec, co to takiego, ale uśmierzyła swój niepokój, bo przypomniała sobie, że Facet na Stanowisku przyrównał jej rumieńce do róż... Ten jej szef naprawdę mógłby być mężczyzną z prezencją, gdyby tylko żona opiekowała się nim trochę lepiej.

Wyjęła krem na rozstępy i powąchała go. Pachniał bosko. Postawiła go obok *Zapłodnienia*, *Ciąży* oraz *Przyszłego ojca,* po czym utkwiła w Dereku stanowcze spojrzenie wyrażające przymus. Derek zaś spojrzał na nią z takim żarem, na jaki go było stać, biorąc pod uwagę smak żelaza w ustach. Byłby wdzięczny, gdyby mógł przestać brać to żelazo.

Derek był jednak gotów szukać w tym wszystkim jasnych stron. Perspektywa zakładania rodziny miała pozytywne skutki uboczne. Kiedy bowiem rozglądał się po domu w któryś spokojny weekend, zorientował się, że nie ma już nic do zrobienia (gminny inspektor budowlany wciąż nie chciał wydać zgody na adaptację strychu), i zrobiło mu się ciężko na sercu. Ściany były w idealnym stanie, w zasadzie dopiero co malowane, i nawet on – który uwielbiał brać do ręki pędzel i rozrabiać gips – nie potrafił już nic wymyślić... Aż tu nagle znalazł cudowne rozwiązanie. Jeśli spłodzą dziecko, to będą potrzebowali pokoju dziecinnego... Przejrzał rozdział „Pokój dziecinny" w swoim *Zrób to sam*, pomierzył, co trzeba, i wyruszył do składu budowlanego.

Tyle pracy, myślał z zadowoleniem, popychając swój wózek. Półki, stolik do zmieniania pieluszek, maleńka szafa, interkom. Muzyka umilała mu drogę między stoiskami, a on z uwielbieniem gładził deski sosnowe i płyty pilśniowe. Dość długo go nie było, a kiedy wreszcie wrócił do domu, zastanowił się, czy ktoś przypadkiem nie umarł w tym czasie. Zasłony były zaciągnięte (była 14.26, niedziela) i kiedy wszedł do holu, pogwizdując, od razu zmarszczył nos, zaatakowany jakąś gryzącą wonią. Silną wonią. Bardzo silną. Omal się nie udławił. Ten zapach był piżmowy i jednocześnie przywodził na myśl dym.

– Halo! – zawołał, odkładając plastikową torbę pełną śrubek kupionych na wyprzedaży, które mogły się kiedyś przydać. – Halo?

– Tutaj! – odkrzyknął jakiś dziwny głos z frontowego pokoju. Gardłowy głos, głęboki, leniwy, kobiecy – jakby pokrewny temu egzotycznemu zapachowi, który przeniknął cały dom.

Otworzył drzwi, wszedł do ich dużego pokoju i znalazł ją leżącą na kanapie. Na kominku płonął ogień (może jednak przerobić go na gazowy, przypomniał sobie, przechodząc obok, absolutna nowość), zasunięte zasłony, zapalone świece, butelka wina i dwa kieliszki na średniej wielkości stoliczku. A ona – tu zamrugał – leżała na plecach, nagusieńka, jak ją pan Bóg stworzył, spowita w kłęby dymu. Przez chwilę myślał, że zaczęła palić fajkę czy coś, bo tak gęste były te niebieskawe opary, ale – i tu bardzo mu ulżyło – spostrzegł, że w wazie nad kominkiem dymi się kilka lasek kadzidła.

Głośno przełknął ślinę i poczuł zimny pot występujący mu na czole. Uśmiechnął się nerwowo, nagle świadom swoich zębów, które za nic nie chciały się cofnąć, i zastanowił się, czy ona przypadkiem nie zwariowała, upiła się czy... czy co?

– Cześć – powiedział, starając się, by to zabrzmiało jak najnormalniej. – Przepraszam, że mnie tak długo nie było. Spora kolejka. Kupiłem okazyjnie śruby motylkowe i...

I już nie był w stanie mówić dalej. Uśmiechała się do niego w sposób, jakiego nigdy wcześniej nie widział, nawet podczas tych sześciu miesięcy, kiedy dopiero zalecali się do siebie, a także wtedy, gdy się obmacywali, sapali i co tylko na tylnym siedzeniu jego escorta; uśmiechała się jak ktoś z okładki któregoś z tych wszystkich czasopism. Uśmiechała się jak te jego fantazje, które co jakiś czas brały nad nim górę, i na dodatek – zamrugał – włożyła wysokie obcasy. I oprócz nich nie miała na sobie nic, leżała na tej kanapie, kłując w oczy (nie było na to innego wyrażenia) białymi szpilami.

I to jest moja żona, powiedział sobie w duchu.

Mało tego, myślał, to jest moja żona, z którą ostatnio rzadko kiedy to robiłem, a w taki sposób to już w ogóle... Ubiegłego wieczoru, w pubie, kiedy Ken i inni rozmawiali o płotach i ich konserwacji, któryś opowiedział kawał o konserwacji różnych innych miejsc. Parskał lubieżnie razem z innymi i jednocześnie zastanawiał się, kiedy ostatni raz robił to z nią tak, jak dawniej: wiele tygodni temu, stwierdził. A teraz to...

– A może tak byś tu przyszedł i też zdjął ubranie? – zaproponowała przymilnym tonem. – A ja nam naleję wino. Mamy, och... – poklepała sofę obok siebie – mamy – tu nieśmiało zatrzepotała rzęsami – no wiesz – znowu to trzepotanie – całe popołudnie dla siebie.

Stłumił mdłości, które w nim wywołała ta propozycja, postarał się zapomnieć o rozkosznym dreszczu, jakim zadręczały go pozostawione w holu nowo nabyte śrubki, i zaczął rozpinać koszulę w taki sam sposób, w jaki by to zrobił, gdyby kazała mu ją zdjąć do prania. Wyciągnęła w jego stronę swoją małą rączkę i przyciągnęła go ku sobie. Usiadł bardzo ciężko, zzuł kopniakami buty i znów zabrał się do guzików, na moment nie podnosząc głowy. Podała mu kieliszek, delikatnie odepchnęła jego dłonie od koszuli i sama kontynuowała rozpinanie. Upił łyk wina i wytrzeszczył oczy. To była jego żona, musiał to sobie przypomnieć, to była jego żona, która zachowywała się jak... cóż... Wypił jeszcze, starając się uśmiechać, dopasować do jej uśmiechu, a potem spojrzał jej w oczy, w których nie było żadnego wahania. Może to była rocznica ślubu? Nie, to nie mogła być rocznica, bo chociaż nigdy nie pamiętał daty, to jednak wiedział, że pobrali się jesienią; przejmował się wtedy liśćmi, które mogły zatkać kratkę odpływu ściekowego przy nowym domu, więc tego był pewien.

Skandaliczna była ta obietnica, którą od niej biło. Zaczęła mu wodzić czubkami palców po obojczyku. Wsadziła rękę za sprzączkę od jego paska i odpięła ją. Jakiś szósty zmysł skromności przeważył i ze spodniami oraz bielizną poradził sobie samodzielnie.

– Skarpetki, Derek – powiedziała tonem, który był kojąco znajomy. Ale zbyt szybko ustąpił miejsca temu gruchaniu prosto z głębi gardła.

Dopił wino, a ona zabrała kieliszek i oplotła wokół niego swoje ciało, ciepłe, pachnące, uległe. Wszystko, czego mógłby pragnąć mężczyzna. Z takim wyjątkiem, że to była jego żona, a on nie był mężczyzną – był Derekiem. Nigdy przedtem tak się nie zachowywała. Dlaczego robiła to teraz? Czego się po nim spodziewała? Ni stąd, ni zowąd stracił erekcję, która dopiero co się zaczęła. Położył sobie tam poduszkę, żeby nie zauważyła, ale ona nic sobie z tego nie robiła...

– Niegrzeczny chłopczyk – stwierdziła, ściągając poduszkę. I wytrzeszczyła oczy. – O jejku – zaczęła mówić dziecięcym głosikiem. – Niegzeczny chłopcyk, niegzeczny. – I tu, ze zdumiewającą wprawą, której dotychczas doświadczał jedynie w snach, pochyliła się nad jego nogami.

Już miał osiągnąć etap trzeci ekstazy, etap poprzedzający eksplozję, kiedy równie nagle odjęła usta i legła na plecach.

– Zrób mi to, Derek – powiedziała, przyglądając mu się niczym blondwłosa kocica, i wyraźnie słychać w tym było rozkaz, dzięki czemu poczuł się znacznie swobodniej, znacznie bardziej u siebie. Ale, nagle zdesperowany, postanowił, że będzie ostrożny, że upewni się, o co jej chodzi...

– Co... mhm... dokładnie... o co ci chodzi?

– No dalej, Derek – powiedziała z lekkim zniecierpliwieniem, a potem, jakby coś sobie przypomniała, uniosła ręce w górę w geście całkowitego poddania się i wydęła wargi.

Teraz już było jasne, czego się od niego wymaga. Postanowił więcej nie myśleć, tylko przystąpić do działania, tak więc wskoczył na nią. Próbował zapomnieć, że ta... mhm... ladacznica – och, ach, ech – pod nim to tak naprawdę jego prawowita małżonka – kobieta, z którą jeszcze wczorajszego ranka był w supermarkecie i która mu powiedziała, że najwyższy czas, żeby się nauczył, na którym stoisku trzymają margarynę... Udało mu się zapomnieć o tłuszczach nienasyconych i jej kraciastej torbie na zakupy: zastąpił je tą erotyczną istotą. Przywarł do tej wizji, podtrzymał ją – i poczuł spazmatyczną rozkosz.

Uwalił się na plecy i spojrzał na nią. Spodziewał się – czego? Nie był pewien. Nigdy wcześniej nie robili tego w taki sposób, a zresztą w łóżku to wszystko na ogół wyglądało tak prosto. Po prostu po wszystkim człowiek zasypiał. Ale w niedzielne popołudnie, w dużym pokoju, przy zasuniętych zasłonach – cóż, choć miał wielką ochotę na drzemkę, to jakoś ta drzemka wydawała się czymś niewłaściwym. Tak czy owak, miał mnóstwo rzeczy do zrobienia, zanim zabierze się do tego dodatkowego pokoju – trzeba oczyścić wiaderka, obejrzeć pędzle, może zrobić dodatkową półkę w piwnicy, posegregować śrubki. Śrubki? Spojrzał na żonę i zastanowił się, jak długo powinien tu leżeć, zanim będzie mógł wstać. Wręcz liczył, że to ona da już za chwilę sygnał do rozejścia się.

– Wstań, proszę, Derek – powiedziała i zaczęła się wyswobadzać spod niego.

Usłuchał i usiadł. Już miał przeprosić za to, że ją tak miażdżył, kiedy słowa mu uwięzły za zębami. Jeśli to, co się wydarzyło, było dziwaczne, to było niczym w porównaniu z tym, co działo się teraz. Nerwowo sięgnął po poduszkę, którą wcześniej odrzuciła na bok, i przycisnął ją do swej nagości. Co ona na litość boską wyprawia? Ma jakiś atak, tak to wyglądało. Nagle odturlała się od niego, uniosła nogi w powietrze i zaczęła nimi pedałować, a także robić scyzoryki niczym amerykański komandos na treningu. Przycisnął poduszkę jeszcze mocniej i zastanowił się, czy nie powinien jej jakoś poskromić.

– Złap mnie za kostki – wydyszała.

Tytułem próby wyciągnął jedną rękę i obłapił jedną z jej nóg.

– Obiema rękami, Derek – powiedziała, już całkiem bez tchu. – I odłóż tę poduszkę.

Zrobił to niechętnie i chwycił ją za obie kostki.

– Pociągnij mnie z całej siły, tak żeby moje nogi były wycelowane do sufitu – rozkazała.

Zrobił to. Przełknął ślinę. Potrzebował wyjaśnień, ale bał się pytać.

– Jak tak robisz – powiedziała, jeszcze raz pedałując i niepokojąco czerwieniąc się na twarzy – to wtedy... to... no wiesz, to coś... spływa tam na dół. – Urwała, zastanawiając się. – Czy raczej do góry?

Derek nic nie powiedział; tak było chyba najbezpieczniej.

– Idź i zrób herbatę – rozkazała. – Ja muszę tak zostać jeszcze jakiś czas. – Bardzo się krzywiła, a jej skóra nabrała groźnej różowej barwy.

Wyciągnął rękę, chcąc dotknąć jej piersi, bo nagle do niego dotarło, że w ogóle się do nich nie dobrał podczas tych wszystkich fiku-miku.

Klepnęła go po ręce, lekko, ale stanowczo.

– Nie rób tego – powiedziała. – Jeszcze mnie przewrócisz.

W tym momencie poczuł, że stoi na stabilniejszym gruncie. Po drodze do kuchni zaczął pogwizdywać, a potem, zabrawszy plastikową torbę z holu, zaczął wypakowywać jej zawartość w oczekiwaniu, aż w czajniku zagotuje się woda. Cokolwiek by się działo, niektóre rzeczy były niezawodne. Nie miał wątpliwości, że ona mu wszystko wyjaśni w swoim czasie; na razie jednak zastanawiał się, gdzie są te pierniczki.

Do tego trzymania za kostki jakoś w końcu przywykł. Nie bardzo natomiast przywykł do całej tej scenerii, która miała swoje najrozmaitsze odmiany i na ogół poprzedzał ją okrzyk: „Bawimy się, Derek!" – przy czym z pewnością nijak to nie przypominało jego zabaw na podwórku z czasów podstawówki. Powoli zaczynał mieć wrażenie, że on tu się wcale nie liczy, że jest, no cóż, wykorzystywany, jakby był jakąś maszyną do reprodukcji, ale z drugiej strony dzięki temu właśnie ona była szczęśliwa. Bo ona, kiedy już się czegoś podejmowała, to podejmowała się p e r f e k-c y j n i e – „na sto procent, Derek" – i dlatego był absolutnie pewien, że w konsekwencji jednak będą mieli dzieci. Mógł za nią podążać tą drogą z pełnym zaufaniem. Musiał podążać za nią tą drogą z pełnym zaufaniem, bo gdyby tego nie robił, to już ona zatrułaby mu życie. Przynajmniej litościwie milczała na temat wentylatora, a on stwierdził, że warto w tym przypadku grać na zwłokę. Jeśli wentylator dawał się zamontować tak łatwo jak ten, to nie należało go demontować zbyt pochopnie...

Kanciasta Szczęka przeczytał jeden z tych wierszy, które ludzie wypisywali w metrze. Był zatytułowany *Dystans**. Nie przepadał za poezją: w rzeczy samej, gdy ktoś wymawiał przy nim to słowo, zaraz przypominała mu się szkoła, nuda, trudne i ponure rzeczy, uczenie się na pamięć – nic, co by dotyczyło jego samego. Powiedział to facetowi w hinduskiej restauracji tego wieczoru, kiedy on i Melanie się rozstali. Kupował jedzenie na wynos i tamten go spytał, czy zdarza mu się czytać jakieś wiersze. Wtedy wydawało się, że to durne pytanie. Tymczasem teraz przeczytał ten mały, lekki wierszyk nad swoją głową i tak jakby się nim wzruszył. Wiedział co nieco o tym, co autor miał na myśli...

Gdybyś świat miał przemierzyć, miły mój
Żeby pracować, walczyć lub kochać
Byłabym pewnie spokojna i stękniona tu,
I przymykałabym oczy po nocach.

Gdybyś tak żył za oceanem
Bolałoby szlachetnie i słodko;
Ale ty, och, mieszkasz przy ulicy tej samej
Więc w sercu jakoś tak gorzko.

Przeczytał ten wiersz kilka razy. No tak, to, co działo się między nimi, było głupie. Postanowił, że jeśli nic innego się nie stanie, to zadzwoni do niej i zaproponuje spotkanie przy drinku. Udawanie, że to drugie nie istniało, kiedy mieszkali tak blisko siebie (niemalże „przy ulicy tej samej"), naprawdę było głupotą. Zastanawiał się, czy iść tego wieczoru na imprezę do Jeremy'ego. W istocie mocno się nad tym zastanawiał. Ostatecznie przecież właśnie o to w tym wszystkim chodziło.

O wolność.

O wolność korzystania z uroków kawalerskiego życia.

O wolność chodzenia na imprezy.

O wolność chodzenia na imprezy i umawiania się z dziewczynami.

O wolność chodzenia na imprezy, umawiania się z dziewczynami i...

O wolność

używania

p r e z e r w a t y w...

Całkiem o nich zapomniał.

Aż się skurczył pod wpływem tej myśli. Pomysł pójścia do łóżka z jakąś obcą osobą, a potem mocowania się z oporną gumą raczej nie przystawał do wyobrażenia mężczyzny promowanego przez

„Esquire'a". I jeszcze należało myśleć o tak zwanym „potem" – czy ciągnąć znajomość czy nie? Przelotnie przyszło mu na myśl, że on i jego rówieśnicy, którzy odrzucali małżeństwo, traktując je jako pułapkę, mylili się. Życie w pojedynkę też potrafiło być pułapką.

„Potem"... Całe to „potem"... On to odbębnił razem z Melanie. Te spacery, rozmowy, kolacje, zmaganie się z własną nieśmiałością. Stawianie temu czoła po raz kolejny, z jakąś inną osobą – wcale to mu się nie uśmiechało.

Tamtego wieczoru został do późna w biurze i zadzwonił do niej tuż przed wyjściem. Wpadł na pomysł, że mógłby wyprowadzić samochód z garażu i podjechać pod jej dom, może przejść się z nią do jakiejś winiarni albo gdzieś. Nikt jednak nie odbierał telefonu. Tym razem zwyciężył rozsądek, więc nagrał dla niej miłą, przyjacielską, niemalże flirtującą wiadomość. Powiedział, że przeprasza, jeśli był szorstki, i że może mogliby się niedługo gdzieś spotkać. Będzie w domu tego wieczoru. Całą noc. Będzie, powiedział, zachwycony, jeśli ona zaszczyci go swoim towarzystwem. Może wpaść obojętnie kiedy.

Błysnął swoją sieciówką przy barierce i poczuł, że przynajmniej raz zrobił coś właściwego. „Ale ty, och, mieszkasz przy ulicy tej samej", mruczał, kiedy wsiadał do samochodu, „więc w sercu jakoś tak gorzko".

Kiedy Rohanne Bulbecker wyłoniła się z biura prawnika, jej oczy błyszczały, poruszała się sprężyście i była gotowa pokochać cały świat. Razem z jego niegodziwcami, a więc również Sylvię Perth, która się do nich zaliczała. Za nią podążała Gretchen O'Dowd, ze spuszczonym wzrokiem, ssąca kłykcie. Postanowiwszy, że pokocha świat, Rohanne była gotowa pokochać także ten jego element.

– No chodźże – powiedziała, wciskając rękę pod pachę Gretchen. – Podejdź do tego filozoficznie... – I tu uśmiechnęła się ciepłym, krzepiącym uśmiechem. – Może poweselejesz u Harrodsa – i lawirując między samochodami, wprowadziła tam nieszczęśliwą Gretchen O'Dowd.

Bardzo owocnie utorowała sobie drogę przez dział z perfumami i w końcu dotarły do działu z żywnością. Widok Janice Gentle ukrywającej jedzenie pod ubraniem mocno wraził się w pamięć Rohanne.

– Kupimy jej tyle, ile będzie potrzebowała aż do wyjazdu do Nowego Jorku. – Wzięła do ręki opakowanie z wędzonym łososiem. – Pokochają ją tam.

– Och -- zasmuciła się Gretchen – więc zabierasz Janice? – Wydała z głębi gardła zdławiony bulgot i Rohanne zauważyła łzę, która utknęła w wąsiku. Nie było w tym nic dziwnego, biorąc pod uwagę rozmowę Gretchen z prawnikiem, i Rohanne powiedziała jej o tym.

– Sylvia Perth winna jest wielu wyjaśnień – stwierdziła. – Ale przynajmniej poprosili, żebyś tam została, dopóki wszystko nie będzie załatwione. – Wzięła do ręki brzoskwinię i powąchała ją. – To Janice tak naprawdę jest ofiarą – dodała, zerkając na tacę z ręcznie robionymi czekoladkami.

Gretchen dziwiła się, widząc to zadowolenie i satysfakcję na twarzy Rohanne Bulbecker, kiedy ta robiła zakupy.

– I jeszcze kwiaty – zaproponowała Rohanne. – Przydadzą się Janice, kiedy będzie musiała usłyszeć to, co mam jej do powiedzenia.

Znacznie później i kilka ciężkich toreb więcej wyszły ze sklepu, by wrócić na Dog Street. Facet na Stanowisku obserwował je, jak wychodziły. Biedny człowiek, pomyślał, zakładając, że skulona Gretchen jest mężem. Biedny głupek, wykorzystują go w charakterze konia jucznego, który ma wiele kart kredytowych. Facet na Stanowisku wiedział o tym wszystko, bo jego żona od lat nie była w stanie niczego dźwigać. I był pewien, że nigdy nie będzie. Już do końca życia on będzie dźwigał ją. Zapłacił ekspedientce za malutką chusteczkę obszytą brugijską koronką i poprosił, by zapakowała ją na prezent. Kłuło go sumienie i postanowił, że żonie też coś kupi. Przerzucił jeszcze inne koronki ułożone na ladzie, a potem zawrócił w stronę działu z książkami. Żona dużo ostatnio czytała, zwłaszcza w łóżku. Kupi jej jakąś cholerną książkę.

– Jak już mówiłam, Sylvia Perth winna jest wielu wyjaśnień – powiedziała Rohanne w taksówce.

– O, na pewno – odparła Gretchen O'Dowd żałobnym tonem. – Nie wolno mi było nawet jej pochować. Jej matka to zrobiła. Nawet nie wiedziałam, że ona miała jakąś matkę...

Rohanne parsknęła.

– Nawet Hitler miał matkę.

Gretchen zrobiła zszokowaną minę.

– Rozchmurz się – powiedziała Rohanne. – Przynajmniej zostawiła ci obraz. – Starała się nie uśmiechać. – Nawet jeśli go nie cierpisz.

Rohanne oparła się wygodniej i już do końca podróży jechała z zamkniętymi oczyma. Pod pewnymi względami miała za co dziękować Sylvii Perth. Umarła w dogodnym momencie i okazała się oszustką. Te bliźniacze atrybuty bardzo ułatwiły Rohanne życie. Janice Gentle nieuchronnie należała do niej. Ta piękna, złotowłosa dziewczyna nie posiadała nic więcej oprócz mieszkanka na uboczu, w dzielnicy zwanej Battersea, a także swoich praw autorskich – choć z tym drugim nie było nic pewnego. Prawnik zmarszczył swój piękny, orli nos, kiedy wspomniał adres w Battersea. Już na pierwszy rzut oka nie wyglądało to wszystko uczciwie. Cała reszta przepadła – czy raczej okazała się przywiązana do majątku Sylvii Perth, czyli teraz do majątku starszej pani Perth. A starsza pani Perth bynajmniej nie zamierzała oddawać niczego bez walki. Rozplątanie afery mogło zabrać wiele lat. A to z kolei oznaczało dwie rzeczy. Po pierwsze, Janice Gentle będzie musiała podpisać umowę z Pfeifferem. A po drugie, sprawie będzie bez wątpienia towarzyszył nie kończący się rozgłos. Rohanne już to sobie wyobrażała. Piękna, złotowłosa pisarka, ograbiona do suchej nitki najpierw przez córkę, potem przez matkę. No jakże, czy właśnie nie na takich wątkach budowano fabuły romansów? I znakomicie, dzięki temu z pewnością sprzeda się kilka książek więcej. Janice Gentle była w garści Rohanne Bulbecker, każda z nich była ratunkiem dla tej drugiej. I tak właśnie było dobrze, zdaniem Rohanne: doskonały chiński targ, taki, w którym obie strony zyskują tyle samo. Już wyobrażała sobie siebie w dyrektorskim gabinecie w wydawnictwie Pfeiffera. Jako nieodłączną część zespołu. Co jeszcze mogła zrobić, kiedy tak tam siedziała, śniąc na jawie, z zamkniętymi oczyma, jak nie gratulować sobie? Dlatego więc gratulowała sobie z całego serca.

Rozdział siedemnasty

Janice nie miała pojęcia, co zastanie za drzwiami mieszkania Sylvii Perth w kwestii wystroju wnętrza. Niemniej jednak otwarty umysł to wcale niekoniecznie taki umysł, którego nie da się zaskoczyć. I tak oto Janice dała się zaskoczyć. Sylvia zawsze komplementowała jej bezbarwne, pozbawione zbędnych gratów wnętrze. „Och, Janice, mawiała, gdybyś ty tylko wiedziała, jak ja ci zazdroszczę tego wyciszonego otoczenia..." Rozejrzawszy się teraz dookoła, Janice potrafiła zrozumieć dlaczego.

Nie było tam skrawka przestrzeni, który nie byłby czymś zapełniony, nie było żadnej barwy, która zasługiwałaby na miano przytłumionej, nie było kawałka powierzchni, który nie miałby jakiejś faktury. Wnętrze jakby żywcem wyjęte z *Arabskich nocy*, jakby Janice wytoczyła się ze swego klasztoru i trafiła prosto do mauretańskiej twierdzy. Całkiem trafna analogia, pomyślała, bo teraz jej osoba stała się niczym krzyż między krzyżowcem a pielgrzymem. Zamknęła za sobą drzwi i zdjęła buty – nie bardzo była pewna, dlaczego je zdjęła, może dlatego, że miała obolałe stopy po zmaganiach całego dnia, a może z szacunku do tej świątyni niewiernych. W każdym razie gruby dywan pod jej stopami zdawał się cudowny.

W kącie, na biurku, zauważyła to, po co tu przyszła: automatyczną sekretarkę. Ale zaraz potem spostrzegła na kanapie coś jeszcze bardziej frapującego. Zobaczyła Szeherezadę, zobaczyła Criseydę, zobaczyła uosobienie *Vous ou Mort*, wcielenie tego wszystkiego, czego mógłby pożądać rycerz, zobaczyła... Ledwie wierzyła własnym oczom, poprawiła okulary, zamrugała, zamrugała po raz drugi, zamrugała po raz trzeci. Dopiero gdy była już całkiem pewna, że wyciągnięta piękność jest prawdziwa i oddycha (a nie jest ostatnim i najbardziej przerażającym z tworów jej wyobraźni, czyli młodzieńczym *alter ego* Sylvii Perth), podeszła na palcach do kanapy. Leżąca wciąż była nieprzytomna. Janice czekała. Cofnęła się i zaszeleściła torbą. Podeszła znów do kanapy i westchnęła. A śpiąca wciąż spała. Janice zakasłała. Śpiąca zamruczała, obróciła się nieznacznie, wzięła głęboki oddech. Janice zakasłała jeszcze głośniej i jeszcze raz zaszeleściła torbą. Śpiąca jęknęła cichutko. Janice raz jeszcze chrząknęła i tym razem podziałało. Erica von Hyatt otwarła oczy, też zamrugała i uśmiechnęła się.

– A właśnie że wolno mi tu być – oświadczyła. – Właścicielka mi pozwoliła.

– A ja myślałam, że właścicielka nie żyje – odparła Janice.

– Ależ skąd! – zaprotestowała Erica z przekonaniem. – Ona tylko poszła do Harrodsa.

Janice przez chwilę zastanawiała się, czy ona może chce przez to powiedzieć, w jakiś poetycki sposób, że Sylvia Perth, która kochała Harrodsa tak, jak niektórzy kochają własną ojczyznę, powędrowała do jakiegoś wspaniałego, ostatecznego Harrodsa w niebiesiech.

– Czy mogę usiąść? – spytała słabym głosem.

– A proszę, rozgość się – powiedziała Erica pogodnie i wskazała miejsce na końcu kanapy. Potarła przegubem dłoni zaspane oczy i ziewnęła.

Erica von Hyatt czuła się panią świata. To, że ją obudzono, wcale jej nie oburzyło. Nie oburzyło jej również to, że obudziła ją jakaś obca, niezbyt ponętnie wyglądająca osoba. Nic nie oburzało Eriki von Hyatt, bo Erica Hyatt widziała już wszystko. Zgodnie z prawami statystyki to musiał być ktoś obcy. Ostatecznie świat był ich pełen.

Janice wyciągnęła z kieszeni garść migdałów w cukrze i wsadziła jednego do ust. Była niemal pewna, że to właściwe mieszkanie, bo wydawało się ostatnie w budynku. Może powinna sprawdzić. Uśmiechnęła się do Eriki i wskazała ręką sufit.

– Czy jest tam coś na górze? – spytała ostrożnie.

Jakaś maniaczka religijna, pomyślała Erica, ale czuła się całkiem bezpieczna. W swoim czasie miała do czynienia z najrozmaitszymi maniakami.

– Mnie to się wydaje, że nie ma. Bo gdyby coś było, to skąd by się brało całe to pieprzone zło na świecie? Przepraszam, że się tak wyrażam. Ale wystarczy pomyśleć o głodujących w Afryce.

Janice wolała nie myśleć o głodujących w Afryce. Tego się właśnie nauczyła od Sylvii, która z pełnym przekonaniem zachęcała ją do niemyślenia. „Ty się skupiaj na tym, co chcesz napisać – mówiła – i pozwól, by to Sylvia się zajmowała resztą świata".

– Ja pytam o to, czy nad tym mieszkaniem jest jeszcze jakieś inne? – powiedziała Janice przepraszającym tonem.

– Nie, no chyba, że ktoś zamieszkał na dachu, pod gołym niebem. – Popatrzyła na torbę Janice. – Szukasz jakiejś mety, co? – spytała z sympatią. – Możesz tu zostać jakiś czas, jeśli chcesz. Powiem właścicielce, że jesteś znajomą, że akurat tędy przechodziłaś. – Uniosła ostrzegawczo palec. – Tylko niczego nie zniszcz, pamiętaj. – Pogroziła tym palcem. – I musisz pamiętać o spuszczaniu wody.

W kwestiach uczciwości czy higieny osobistej Janice nie potrafiła się oburzać, dlatego więc nie przejęła się tymi napomnieniami.

– Ta... mhm... właścicielka – zagaiła ostrożnie – jesteś pewna z tym Harrodsem?

– Yhy – odparła Erica.

– I ta... no... właścicielka wyglądała na... zdrową? – Nie bardzo potrafiła to wymówić.

– No chyba tak. – Erica wzruszyła ramionami. – Po Ritzu wyglądała, jak się należy. Plotła tylko coś trzy po trzy o jakimś pogrzebie. A oprócz tego miała niewiele do powiedzenia. Taka bardziej z tych milczących.

– Mówiła o pogrzebie? – spytała Janice. Gwałtownie rozgryzła migdała, którego do tej pory tylko spokojnie obracała w ustach.

Przez chwilę siedziały w milczeniu.

– Wyjeżdżam do Ameryki, mam tam urodzić dziecko – pochwaliła się w końcu Erica. – Ojca jeszcze nie poznałam. Przedstawią mnie, jak już tam zajadę.

Janice, która nietypowo dla siebie nie poradziła sobie ani z cukierkiem, ani z informacją, zaczęła się dławić.

Erica walnęła ją z całej siły w plecy.

– Człowiek nigdy nie wie, czego się spodziewać od życia, co nie? – stwierdziła radośnie. – Popatrz tylko na mnie. Dopiero co nic nie miałam. A teraz mam wszystko. Ale też powiem ci, ja tam nie wierzę, że coś będzie trwało wiecznie. A ty wierzysz?

– Kiedyś wierzyłam – odparła ze smutkiem Janice.

– I duży błąd – powiedziała Erica, kręcąc głową. – Człowiek zawsze powinien się spodziewać najgorszego, to wtedy nie jest rozczarowany. – Wyciągnęła rękę, chcąc uścisnąć dłoń Janice. – No już, uszy do góry! Mam na imię... – Już miała powiedzieć, że ma na imię Erica, ale wtedy do niej dotarło, że przecież to już nie jest jej imię, ale zaraz potem, ponieważ wzięła je sobie z torebki porzuconej na moście Waterloo, w której nie było nic oprócz wizytówki o treści „Erica von Hyatt, Biuro Projektów, Londyn, Nowy Jork", uznała, że i tak może je porzucać, gdzie chce i kiedy chce. – Mam na imię Janice – oświadczyła.

– Jakie to dziwne – powiedziała Janice, ujmując wyciągniętą w jej stronę dłoń. – Ja też mam na imię Janice.

– O? – odparła Erica, na nowo odkrywając swoje zakończenia nerwowe, które komfort tego egzotycznego miejsca spowił w lekką mgiełkę. Cofnęła dłoń i jakiś cień padł na jej piękne rysy. – O? – powtórzyła.

– Nazywam się Janice Gentle – padła odpowiedź z ust rozciągniętych w uśmiechu. – Piszę książki.

Janice po raz pierwszy w życiu powiedziała komukolwiek coś takiego. Wrażenie było dziwne, ale też dość przyjemne – i sprawiło, że poczuła się jakby prawdziwa. Uśmiechnęła się do swej nowej przyjaciółki, ale nowa przyjaciółka nie odwzajemniła się tym samym.

– Ja cię chrzanię! – powiedziała Erica von Hyatt, łamiąc swoją zasadę, że nie należy przeklinać w cudzych domach. – Ja cię chrzanię! Ja cię chrzanię!

Janice poczuła nieprzyjemny dreszcz. Na ulicy poniewierano ją słownie całkiem często. Ale że takie obyczaje praktykowano również w czterech ścianach, tego już zdzierżyć nie mogła. Jeśli tak się sprawy miały w rzeczywistym świecie, to ona doprawdy nie rozumiała, gdzie w tym wszystkim sens.

– Och – odparła znużonym głosem, popatrując na sekretarkę, jakby to urządzenie jakimś tajemniczym sposobem zachowało swoje magiczne moce. Czy ona jest tam w środku? Wciąż żyje i oddycha? – Dlaczego tak do mnie mówisz?

I wtedy Erica von Hyatt jej powiedziała. Powiedziała jej, co zaszło. Powiedziała jej, do czego jeszcze miało dojść. Albo do czego jeszcze miało dojść zgodnie z jej nadziejami. I do czego dojść jednak nie miało, bo pojawiła się prawdziwa Janice Gentle.

– Ale ja nie mam nic wspólnego z dziećmi – oświadczyła lekko zdębiała Janice. – Może tylko w tym sensie, że czasami nazywam moje powieści swoimi dziećmi. I z pewnością nie jestem osobą nadającą się na matkę zastępczą. Jesteś pewna?

– Wszystko jest legalne. Podpisałam jakieś papiery – odparła Erica. – Czytaj.

Janice przeczytała. I uśmiechnęła się.

– Moim zdaniem – powiedziała – tu zaszło jakieś nieporozumienie. To jest umowa wydawnicza. Chcą, żebyś ty... albo raczej ja... napisała książkę.

– Książkę? – spytała z niedowierzaniem Erica von Hyatt. – O czym?

– O czymkolwiek, o czym będziesz... albo ja będę... chciała – wyjaśniła Janice.

– No tak... – stwierdziła z rezygnacją Erica – to w takim razie musi chodzić o ciebie. Ja nie mam o czym opowiadać. Nie wiedziałabym, od czego zacząć.

Janice pomyślała o torturach, jakie przeżywała w metrze.

– Wiem, co masz na myśli – powiedziała – ale mówi się, że każdy człowiek nosi w sobie co najmniej jedną książkę.

– Naprawdę? – zdumiała się Erica. – Ja tam chyba niczego w sobie nie noszę. W każdym razie niczego takiego jak księżna Walii albo Joan Collins. Zresztą kto chciałby mnie słuchać?

Janice usadowiła się obok niej.

– Ja bym chciała – odparła z przekonaniem, zadziwiając samą siebie. I kiedy tak zabrała się do układania wokół siebie poduszek, przyszło jej na myśl, że na tej kanapie będzie jej znacznie wygodniej niż na siedzeniach w londyńskim metrze.

– Chcesz wiedzieć wszystko? – spytała Erica.

– Wszystko – zapewniła ją Janice, która nagle bardzo się zainteresowała. – Po prostu opowiedz mi wszystko o sobie. Bardzo cię o to proszę.

Więc Erica posłusznie opowiedziała.

Rohanne Bulbecker zatrzymała taksówkę w drodze powrotnej na Dog Street i kupiła ogromny bukiet kwiatów. Stać ją było na taką hojność i pragnęła być hojna. Przekaże całą historię bardzo taktownie i postara się jak najlepiej oszczędzić uczucia Janice Gentle. Sylvia, z jej lepkimi rękoma, wrzuciła wszystkie piłki na jej podwórko, tak więc nietrudno było szermować delikatnością, kiedy zyskało się tak dużo. Niemal się cieszyła, że ma Gretchen O'Dowd za świadka, tak bowiem fantastyczna wydawała się cała ta historia. Tak zwany Mężuś i Synuś w jednej osobie nie miał już żadnych wątpliwości co do rzeczywistego stanu spraw. W rzeczy samej Mężuś i Synuś został tak przekonująco poinformowany o zdradzie Sylvii, że kiedy wychodził od prawnika, ów leżał na dywanie, z zakrwawioną chusteczką przyłożoną do nosa, który może kiedyś był orli, ale teraz już nie zasługiwał na takie określenie. Rohanne musiała przyznać, że wygłosił złe wieści dość niedbałym tonem: wątpiła raczej, by jeszcze kiedykolwiek poważył się na równą niedbałość w stosunku do rozczarowanego żałobnika.

Na Dog Street Rohanne Bulbecker wyzbyła się wszelkiej godności i ściskając kwiaty, wbiegła na górę, pokonując po dwa stopnie za jednym zamachem, pozostawiając za sobą Gretchen O'Dowd, która obładowana torbami wlokła się w tyle, pocąc się i posapując. Na przedostatnim podeście nogi Rohanne splątały się z mężczyzną w prążkowanym garniturze, białym kołnierzyku, granatowym krawacie i z nadzwyczaj różową twarzą; stał na czworakach i uprzątał całkiem niezgorszy bałagan. Mimo podniecenia Rohanne zatrzymała się na ten widok. Mężczyzna sprzątający wejście do własnego mieszkania? Genialne!

Gretchen O'Dowd, niosąca torby, niczego nie zauważyła, nawet tego, że zostawia ślady swoich stóp na świeżo umytej posadzce.

– A może tak zechcesz zawrócić i spróbować jeszcze raz? – rzucił sarkastycznie garnitur. – Proszę bardzo, nie krępuj się.

Gretchen uciekła. Dlaczego wszyscy w Londynie wydawali się tacy wściekli?

Rohanne nie zamierzała odkładać na później tej przyjemnej chwili, kiedy wręczy swój bukiet. Zrobi to, a potem spyta, co ta nieopisana osoba siedząca obok Janice Gentle tam robi. Tak więc, ponieważ wyjątkowo dopisywał jej humor, zagaiła:

– Kwiaty dla panny Gentle.

I ze zdumieniem zobaczyła, że wielkie, krągłe ramię, przymocowane do pulchnej, kiełbaskowatej dłoni, wyciąga się w jej stronę i zabiera bukiet.

– Bardzo dziękuję – powiedziała Janice zdumionym głosem i żeby ukryć zmieszanie, zanurzyła nos w głębinach bukietu.

Rohanne wytrzeszczyła oczy. Rzadko kupowała komuś kwiaty i zabolało ją, że taki gest został zawłaszczony przez niewłaściwą osobę. Bardzo niewłaściwą. W rzeczy samej całkowicie, absolutnie, obrzydliwie niewłaściwą osobę. Skrzyżowała ręce na piersi i spojrzała wyzywająco na ciało przymocowane do dłoni i kiełbaskowatych palców.

– A ty co? – spytała Rohanne Bulbecker. Szok sprawił, że na chwilę zapomniała, że jeszcze chwilę temu czuła się zespolona z całym światem. – Te kwiaty są dla Janice.

– To ja jestem Janice – powiedziała Janice, już w zasadzie przyzwyczajona do takiej agresji od czasu wyjścia ze swej celi. – Janice Gentle. Piszę książki.

Zamknęła oczy i czekała. Nie czekała na próżno.

Rohanne wycelowała w nią jeden palec i jednocześnie wsadziła do ust inny, by torturować skraj swoich zębów paznokciem...

– Kim pani jest? I czym się pani zajmuje?

Janice zmęczonym głosem powtórzyła te dwa krótkie zdania.

– Nazywam się Janice Gentle. Piszę książki.

Po raz kolejny zamknęła oczy.

Po raz kolejny nie na próżno.

Nie widziała, że Rohanne patrzy na Ericę, ani też że Erica odwzajemnia spojrzenie, przepraszająco wzruszając ramionami i kiwając głową na znak, że potwierdza.

I w tym momencie dotarło. Najpierw nastąpiło głębokie wciągnięcie oddechu, potem dało się słyszeć bulgotanie w gardle, a w końcu Rohanne Bulbecker cichym głosem powiedziała:

– A ż e s z   j a s n a   d u p a...

– Och – powiedziała Janice, nagle bardzo zezłoszczona kolejną porcją wulgaryzmów. – Idę do domu.

Ale jasnowłosa kobieta w czarnej skórze zagrodziła jej dostęp do drzwi, ułożywszy na nich rękę, jakby te drzwi to był jej honor i ona chciała go bronić. I cały czas obgryzała paznokieć u drugiej dłoni. Janice pomacała kieszeń. Gdy wszystko inne zawiedzie, jeszcze pozostanie jej to, co ma w środku.

Morgan Pfeiffer i Enrico Stoat chwycili za swoje kieliszki z szampanem.

– Za Janice Gentle i przyszłość – powiedział Enrico Stoat, unosząc wysoko kieliszek. – I za marketing.

Wyraźnie zadowolony Morgan Pfeiffer upił łyka.

– Wiedziałem, że panna Bulbecker tego dokona. Rzadko kto jest tak twardy.

– W takim razie za nią – powiedział Stoat, jeszcze raz unosząc kieliszek.

– Za pannę Bulbecker – zgodził się Morgan Pfeiffer i natychmiast wypili.

Przedmiot ich pochwał oprzytomniał nieznacznie. Ale nie bardzo. Na tyle tylko, by być w stanie formować słowa i spójnie je wypowiadać. A zatem wszystko legło w ruinach. Została zrobiona w konia przez tę chamowatą piękność, a potem triumfalnie pochwaliła się całemu światu Pfeiffera tym, że dała się okpić. Oni tam spodziewają się złota, a ona przywiezie im jakieś śmieci. Zerknęła na prawdziwą Janice Gentle, która odwzajemniła się sowim spojrzeniem.

Rohanne zamknęła oczy.

– Co ja mam robić? – załkała retorycznie.

– Z czym? – spytała uprzejmie Janice.

Rohanne wiedziała, że to słabość przez nią przemawia. Że ta słabość ją otworzyła, osłabiła, pozwoliła, by słuchaczka zdobyła coś na nią. A jednak nie potrafiła się powstrzymać. Musiała się wygadać, musiała powiedzieć prawdę. Właśnie tej grubej, ohydnej i obcej osobie musiała opowiedzieć o swym kłopotliwym położeniu. O Morganie Pfeifferze, Enricu Stoacie oraz własnej nadwątlonej pozycji. Nie było sensu starać się cokolwiek ukrywać przed Janice Gentle. Było o wiele za późno na mówienie ogródkami.

– Przypuszczam – powiedziała na zakończenie – że mogłybyśmy dalej udawać, że ona to ty. – Wskazała oskarżycielskim palcem Ericę von Hyatt, która siedziała na kanapie, obok Janice Gentle, spokojna i filozoficzna. Za nią zaś stała Gretchen O'Dowd, nic nie rozumiejąca, ale za to bardzo dzielna, Mars obok Saturna.

– Nie mam nic przeciwko – odparła Janice Gentle. – Mnie już wcale nie interesuje pisanie książek. Tak naprawdę to przyszłam tu, żeby wyłączyć Sylvię. I sprawdzić, czy ona rzeczywiście umarła.

– Oczywiście, że umarła – odparła ze zniecierpliwieniem Rohanne. – Jej matka ją pochowała.

– Jej matka? – spytała Janice z zainteresowaniem. – Nie wiedziałam, że ona miała matkę.

– Nie ty jedna – zauważyła z irytacją Rohanne.

Janice przypomniała sobie rady mężnej Christine udzielane starszym kobietom w dziewiczym stanie. Panny winny okazywać się powściągliwością i skromnością, nie wdawać się w spory ani waśnie. Jakaż ta droga bywa niekiedy trudna...

– Udam się teraz do domu – oznajmiła i z żalem ułożyła bukiet na kanapie.

– O nie – zaprotestowała Rohanne Bulbecker. – Jeszcze nie. Właśnie wróciłam z biura prawnika. I na twoim miejscu wcale bym się tak nie zarzekała, że już nigdy nie napiszę żadnej książki. – Spojrzała wyzywająco na Janice. – Przecież chyba chcesz jeść... – Rohanne przykucnęła, dzięki czemu jej twarz znalazła się na jednym poziomie z parą jasnych, lekko przestraszonych oczu. – Pozwól, że ci opowiem co nieco na temat twojej drogiej Sylvii Perth.

Kanciasta Szczęka zdążył ich zauważyć, zanim oni zauważyli jego. Zatrzymał samochód i przyglądał się im ukradkiem. Melanie miała na sobie bardzo krótką spódniczkę – bardzo krótką, o wiele za krótką – i botki z cholewkami sięgającymi kolan – i to białe, o zgrozo! Wyglądała jak dziwka, jak tania dziwka. Seksowna i wyzywająca. A on nie chciał, żeby wyglądała seksownie i wyzywająco. Zwłaszcza w towarzystwie tego gościa, który był z nią teraz. Ten facet od tyłu przynajmniej wyglądał jak jakiś ulizany goguś. Kolorowa koszula, podwinięte rękawy, dżinsy, luzacki i pewien siebie – a to niby dlaczego taki pewien siebie? Bo pewien przeklętej Melanie, tak to jakoś wyglądało. Już on dobrze znał te chwyty. Ten sposób, w jaki facet ujął ją za łokieć, kiedy doszli do drzwi restauracji (Dlaczego akurat tej? To był jego ulubiony lokal, znajdował się blisko jego domu, bardzo często przechodzili obok), sposób, w jaki położył rękę u dołu jej pleców, gdy wprowadzał ją do środka. Te gesty posiadania, gesty, które mówiły: „To będzie moje". Kanciasta Szczęka pamiętał je wszystkie. Między innymi dzięki nim właśnie lubił długotrwałe związki, dlatego właśnie się ich trzymał wbrew trudnościom – ponieważ wtedy mógł sobie dać spokój z rozmaitymi gestami kurtuazji, z koniecznością nadskakiwania, stawania na głowie. Można się było wyluzować i po prostu być. Ten goguś dopiero przystępował do akcji, dopiero wysuwał macki, a tymczasem ona kusiła, tymi białymi butami i krótką spódniczką. Kanciasta Szczęka wysiadł z samochodu i stanął na chodniku. Mógłby tam wejść – zamówić makaron czy coś tam – bo czemu nie? Mieszkał tuż za rogiem, miał wszelkie prawo – większe niż oni. Wsiadł jednak z powrotem do samochodu. Cholera, pomyślał, a kogo to obchodzi? Zdążył zobaczyć ją od przodu, bo na chwilę się odwróciła po wejściu do środka. Na twarzy miała uśmiech. A więc była zadowolona i szczęśliwa. Więc czemu on nie miałby też być taki? Też potrafił być zadowolony jak cholera.

Hałaśliwie wycofał samochód, z całą mocą silnika, piszcząc oponami, przerażając przechodniów – idiotycznie się tymi wygłupami podbudowując. Wrzucił jedynkę, zdrowo przygazował, a potem odjechał w siną dal; agresja i prędkość uwalniały go od innych uczuć, które łopotały anemicznie swoimi skrzydłami. Już on jej pokaże, wrum, wrum, wrum. O tak. Będzie odtąd dostawała swoje prezenty opakowane jak prezenty, proszę bardzo, będzie komuś innemu wierciła w brzuchu tymi kwiatami i w niedalekiej przyszłości ktoś inny się przekona, że mają mu wszystko za złe. Ktoś inny będzie musiał słuchać tego: „Cóż, jeśli ty tego nie wiesz, to ja ci nie powiem". I tak dalej, i tak dalej. A on na to jak na lato. I właśnie że pójdzie dzisiaj na tę imprezę. On też będzie korzystał z życia. Przejechał na żółtym świetle z prędkością sześćdziesięciu mil i od tej prędkości aż mu się zakłębiło w żołądku. Coś szybko o nim zapomniała. No i dobrze...

Melanie siedziała w restauracji i patrzyła kolejno po wszystkich stolikach, zastanawiając się, czy może on tu jest. Niech zobaczy, jak ona radzi sobie z życiem, jaka jest atrakcyjna dla innych mężczyzn, jak potrafi się śmiać i bawić: to go wreszcie sprowokuje do jakiegoś działania. Serce naprawdę jej łomotało, kiedy weszli do środka. A teraz, kiedy go jednak tu nie zobaczyła, miała wrażenie, że to łomotanie z niej wycieka, i znów poczuła się nieszczęśliwa. Obdarzyła mężczyznę siedzącego *vis-à-vis* bardzo radosnym uśmiechem. Tak, poprosi o drinka – bardzo dużego drinka i to bardzo szybko. Oczywiście on mógł przyjść tu później albo przejść obok i zauważyć ją w środku. Musi być wesoła za wszelką cenę. Musi wyglądać na szczęśliwą, zrelaksowaną, spełnioną – nie jak tamta dawna Melanie, nie tamto dawne, nieszczęśliwe, neurotyczne stworzenie.

Podała się do przodu i wsparła podbródek na dłoniach, prowokująco, wyzywająco.

– No to więc powiedz mi – powiedziała do mężczyzny siedzącego naprzeciwko – co cię skłoniło, żeby szukać kariery w doradztwie podatkowym?

Jakiś czas później przeprosiła i wyszła do toalety. Pod wpływem impulsu wykręciła jego numer. Jeśli odpowie, obiecała sobie, powiem coś śmiesznego, na przykład: „Pomóż, utknęłam w knajpie z naprawdę nudnym facetem. Przyjdź! Ratuj!" Przecież chyba jeszcze oboje potrafią żartować – znają się dostatecznie dobrze. To rozstanie było takie nierozsądne i takie głupie, głupie, głupie, żeby tak nie dać sobie szansy... Wykręciła numer i czekała. Na ścianie obok telefonu ktoś napisał: „Powiedzcie Laurze, że ją kocham", a ktoś pod spodem dopisał: „Sam jej to powiedz"...

– Chcesz powiedzieć – spytała Janice Gentle – że zarobiłam mnóstwo pieniędzy i Sylvia Perth je wydała?

Rohanne Bulbecker przytaknęła.

– Wszystko?

– Mniej więcej. Oczywiście z czasem odzyskasz ich część.

– Ile to potrwa?

– Całe lata – odparła Rohanne. A potem, ponieważ Janice wyglądała na zdruzgotaną, stopniała odrobinę. – Naprawdę mi przykro. Nigdy niczego nie podejrzewałaś?

Janice potrząsnęła głową.

– I myślałaś, że na co idą te pieniądze? – (Choćby tylko ich cząstka, dodała w myślach Rohanne.)

– Sylvia po prostu opiekowała się mną. To wszystko. Zresztą na moje potrzeby zawsze ich wystarczało. A to, co zostawało, miało pomóc w znalezieniu Dermota Polla. Tylko że na to już nigdy nie wystarczyło.

To ostatnie oświadczenie wprowadziło przysłuchujące się jej trio w niejaką konsternację.

Rohanne Bulbecker uznała, że „der Mottpoll" to jakiś termin z języka niemieckiego.

Erica von Hyatt pomyślała, że mowa o jakimś wyjątkowo kosztownym termoforze.

Gretchen O'Dowd przestraszyła się, że Janice ma jakieś tajemnicze kłopoty dermatologiczne, których dotąd nie wyleczono.

– Może powinnam wyjaśnić – połapała się Janice. – Dermot Poll to mężczyzna.

– Aha! – wykrzyknęły wszystkie naraz, nagle zrozumiawszy. – No przecież!

Bo cóż innego jeszcze mogłoby stanowić centrum tego zamieszania? Mimo niemiłej powierzchowności i niesmacznych kształtów tej kobiety.

– Zacznę od początku – powiedziała Janice, urodzona narratorka. I cofnęła się do tamtej zimnej, ciemnej, mokrej lutowej nocy, kiedy cały świat nabrał barw, jakby za sprawą magii.

Ruda z Klasą śmiała się w duchu, kiedy pociąg wyjechał ze stacji. Chciała zabrać kocioł ze sobą do przedziału, ale konduktor jej nie pozwolił.

– Na siedzeniu takich przedmiotów kłaść nie wolno, na podłodze między siedzeniami się nie zmieści, a z półki na bagaże mógłby spaść i panią zabić.

I co z tego? – miała ochotę zapytać. Było coś dziwacznego i zabawnego w perspektywie takiego końca. Ale pozwoliła mu wynieść kocioł bez zbędnych protestów. Ależ śmieszna sytuacja. Jak oni się z tego śmiali zeszłej nocy. Tarzali się po zmiętej pościeli i jej rozpuszczonych włosach, śmiejąc się do rozpuku z absurdalności tego wszystkiego.

– Będę o tobie myślała – powiedziała później – za każdym razem, gdy będę go używać.

– Ach, o mnie całym czy tylko jakiejś części? – spytał, śmiejąc się kąśliwie. Po czym ujął ją za rękę i przycisnął do swojej najbardziej prywatnej części, tej części, którą miała okazję poznać, tej części, którą lubiła wspominać, kiedy widziała go ubranego w najlepsze ubranie, z dobraną koszulą i krawatem.

Oczywiście kłamała. Wiedziała o tym, gdy ich pożądanie przygasło i jego zmorzył sen.

– Raz i tylko raz, przez pamięć dawnych czasów – powiedziała w Ritzu.

Spojrzał na nią ponad swoim szampanem, trzymając kieliszek w perfekcyjnie wymanikiurowanych dłoniach, wystających ze śnieżnobiałych mankietów i kosztownego granatowego rękawa. Miał inteligentne oczy, zainteresowane, rozbawione. Pragnęła całować je zamknięte, dotykać tych powiek.

– Jesteś absolutnie pewna? – spytał. – Bo ja nie chcę cię więcej ranić.

– Bzdura – odparła wesoło – tamto należy już do przeszłości. A to teraz, mój Boże, to tylko zabawa...

Ale i tak już ją skrzywdził.

Tym jednym zdaniem sprawił, że na nowo rozbolało ją serce. Miało być raz i tylko raz. Jemu będzie wolno odejść i już nigdy nie wrócić; nie będzie cierpiał, widząc, jak ona odchodzi.

– Przecież – ciągnęła to dalej, wciąż uśmiechając się uwodzicielsko – oboje jesteśmy już weteranami małżeństwa. Ty jesteś ministrem, a ja żoną wikarego. Nie moglibyśmy tego powtórzyć. Nie uchodziłoby nam. Z mojej strony to był tylko kaprys, ot, uroczy kaprys.

– Niebezpieczny kaprys – uzupełnił.

– Ależ skąd – odparła.

Przez chwilę czytała w jego myślach. Rozważał, czy ta przygoda, czy ten odnowiony romans jest wart ryzyka. Wiedziała, co powinna zrobić, by rozwiać jego obawy. Wyjęła z kieszeni swój bilet powrotny.

– Muszę złapać pociąg w środku dnia – powiedziała szorstko – chcę za wszelką cenę uniknąć jakichkolwiek podejrzeń.

I tym go zwiodła. O ile cień rzucany przez jej ciało, o ile wyraz jej oczu były czymś mało wartym, o tyle dał się przekupić obietnicą definitywnego rozstania, bez konsekwencji w przyszłości. Tak więc miała swój zakazany spacer po ogrodzie Miłości, jeszcze zanim przeszła na drugą stronę muru, do swego życia obok grządki kapusty.

Oparła rękę na leżących obok niej paczkach i rozczesała palcami swe rozpuszczone włosy. Miała gdzieś czyjekolwiek podejrzenia. Niemalże wmówiła samej sobie, że upiór przeszłości został nasycony, że marzenie spoczęło w spokoju i że jedna taka piękna noc to wszystko, o co kiedykolwiek mogłaby prosić. Już nigdy nie wróci do tego ogrodu, nie będzie jej wolno nawet do tego dążyć. To była ostatnia furtka, przez którą pozwolono jej przejść i zaraz potem odebrano klucz. Wracała, zdana na samą siebie. On za to zachował klucz, kiedy opuszczała go tego ranka. Już nigdy nie będzie jej wolno tam wejść. To on tak powiedział, gładząc ją po włosach i całując w szyję. I miał suche oczy, mimo że ona w swoich miała łzy.

– Tylko ten jeden raz – powiedział.

– Tylko ten jeden raz – zgodziła się.

Łatwo powiedziane.

Zaczęła ściągać włosy przepaską, szykować się, bo zaraz miała wziąć kocioł, wysiąść z pociągu, wrócić. Spojrzała do lustra i roześmiała się, a potem przycisnęła dłoń do ust, bo ten śmiech był pozbawiony wesołości.

Arthur czekał na peronie, pomachał, kiedy jej wagon go minął, a potem szedł za zwalniającym pociągiem. Niczym pasterz, pomyślała, poszukujący zabłąkanej owieczki. Ulubione kazanie Arthura. Jeśli jakiś człowiek ma sto owiec i jedna odbije od stada, to czym bardziej się raduje: tą jedną, kiedy już się znajdzie, czy też wszystkimi pozostałymi, które trzyma bezpiecznie na oku? Coś tak jak z nią. Tyle tych owczych błogosławieństw spotkało ją w życiu, a mimo to wciąż szukała i pragnęła tego jednego, które było dla niej nieuchwytne. Też pomachała do Arthura. Naprawdę powinien wyściubić nos poza tę swoją Biblię i drogocennego Langlanda, zorientować się wreszcie, co się dzieje. Czy chciała, by wiedział? Czy ją to obchodziło? Czy to nie byłoby podniecające, sprowokować do wybuchu emocji? Na piersi miała czerwony znak. On, który był kiedyś taki ostrożny, okazał się zanadto słaby, by stawić opór jej roznamiętnieniu, zbyt pobudzony, by myśleć o czymś innym, kiedy ofiarowała mu swe ciało, pragnąc na nim piętna. Teraz było to piętno jej winy, piętno zostawione przez kochanka na ciele marnotrawnej owcy. Nic ją to nie obchodziło.

Arthur wyciągnął rękę, by pomóc jej wysiąść z wagonu. Miała wrażenie, że podtrzymuje ją ręka kaleki, ręka, której brak siły i nadziei.

Spojrzał na nią z wyrazem, którego nie potrafiła odczytać, a potem puścił jej dłoń.

– Udana wyprawa? – spytał w samochodzie.

– Chyba wszystko kupiłam – odparła, z irytacją odgarniając pasmo włosów.

– I już nie będzie po co wracać? Niczego nie zapomniałaś?

– Niczego nie zapomniałam – odparła z przekonaniem – i dziękuję ci, ale zdobyłam wszystko, czego chciałam.

Niemniej jednak powolna jazda, wyboje na wiejskich drogach, jego nieciekawe dłonie na kierownicy, nawet zapach tapicerki sprawiły, że już się poczuła jak w zamknięciu.

– Arthurze – odezwała się po chwili – od wieków nie wygłaszałeś tego kazania o zabłąkanych owieczkach. Nie uważasz, że powinieneś je przypomnieć?

– Może – odparł.

Wyciągnęła nogi, nie dbając o to, że spódniczka podjechała jej nad kolana.

– Potrzebuję rozgrzeszenia – oznajmiła figlarnym tonem. – Londyn to takie złe miejsce.

Nie odezwał się.

– I uległam pokusie przesądu.

– Powiadasz? – wtrącił, wprowadzając samochód przez bramę. Światła reflektorów zahipnotyzowały króliki jak zawsze kicające tam o zmierzchu; nieruchomiały z zadartymi łapami, zesztywniałymi uszami i drgającymi nozdrzami. – Jak?

– Dałam pewnej żebraczce funta na szczęście, zamiast zaufać Bogu.

– I miałaś szczęście?

– Chyba tak.

Zaśmiał się sucho.

– Może cały czas to była kwestia woli Bożej. Jeśli kocioł wyszedł bez szwanku z tej podróży, to powinniśmy dać na ofiarę w tej intencji.

– Dlaczego?

Wyłączył zapłon i spojrzał na nią. Światła ukazały jej oczy, duże i inteligentne, tak samo nie mrugające jak u królików.

– Bo teraz, kiedy dotarł tu w całości, już nigdy nie będziesz musiała jechać po następny.

Zadygotała. Figlarny uśmiech przybladł. Wysiadła i trzasnęła drzwiami, pozostawiając mu zadanie przeniesienia grzesznego przedmiotu. Króliki, przywrócone do życia przez hałas, rozbiegły się we wszystkie strony w poszukiwaniu azylu. Przy drzwiach obejrzała się za siebie. Przyglądała mu się, jak najpierw boleśnie biedził się z kotłem, a potem niósł go w objęciach w stronę domu, stawiając stanowcze, pewne kroki.

A upuść go, ty sukinsynu, miała ochotę krzyknąć. Błagam, błagam, upuść go.

– A jeśli on jest żonaty? – spytała Rohanne Bulbecker.

Janice wolała udać, że tego nie słyszała.

– Że jak? – spytała.

Rohanne była bezpośrednią kobietą i nie grzeszyła nadmierną wrażliwością. Powtórzyła więc i to głośniej:

– A jeśli on jest żonaty?

Janice spojrzała na nią tępo, nawet nie mrugnąwszy.

– Ależ skąd! – odparła.

– Przecież mógł się ożenić – upierała się Rohanne. – Dlaczego nie...

– Rycerz zawsze może kochać damę, mimo że ona jest małżonką kogoś innego – wskazała rozmarzonym tonem. – To jest dozwolone.

– W dzisiejszych czasach – stwierdziła złośliwie Rohanne – to oznacza rozwód i alimenty.

Janice westchnęła.

– W takim razie nie będzie trzeba pisać już nic więcej i wtedy wycofam się z życia na dobre.

– Ale wątpię, by był żonaty – odparła Rohanne, szybka jak strzał z pistoletu. – W rzeczy samej, kiedy tak się nad tym zastanawiam, jestem wręcz pewna, że nie jest.

– Zabawne, tak właśnie mówiła Sylvia.

– W to nie wątpię – mruknęła Rohanne.

– Może być rozwodnikiem – wtrąciła uprzejmie Erica.

– Albo mógł już umrzeć – dodała Gretchen O'Dowd z równym spokojem.

Rohanne spiorunowała ją wzrokiem.

– Umrzeć? – powtórzyła Janice i wepchnęła do ust kolejnego migdała w cukrze. – Może właśnie dlatego się nie pojawił.

Rohanne poklepała ją po ramieniu i skrzywiła się do Gretchen.

– A może tak przeszłabyś się na spacer? – spytała kwaśno. – Janice, no co ty? Dlaczego on miałby nie żyć? Z twojego opisu wynika, że to twardy człowiek.

– A poza tym – Erica poklepała ją po drugim ramieniu – nigdy się nie dowiesz, dopóki go nie znajdziesz, prawda? – Przypomniała sobie swoje pogawędki w cmentarnej krypcie. – Wiara potrafi czasem przenosić góry – powiedziała – pod warunkiem że się wierzy. A my tylko rozmawiamy o mężczyźnie, nie o jakiejś zasranej górze, do cholery – dodała na koniec w przekonaniu, że to uzasadniona emfaza.

– Ja nie chcę wiedzieć, jeśli on nie żyje... – Janice zadygotała.

– Na tym etapie nie wolno ci rezygnować – orzekła Erica. – Bo inaczej już do końca życia będziesz się zastanawiała. Przypomnij sobie tę przypowieść o chlebie i rybach. Nakarmił w końcu tamtych czy nie?

Nastąpił krótki okres zrozumiałego milczenia; maleńka trzódka Eriki zdawała się pogrążona w myślach. Wszak to, co do nich wygłosiła, zawierało sporo słuszności.

– I jeśli ja przeżyłam, to nie widzę powodów, dla których on nie miałby... – dodała z przekonaniem.

Janice spojrzała na nią z podziwem.

– Jest taki czternastowieczny poemat francuski, autorstwa Jana z Meun, a zatytułowany *Powieść o Róży*.

Zmarszczyła czoło, usiłując go sobie przypomnieć, a Rohanne Bulbecker omal nie jęknęła na głos z rozpaczy; jej świeżo odnaleziona autorka wyglądała jeszcze mniej apetycznie, kiedy się zastanawiała. Po chwili Janice rozpromieniła się.

– Wszystko, co pamiętam, to jakiś misz-masz ze średniowiecznej francuszczyzny – oświadczyła. – Naturalnie nie jest to moja wizja wysokiej literatury, tym bardziej że autor ten wypowiada się ze sporą dezaprobatą na temat naszej płci.

– Powinien się wstydzić – stwierdziła Erica.

– Jednak nie jest taki okrutny jak *blastanges de Femmes*, dlatego powinniśmy uznać te jakości. Zaraz, jak to idzie? – Janice otwarła usta, by przemówić, i jednocześnie podniosła dydaktycznie palec. – Oczywiście cały *Roman de la Rose* jest alegoryczny, choć ja mam tu na myśli Staruchę, duenię Jana z Meun, no wiecie, jedną z jego bohaterek. Zresztą tam występuje cały szereg tego typu postaci, zanim Kochanek nareszcie zdobędzie Różę. W istocie cała dysputa i wykład na temat miłości, bo tym tak naprawdę jest ów poemat, zgodnie z zamierzeniem autora zresztą... – tu łypnęła ponad szkłami swych okularów na nikogo w szczególności – jest usłany ich długimi eksplikacjami, które z pewnością wnoszą do tekstu dużo życia.

Rohanne stwierdziła, że w swojej działce Janice radzi sobie całkiem nieźle.

– Chodzi o to – ciągnęła nieubłaganie Janice – że czasami drugorzędne postaci bywają bardziej wyraziste i mówią więcej niż główni bohate-

rowie. – Uśmiechnęła się do Eriki. – O czym właśnie zaczynam się prze-
konywać... O właśnie – znowu zmarszczyła czoło, przez co Rohanne
spontanicznie ukryła głowę w dłoniach – na przykład coś takiego:

> N'onc ne fui d'Amours a escole
> Ou l'en leüst la theorique,
> Mais je sai tout par la pratique:
> Esperiment m'en ont fait sage,
> Que j'ai hantez tout mon aage.

– Ach, jest jeszcze Owidiusz – bąknęła do siebie Janice. – Zupełnie
zapomniałam o *Sztuce kochania*...

– A to o czym? – zainteresowała się Erica.

– Z grubsza można to jego dzieło streścić następująco: „Nigdy nie
uczęszczałem do szkoły miłości, gdzie nauczali teorii; wszystko, co
wiem, wzięło się z praktyki. To z życiowych doświadczeń czerpałem
swą mądrość".

– Skąd ja to znam – ucieszyła się Erica.

– Ano, zgadza się – odpowiedziała Janice. – Ja też widzę tu podo-
bieństwo. Bo i ty jesteś mądra.

– Ja? – zdziwiła się Erica von Hyatt. – Nic mi o tym nie wiadomo.
Ale założę się, że potrafiłabym znaleźć dla ciebie Dermota Polla, gdybyś zechciała.

– Posłuchaj, Janice – wtrąciła się zmęczonym głosem Rohanne –
oto nasz układ. Ty piszesz jeszcze jedną książkę dla mnie i Morgana
Pfeiffera. I dostajesz za to fortunę. Wykorzystasz tę fortunę, by opła-
cić poszukiwania tego no... jakkolwiek on się nazywa...

– Dermot – podpowiedziała Janice.

– Poll – dodała Erica.

I uśmiechnęły się do siebie.

Rohanne też usiłowała się uśmiechnąć.

– A zatem wszyscy są szczęśliwi – dodała. – Więc jak będzie? Jeszcze jedna książka?

– No zgódź się – nudziła Erica. – To będzie jak z tym strzemiennym
na drogę. – I tu uśmiechnęła się swym pięknym, złotym uśmiechem.

– Pewnie nie pozwoliłabyś mi podłożyć jej fotografii... – Rohanne
zapatrzyła się smutno na ten róż, na to srebro i złoto. A potem pokręciła głową i westchnęła. Za duże kłamstwo. Zdaniem Rohanne Bulbecker życie, czymkolwiek było, na pewno nie było farsą i ona nie
zamierzała przekształcać go w nią właśnie teraz. Dlaczego, och dla-

czego była taka impulsywna i opowiedziała im wszystkim o urodzie swego znaleziska? Dlaczego, och, dlaczego uznała, że to w ogóle jest ważne? Raczej nie mogła teraz zadzwonić i powiedzieć: „A tak nawiasem mówiąc, drobny szczegół, panie Pfeiffer, mój opis był odrobinkę nieadekwatny. Pomyliłam osoby. Tak naprawdę, to w odróżnieniu od tego, co wstępnie sugerowałam, ona przypomina raczej zapaśnika sumo..." Po prostu nie mogła. Miałoby to zerową wiarygodność, a potem by zwyczajnie wyleciała na bruk.

Sprawdziła swoje paznokcie. Niby już zaczynały odrastać, a tymczasem znów wróciła do nałogu. Zaciskała zęby i wsłuchiwała się w swe rozszalałe myśli. Trzeba było koniecznie coś wymyślić, może jakąś chorobę, niezidentyfikowaną, okaleczającą, zaraźliwą – cokolwiek, byleby tylko nie mogła spotykać się z mediami. O, i coś takiego, od czego puchło się jak balon.

– W porządku – odezwała się Janice. – Jeśli to naprawdę oznacza ostatni raz, to w takim razie napiszę jeszcze jedną. – Spojrzała na Erikę i uśmiechnęła się. – Moje *magnum opus*. Wolne od Sylvii Perth.

Zadzwonił telefon. Wszystkie drgnęły nerwowo. Wszystkie go słyszały. Żadna nie wstała. I po chwili odezwała się sekretarka.

– Przepraszam, ale w tej chwili nie mogę podejść do telefonu – zadźwięczał słodko głos Sylvii Perth. – Proszę zostawić wiadomość, to oddzwonię.

Janice zeskoczyła z kanapy i wyłączyła sekretarkę. Uśmiechnęła się.

– Już na zawsze wolna od Sylvii Perth. – Zatarła swe pulchne, nieco lepkie dłonie.

Rohanne Bulbecker zapatrzyła się na nią z osłupieniem. Powoli zaczynała odczuwać niejaką sympatię do Sylvii Perth.

– A jeśli – Janice przełknęła ślinę – a jeśli będę musiała pokazać się światu, to...

– Po moim trupie – mruknęła Rohanne Bulbecker, po czym natychmiast przeprosiła Boga, przeżegnała się i cofnęła te słowa. To nie była pora na wodzenie losu na pokuszenie. – Może to akurat wcale nie będzie takie absolutnie konieczne – powiedziała spokojnie. – Być może wystarczy samo napisanie książki. Ty po prostu zabierz się do pracy, a mnie pozwól zająć się resztą.

Janice przyszło na myśl, że już kiedyś słyszała coś bardzo podobnego.

– Chcesz szukać gruszek na wierzbie, a przecież jeszcze nawet nie znalazłaś wierzby – odezwała się znienacka Gretchen O'Dowd.

Wywołała tym podobną reakcję jak początkowo Erica z chlebem i rybami; Rohanne dopiero po chwili zrozumiała, do czego tamta pije.

– No cóż, tobie przynajmniej coś zostawiła – wskazała na użytek Gretchen – nieważne, że ten obraz ci się nie podoba. A taka Janice straciła wszystko.

– Wcale nie wszystko.

– Nie?

– A nie. Ja mam swoje Poszukiwania i mam swój niezłomny charakter. To one będą mi służyć za bliźniacze gwiazdy przewodnie, gdy zasiądę do pisania mojej ostatniej powieści.

– Nie za dużo tej niezłomności? – spytała nerwowo Rohanne.

– Właśnie że w sam raz – odparła tajemniczo Janice. I tu obdarzyła Ericę długim i kontemplacyjnym uśmiechem. – Tym bardziej że wiem dokładnie, jak ją wykorzystać. – Z czułością uścisnęła dłoń złotowłosej piękności. – Z niewielką pomocą takiej jednej, która usiłowała się pode mnie podszyć.

Erice zrobiło się bardzo miło, bo powoli czuła się coraz ważniejszą osobą.

– A ja tam nie szukam gruszek, bo ich nie lubię – mruknęła Gretchen. Ale nikt jej nie usłyszał.

Janice przelotnie przypomniała sobie o swoich bohaterach znalezionych w metrze i zastanowiła się, co teraz z nimi będzie, kiedy już nie są jej do niczego potrzebni. Mimo że te jej przesądy twórcze wydawały się obecnie takie mało ważne, a ci podróżnicy papierowi i nierealni, to jednak było ich jej żal. Zamierzała pokierować ich żywotami i sprawić, by zaznały spełnienia – ci dobrzy mieli skorzystać na swej dobroci, ci źli mieli cierpieć za grzechy. A tak musieli odtąd błąkać się gdzieś samopas, bez jej dozoru. Ich indywidualne historie nie miały doczekać się właściwego zakończenia i to wydawało się jakby niesprawiedliwe. Westchnęła. Niemniej będzie musiała ich uwolnić, żeby sami szukali własnej drogi.

Erica odwzajemniła się i też uścisnęła jej dłoń. Błędnie interpretując to westchnienie, powiedziała z prostotą:

– Znajdziesz swojego Dermota. Jestem tego pewna.

– Byłoby to bez wątpienia najlepsze z wszystkich możliwych zakończeń – przyznała Janice. – I jednocześnie posłużyłoby za jedyne uzasadnienie.

Rohanne nie była taka pewna z tym szukaniem Dermota Polla. Ani też z tym uzasadnieniem czegokolwiek. Ale na szczęście nie był to jej problem. Przynajmniej wracała do Nowego Jorku z umową na książkę podpisaną przez prawdziwą Janice Gentle. Jeszcze tylko nie wiedziała, co im powie na temat braku prawdziwej (by nie powiedzieć konkretnej) Janice Gentle. Coś wymyśli. Coś tak mocnego jak mocna proza, zadrwiła w duchu. I uśmiechnęła się.

Pozostał już tylko jeden płotek do pokonania. Chrząknęła, przywołała na twarz promienny – miała taką nadzieję – uśmiech i przygotowała się, by wprowadzić ten temat z jak największym taktem.

ROZDZIAŁ OSIEMNASTY

Mhm... Janice?

– Tak, Rohanne?

– Jeszcze jeden drobiazg.

Janice zamrugała.

– Jaki?

– Seks.

– Seks?

– Pan Pfeiffer chce seksu. To znaczy seksu w książce.

– Ach tak – powiedziała Janice i jej palec znów uniósł się w górę, zapowiadając dydaktyczny wtręt. – W przypadku Dworu Gloriany, to jest Dziewiczej Królowej, przybrało to taką postać...

> Tym z was, co kochacie albo kochałyście ongi
> Królowa z baśni, Prozerpina
> Zaleca, spotęgujcie ten humor do miłości:
> Onym, co jeszcze się nie napasły
> W amorów rozkoszach
> Przysięga, czeka ich żywot nędzny
> Małp w Avernusu grotach.

– Tak oto niemoralni przedstawiciele epoki elżbietańskiej – wyjaśniła – majstrowali przy czystym pięknie i najwyższych ideałach, zastępując je prymitywną lubieżnością i wprowadzając do wszystkiego seks, próżność i niesnaski. – Spojrzała znacząco na Ericę. – Avernus to oczywiście kolejny termin oznaczający piekło.

– Oczywiście – zgodziła się skwapliwie Erica.

– I owo piekło w tym przypadku stanowi piekło nieodwzajemnionej miłości, natomiast obietnica „żywotu małp w piekle" to elżbietański termin na brak seksualnego spełnienia. A wszak należało pozostać przy ideale miłości dwornej, zamiast sprowadzać ją do najprymitywniejszego mianownika...

– Hm – chrząknęła Rohanne Bulbecker, która porządnie się w tym wszystkim pogubiła. – Ja myślę, że pan Morgan Pfeiffer chciałby raczej czegoś bardziej związanego ze współczesnością. Czegoś, powiedzmy, mniej skomplikowanego?

– Mówisz o prozie ilustrującej? – podpowiedziała jej Janice. – A więc opartej nie tyle na niedopowiedzeniach, ile raczej na dosadności?

Rohanne przywarła do tego ostatniego słowa. Przytaknęła.

– Yhy – potwierdziła.

– Obawiam się, że to nie wchodzi w rachubę – oświadczyła Janice.

– A to dlaczego?

– Mój niezłomny charakter mi tego zakazuje – odparła stanowczo Janice. – A także dlatego, że się zupełnie na tym nie znam.

Rohanne, kontemplująca postać Janice, wcale nie była zdziwiona. Ale z drugiej strony, na czym w końcu polega akt tworzenia, jak nie na zaprzęganiu intuicji i wyobraźni? Wystarczało spojrzeć na Frankensteina.

– Ależ coś przecież wiedzieć musisz – odparła przymilnym tonem. – Posłuchaj, zasadniczo chcemy, żebyś napisała dokładnie taką samą książkę jak wszystkie poprzednie. Chodzi tylko o jakieś... że tak powiem... drobne uzupełnienia, pogłębienie tematu, lekkie przesunięcie akcentu... – Wzruszyła ramionami. Nie było na to żadnego innego słowa. – Chodzi po prostu o seks. On chce, żeby po prostu trochę go tam było, oprócz tych wszystkich cudownych rzeczy, o których potrafisz pisać tak znakomicie.... Ostatecznie seks to też element życia... – Rohanne czuła, jak słabnie jej głos. – Ludzie domagają się seksu. A poza tym będzie to punkt zaczepienia dla kampanii reklamowej, dzięki któremu sprzedasz znacznie więcej książek.

Rohanne poczuła się dziwacznie skrępowana, kiedy to powiedziała. W gabinecie Morgana Pfeiffera powyższe wytyczne brzmiały znacznie prościej.

– A co właściwie masz na myśli, mówiąc seks?

– No jakże... – Rohanne wzruszyła ramionami. – Przecież chyba wiesz...

– Nie – odparła Janice – nie wiem.

– Chcesz powiedzieć, że ty... mm... nie wiesz, czy umiesz o nim pisać.... czy... mm... że ty... och... no wiesz... że ty jeszcze nigdy?

– Jedno i drugie – odparła Janice.

– No tak, ale przecież – powiedziała Rohanne, najspokojniej jak tylko potrafiła, choć była całkiem pewna, że jeśli spuści wzrok, to zobaczy, że kieszonka na piersi jej skórzanego uniformu wydyma się w takt głośnego bum, bum, bum – nie musisz niczego doświadczać na sobie, żeby o tym pisać. Jak to było z tym twoim Dyplomatą ze

Wschodu? Jak to było z twoimi bohaterkami? Nigdy nie zajmowałaś się handlem obrazami ani też nie prowadziłaś hotelu, a jednak te wszystkie kobiety były bardzo prawdziwe.

– Oczywiście, że były – odparowała bez namysłu Janice. – Bo one wszystkie były mną. Nie ma niczego trudnego w naśladowaniu fachowego żargonu czy też w zbieraniu materiałów. – Tu pomyślała z czułością o swoich słodkich chwilach spędzonych w bibliotece w Battersea. – Wystarczy znać fakty i już można tworzyć. Ludzie tacy jak wszyscy, tyle że w nowych przebraniach. Nie ma tu nic nowego pod słońcem. W głębi serca każdy chce być kochany i każdy chce kogoś mieć: oto wątek jednoczący wszystkich.

Rohanne z zażenowaniem kręciła młynka palcami. Co za bzdury!

– Wszystkie moje powieści opowiadały o miłości i ja wiem, co to jest miłość, bo ją przeżyłam. Wszystkie moje powieści opowiadały o miłości i o kłopotach, bo ja doświadczyłam miłości i kłopotów. Żadna z moich powieści nie opowiadała o seksie, bo jego nigdy nie poznałam. Ale kiedy znowu spotkam się z Dermotem Pollem, to kto wie? Może wszystko będzie wyglądało inaczej...

– Och, na pewno. Jestem tego pewna – wtrąciła entuzjastycznie Erica, niezaprzeczenie zainspirowana tą gadaniną o miłości. – I ja go znajdę dla ciebie. O tak, choćby na końcu świata!

Gretchen zwalczyła w sobie impuls, by krzyknąć „Alleluja!" i obdarzyła swego różanolicego idola spojrzeniem pełnym niemych emocji.

– A niech mnie... – odezwała się w końcu Rohanne Bulbecker. Na ile się orientowała, nigdy dotąd nie poznała żadnej dorosłej dziewicy. Czuła w sobie rosnące zdenerwowanie, ale jednocześnie to doświadczenie nią wstrząsnęło. – Przecież czasy się zmieniają. Ludzie chcą seksu, nie tylko w łóżku, ale i w książkach. Przecież seks jest wszędzie, stanowi wyznacznik naszej epoki. Czy w takim razie nie mogłabyś chociaż myśleć w jego kontekście? Przecież musisz wiedzieć, na czym on polega.

– Z biologicznego punktu widzenia – odparła Janice – wiem wszystko. Ale w związku z tym równie dobrze mogłabym pisać o parzeniu się owiec albo o tarle żab. Byłoby to martwe pisanie, obawiam się. Pozbawione jakichkolwiek uczuć.

Rohanne poczuła się tutaj na pewniejszym gruncie.

– Z seksem wcale nie muszą się wiązać uczucia. Tym bardziej że może on przybierać różne postaci. W rzeczy samej można go przyrównać do jedzenia: czasami jesz duży posiłek, a czasami coś podjadasz, mimo że wcale nie jesteś głodna. Rozumiesz?

– Nie – odparła Janice. – Rozumiem jedzenie, bo sama jem. Seksu nie rozumiem. Niby skąd miałabym, skoro nigdy nie odśpiewałam pieśni do Hymena?

– To się da załatwić – mruknęła Rohanne.

– Cała ta sprawa to dla mnie kompletna tajemnica i zupełnie jej nie rozumiem.

– Kiedy to przecież jest bardzo nieskomplikowane zajęcie – odparła Rohanne tak lekko, jak się tylko dało. – Związane z przyjemnością, napięciem, uwolnieniem, zabawami w... – Urwała.

Janice wpatrywała się w nią z kompletnym brakiem zrozumienia.

– Czy nie posuwasz się trochę za daleko z tą swoją niezłomnością? Piszesz o mężczyznach, a jednak nigdy żadnego nie poznałaś, jeśli nie liczyć Dermota Polla, a i jego widziałaś zaledwie pięć minut.

– To było co najmniej pół godziny – poprawiła ją Janice z godnością. – I całkiem mi wystarczyło. Człowiek jest w stanie zakochać się w niespełna sekundę i w ramach tego aktu dowiedzieć się wszystkiego, co musi, o obiekcie swojej miłości. Zresztą i tak przeważnie po prostu sami kreujemy naszych kochanków, wymyślamy to, kim chcemy, by byli, a potem staramy się odnaleźć w nich te jakości.

– Naprawdę tak uważasz? – spytała Rohanne zaintrygowana. – W takim razie nic dziwnego, że wszystko zawsze się w końcu psuje.

Janice znieruchomiała.

– Czyżby? – spytała z zainteresowaniem. – W moich książkach nic się nie psuje.

Rohanne już miała powiedzieć coś zgryźliwego, ale zdecydowała się na dyplomację.

– Jestem pewna, że w twoim i... mhm... jego przypadku tak nie będzie. Ale jak to jest, że potrafisz pisać o mężczyznach, a nie potrafisz pisać o seksie? Przecież nie wiesz, co czują mężczyźni...

– Przyjmuję założenie, że oni czują dokładnie to samo co my, tylko wyrażają to inaczej.

Rohanne Bulbecker zacisnęła szczęki. To nie była pora na takie dyskusje.

– Już rozumiem – znowu wtrąciła się Erica von Hyatt, z wyrazem zamyślenia. – Twoim zdaniem oni czują to samo, tylko to ukrywają? Wolą robić z siebie milczących twardzieli?

– Mężczyźni nie są z kamienia – powiedziała Janice. – A kobiety nie z płatków róż. I wszyscy na świecie dążą tylko do jednego, ostatecznego ideału. Chcą kochać i chcą być kochani. Mężczyźni wcale się tu nie różnią. No jakżeż – rozpromieniła się za swymi okularami – przecież też krwawią, kiedy ich ukłujesz?

– A moim zdaniem – sprzeciwiła się Rohanne Bulbecker – mogłabyś zamierzyć się na nich siekierą, a i tak nie uroniliby ani kropli. Ale ty masz swoje poglądy, a ja mam moje. – Zabębniła palcami o zęby. – Jednak z tym seksem musi się znaleźć jakieś rozwiązanie. Musi.

Słońca już ubywało i pokój spowijał się w fioletowych cieniach. W tym mięknącym świetle Erica von Hyatt wyglądała jeszcze piękniej niż zazwyczaj, a Janice Gentle na jeszcze bardziej spasioną. Jednak Rohanne nie składała broni.

– A może byś tak przeczytała jakiś poradnik? Na pewno znalazłabyś w środku mnóstwo zdjęć.

– Podobnie jak w podręczniku chirurgii mózgu – odparowała Janice. – Ale nie sądzę, by taka lektura pozwoliła mi przeprowadzić operację na mózgu...

Rohanne zaczynało już brakować argumentów i to ją mocno irytowało. Ta pani mogła sobie wyglądać jak wór z ciastem, ale bez wątpienia dysponowała ponadprzeciętną inteligencją.

– W takim razie mogłabyś obejrzeć jakiś film. To by ci na pewno pomogło. Załatwiłabym kilka filmów dla dorosłych.

– Tere fere – włączyła się znów Erica von Hyatt, dziecko ulicy, ocalała z egzystencjalnych burz. Zrobiła głęboki wdech i wylała z siebie potok słów: – Zagrałam kiedyś w takim filmie, więc wiem, że one wcale nie są o miłym seksie, tylko o samym mięsie. „Do roboty!", powiedział mi tamten facet z kamerą, i w ogóle nie było czasu na żadne przygotowanie się do czegokolwiek, tak jak to powinno być. Po prostu tak to wygląda, że w jednej chwili szukasz mężczyzny na zatłoczonej plaży, a już w następnej jesteś z nim w jego ciężarówce i zamiast lunchu memłasz jego fiuta, z czego zaraz robi się duża impreza z udziałem mnóstwa ludzi, i tak aż do podwieczorku, kiedy on bierze się za twoją dziurkę, a potem pojawiają się jeszcze inne dwie albo i trzy i wszystkie razem obrabiacie tego jednego gościa, przy czym jest ci bardzo niewygodnie, bo cały czas trzeba pilnować, żeby wszyscy widzieli twoje intymne organy, inaczej niż wtedy, jak robisz to dla przyjemności, kiedy na pewno nie trzeba pamiętać o tym, czy widzi cię dobrze kamera...

Rohanne podniosła rękę. Bardzo poróżowiała i bardziej niż kiedykolwiek dotąd pożałowała, że ma na sobie te skóry.

– Już starczy, dziękuję. Widzę, że z niejednego pieca chleb jadłaś – powiedziała spiętym głosem.

– Robiłam to tylko raz – wyjaśniła Erica. – Mówili, że jestem w tym bardzo dobra, ale w następnym filmie miał grać pies, więc sobie odpuściłam, bo przecież są jakieś granice.

– Co ty, nie lubisz psów? – spytała Gretchen, której fantazje na temat przyszłości uwzględniały również spacery po wiejskich drogach w towarzystwie psa.

– Słuchaj – odparła Erica – głaskałam psy, byłam gryziona przez psy, opiekowałam się psami, jadłam psy...

– Błagam! – wrzasnęła Rohanne, która z każdą chwilą coraz bardziej tęskniła za względnym spokojem Nowego Jorku. – Zdaje się, że żadna z nas...

– Jadłaś psy! – zdziwiła się Gretchen, czując nagle, że jej uczucie słabnie. – To znaczy jak?

– Zębami, oczywiście – burknęła Erica. – Miałam chłopaka Chińczyka i raz ugotował dla mnie psa.

– Fuj – powiedziały unisono Rohanne i Gretchen.

Tylko Janice wysłuchała tego ze spokojem.

– I jak smakował? – spytała z zainteresowaniem.

– W ogóle nie pamiętam. Chyba mięsem.

– Błagam – przerwała to szorstko Rohanne. – Czy możemy wrócić do seksu?

– Mogłabym ci pokazać – zaproponowała Erica po namyśle. – Nie miałabym nic przeciwko, pod warunkiem że zdobyłybyśmy jakiegoś porządnego chłopa. No bo czasami lubię sobie wyobrażać, że robię to przed całym tłumem ludzi. W teatrze czy coś w tym stylu i że wszyscy mi wiwatują...

Gretchen O'Dowd zbielała. Oto jej obiekt pożądania, księżniczka ze snów, proponuje, że rozbierze się bezwstydnie na oczach wszystkich. Spojrzała groźnie na Janice Gentle, która natychmiast zrozumiała. Uniosła w górę swą pulchną dłoń.

– Ależ nie trzeba, moja droga – powiedziała do Eriki. – Doprawdy nie mogłabym...

– No, no... Tak, tak... – skwitowała to cierpko Rohanne, bo Erica właśnie opisała jedną z jej ulubionych fantazji (najchętniej grecka plaża, a na niej tysiące uszczęśliwionych turystów głośno trzaskających aparatami fotograficznymi), i przyszło jej na myśl, że to bardzo niepokojące, by takie same wizje mogła mieć taka von Hyatt, kobieta bez miejsca stałego pobytu, bez środków do życia i do tego notoryczna kłamczucha. – A ja jednak uważam, że z tym filmem to będzie najlepszy pomysł. I że to powinien być taki, w którym raczej nie ma żadnych niedomówień, biorąc pod uwagę, że wiesz tak niewiele. W takim razie, czy któraś z tu obecnych wie coś o filmach wideo?

– No pewnie – odparła Gretchen O'Dowd. – Kiedyś wiecznie je oglądałam. Bierze się je z wypożyczalni.

– I dobrze – powiedziała Rohanne Bulbecker. – W takim razie przejdziesz się i pożyczysz nam coś. – Spojrzała na Gretchen świdrującym spojrzeniem. – Orientujesz się, czego nam trzeba?

Gretchen O'Dowd, której ulżyło, że jej księżniczka nie będzie robiła przedstawienia, przytaknęła entuzjastycznie.

– Znakomicie – stwierdziła Rohanne Bulbecker. – W takim razie wszystko załatwione. Tylko pamiętaj, to ma być coś naprawdę dosadnego. I Gretchen wyszła, dzielnie szarpiąc swego wąsa.

– Nagle przypomniał mi się tamten fragment z Langlanda, jestem pewna, że go znacie, gdzie dwulicowy Brat usiłuje wyciągnąć pieniądze od Pani Zapłaty, która symbolizuje moc sakiewki zarówno dla sił dobra, jak i zła. – Janice spojrzała niewinnie na Rohanne. – Brat spodziewa się, iż jest w stanie zdobyć fundusze przede wszystkim od arystokracji, więc czuje się zobowiązany wyjaśnić jej, dlaczego ich na gwałt potrzebuje.

– Ach tak – skomentowała uprzejmie Rohanne.

– Tak więc, mówi gładko: „Wszak to ułomność ciała"*. Ułomność ciała, o której, powiada, wyczytać można w książkach. Jakie to interesujące, że już pięćset lat temu coś, co ukazało się w druku, zdawało się wszystko usprawiedliwiać...

– Hm – odparła Rohanne Bulbecker, której oczy zrobiły się wielkie i czyste.

– I Langland mówi dalej, że wszyscy rodzimy się, bo tak chce Natura, że jeśli uda nam się uciec przed złymi językami, to krzywda niebawem idzie w niepamięć. Że z wszystkich siedmiu grzechów za ten najłatwiej uzyskać odpuszczenie...

– A co to takiego? – spytała Erica von Hyatt, wciąż nieco skołowana.

– Seks – odparła skwapliwie Janice Gentle. – Amen i miejmy nadzieję, że uznam go za coś doniosłego.

Rohanne stwierdziła, że powinna się natychmiast ewakuować. Sprawdziła, czy w mieszkaniu jest magnetowid oraz telewizor i czy dwie pozostałe uczestniczki tego dziwacznego *intermezzo* potrafią je nastawić. A potem się wymówiła i opuściła dawne lokum Sylvii Perth. Wbrew sobie wciąż wałkowała niepokojącą filozoficzną refleksję: „Kto tu jest bardziej niewybredny, Janice czy ja?" Szła dalej. Kruchość ciała, też coś! Potrząsnęła głową. Te skóry wydawały się takie wulgarne, kleiste, gorące. Miała ochotę wziąć kąpiel i przez jakiś czas pobyć sama. Czasami tak trudno być mistrzem od znajdowania rozwiązań; człowiek miał niby wszystko pod kontrolą, ale jednocześnie nikt nie rozwiązywał nic dla niego. A w tamtej chwili tak chętnie wsparłaby się na kimś dla odmiany, ale wiedziała też, że jak zawsze jej przejdzie i znowu będzie sobą.

W hotelu było cicho i kojąco anonimowo. Poszła do swojego pokoju, napełniła wannę i z ochotą poddała się pieszczocie wody. Coś nie dawało jej spokoju, ale nie bardzo była pewna, co to takiego. Długo leżała w wannie, wpatrzona w swoje palce u stóp, co jakiś czas nimi przebierając, i zastanawiała się. A potem do niej dotarło. Właśnie dała się zrobić w konia przez tłustą dziewicę w średnim wieku, która ją sobie podporządkowała, zamiast sama się jej podporządkować... usiadła i cisnęła gąbką przez całą długość łazienki, trafiając nią z głośnym plaśnięciem o drzwi. A potem znowu wsunęła się pod wodę i wybuchnęła śmiechem. A niech mnie, pomyślała, a niech mnie.

Gretchen O'Dowd była już bardzo wzburzona, zanim wreszcie znalazła właściwe miejsce. Z pozoru nie wydawało się właściwe, bo po jednej stronie wystawy leżał najnowszy film z Michaelem Douglasem, a z drugiej najświeższa wersja bajki o słoniku Dumbo. Niemniej jednak, zdaniem taksówkarza, była to właściwa wypożyczalnia. To Erica poddała myśl, że taksówkarz będzie wiedział, gdzie można zdobyć film, jakiego szukają. I rzeczywiście, taksówkarz tylko popukał się palcem po skrzydełku nosa, powiedział: „Wszystko rozumiem" i przywiózł ją właśnie tutaj. Wygładziła wąsik wilgotnymi palcami, nadała bardziej kanciasty kształt swoim ramionom, zrobiła bardzo głęboki wdech, dzięki któremu jej klatka piersiowa wydała się jakby szersza, i wsunęła się nieśmiało do środka.

– Chcę pożyczyć coś dla znajomej – powiedziała.

Mężczyzna za ladą popatrzył na nią z empatią.

– Wszyscy tak mówią – powiedział i mrugnął. – A co takiego interesuje znajomą?

– Film, gdzie będzie seks – odparła śmiało Gretchen. A potem spąsowiała.

Mężczyzna zorientował się, że tu jest potrzebna delikatność.

– A jakiego... mhm... rodzaju?

Gretchen pamiętała.

– Ma być dosadny – odparła. – Bardzo dosadny.

Mężczyzna zrobił zirytowaną minę.

– Tu wszystkie są takie – odparł.

Gretchen obejrzała się w stronę kasety z Dumbo.

– Naprawdę? – zdziwiła się.

Powędrował śladem jej wzroku. Mały słonik obdarzony wielkimi uszami odwzajemnił się spojrzeniem wybitnie niewinnym.

– Ale chyba nie chodzi o zwierzęta? – spytał jowialnie.

Gretchen potrząsnęła głową.

– Dla znajomej, dobrze rozumiem?

Gretchen przytaknęła.

– Bliskiej znajomej?

Gretchen zrobiła nieszczęśliwą minę i wzruszyła ramionami.

– No cóż, może któregoś dnia stanie się bliska.

Mężczyzna uniósł palec w górę.

– I żadnych szczególnych upodobań?

– Raczej nie.

Zatarł dłonie.

– W takim razie mam coś w sam raz.

Gretchen wetknęła brązowy pakiet za pazuchę i pospiesznie wróciła na Dog Street.

– Przepraszam, że mnie tak długo nie było – powiedziała.

– Nic się nie stało. Rozmawiałyśmy – oznajmiła z dumą Erica von Hyatt. – Albo raczej to ja mówiłam. A Janice słuchała. I pisała.

Janice Gentle odłożyła notatnik i wzięła do ręki wyciągniętą w jej stronę paczkę.

– Dziękuję ci – i wbiła wzrok w szary, pakowy papier.

– Twierdził, że to tylko praca – mruknęła Gretchen. Nastawiła magnetowid, a potem, ująwszy Ericę von Hyatt za rękę, podprowadziła ją do drzwi. – Erica – powiedziała stanowczo – ty i ja wychodzimy.

– Och, dlaczego?

– Bo...

– Bo co?

– Bo nie chcemy, żebyś się zdeprawowała.

Śmiech Eriki jeszcze przez chwilę niósł się echem na schodach.

Janice uśmiechnęła się, słysząc ten dźwięk. Potem, zanim nacisnęła przycisk, podniosła puste opakowanie, przez jakiś czas wpatrywała się w obrazek na okładce, wzruszyła ramionami, odłożyła pudełko, przetarła okulary, wzięła do ręki notatnik i czekała na początek projekcji.

Rohanne przebrała się w koszulę i spódniczkę, upięła wilgotne włosy, starannie oczyściła twarz z brudu całego dnia i kosmetyków. Dało jej to miłe poczucie niewinności.

Do mieszkania na Dog Street weszła na palcach i zastała Janice Gentle, która siedziała samotnie, pogrążoną w zadumie.

– Gretchen już oddała film – powiedziała.

– No i dobrze. Więc jak poszło?

Janice uśmiechnęła się.

– Chyba całkiem nieźle. Sporo się nauczyłam na temat sztuki kochania. – Znowu się uśmiechnęła. – I to wszystko całkiem nieźle pasuje do tej akurat historii.

– Znakomicie – ucieszyła się Rohanne i pospieszyła do maleńkiej kuchni. – Co powiesz na ciastko z kremem? – zawołała. – W ramach nagrody za twoje wysiłki? – I wróciła z talerzem, na którym piętrzyły się najlepsze smakołyki od Harrodsa. Janice już zaczęła odliczać: „Entliczek, pętliczek, czerwony...", kiedy Rohanne spytała: – No to powiedz, kiedy możemy się spodziewać tej książki? Pan Pfeiffer chętnie poznałby termin ostateczny.

– Och, całkiem niedługo – oświadczyła Janice. – Wiem dokładnie, co chcę napisać – jej wyciągnięte palce przyszykowały się do pochwycenia tartaletki z truskawkami – i dostaniecie rękopis, gdy tylko znajdę Dermota Polla.

Tartaletka została zabrana z zasięgu jej ręki. Spojrzała pytająco.

Uśmiech Rohanne przypominał maskę pośmiertną i przez chwilę wyraźnie słyszała śmiech Sylvii Perth.

– Co!? – spytała.

– No cóż – odparła niezachwianym tonem Janice Gentle – tak się wydaje najbezpieczniej. Biorąc pod uwagę sposób, w jaki zostałam oszukana w przeszłości.

Tak, Rohanne Bulbecker wyraźnie słyszała w oddali chichotanie Sylvii Perth. Zrobiła kilka głębokich wdechów. Nie przestawaj się uśmiechać, powtarzała sobie. I nadal trzymała ciastka poza zasięgiem Janice.

– Czy mimo wszystko nie moglibyśmy dostać rękopisu? – spytała. – I dopiero potem zabrać się do szukania tego... no jak mu tam... Polla?

Janice potrząsnęła głową.

– Raczej nie – odparła. – Kto się raz na gorącym... no wiesz. – Spojrzała tęsknie na talerz.

Rohanne przytaknęła. Absolutnie rozumiała. Ani trochę wór z ciastem. Nie będzie Dermota Polla, nie będzie książki. Ciastka wciąż trzymała poza zasięgiem ręki.

– W innym przypadku to po prostu nie ma sensu. – Janice zamrugała. – Czy może ma?

Kiedy Gretchen O'Dowd i Erica von Hyatt wróciły, zastały dziwną scenkę rodzajową z udziałem Janice, Rohanne i ciastek.

– Założę się, że wiem dokładnie, gdzie on jest – powiedziała Erica.

– Ach tak? – zdziwiła się Janice.

– Gdzie? – spytała Rohanne.

– On jest w Skibbereen, tam, skąd się wziął. Możecie się tutaj założyć.

– A jak to było z Charliem Chaplinem? – spytała Janice, ale zostało to zignorowane.

– Znajdę dla ciebie Dermota Polla – powiedziała Erica z wielkim przekonaniem – gdy tymczasem ty będziesz się zajmowała swoją książką.

– My znajdziemy Dermota Polla dla ciebie... – przyłączyła się Gretchen. Spojrzała na Ericę. – Już nigdy nie spuszczę cię z oka. I pójdę za tobą na kraniec świata.

– No niech ci będzie, na razie – powiedziała Erica, z nieco zaszczutą miną. – Zresztą Irlandia to nie koniec świata. Więc nie przesadzaj.

– A kiedy wrócimy, znajdziemy sobie mały domek, tylko dla nas dwóch – zaćwierkała Gretchen – gdzie będziemy żyły szczęśliwie, aż...

Erica von Hyatt nic nie powiedziała, tylko się uśmiechnęła. Już to kiedyś słyszała.

ROZDZIAŁ DZIEWIĘTNASTY

W hrabstwie Oxford Gretchen kupiła wełnę w małej pasmanterii. Wydzierga każdej z nich sweterek. Ich wyprawa do Irlandii może się odbyć w samym sercu zimy i nie chciała, by jej krucha ukochana się przeziębiła. Sprzedawczyni w pasmanterii była jak zwykle bardzo nerwowa, kiedy sprzedawała coś, co uważała za tajemnice kobiecego rzemiosła, temu mężczyźnie, który zdawał się wcale ich nie uważać za tajemnice. Makramy, gobeliny, koronki – opanował je wszystkie, a teraz grzebał wśród książek z wzorami robótek na drutach, jakby to była najnaturalniejsza rzecz na świecie. I na dodatek ten mężczyzna mówił wyjątkowo cienkim głosem: zawsze wzbudzał w niej podejrzenia. W każdym razie sprzedawczyni jak zwykle kosmicznie ulżyło, kiedy wybór został dokonany, należność zapłacona i jej klient sobie poszedł. Gretchen wyszła, wesoło podskakując, uskrzydlona zakupem śpiewającego błękitu i oschłego brązu, które wybrała na sweterki dla nich dwóch, oraz faktem, że czeka ją cała jesień w towarzystwie ukochanej, spędzona w domku w stylu królowej Anny. Dom wolny od czynszu z pewnością jest lepszy niż nic, choć zgodnie z prawem powinien on należeć do niej. Kiedy przechodziła obok pubu, siedząca w oknie barmanka, z biustem wspartym o parapet, wychyliła się na zewnątrz i pomachała. Gretchen szła dalej, w żaden sposób nie okazując, że ją poznała. Tego typu rzeczy należały teraz do przeszłości. Znowu miała kogoś, do kogo mogła przylgnąć i kogo mogła obdarzyć troską.

Kiedy szła z chrzęstem przez żwirowany podjazd, zauważyła elfią sylwetkę Eriki von Hyatt zbierającej kwiecie, w takich ilościach, że aż całe ją skryło. Dziewczyna zbierała te kwiaty jakoś tak wyraźnie ukradkiem, stale oglądając się przez ramię, zdradzając nerwowość, mimo że Gretchen powiedziała jej, że może sobie nazbierać, ile chce. Dom cały czas teraz był pełen kwiatów; nawtykane jak popadło do wazonów i mis sprawiały wrażenie wywleczonych ze śmietniska i zapomnianych.

Pomachała. Ludzki mur z kwiatów wyraźnie usiłował odwzajemnić się tym samym. A po chwili pęki gladioli i chryzantem rozsunęły się, ukazując zachwycony, pełen podziwu uśmiech. Nagle Gretchen zrozumiała, co powinna zrobić. Nauczy Erikę tych umiejętności, które przekazała jej matka. Erica będzie nie tylko zbierała kwiaty i gromadziła owoce, ale nauczy się także, jak je pięknie układać. Gretchen westchnęła z satysfakcją i czule połaskotała swojego wąsa. Istniało coś milszego?

Drobna Blondynka czuła się bardzo gotowa na seks. Już dawniej przyjęła założenie, że decyzja jest równie dobra jak czyn, ale i tak sprawdziła swój kalendarzyk i wykresy temperatury, po czym zabrała się do przygotowań, aby w końcu słowo ciałem się stało. Wentylator zawył irytująco, kiedy pochyliła się nad umywalką, by umyć włosy, ale na moment odłożyła tę kwestię na bok. Wyczytała gdzieś wskazówkę, że z ciała usposobionego do harmonii rodzi się usposobione do harmonii dziecko, więc sprzeczki o coś tak trywialnego (co zresztą natychmiast będzie mogło być usunięte, kiedy ona zajdzie już bezpiecznie w ciążę) były całkiem bezpłodne. Zamiast tego więc oddawała się błogim rozmyślaniom i kontynuowała toaletę. Derek nie był już osobą, która zasługiwałaby na miano namiętnej, i uważała to za nadzwyczaj irytujące, że to do niej należy wszystko za każdym razem. Gdyby kiedyś spróbował zadziwić ją czymś, na przykład różami czy solami do kąpieli, to wtedy wszystko stałoby się trochę bardziej romantyczne, ale on jakby nie rozumiał. Przeczytała mu nawet na głos końcowy fragment *Szkarłatnego lodu*, gdzie bohater wraca do bohaterki i ofiarowuje jej przezroczystą, czerwoną koszulę nocną, zapakowaną w czarną bibułkę, ale kiedy zamknęła książkę i westchnęła znacząco, okazało się, że Derek już śpi.

Natarła włosy pachnącą odżywką i pomyślała, że któregoś dnia będzie miała taką słodką córeczkę, bardzo do niej podobną, która będzie ją trzymała za rękę w supermarkecie i wszyscy będą mówili jej komplementy w kolejce. Zaczęła starannie upinać drobne loczki na czubku głowy – w jednym czasopiśmie doczytała się, że taka fryzura ma w sobie kuszącą groźbę. Jej małej córeczce nigdy nie będzie cieko z noska, nie będzie miała posiniaczonych kolan, nie będzie wyła, że chce pastylek czekoladowych, i nie będzie urządzała napadów złości na podłodze. Taką to urodzi sobie ta klucha z centralki telefonicznej, z tym obleśnym uśmieszkiem i ciasnymi sweterkami, które wydymały się już na jej obrzmiewającym brzuchu. Kiedy ona, Drobna Blondynka, zajdzie wreszcie w ciążę, pokaże tamtej, jak to należy robić atrakcyjnie. Dobrze chociaż, że nikt – z wyjątkiem Dereka – nie wiedział, od jak dawna próbują...

Rosnące sterty książek i czasopism związane z tym tematem poukładała już w należytym porządku w holu. Te o zachodzeniu w ciążę, te o byciu w ciąży, poradniki o wyborze szpitala i poradniki dla rodziców. Zbudowała sobie całkiem sporą bibliotekę i właściwie wiedziała już wszystko. Należało tylko zrobić tę jedną, ale za to zasadniczą rzecz: żarliwie liczyła, że to się stanie właśnie tej nocy. Zadzwoniła do Dereka do pracy, by przypomnieć mu, że ma jak najszybciej wracać do domu, i potem, kiedy nuciła, drapiąc ich kotkę Loulou za uszami, coś jej mówiło, że ten wieczór to będzie naprawdę ten wieczór. Liczyła na to, bo mając rzecz z głowy, mógłby się skupić na przygotowaniach do konferencji w Birmingham. Jej szef cały się palił do tego pomysłu, więc pragnęła wykazać się najwyższą skutecznością. I pomyślawszy to, postanowiła od tej chwili skupiać się na samych miłych myślach. Zostało już niewiele czasu do jego powrotu, chyba że piąta pięćdziesiąt dwa będzie z jakiegoś powodu opóźniony...

W sypialni wsunęła do magnetofonu kasetę z nastrojową muzyką Barry'ego Manilowa i przećwiczyła włączanie go w odpowiednim momencie. Spóźnienie Dereka było prawdopodobnie spowodowane problemami z transportem, bo ostatnimi czasy Londyn wiecznie był zakorkowany, ale postanowiła, że nie będzie się denerwować upływem kolejnych minut. Derek zaraz się zjawi, w samą porę, bo powiedziała mu przecież, że to jest ważny wieczór. „Co, jeszcze jeden?" – spytał, sprawiając, że bardzo jej było trudno uśmiechać się do słuchawki. Ale i tak się uśmiechała.

Oblekła się w przezroczystą, nowiutką koszulę nocną (niebezpiecznie przezroczystą, powiedziała jej sprzedawczyni), zapięła klipsy na uszach, wsunęła wypieszczone stópki do swych buduarowych pantofelków i poszła do kuchni, by tam czekać. Zabijała czas szorowaniem wazonów, co zawsze lubiła robić, i oczywiście pamiętała, by robić to w żółtych gumowych rękawiczkach. Przesuwające się wskazówki zegara wciąż ją irytowały, ale wciąż jeszcze nie zamierzała się przejmować. Po wazonach wyczyściła suszarkę nad zlewem. A potem zabrała się do okien. Nuciła, pokrzepiając się myślą, że ten cholerny Derek po wszystkim będzie musiał obejść się zwykłą kanapką, że nie da mu tej pysznej zapiekanki z rybą i groszku, które od dawna były przyszykowane do podgrzania.

Derek walnął Kena w plecy i nie trafił, a ponieważ Ken nie zaliczał się do nędznie zbudowanych, przyjął to za znak, że dość już wypił – może nawet za dużo. Postanowił nie patrzeć na zegarek, by dzięki temu móc uczciwie powiedzieć, że stracił rachubę czasu. Opowiedział Kenowi wszystko o tych szpilkach, kusej bieliźnie i Asti Spumante, które – odważył się to wyznać po kuflu numer dwa – nie wywoływały w nim nic oprócz s t r a c h u. Po kuflu numer cztery ośmielił się pójść jeszcze dalej i wyznać, że cała ta oprawa jego zdaniem często go bardzo o s ł a b i a i sprawia, że czasami – no cóż, trudno mu s i ę s p i s a ć. A po kuflu numer sześć wytaił drżącym głosem, że czasami w o g ó l e się nie spisuje. Że tylko pomrukuje i udaje. Ken nie był w stanie zrozumieć wiele z tego ostatniego przemówienia, ale czuł, że wyłowił ogólną wymowę. Klepnął Dereka z całej siły i poradził, żeby szukał w tym wszystkim jasnych stron. Przynajmniej od czasu do czasu to robił, może nie? Nie tak jak większość mężów. Korzystaj, namawiał Dereka Ken, bo już niedługo ci to odbiorą.

Po powrocie do domu, kiedy już z wielkim trudem otworzył frontowe drzwi, owładnęło nim jakieś przeczucie, które niezupełnie miało coś wspólnego z dziwnym wrażeniem chlupotania w brzuchu. Podniósł wzrok, skupił go i zobaczył swoją żonę. Uśmiechała się do niego, albo przynajmniej robiły to jej usta, a wyglądała – tu zamrugał – wyglądała – cóż, p r z e r a ż a j ą c o. Światło padające z kuchni za jej plecami ukazywało zarysy jej doskonałego drobnego ciałka ukrytego pod jakimś nylonowym łaszkiem. Jej filigranowe stópki były oblecione w coś, co wyglądało jak kawałki futerka, a jej twarz jarzyła się niczym twarz gwiazdy filmowej pod piramidą z jasnych loczków, która wyglądała jak efekt eksplozji. Jednak wszystko to, nawet jeśli niepokojące o dowolnej porze nocy, było niczym w porównaniu z tą ostatnią ozdobą, ostatecznym horrorem, ostatnią rzeczą, jaką zauważył, zanim zwalił się na podłogę, gdzie czekało na niego błogie zapomnienie – miała bowiem na rękach jaskrawożółte rękawiczki i nie mógł, nie chciał wyobrażać sobie, nie potrafił się zmusić, by sobie wyobrazić, co ona mogłaby mu zrobić za ich pomocą...

Później przyszło jej na myśl, że to dobrze, że oprócz loczków miała jeszcze inne sprawy na głowie. Przynajmniej niebawem miała być konferencja i to mogło oderwać jej umysł od tych wszystkich kłopotów. Spędziła kilka nocy u swojej matki, żeby dopilnować, by Derek zastanowił się nad swymi postępkami.

Facet na Stanowisku pozwolił jej się wypłakiwać na swym ramieniu przez większą część ich podróży. Było mu naprawdę miło, że towarzyszy mu taka śliczna, mała osóbka, która na dodatek jest w potrzebie. Jego żona też była w potrzebie, ale nie była ani młoda, ani mała. I, na ile był w stanie coś zrozumieć z tego łkania, zarysowała się tu jeszcze jedna ważna różnica: jego żona płakała z powodu samego faktu istnienia seksu, a tymczasem Drobna Blondynka płakała z powodu jego braku. Wybierając między tymi dwiema, wiedział, gdzie ulokować swoje sympatie. Oparł się pokusie wyjścia do wagonu restauracyjnego na papierosa i zamiast tego objął ją ramieniem. Nawet kiedy płakała, wyglądała ślicznie.

– No już, już – powiedział – zostawmy to za sobą i bawmy się jak najlepiej, dopóki jesteśmy poza domem, dobrze? – I tu pocałował ją lekko w czubek głowy, z zachwytem wdychając świeżą woń jej szamponu. Jego żona, dla której pochylanie się było takie trudne (zdawała się uważać każdą czynność fizyczną za trudną), rzadko kiedy myła włosy. Zastanawiał się, czy teraz to jest odpowiednia chwila, by wyciągnąć koronkową chusteczkę, ale stwierdził, że jeszcze nie. Przysunął się za to bliżej. Jak ten jej nutriowaty mąż mógł jej nie chcieć w łóżku? Była takim słodkim, kruchym, zachwycającym stworzonkiem, które tak bardzo łaknęło miłości. Tak samo zresztą jak on...

Pociąg mknął po torach. Ich pokoje sąsiadowały ze sobą. Birmingham znienacka wydało się miastem magicznym i czuł, że się urodził na nowo.

– No już – powiedział uspokajająco do ściągniętej smutkiem twarzyczki. – Wydaje mi się, że powinna się pani czegoś napić.

Nalegał, choć powiedziała, że prawie nigdy nie pije.

Kiedy tak wędrowali chybocącymi krokami w stronę wagonu restauracyjnego, ujął ją za rękę, by ją podtrzymać.

Pomyślała, że jest takim dżentelmenem w porównaniu z Derekiem, który prawdopodobnie przewróciłby się już ze dwa razy. Trzymała się go kurczowo i pocieszała się, że co najmniej przez następne kilka dni będzie w towarzystwie mężczyzny, który potrafi zachowywać się poprawnie.

Jeszcze tego samego wieczoru Rohanne Bulbecker zjadła kolację w towarzystwie Janice, a następnego dnia – jak wspaniale, wspaniale – miała lecieć do domu. Pozostałe dwie kule u nogi pojechały do hrabstwa Oxford. Janice znajdowała się już bezpiecznie we własnym mieszkaniu, gotowa do pracy. A więc życie potrafiło jednak być miłe, mimo wszystko. Nie miała pojęcia, co powie, kiedy wróci do Morgana P. Pfeiffera, ale wiedziała, że coś wymyśli. To naprawdę nie miało znaczenia. Najważniejszą sprawą była książka, a ta została przypieczętowana umową i miała – z pomocą Dermota Polla – zostać jednak dostarczona. Kula numer jeden i kula numer dwa zamierzały powlec się do Irlandii na początku nowego roku i nawet gdyby miały go nie znaleźć, to jeszcze będzie czas na wynajęcie jakiegoś zawodowego detektywa; Skibbereen na mapie wydawało się bardzo małe i ktoś tam z całą pewnością będzie wiedział, co się stało z jego tak ewidentnie utalentowanym obywatelem.

Rohanne bardzo współczuła Janice z powodu tego jej obsesyjnego marzenia. Było całkiem oczywiste, że została oszukana oraz porzucona i że powtórne połączenie jej z tym Pollem mogło się zakończyć jedynie rozczarowaniem. Niemniej jednak, stale to sobie powtarzała, to nie była jej sprawa. Dostarczyć Dermota Polla, zabrać książkę i w nogi. Taki miała cel. Jedyny cel. A jednocześnie było coś absolutnie fascynującego, niezwykłego – wręcz wzruszającego – w idei takiej wiecznej miłości. Wszystkie te dziewicze lata, całe to życie, samo czekanie... Wszystkie te książki, które to opowiedziały w tak zniewalający sposób. Rohanne na moment utraciła zmysł biznesowy (była przekonana, że i tak zaraz go odzyska) i w jakiś sposób sama poczuła się związana z tą opowieścią.

Melanie wyrwała się z opasującego ją ramienia, obróciła się na pięcie, by uniknąć warg wydętych w grymasie wyczekiwania, i dopadła do swych frontowych drzwi.

– Mdli mnie – powiedziała, wydając z siebie jęk, który przekonująco naśladował napad mdłości. – Muszę iść. – I zamknęła drzwi przed tą pytającą, obcą twarzą. Pochyliła się, urządziła z pomocą wlotu skrzynki pocztowej jeszcze jeden artystyczny pokaz trzewiowego *in extremis*, zgodziła się zadzwonić do niego, kiedy poczuje się lepiej, i poczłapała w kierunku kuchni. Jeśli nawet nie czuła się aż taka niezdrowa, to z pewnością czuła się trochę zawiana, co nie było zaskakujące. Kiedy wstawiała wodę na herbatę rumiankową (ostatnimi czasy bardzo źle sypiała), stwierdziła, że to był naprawdę ostatni raz, kiedy wyszła na miasto z jakimś debilem. Dwa dżiny z tonikiem, wegetariańska lazania, pół litra barolo, zabaglione i darmowe miętówki i uznał, że kupił sobie bilet na całą noc? Akurat! Woda zagotowała się. Nalała ją do dziecięcego kubka z napisem „Melanie", wrzuciła torebkę z herbatą, wyciągnęła ją, podniosła kubek, popatrzyła na infantylne litery, którymi wypisane było jej imię, i zalała się łzami. To on włożył go do jej pończochy na ostatnią gwiazdkę. Łajdak, łajdak, łajdak...

Wypiła herbatę w łóżku, przyłożyła głowę do poduszki. Jedenasta trzydzieści trzy. Zamknęła oczy. Zastanawiała się, co on teraz robi.

Kanciasta Szczęka wypił trzy kieliszki wina, które Jeremy nazywał „wińskiem na humorek", i wyszedł z kuchni. Zamierzał wyszukać najbardziej atrakcyjną kobietę na imprezie (im krótsza spódniczka, tym lepiej; dodatkowe punkty za białe botki), która będzie nie od tego.

Wypatrzył taką natychmiast. Wysoka, długie blond włosy, piękny profil i nogi obleczone w obcisłe, skórzane spodnie. Wypatrzywszy ją, postanowił wrócić do kuchni i wypić jeszcze jeden kieliszek wina.

Jeremy też dużo pił.

– Cholerne baby – powiedział ponuro. – Najpierw haruję w Hong-kongu tak, że padam na mordę, ale kiedy mówię jej, że wracam, aby świętować, ona dzwoni tylko do was wszystkich, zostawia burdel w chacie i w długą. Mało co, a wszystko bym odwołał, ale sekretarka mnie uratowała. Dobra dziewucha. – Napełnił ponownie ich kieliszki. Obaj byli głęboko zranionymi ludźmi. – A kiedy kazałem jej wyjaśnić, wiesz, co powiedziała?

Kanciasta Szczęka potrząsnął głową.

– Cholerne baby – powtórzył. – I co powiedziała?

– Powiedziała, że jak pójdę do niej i powycieram kurze, to ona mi umyje kibel. Rozumiesz to?

Kanciasta Szczęka znowu potrząsnął głową.

– Cholerne, cholerne baby – stwierdzili obaj unisono. I jeszcze raz pod to wypili.

Postanowił, że będzie subtelny; stanął w grupie dyskutantów, tuż obok przyuważonej blondynki. Spytał szczerze, czy może się przyłączyć do wyraźnie głębokiej i treściwej debaty między poważnym, młodym mężczyzną i kobietą. Wypił dostatecznie dużo w kuchni, by uważać, że będzie tam mile widziany.

– Aha! – rzucił pogodnie. – Prawdziwa rozmowa. – Pomyślał przelotnie, że przez taką uwagę mogą go uznać za jakiegoś snoba, ale oni uśmiechali się do niego ciepło, zapraszająco. – To jest właśnie fajne w imprezach. Że człowiek poznaje ludzi i rozmawia z nimi, co nie?

Tamci przytaknęli. Poczuł, że idzie mu całkiem nieźle. Pieprzyć Melanie. Tu jest prawdziwe życie.

Ustawił się tak, by móc widzieć blondynkę i żeby ona widziała jego, cały czas uśmiechając się do swych nowo poznanych przyjaciół. Nadal się uśmiechał, kiedy mu powiedzieli, że są pracownikami opieki społecznej (skąd ten Jeremy, wyznawca poglądów Adama Smitha, ich wytrzasnął?), i słuchał uprzejmie – albo udawał, że uprzejmie słucha. Blondynka nie mówiła wiele, ale za to wyglądała wspaniale.

– ...Zgadzasz się chyba? – spytała pracownica opieki społecznej.

– Nie jestem pewien – odparł ostrożnie, odrywając wzrok od ukrytych pod skórą nóg. – Mówcie dalej.

Mówili.

A kiedy skończyli, powiedział głośno:

– Nie mam żony i nie mam dzieci, więc czemu miałbym płacić za wszystko, czego potrzebuje podstawowa komórka społeczna? Albo za biblioteki? Nie chodzę do bibliotek. Za ośrodki odwykowe? Nie biorę narkotyków. Za posiłki w szkołach? Nie jadam w szkołach...

– Czy przeżyłeś kiedyś włamanie? – spytał mężczyzna.

– Czy ukradli ci kiedyś samochód? – spytała kobieta.

– Tak – odparł Kanciasta Szczęka, pomykając wzrokiem ku blondynce. Ich oczy się spotkały. Obdarzyła go półuśmiechem wyrażającym wahanie. Kanciasta Szczęka nagle boleśnie zapragnął znaleźć się we wnętrzu tych skór.

– ...A czy wiesz, że proporcjonalnie spora liczba tych włamań, czy w ogóle wszelkich przestępstw, jest powiązana z narkotykami? Czy więc opłaca ci się ten sprzeciw wobec ośrodków odwykowych?

– Ach – połapał się Kanciasta Szczęka – już rozumiem.

– Wszystko jest z czymś powiązane. Nie wolno ci się tak odcinać. Jak się odcinasz, to cała tkanka życia społecznego zaczyna się rozpadać. A tak się właśnie dzieje z naszym społeczeństwem. Ci z niskim wykształceniem popełniają coraz więcej przestępstw. Nadal mówisz, że szkoły nie są dla ciebie ważne? Getta i miejski rozkład tworzą ropnie, które infekują cały... Nie możesz powiedzieć, że jeden fragment jest zdrowy, a reszta chora: wszyscy cierpimy na to samo schorzenie, bo zasadniczo wszyscy stanowimy jedność...

Kanciasta Szczęka poczuł, że go mdli od tego gadania o ropniach. I poczuł się też nieswojo, bo jeśli mieli rację – a niewykluczone, że mieli – to niedokładnie o to mu chodziło. Jedyne, o co mu chodziło, stało w odległości trzech stóp.

– Hm... – powiedział, robiąc odpowiednią przerwę, a potem dodał: – Rozumiem. Tak. – Po czym postanowił skorzystać z okazji i zmienić temat. – Wy dwoje znacie Jeremy'ego? – spytał.

– Dobrze, że spytałeś – odparła poważna kobieta. – Jestem jego siostrą. A to jest mój chłopak. A ta blondynka, na którą tak się stale gapisz, to moja współmieszkanka. Czy przestaniemy rozmawiać o schorzeniach społecznych i przejdziemy do znacznie ważniejszej kwestii: to znaczy wreszcie nam się przedstawisz?

Kanciasta Szczęka skrzywił się przepraszająco.

– Nic się nie stało – powiedziała siostra Jeremy'ego. – Do jutra możesz jeść, pić, kopulować i bawić się... Bo jutro, kto wie?

Melanie nie mogła się już doczekać jutra, bo o świcie miała wszelkie prawo wstać i zacząć dzień. Leżała i próbowała czytać, ale jej umysł gdzieś się błąkał. Z radia dobiegały przeboje, które przywoływały same wspomnienia. Zgasiła światło, znów je zapaliła, a potem przewracała się na łóżku przez godzinę czy dwie, aż wreszcie się poddała. Równie dobrze mogła zejść na dół i chodzić tam i z powrotem, udając, że zaraz przyjdzie sen. Aż jej ulżyło, kiedy wreszcie się poddała i zeszła na dół, czerpiąc pociechę z martwej, ciemnej ciszy domu. Zrobiła sobie herbaty i zabrała ją do dużego pokoju i dopiero teraz zauważyła, że mruga światełko sekretarki. Przycupnęła w świetle księżyca i odsłuchała wiadomość. Była od niego. Po całym tym bólu to było takie krzepiące. Chciał, żeby przyszła do niego.

Spojrzała na zegarek. Była już prawie trzecia, ale przecież powiedział, że ma przyjść nawet w nocy, że będzie zaszczycony – jaki miły żart. Więc czemu nie miałaby pójść? Ostatecznie wciąż miała klucz, mogła wejść po cichu do środka, wślizgnąć się obok niego do łóżka i – cóż, naprawdę nie było żadnego powodu, by nie...

Kanciasta Szczęka też nie spał. Nie był w stanie wykonać żadnego ruchu. Jedną nogę miał przygwożdżoną cudzą nogą, a właścicielka tej cudzej nogi spała. Światło księżyca rzucało jaskrawą biel na jej potargane włosy; twarz wydawała się odbarwiona i martwa. Kobieta, pomyślał, piękna kobieta – najpiękniejsza na całej imprezie. Wyciągnął rękę i dotknął czubkami palców zarysów jej piersi. Ale to była obca kobieta, obca pierś. Nie Melanie.

Był nawet dumny z tego, że udało mu się przygadać ją sobie tak prędko. To przypominało nurkowanie – albo robiło się to bez myślenia, albo wcale się tego nie robiło. Sukces sprawił, że poczuł się dobrze z samym sobą i zapomniał o białych botkach i krótkiej spódniczce w beztrosce polowania, zastanawiając się przez cały ten czas, kiedy z nią rozmawiał, kiedy przynosił jej drinki, kiedy rozmawiał o głupotach, kiedy z nią tańczył, czy ona ostatecznie pójdzie z nim do łóżka. I poszła. Ale teraz miał to mdlące uczucie w żołądku. Czuł śpiące udo ułożone na jego udzie i nie chciał go tam wcale, bo tak go więziło. Miał ochotę obudzić ją i powiedzieć: „Podejdźmy do tego jak nowocześni ludzie" albo coś w tym stylu, ale wiedział, że gdyby nawet tak postąpił, to wcale by się tak nie skończyło. Kobiety nie bardzo potrafiły przyjmować różne rzeczy dosłownie. Gdyby ją obudził i powiedział: „Było miło. To do zobaczenia", byłby to jedynie początek. Zaczęłaby gadać, gadać... Kobiety już takie są. W końcu widział *Fatalne zauroczenie* i choć nie miał ani dziecka, ani królika nadającego się na gulasz, to jednak miał ucho, które nadawało się do odgryzienia. A gdyby tak zasnął w połowie tego przedłużonego monologu? Chryste, ale by się wtedy rozpętało piekło. Ale przecież ona chyba dobrze wiedziała, tak samo jak on, że tu chodziło tylko o łóżko? A nie o jakąś dozgonną miłość? Prawda, to on ją poderwał, ale przecież ona go podpuszczała. To ona nosiła te skórzane spodnie, które z pewnością nie mówiły: Zostaw mnie w spokoju. Kobiety to hipokrytki. Muszą wszystko ustroić w miłość, żeby mieć dla siebie usprawiedliwienie. I teraz tkwił w tym po uszy.

Jedyną dobrą rzeczą, jaka wyszła z całego tego bałaganu z Melanie, było to, że odzyskał wolność. Zastanawiał się nad wyścigami motocyklowymi. Teraz, kiedy był wolny, mógł wejść w coś takiego i nikt nie będzie wydymał warg z niezadowoleniem. Naprawdę mógł robić wszystko – dosłownie wszystko. Żadnej Melanie, żadnych ograniczeń. Udo poruszyło się o ułamek. Zaczął je gładzić z roztargnieniem, jednocześnie wyobrażając sobie, że jedzie z rykiem po torze, że zwycięża, że rozlewa szampana, kobiety, kobiety wspinające się na niego... I żadnej Melanie na widoku, która powiedziałaby „nie".

Jechała znajomą trasą i rozmyślała o kretynie, z którym spędziła wieczór, i wszystkich innych kretynach do wzięcia. Zadygotała. Kto wiedział, jacy jeszcze kosmici, specjaliści od obmacywania, kryli się za rogiem? Setki. Już ich poznała dość na całe życie...

Czuła podniecenie, była znów zakochana. Zaparkowała samochód najciszej, jak potrafiła, i rozkoszowała się dudnieniem własnego serca. Będzie leżał w łóżku, będzie spał. Wsunie się pod kołdrę, obok niego, nie rozbierając się, oczywiście, żeby tylko pogadać, może trochę się popieścić albo potrzymać za rękę – w każdym razie będzie to jakaś forma kontaktu. Gniew stopniał, ustępując miejsca żalowi. Oboje mieli dość czasu, żeby wszystko przemyśleć, a poza tym – musiała myśleć racjonalnie – mężczyźni po prostu nie dorównują kobietom w wiedzy, jak się zachować w sytuacjach emocjonalnych. Pod tym względem są niedojrzali i nie ma sensu oczekiwać, że się zmienią. To było tak, jakby oczekiwał, że pingwin będzie fruwał tylko dlatego, że jest ptakiem – skrzydła tej rasy są po prostu za małe, ot i wszystko. Cóż, ona, Melanie, da sobie z tym radę. Ta odrobina czasu, jaką miała tylko dla siebie, zdziałała cuda.

– Będzie dobrze – mruczała w duchu, kiedy spieszyła do jego drzwi. Zaskoczenie odejmie nieco skrępowania. Zaśmiała się do siebie, znowu szczęśliwa. Lazania, zabaglione i jakieś zalecanki, też coś! Istniały rzeczy warte od tego dużo więcej!

Janice oddała się rozważaniom nad miłością, która każe się wyrzec dziecka dla jego dobra. Uznała, że chyba nie może być większej miłości. Wstała z łóżka, podreptała do kuchni, żeby zrobić sobie kanapkę, którą potem zaniosła sobie do biurka.

Zaczęła pisać. „Strąca władców z tronu, a wywyższa pokornych"*. Potem podjadła sobie, zastanowiła się i znowu zaczęła pisać. „Gdybym też miała dar prorokowania i znała wszystkie tajemnice i posiadła wszelką wiedzę" – co, dowodziła Janice, było jak najbardziej prawdą w odniesieniu do pisarza – „i wszelką wiarę, tak iżbym góry przenosiła, a miłości bym nie miała, byłabym niczym..." – Prawda, wszystko prawda. – „Miłość cierpliwa jest, łaskawa jest..." – O właśnie, tak to jest. – „Gdy byłam dzieckiem, mówiłam jak dziecko, czułam jak dziecko, myślałam jak dziecko; kiedy zaś stałam się kobietą, wyzbyłam się tego, co dziecięce..."*

Spojrzała na długi rząd książek stojących przed nią na półce, na każdej widniało jej nazwisko. Dziecięce odchody, nic, tylko dziecięce odchody. Pisała całą noc, co raz odbywając spontaniczne wycieczki. do pojemnika z chlebem.

Wygrał dwa Grand Prix, co było bardzo podniecające i z nawiązką wynagradzało fakt, że nie był w stanie zasnąć. Mimo że powinien iść do łazienki, mimo że chciało mu się pić, że czuł mrowienie i wszelkie inne odmiany dyskomfortu, czuł, że jest łatwiej tak leżeć, niż ryzykować, że znowu ją obudzi. Może ostatecznie uda mu się zasnąć – kto wie?' – a kiedy się obudzi, ona pierwsza powie: „Podejdźmy do tego jak ludzie nowocześni". Świnie mogły fruwać, ale była to kojąca wizja. Poruszyła ciałem o ułamek, ale nie zdjęła nogi. Zaczął oddychać regularnie na wypadek, gdyby słuchała. Pragnął być wolnym człowiekiem. Naprawdę pragnął...

Znowu na nią spojrzał. Jej twarz nie była niczym więcej jak tylko błyskiem na poduszce, oddychała równo, pachniała zapachem, seksem i kobietą – i mogła, pomyślał z roztargnieniem, być każdym. Wrócił na tory le Mans, ale tym razem wyścigi jakoś mu umykały. Potrafił wyobrażać sobie tylko to, co było potem, te kobiety i ich uśmiechy – wielkie zęby, wielkie uśmiechy, wielkie wszystko. I szampan – ogromny – szyjka butelki wręcz się rozdęła, kiedy go otworzył i opryskał je wszystkie, zalewając ich koszulki, ujawniając, że pod spodem nie miały nic – totalnie nic...

Kanciasta Szczęka lekko poprawił pozycję i poczuł, że ona też się poprawia, by przyjąć go w swe objęcia. Czuł, jaka jest miękka; jej oddech się zmienił, stał się płytszy. Wstrzymał swój oddech. Nie budź się, błagał, tylko nie to... Znów zaczął gładzić jej udo. Za to inna jego część, zupełnie odseparowana od mózgu, choć nie wyobraźni, pragnęła, by ona się obudziła; już poruszała się na samą myśl o tym i ona też się poruszyła, kiedy on przycisnął się do niej. Jakiś głos mówił mu: „Nie rób tego", za to inny wręcz go poganiał. Kiedy tak skubał jej ucho i gładził po udzie, rozmyślał, że to takie niesprawiedliwe: one potrafią tylko tak leżeć, spać i jednocześnie podniecać mężczyznę, a potem najczęściej nie przyjmują na siebie żadnej odpowiedzialności, przez co taki biedny facet ze swoim wyprężonym małym ma tylko taki wybór, że albo cierpi i sam to ze sobą załatwia, albo budzi taką i dziewięć razy na dziesięć spotyka się z odmową... Tak czy owak głaskał dalej, przestając się przejmować, a ona znów się poruszyła, westchnęła i przycisnęła się do niego swym ciepłem – tak czy owak, tym razem musiało być, jak trzeba, tym razem musiał uzyskać jakąś reakcję, to przecież był sam początek. Wymruczał jej imię. A niech się dzieje, co chce. Pomyślał przelotnie o Melanie, zastanawiając się, czy jej botki dokonały dzieła, a potem wyzbył się wszystkich myśli o niej i zaczął się skupiać...

Gdzieś wśród zwykłych odgłosów wydawanych przez łóżko – skrzypnięć, westchnień, szelestów – wydało mu się, że słyszy jakiś inny hałas. Czy nie drzwi przypadkiem? Jakby delikatne stuknięcie zamka? Ale akurat całowały go czyjeś usta i sam też całował, więc nie było czasu na jakieś dalsze domniemania.

ROZDZIAŁ DWUDZIESTY

Zastanawiałam się ostatnio nad Przekupniem relikwii – powiedziała Janice do Rohanne.

– Nad kim? – spytała ostrożnie Rohanne.

– To jeden z pielgrzymów opisanych przez Chaucera w *Opowieściach kanterberyjskich*. Trudni się sprzedażą odpustów, co brzmi tak cudownie. A jednak ta opowieść to przykład zwykłego zdziczenia obyczajów, zwulgaryzowanej alegorii, dekadencji pozbawionej wszelkiego smaku. Sam Przekupień nie miał żadnego daru udzielania odpustów, wybaczania, był oszustem, pochlebcą, głupcem.

– Wypisz wymaluj Sylvia Perth – stwierdziła Rohanne.

Janice uśmiechnęła się i złożyła schludnie swoją serwetkę. Zjadła dotąd suflet z koziego sera, żabnicę *sautée,* kuropatwę z rożna, *crème brûlée* z korzennymi gruszkami – i podchodziła teraz do wszystkiego z wielką życzliwością. Po raz pierwszy w życiu znalazła się w restauracji i wbrew jej początkowym obawom to przeżycie wcale nie okazało się nieprzyjemne. Przeciwnie, ludzie, którzy kierowali tym przybytkiem i którzy jej nadskakiwali, naprawdę chcieli, żeby sobie dobrze podjadła i żeby delektowała się tym doświadczeniem. W rzeczy samej, kiedy zamówiła pudding, praktycznie jej wiwatowali i nawet zjawił się szef kuchni, żeby osobiście jej pogratulować. Obiecali kawałek stiltona, ale jeszcze go nie donieśli. Janice stwierdziła, że oczywiście poczeka.

– Ale nawet taki Przekupień miał możliwość odkupienia swych win. Gdyby zechciał. Gdyby miał w sobie wiarę. Bo w tamtych czasach ludzie żyli bliżej wiary. Jakkolwiek było, nawet taki Przekupień zdążał do Canterbury. Nie mógł tam zdążać jedynie z nadzieją na zarobienie pieniędzy *en route*. Gdzieś w głębi duszy liczył zapewne na odpuszczenie, liczył, że zostanie mu ujęta choć część brzemienia grzechu. Podejrzewam, że z Sylvią też tak trochę było: była doktorem Jekyllem i panem Hyde'em w spódnicy.

– Jesteś bardzo szlachetna – powiedziała Rohanne – ale ja mimo wszystko uważam, że należało jej przebić serce osinowym kołkiem.

Janice potrząsnęła głową.

– Nie bardzo. To ona była ofiarą, nie ja. Wszystkie te wymyślne nabytki...

– W tym Erica von Hyatt?

– W tym Erica von Hyatt. One tak naprawdę nic nie znaczyły. Tam, gdzie kiedyś była dusza, powstała dziura, której Sylvia nie potrafiła wypełnić, nieważne, ile złota w nią wlewała...

– Nie wspominając już kostiumów od Chanel, torebek od Gucciego, orientalnych dywaników i domku na wsi...

Janice znowu się uśmiechnęła.

– Ale też co jakiś czas wkładała włosiennicę. Bo Sylvia w jakimś momencie musiała w końcu spojrzeć w samotności do lustra. Nie. Żal mi jej. I naprawdę już wolę być sobą. Mieć nietkniętą duszę.

– I niezłomny charakter – wtrąciła złośliwie Rohanne.

– I niezłomny charakter – zgodziła się Janice z lekko rozbawioną miną. – Bardzo cię za to przepraszam.

Rohanne wzruszyła ramionami.

– Twoje prawo. – Podniosła wzrok. – O Jezu, ser idzie. – Gapiła się na kelnera niosącego ser z krańcowym przerażeniem.

– Nie sądźcie, abyście nie byli sądzeni...* – powiedziała sucho Janice, też spoglądając na ser.

Ustawiono przed nimi cały krążek stiltona; był poprzeplatany niebieskimi żyłkami i zdawał się smakowicie kruszyć. Rohanne Bulbecker, przyłożywszy dyskretnie dłoń do nosa, odmówiła, za to Janice, która ze smakiem zjadła jeden kąsek, powiedziała:

– Bogu niech będą dzięki za jedzenie. Bo ono potrafi być taką pociechą. Szczerze mówiąc, nie wiem, dokąd bym zaszła, gdyby nie ono... Jesteś pewna, że nie chcesz spróbować? To doskonały ser, nazwany tak od miasta Stilton w hrabstwie Huntingdon.

– Mhm... nie, jednak podziękuję – odparła Rohanne Bulbecker. Odchyliła się do tyłu, dyskretnie łapiąc powietrze. – Ale ty jedz sobie, jedz.

Kiedy skończyły posiłek, Janice powiedziała:

– Ciekawe, jak to wtedy było?

– Kiedy?

– Pięćset lat temu. Kiedy się szło na pielgrzymkę. Nawet na taką krótką, z Londynu do Canterbury. Pewnie było niebezpiecznie, bardziej niebezpiecznie niż teraz: trasa wiodąca przez lasy ukrywała banitów, uciekinierów przed wymiarem sprawiedliwości, szaleńców, nieuleczalnie chorych, słowem – dusze, którym nie zostało nic do stracenia. Było naprawdę bardzo niebezpiecznie. I przez to taka wyprawa stawała się czymś jeszcze bardziej szlachetnym, czymś cenniejszym. Nieraz myślałam, że powinnam przejść się ich drogą, żeby też przeżyć to doświadczenie, jakim była prawdziwa pielgrzymka. Nie pociągiem czy samochodem, tylko pieszo, na mule albo na koniu, tak jak oni. Pomyśl sama, ile rzeczy można by przemyśleć podczas tak długiej, powolnej wędrówki... – Jej głos zdawał się mówić teraz o niespełnionych marzeniach i pokusach. Przejechała czubkiem palca po linii okruchów na swym talerzu i zaczęła oblizywać go w zamyśleniu. – W pewnym sensie właśnie odbyłam taką pielgrzymkę: była nią ta wyprawa do mieszkania Sylvii Perth. Z pewnością nie brakowało podczas niej niebezpieczeństw. Ale zapewne nie o takie cele szło bohaterom Chaucera. Ciekawe, czy taka pielgrzymka mogłaby się odbyć w dzisiejszych czasach... Muszą przecież istnieć mapy dawnych tras...

Rohanne pobladła.

– Nie planujesz chyba wycieczki do Canterbury, prawda? – Dopiero miałaby pecha, gdyby ta jej zdobycz ni stąd, ni zowąd się nawróciła.

– Ależ skąd – odparła Janice Gentle. – Ani trochę. Zamierzam zostać w mojej celi w Battersea i poświęcić się pisaniu. Nowa książka, nowe horyzonty. Zresztą to się sprowadza przecież do jednego. I oczywiście w stosownym czasie udam się na własną pielgrzymkę: kiedy pojadę na spotkanie z Dermotem Pollem.

Rohanne wciąż uśmiechała się promiennie.

– Jasne – powiedziała. – Ciekawe, jak te nasze dwa gołąbki poradzą sobie z tymi sprawami. – Uniosła kieliszek. – Za Dermota Polla. I za nową książkę. A tak à propos, o czym ona będzie?

Janice uniosła kieliszek i się uśmiechnęła.

– Ho-ho – powiedziała. – Poczekaj, a zobaczysz.

Enrico Stoat pracował ciężko do późnej nocy. „....jakby sama Jane Austen podkasała halki...", napisał i uśmiechnął się do tego jakże błyskotliwego porównania.

Kanciasta Szczęka uwiązł w połowie drogi, gdzieś pomiędzy pożądaniem a ostatecznym spazmem, kiedy odgłos, całkiem niepodobny do tych, które wydobywały się z niego albo z tej obcej kobiety, zmusił go do oprzytomnienia. Poczuł, że pod łóżkiem coś się szamocze, coś, co był pewien, nie miało nic wspólnego z tym, co działo się na łóżku. Przyjął taką pozycję, dzięki której mógł wyjrzeć poza krawędź, i w tym momencie zobaczył Melanie.

– Cholera jasna – wystękała. – Nie mogę tego wyciągnąć.

Nie było w tym nic dziwnego, że obca kobieta zaczęła się podnosić i wydawać pytające odgłosy. Pchnął ją odruchowo i naciągnął na nią kołdrę, spod której natychmiast dobył się odgłos niekoniecznie wskazujący aprobatę, ale miał nadzieję, że ona to wszystko odbierze jako rycerski gest.

Zabierzcie ode mnie ten koszmar, modlił się milcząco, ale Melanie nie zniknęła, tylko nadal jak oszalała bez powodzenia mocowała się z tekturowym pudłem, w którym były jej rzeczy. Wywiesił głowę poza krawędź łóżka, ujawszy za nią dłońmi, i przez splecione palce i zaciśnięte zęby powiedział:

– Melanie, to moja sypialnia. Jest trzecia w nocy. Co ty tu robisz?

– Zabieram, co moje – odparła zapalczywie, nie przestając się mocować.

Ułożył dłonie na kolanach. Koszmar przyblakł. Teraz przypominało to oglądanie bardzo złego filmu. Miał ochotę się roześmiać. Albo nawet rozpłakać. A właściwie to zrobić i jedno, i drugie.

– Czemu teraz? – spytał, odważając się podnieść wzrok.

– Zaprosiłeś mnie – odparła.

– Zaprosiłem?

Pagórek ukryty pod kołdrą poruszył się. Miał straszną ochotę poklepać go po głowie i powiedzieć: „Leżeć, leżeć, dobra dziewczynka, leżeć".

– Posłuchaj – powiedział, wstając. – Chyba powinniśmy przejść do drugiego pokoju. – Wyczuwał tlącą się w niej wściekłość, niemal słyszał dudnienie jej serca. Nigdy w życiu nie czuł się tak obnażony i oczyma duszy widział już, jak Melanie robi mu jakąś cielesną krzywdę. Nie widział dobrze w tych cieniach, ale czy tylko to sobie wyobrażał, czy też jej kolana rzeczywiście podrygiwały niebezpiecznie? Chwycił poduszkę i przycisnął ją do siebie, dopóki nie wyszukał wzrokiem slipek ukrytych w mroku. Podniósł je i prędko włożył. Mając je na sobie, czuł, że nieco lepiej panuje nad całą sytuacją.

Podszedł chyłkiem do drzwi.

– O właśnie – powiedziała. – Są kłopoty, więc lepiej uciekać.

– Ja wcale nie uciekam – odparował, chwytając szlafrok i wdziewając go na siebie. – Ja tylko chcę przejść gdzieś, gdzie moglibyśmy pogadać.

– A tu nie możemy? – spytała zaczepnie.

Pod kołdrą znów zaszeleściło, zaczęła się spod niej wysuwać głowa. Chwycił Melanie za rękę i wywlókł ją na korytarz. Nie bardzo był kompetentny w pewnych sprawach. Puścił jej rękę i zanurkował z powrotem do sypialni.

– Zostań tutaj – szepnął błagalnie. Raz jeszcze zarzucił kołdrę. – Przepraszam za to wszystko.

– Przepraszasz! – dobiegł go stłumiony okrzyk oburzenia.

– Próbuję jakoś to rozwiązać, OK?

– Powiedz jej, żeby się odpieprzyła!

Też wpadł na mniej więcej taki sam pomysł.

Melanie wciąż stała na korytarzu.

– Za kogo ona się uważa? I kim ona jest?

Zignorował oba pytania i z odwagą szeryfa z Dzikiego Zachodu odwrócił się do Melanie plecami i powędrował korytarzem w stronę dużego pokoju.

Melanie poszła za nim. Zamknął drzwi.

– I co? – spytał.

– Bardzo przepraszam, że przeszkadzam – odparła słodkim głosikiem. Usiadł.

– Melanie – powiedział – nie miałaś prawa...

– Miałam wszelkie prawo. – Podniosła głos, napięcie zdradzało, że chciała być wysłuchana. – Sam mnie zaprosiłeś. Powiedziałeś, że będziesz tu cały wieczór. Mówiłeś, że mogę przyjść o dowolnej porze. Może tak nie było?

Po raz kolejny ukrył głowę w dłoniach.

– O Boże! – jęknął, przypomniawszy sobie.

– No i?

– Ale to, kurka wodna, nie miała być trzecia w nocy.

– Najwyraźniej – rzuciła z bezbrzeżną satysfakcją.

– Chyba powinniśmy pogadać – stwierdził.

– Porozmawiać? – spytała. – Porozmawiać? Porozmawiać? O czym? Dobrze znał te sztuczki.

– Melanie – powiedział, nie bez gniewu – dlaczego postanowiłaś tu przyjść, bez uprzedzenia, w samym środku nocy?

– Jest już rano – poprawiła.

Poczuł, że jest niebezpiecznie bliski uderzenia jej. Zamiast tego wstał i zapalił lampę, przeganiając cienie i blask księżyca. A także wprowadził nieco zdrowia psychicznego do całej sprawy.

Popatrzył na nią. Wydawała się tak spięta, jakby czekała na strzał startera. I czuła się też skrzywdzona, widział to po znajomym grymasie. A przede wszystkim była zła, przez co bał się jej. Stłumił chęć wyciągnięcia ręki na zgodę i dopuścił do wszystkiego własny gniew.

– I co? – spytał, krzyżując ręce na piersi niczym ojciec przesłuchujący własne dziecko. – Wytłumacz się.

Wzruszyła ramionami.

– Wciąż mam twoje klucze. Nigdy nie kazałeś ich zwrócić.

– A ja mam twoje. Co wcale nie znaczy, że potrafiłbym wtargnąć do ciebie w środku nocy, żeby cię nakryć w łóżku z jakimś gachem.

– Nie nakryłbyś mnie w łóżku z gachem, ponieważ nie ma żadnego gacha.

– Wmawiaj to komuś innemu.

– Ja tylko chciałam zabrać swoje rzeczy, to wszystko. – Spacerowała dookoła pokoju, obmacując różne przedmioty, przerzucając pocztówki stojące na półce nad kominkiem. Znał ją. Postanowiła go wkurzyć i udawało jej się to. – Potrzebowałam czegoś z tego kartonu.

– O zasranej trzeciej w nocy?

– Musisz przeklinać?

– Ażebyś wiedziała. Zasranej. – Przez chwilę miał nadzieję, że ona się roześmieje.

Tu też nie miał szczęścia.

– Niby czego potrzebowałaś? – spytał buńczucznie. – Szczotki do włosów? Tych różowych skarpetek w gwiazdki? Koszulki z nadrukiem „O czym szumiały wierzby”? – Roześmiał się. – O mój Boże, ja po prostu nie mogę żyć bez tej...

– Nie bądź taki dziecinny. Czy mogę dostać moje rzeczy?

– Nie.

– Chciałeś się ich pozbyć. Zadzwoniłeś do mnie i powiedziałeś o tym. Zadzwoniłeś do mnie tylko raz, tylko po to, żeby mi powiedzieć, że chcesz mi oddać rzeczy. – Drżały jej wargi, ale trzymała się.

– Nie płacz – powiedział ostrzegawczym tonem.

– Ale to prawda, może nie?

– To nie jest prawda. Nie dzwoniłem tylko po to...

– Och. Więc jestem kłamczuchą.

– Melanie!

Stała przed nim, z głową przekrzywioną w stronę sypialni.

– Nie czekałeś długo. Więc która to już? Szósta? Siódma? Ósma?

Przez chwilę czuł się dowartościowany. Pomyślał, że to tak wygląda, jakby to była prawda, ale przypomniał sobie realność pagórka ukrytego pod kołdrą. To nie była pora na niewłaściwie bezpodstawną dumę.

– A ty?

– Ja z nikim nie spałam.

– Widziałem cię.

– Gdzie, w łóżku?

– Nie. W restauracji przy mojej ulicy.

– Ach tak? To restauracja, nie burdel. W każdym razie na ile się orientuję. Oczywiście ty być może wiesz coś innego i...

– Kleiłaś się do niego.

– Ach tak?

– Przestań z tym „Ach tak?"

– Ach tak?

– Botki, krótka spódniczka, wszystko na wierzchu. O co chodzi? Mimo wszystko nie skorzystał? Może jednak zostawiłaś zbyt mało dla wyobraźni.

– Ty sukinsynu! Oddaj mi po prostu moje rzeczy.

Wstał.

– I co? Zrobiłaś to?

– Co?

– Dałaś mu?

– Czy mu dałam? Jaki ty jesteś zacofany. Dać mu? Co to ja jestem jakiś towar?

– Tak właśnie wyglądałaś.

– Zjedliśmy kolację i potem on odwiózł mnie do domu. I czemu, do cholery, ja się przed tobą tłumaczę, kiedy ty masz tę panią w drugim pokoju?

– Melanie, być może to uszło twojej uwagi, ale ja tu mieszkam. To moje mieszkanie, mój dom, moje cholerne łóżko, jeśli chcesz wiedzieć, i ty właśnie tu wtargnęłaś...

Milczała. Przełykała ślinę.

Bardzo cicho powiedziała:

– Przepraszam. Przynieś mi moje pudło, to sobie pójdę. – I natychmiast usiadła. – To zabawne – dodała – ale myślałam, że wszystko prze-myślałeś. A zamiast tego ty posuwałeś wszystko, co chodzi, oprócz bu-dzika.

– Wcale nie – odparł, wyczuwając w tym dowcipie zwiastun od-wilży – przecież nie jestem żadnym psem... nie pamiętasz?

Popatrzyła na niego ze zdumieniem. Skinął głową w stronę sypialni.

– Na baby – powiedział. – Bo tam jest baba. – Starał się, żeby to zabrzmiało jak dowcip.

– To nie jest śmieszne – odparła. – Ile razy?

– Dzięki tobie tylko półtora.

– O tym nie mówię.

– Tylko ten jeden raz.

– Używałeś prezerwatyw?

– Jasne, że tak. A ty?

– Ja nie... ja nie... – Urwała, niezdolna dokończyć zdania. Wstała. Poczuł, że jest rozdarty. Częściowo był zadowolony. Częściowo zaś wiedział, że stracił grunt pod nogami.

– Co? Ani razu? A ten facet dzisiaj?

– Nie mój typ. Czy zechcesz przynieść moje rzeczy? Pójdę sobie, a ty – tu spojrzała znacząco na drzwi – będziesz mógł dalej robić swoje.

Wyciągnęła rękę, jakby chciała uścisnąć mu dłoń.

– Jeszcze raz przepraszam. Ja tylko pomyślałam, że mogłabym wpaść i wślizgnąć się do ciebie do łóżka.

Roześmiał się, na chwilę zapominając o powadze sytuacji.

– To byłoby interesujące, gdybyś...

Śmiech zamarł. Za późno. Zrozumiał, zupełnie znienacka, że po-szkapił sprawę. Zupełnie nagle wiedział, że już za późno i że już ni-czego nie odkręci. Jej twarz przeobraziła się w upiorną maskę wy-rzeźbioną z kamienia. Dłoń, którą trzymał, zesztywniała i cofnęła się. W głowie rozbrzmiał mu wryty w pamięć refren: Coś ty powiedział? Coś ty powiedział? Przypomniał sobie. Poczucie humoru nie należało do jej mocniejszych stron. O Matko Boska, no i dobrze, *finito*; tym razem naprawdę przepadł z kretesem.

– Ty nieczuły gówniarzu – powiedziała cicho. I nie mówiąc już ani słowa, otworzyła drzwi i zatrzasnęła je za sobą.

– Co z twoimi rzeczami? – zawołał.

Nie usłyszał odpowiedzi.

– Więc to koniec? – spytał sucho samego siebie.

Wychodziło na to, że tak. Przez ułamek czasu czuł się ostatecznie wolny, a potem z sypialni dobiegła go znajoma melodia kobiecego łkania. Kopnął kanapę, zaklął pod nosem i wrócił do obcej.

Rozdział dwudziesty pierwszy

Taksówka zatrzymała się pod domem Janice.

– Och – powiedziała Rohanne ze zdziwieniem. – To już tutaj.

Janice roześmiała się.

– Sylvia nie pochwalała wyboru tego miejsca, ale to bardzo blisko centrum. Z Piccadilly do Battersea jest zaledwie kilka mil. – Podniosła palec. – Pamiętasz to dawne powiedzonko: „Dobre z niego ziółko, jak z Battersea"?

– Nie – odparła Rohanne.

– W dawnych czasach ogrodnicy z Battersea hodowali tu lecznicze zioła, które potem kupowali od nich londyńscy aptekarze. – Wyjrzała z okna taksówki na ceglaste mury i ulice pełne samochodów. – Teraz trudno w to uwierzyć, ale tak naprawdę było. Tego powiedzonka używano wobec ludzi o ujemnych cechach charakteru. Takich jak ty.

– Jak ja? – Oburzenie wzięło górę nad uprzejmością. – A jakie to ja mam ujemne cechy charakteru?

– Próbujesz przechytrzyć miłość, moja droga, czynisz z jej braku cnotę. Tobie się wydaje, że jestem zbzikowana, bo czekam na Dermota Polla tak długo.

– Ależ...

Janice podniosła rękę.

– A właśnie, że tak myślisz. Cóż, uwierz mi, lepiej żyć z nadzieją w sercu i nie pomiatać miłością, niż cieszyć się swobodą pustki.

– Miłość osłabia – wybąkała Rohanne.

– Co robi, moja droga?

– Powiedziałam, że osłabia. – Rohanne już miała dodać: Popatrz na siebie... Ale jakoś ten przykład nie wydawał się słuszny.

– Nie, nie. Dobra miłość wypiera słabość i dodaje sił. To stan, który wzmacnia. To stan najwyższej doskonałości, który sprawia, że wszyscy, którzy mu ulegają, stają się dobrzy. Przenika do wszystkich nerwów i potrafi pokonać każde zło. I choć miłość doskonała jest z natury swej nieosiągalna, to przynajmniej możemy do niej dążyć. Jestem całkiem tego pewna. I będzie na ciebie czekała wiecznie, byś mogła jej zaznać choćby na łożu śmierci...

– Hej, ty naprawdę żyjesz w czternastym wieku – powiedziała Rohanne. – W dzisiejszych czasach jakby coś mało tej doskonałej miłości...

– Ale jej istota wciąż pozostaje taka sama, niezależnie od epoki. Biedny Owidiusz, taki szczęśliwy, że żyje w oderwaniu swych żądzy, skarży się nagle, że się zakochał, i teraz czuje się jak myśliwy, który wpadł we własne sidła, z których nic go już nie wyratuje... Dante spostrzega Beatrycze; Troilus Criseydę; Lancelot Ginewrę... Nawet Wiktoria widzi kichającego Alberta za zasłoną i z miejsca się zakochuje. Nie ma stulecia, w którym tak by się nie działo, nie ma czasów, w których kochankowie nie poszukiwaliby tej nieuchwytnej radości... i wieku, w którym inni nie zamierzaliby się z pałką na czystość odnalezionej miłości.

Rohanne Bulbecker poczuła powiew chłodu w sercu.

– Janice – powiedziała – ten... no tego... ten seks... w książce... nie masz chyba nic przeciwko, prawda?

– Chcesz powiedzieć, że to ty nie masz nic przeciwko, moja droga?

– No tak jakby...

Janice oparła się wygodniej i uśmiechnęła szeroko.

– Ależ oczywiście, że nie mam nic przeciwko. Nie widzę tu absolutnie żadnego problemu. Twoja... inicjatywa – stłumiła, chyba chichot, jak się wydało Rohanne – była jak najbardziej na miejscu. Ty i pan Pfeiffer nie macie się co przejmować. Dostaniecie seksu, przyrzekam. Sześć scen, równomiernie rozmieszczonych, jak sobie życzycie, i naturalnie opisanych z wielką wrażliwością...

Rohanne zaczęła się wiercić.

Taksówkarz też zaczął zdradzać objawy niepokoju. Jego taksometr wskazywał wprawdzie pokaźny zysk, a jednak irytowało go, że tak siedzi, gdy tymczasem te dwie kobiety paplają na tylnym siedzeniu.

– Powinnam już iść – powiedziała Rohanne – muszę jutro zdążyć na samolot.

– Czeka na ciebie ktoś miły?

– Morgan Pfeiffer – odparła ponuro Rohanne.

– Nikt z jakiegoś bardziej romantycznego kontekstu?

– Niestety – potwierdziła Rohanne. Pomyślała o Herbiem. – A w każdym razie nikt podpadający pod kategorię *Vous ou Mort*.

– Ja, jakkolwiek by liczyć, jestem zakochana od dwudziestu lat – oznajmiła Janice. – I to mnie nakręca.

– A ja – odparła pogodnie Rohanne – z powodzeniem unikam miłości i mnie to właśnie nakręca.

Janice klepnęła ją w kolano.

– Spróbuj choć raz na odwrót, dla odmiany. Przejdź na drugą stronę lustra. Nigdy nie wiadomo, może tak ci się spodoba.

– Rzuciłam kołonotatnikiem w mojego ostatniego kochanka – zdradziła Rohanne – i jeszcze tego samego dnia przyleciałam do Londynu. Trafił go w goleń.

– Lepiej w goleń niż w coś innego – stwierdziła Janice i mrugnęła zaskakująco sugestywnie.

Rohanne orzekła, że te wątki seksualne chyba jednak znajdują się w bezpiecznych rękach, mimo wszystko. Do cholery, pomyślała, kiedy Janice wysiadła z taksówki, tylko to się teraz liczy.

Facet na Stanowisku zaprosił Drobną Blondynkę na kolację.
– Była pani taką pomocną i czarującą towarzyszką – powiedział – mimo pani problemów.

Wpatrywał się w nią przez chwilę, by dodać uroczystej wagi tym słowom, ona zaś zamrugała swymi ślicznymi, dużymi oczyma, okazując, że przyjmuje je z przyjemnością. Wiedziała, że potrafi być pomocna i że jest czarująca, mimo głupiego zachowania Dereka i wynikłych z tego jej kłopotów. Facet na Stanowisku okazał się bardzo wyrozumiały i uprzejmy.
– ...Dlatego chciałbym należycie pani podziękować.
– Bardzo mi miło – odparła. – Tylko pójdę się przebrać.

Kiedy wchodziła do windy, Facet ną Stanowisku wpatrywał się w jej zwarty tyłeczek i nie tylko jego serce wykonało niewielki podskok. Miał wrażenie, że znowu ma osiemnaście lat. Jak mógł się związać z Valerie w tak młodym wieku? Wciąż zasługiwał na jakieś rozrywki. Przez całe lata był wierny i co miał z tego oprócz łóżka zimnego jak grób, z żoną, która była chodzącym podręcznikiem ginekologii? „Niech się pan zdobędzie na jakieś czułe gesty – powiedziała z entuzjazmem kobieta z poradni – a histerektomia stanie się dla was początkiem zupełnie nowych odkryć w dziedzinie rozkoszy seksualnych”. Przecież ona bredziła jak jakaś wariatka. Wystarczało, że tylko dotknął żony, a ona zaraz zamieniała się w bryłę lodu. I chciała oddzielnych łóżek. Cóż – zwalczył pokusę, by wyciągnąć rękę i klepnąć ten tyłeczek – będzie je teraz miała, proszę bardzo.

Odwrócił się, żeby nacisnąć przycisk, i Drobna Blondynka spojrzała na jego ramiona, ukryte pod ciemnym garniturem. Jaka szkoda, że nie zrobi czegoś z tym łupieżem, bo wtedy byłby całkiem atrakcyjny jak na osobę w średnim wieku. Czuła pokusę, by wyciągnąć rękę i otrzepać te białe plamki, ale w windzie była jeszcze jedna osoba i uznała, że przy świadkach to nie byłoby zbyt uprzejme. Można by pomyśleć, zadumała się, kiedy winda jechała w górę, że przecież jego żona powinna coś z tym zrobić. Wziąć się do niego. Derek miał kiedyś taki sam problem – też miał taką skórę – i doprowadził się do takiego stanu, że było to widać nie tylko na wszystkich ubraniach, ale nawet na narzucie w sypialni. Bez końca otrzepywała i odkurzała, aż wreszcie odkryła „Head & Shoulders”, produkt, jak się okazało, bardzo skuteczny. Miała nadzieję, że uda jej się wpleść to później do rozmowy, że niby tak od niechcenia.

Rozstali się przy drzwiach.

Facet na Stanowisku zadzwonił do żony. Głosem zbitego psa wyjaśnił, że konferencja się udała, ale wciąż jest jeszcze dużo do zrobienia. O wiele za dużo, by zdołał dotrzeć do domu następnego dnia, więc znakomicie się składa, że mają zarezerwowane pokoje na jeszcze jedną noc. Na pytanie żony o to, jak się spisuje Drobna Blondynka, odparł (zniżając głos i popatrując z niepokojem na ścianę działową), że nie najlepiej, że ma jej już trochę dosyć. Żona podpowiedziała mu, żeby zabrał tę dziewczynę na jakiś posiłek i postarał się jej wytłumaczyć, co robi nie tak. Musiał się zdobyć na duży wysiłek, żeby się nie śmiać.

– Skoro tak radzisz, moja droga – powiedział. – Może i tak zrobię.

Drobna Blondynka czekała na telefon od Dereka, ale na próżno. Kiedy perfumowała się za uszami i w zagłębieniu między piersiami, stwierdziła, że Derek z pewnością sobie na nią nie zasłużył. Miał dzwonić codziennie o siódmej wieczór i proszę, było już wpół do ósmej i nic. A przecież obiecał, po tamtej potwornej nocy, że nigdy nawet się nie zbliży do tamtego pubu. Cóż, cokolwiek robił, nie powinno to być ważniejsze od telefonu do niej. Kupiła mu przepiękny krawat, a tu takie podziękowania...

Po raz ostatni zwichrzyła włosy, dzięki czemu wydawały się równie puszyste i do twarzy jak włosy Melanie Griffith, zwilżyła czubek palca i przejechała nim po swych idealnie wyskubanych brwiach, wygładziła żakiet z czarnego weluru. Ani śladu łupieżu. A kiedy rozległo się pukanie, była doskonale gotowa.

– Wygląda pani olśniewająco – powiedział.

– Dziękuję – odparła, kiedy wsiedli do windy. Wiedziała, że wygląda olśniewająco.

Derek czuł się trochę niewyraźnie. Stary Ken mógł sobie mówić, że skoro przyrzekł, że nie pójdzie do pubu, to w takim razie pub powinien przyjść do niego, ale zostawili kosmiczny bałagan. A jednak, kiedy tak zbierał puszki, butelki i opakowania po chipsach i wynosił je do kubła na śmieci, gdzie ukrywał je na samym dnie, był też z siebie całkiem dumny. Ken i pozostali byli pod wrażeniem ulepszeń w domu, a szczególnie chwalili łazienkę – nie bez powodu. Ken pojął rzecz w mig, kiedy mu opowiedział o wentylatorze, o tym, jak mu z miejsca zaczął działać. „Szkoda, że nie ze wszystkim tak jest", powiedział i trącił go w bok, mrugnąwszy znacząco. Derek aż poczerwieniał, kiedy to usłyszał. Gdyby ona wiedziała bodaj połowę tych rzeczy, które obaj sobie mówili, to... cóż, lepiej było nie myśleć, co by zrobiła. Wciąż nie bardzo mógł sobie przypomnieć, co powiedział Kenowi w pubie tamtej strasznej nocy, ale jak dotąd żaden nie wspominał o trzymaniu się za łydkę ani czymkolwiek innym równie nierozważnym, więc uznał, że wszystko z nim w porządku.

Pokazał im skończony pokój dziecinny. Doskonały pod każdym względem, wyjąwszy fakt, że żaluzja z różowymi pierzastymi chmurkami czasem się zacinała. Ale Ken znał rozwiązanie. „Trzeba ją tylko trochę przykręcić", powiedział i zrobił to za niego. I teraz żaluzja działała jak ta lala.

Potem Derek zaprowadził ich do sypialni, żeby im pokazać toaletkę, w której drzwiczki obluzowały się nieznacznie. Wiecznie się otwierała, chyba że się w nią kopnęło. Drobna Blondynka była bardzo krytyczna, wskazywała, całkiem słusznie, że tamte w salonie meblowym wystarczyło lekko pchnąć i bez trudu się zatrzaskiwały. „Trzeba wyjąć te drzwiczki – powiedział Ken – i jeszcze raz wszystko skręcić. Zamontowałeś je pod lekkim kątem. Ale ja tam osobiście bym się tym nie przejmował".

Derek postanowił jednak to zrobić. Lubiła, jak wszystko działało należycie, podobnie zresztą jak on. I tak też zabrał się do toaletki już następnego wieczoru, przepraszając w myślach za to, że z tym pubem nagiął trochę prawdę, kiedy połapał się, że jest za kwadrans ósma i że zapomniał zadzwonić.

– Przykro mi – powiedziała recepcjonistka – ale nikt w tym pokoju nie odpowiada.

Derek zostawił wiadomość. Najpierw zamierzał przekazać, że dzwonił i że będzie w domu przez cały wieczór, gdyby tak zechciała oddzwonić. Ale w ten sposób dałby do zrozumienia, że myślał o wychodzeniu na miasto przy innych okazjach. Tak więc poprzestał na powiedzeniu, że dzwonił. I zaraz potem wrócił, pogwizdując, do swego dzieła miłości.

Drobna Blondynka zamierzała być tego wieczoru szczególnie czarująca dla szefa; przynajmniej on to doceniał, w odróżnieniu od Dereka. I nie miał wystających zębów.

– Nie będzie pani miała nic przeciwko, że zjemy w hotelu? – spytał, dotykając lekko dolnej partii jej pleców, kiedy wprowadzał ją do sali restauracyjnej. Czuł dreszcz kojarzący się z czymś dawno temu zapomnianym i trzymał rękę w tym miejscu przez całą drogę do stolika w rogu. Popatrzyła na błękitne kotary z aksamitu i tapetę w kwiaty, i dekoracyjne kinkiety. Wyraziła swą aprobatę.

– Ależ skąd – odparła, siadając zgrabnie – i muzyka też jest cudowna.

– O tak – powiedział. – A co to takiego?

– Wydaje mi się, że James Galway – powiedziała, strzepując serwetkę, zanim pomógł jej w tym krążący obok kelner. – To klasyk. Motyw przewodni z *Doktora Żywago*.

Już miał ją spytać, czy film jej się podobał, ale przypomniał sobie zaraz, że prawdopodobnie była w kołysce, kiedy go puszczali.

Wybieranie dań z karty napisanej po francusku było trochę kłopotliwe, ale przeprowadził ją przez to z towarzyszeniem lekkich uścisnięć i klepnięć jej dłoni. Na początek zamówiła koktajl z krewetek, gdy tymczasem on zdecydował się na zupę, na wszelki wypadek postanawiając unikać pasztetu czosnkowego...

Przy daniu głównym trochę się zabawili, ona wybrała kurczaka bez dodatków, gdy tymczasem on, za jej poradą, wybrał stek wołowy, jako coś bardziej męskiego.

– Wy, mężczyźni, musicie dbać o mięśnie – powiedziała z uśmiechem, klepiąc go po ręce, starając się nie patrzeć na jego ramiona, które znowu zaczęły wyglądać jak obsypane pieprzem z solą. Zauważyła także spore plamy siwizny, ale nie na wyróżniających się partiach skroni, jak u niektórych aktorów na filmach, tylko na całej głowie. Wystarczyło to zignorować, a wtedy cały posiłek i ta sceneria, świece i kinkiety, przypominały tamto zdjęcie z czasopisma. Zadygotała nieznacznie, przypomniawszy sobie artykuł o orgazmach. Była niemal pewna, że wszystko szło źle z jej winy, bo nigdy nie miała orgazmu, a prawdopodobnie nie dawało się zajść w ciążę, jeśli się nie miało orgazmu. Wypiła odrobinę rieslinga i przyglądała się mu, jak popijał swoje ciemnoczerwone wino, co, uznała, stanowiło objaw wielkiego wyrafinowania. On na pewno wie wszystko o orgazmach – jako światowy mężczyzna, ale oczywiście ona go o to nie zapyta, jakżeby mogła? Ale nic dziwnego, że Derek robił się trochę, cóż, spięty – ostatnio powtarzali to tak często (oprócz tamtej jednej nocy, która była taka ważna), że musiał się do tego czasu trochę znudzić.

Ona z pewnością była znudzona. Prawdopodobnie przydałby jej się jakiś orgazm. Tylko skąd go wziąć? Upiła nieco ze swojego kieliszka, przekrzywiając głowę, robiąc bardzo inteligentną minę i nie słuchając ani jednego słowa, które do niej mówił. Zastanawiała się, czy jego żona ma orgazmy. Pewnie tak. Wszyscy na świecie – tu nagle poczuła, że jest mocno zirytowana – wydawali się do nich zdolni. Dlaczego ona nie?

Po raz pierwszy w życiu nie osiągnęła tego, co postanowiła osiągnąć, i to ją strasznie rozzłościło. Nie mniej niż myśl o tamtej baloniastej kobiecie z centralki telefonicznej, która miała czelność się zwierzyć, że zaszła w ciążę przypadkiem.

Jadła bardzo elegancko, a w ich butelkach ubywało – w jej zaskakująco prędko. Jej towarzysz umiał się zachować i był taki nadskakujący.

Spojrzał na nią i przyszło mu na myśl, że jego sekretarka jest najpiękniejszym, najdoskonalej ukształtowanym stworzeniem, jakie chodzi na dwóch nogach – i wrażenie to rosło w miarę, jak obniżał się poziom burgunda.

Spojrzała na niego i przyszło jej na myśl, że jej szef jest szarmancki, bardzo uprzejmy i taki wszystkim zainteresowany. I zanim doszli do puddingu, postanowiła sobie pofolgować i wziąć ciastko z kremem. Zdumiała samą siebie, gdy odpowiedziała twierdząco na pytanie, czy chce jeszcze jedno, okraszając to swoim ulubionym powiedzonkiem „Kochanego ciała nigdy dosyć", które on na szczęście uznał za zabawne.

Stwierdziła, że ciastko jest „niczego sobie", z chichotem, którego się po sobie nie spodziewała, i nawet nakarmiła go kawałkami ze swojego talerzyka. Powstrzymała się jednak od wypicia całego rieslinga, bo pomyślała o dzieciach. Alkohol potrafi być bardzo szkodliwy... i powiedziała to na głos.

– Alkohol jest bardzo niedobry dla dzieci.

Popatrzył na nią ze zdziwieniem, ale prędko wyzbył się zdziwienia i przytaknął roztropnie, jakby ona cytowała Platona. Nie wiedział, co powiedzieć. W końcu zdecydował się na „święta prawda", co wymówił ze szczerym przekonaniem.

Była pod wrażeniem.

– A co pan wie o orgazmach? – kontynuowała. – Bo ja chyba nigdy żadnego nie miałam i naprawdę przydałaby mi się tu jakaś pomoc.

Skończył już swoje wino, więc bezmyślnie sięgnął po jej niedopitego rieslinga i wypił go do końca. Co też się stało, zastanawiał się, z koniecznością wstępnego gambitu, typu: „Moja żona mnie nie rozumie?" Przez chwilę czuł się zmrożony jej bezpośredniością, bo całkiem ją polubił za to, że jest taka nieśmiała. A jednak nie można mieć wszystkiego, a zresztą jeszcze nigdy nie był tak blisko celu.

– Derek nie zadzwonił dzisiaj – powiedziała i jej oczy zrobiły się mętne.

– Gdyby pani była moją żoną i wyjechała z jakimś innym mężczyzną, to ja dzwoniłbym co godzinę.

– Och – powiedziała – on wie, że ja nie wyjechałam z innym mężczyzną. On wie, że to tylko pan.

Jeśli kiedykolwiek zamierzał zachować się jak człowiek honoru, jeśli kiedykolwiek zamierzał pozostawić to wszystko w domenie fantazji, to ta myśl umarła w tym dokładnie miejscu.

– Zamówmy brandy do mojego pokoju – zaproponował. – Dobrze? Mam tam coś dla pani, podarunek w dowód wdzięczności.

Uśmiechnęła się.

– Ja też mam coś dla pana – odparła prowokująco.

Zignorował dalsze myśli o tym, że on to „tylko on" – że dokładnie tak mogłaby go nazwać jego żona – i jeszcze raz popatrzył na jędrny tyłeczek, który znowu przed nim podrygiwał. A kiedy szli w stronę windy, przyszło mu do głowy, że przez cały wieczór wypalił nie więcej niż trzy papierosy. Co było zdumiewające. I co oznaczało również, że będzie dla niego łaskawa. Naprawdę, cała ta sprawa była idealnie, wprost idealnie usprawiedliwiona i – tu znowu spojrzał na tyłeczek – bardzo, ale to bardzo domagała się realizacji.

– O, niech pani patrzy – powiedział, używając znacznie większego nacisku na dół jej pleców, kiedy wprowadzał ją do pokoju – butelka szampana i dwa kieliszki. To pewnie prezent od dyrekcji hotelu.

– Ooh – ucieszyła się. – Jak miło! Hep!

Ujął ją za rękę i poprowadził w stronę łóżka.

– Chyba powinniśmy go otworzyć, nie uważa pani?

– No dobrze – powiedziała – ale tylko jeden kieliszek. Trzeba pamiętać o orgazmach! Ojejku! – zachichotała. Chciała powiedzieć, że trzeba pamiętać o dzieciach, ale co tam, obie te rzeczy bardzo szybko stawały się synonimami w jej głowie.

– Oczywiście – odparł, uśmiechając się do niej z niedowierzaniem. – A teraz niech pani tu sobie usiądzie wygodnie, a ja tymczasem otworzę bąbelki. – Czkawka nie ustawała. Ostrożnie nalał każdemu z nich bardzo niewielką dawkę. Między uwalnianiem się z hamulców psychicznych a chrapaniem nad ranem i innymi, jeszcze gorszymi rzeczami istniała bardzo cienka linia. W każdym razie takie dość mętne wspomnienia miał z okresu, kiedy był nastolatkiem. A poza tym ona wyglądała na już mniej lub bardziej uwolnioną od hamulców.

Obserwowała go, dziwując się jego zręcznym ruchom, temu filmowemu odgłosowi wyskakiwania korka, rozkosznym kaskadom banieczek wpływających do wysokich kieliszków. Wręczył jej kieliszek, upiła łyk.

– Pyszny – powiedziała i spojrzała na tulipanowy kształt w swoim ręku. – Ale też dziwne, że nie dali nam kieliszków we właściwym kształcie. Najlepsze są te płaskie.

– Doprawdy? – spytał i usiadł obok niej. – Za miłe spotkanie. – Podniósł kieliszek.

– Nasze kawalerskie! – zawołała i znów zachichotała. – Jak Boga kocham, gdyby Derek mógł mnie teraz zobaczyć... – I tu zalała się łzami.

Co Facet na Stanowisku uznał za niemalże doskonały pretekst do uzyskania przewagi. Odstawił kieliszek i wziął paczuszkę z nocnego stolika.

– No już, już, proszę nie płakać – powiedział. – Chyba najwyższy czas, bym to pani ofiarował...

gorączkowym rozbawieniem. Widziała jego udrękę i ta udręka działała na nią pobudzająco.

– A ja lubię ten dowcip – odparła. – I miałabym ochotę opowiadać go bez końca. Mój kocioł do herbaty – powtórzyła gwałtownie, z uporem dziecka. Jej oczy lśniły niczym ostróżki w ogniu.

Bał się gniewu, namiętności, która emanowała z niej niczym szaleństwo. Opanował się wewnętrznie i podszedł do niej, ułożył dłoń na jej ramieniu, gestem, którym zdawał się przepędzać diabła.

– Ale ten problem należy już do przeszłości, prawda? – spytał. Jej ramię pod jego dłonią wydawało się jakby chudsze. Jakby coś ją zjadało od środka. – Załatwiłaś go ostatnim razem, kiedy pojechałaś do Londynu.

– Tak, tak – odparowała ochoczo, odsuwając się od niego, byle jak wciskając obrus do szafki. – No chyba że kocioł znowu się zepsuje – odparła butnie – i będę musiała go odwieźć.

– Nie zepsuje się – stwierdził z przekonaniem. – Jest tak skonstruowany, żeby mieć długi żywot.

Płakała już. Stanęła do niego plecami i najpierw bezmyślnie przestawiała karafkę stojącą na komodzie, a potem bez końca wodziła palcem po dębowym kancie. Nie wydawała żadnych dźwięków, nie wykonywała żadnych gestów, ale wiedział, że płacze. Objął ją ramionami, obrócił ku sobie. Łzy kapały jej z podbródka, rzeźbiły kreski dookoła jej ust. Stali blisko siebie, ale ich ciała ledwie się stykały. Była wyniosła, samotna, zamknięta w jakimś własnym świecie.

– Jesteś zdenerwowana – powiedział. – Chodź tu się położyć na chwilę.

Potrząsnęła głową.

Tym razem zatrzymał ręce, pewien swego, uparty.

– Już jesteś spóźniony na lekcje – odparła. – Lepiej już idź.

– Niektóre sprawy są ważniejsze niż to, by niechętne dziesięciolatki zrozumiały świętego Pawła. Chcę, żebyś tu ze mną poleżała. – Lekko dotknął jej piersi, przymykając oczy w reakcji na jej ciężar i ciepło.

Przypomniała sobie o sińcu, którego tam miała.

Kiedy otworzył oczy, wiedział, że się wzdrygnęła pod wpływem jego dotyku, i zrobiło mu się wstyd.

– Kocioł się nie zepsuje – orzekł stanowczo. – Bóg go ochroni. – I odszedł.

– Na pewno ochroni? – mruknęła gorączkowo. – Na pewno?

Podniosła telefon i zadzwoniła do kobiety, która obwiązywała głowę chustką, tej od polerowania mosiądzu.

– Myślę, że najwyższy czas, aby harcerki zorganizowały herbatkę dla emerytów.

Ta od polerowania mosiądzu zgodziła się.

Odłożyła telefon i poszła przemyć oczy, zanim zjawi się Komitet Betlejemski zaproszony na śniadanie.

Było ich dwadzieścioro troje. Patrzyła, jak się wgryzali w bułeczki z parówkami, jak ich obwisłe twarze poruszały się niczym maski z odbarwionej gumy, kiedy je przeżuwali, jak ich pomarszczone wargi wykrzywiały się nad filiżankami, kiedy siorbali herbatę. Pomacała własne policzki i gardło, czując, że ono też już tam jest, to samo zwiotczenie, że zaczyna się i że już nie ma odwrotu. Arthur rozmawiał z nimi, rozśmieszał ich. Promienie słońca padały na jego głowę, widać było, że rzedną mu włosy. Wiek. Dopadał ich oboje i aż do tej chwili wierzyła, że potrafi się z tym pogodzić. Tutaj można się było z tym pogodzić, tutaj niemal uważała, że się z tego cieszy. Że się tego spodziewa. Czas mijał, a oni żyli blisko ziemi i pór roku.

Inaczej niż w Londynie. W Londynie było inaczej. W Londynie było trochę tak jak z wrzucaniem tabletki aspiryny do wazonu z kwiatami – można się było trzymać, zahamować ten proces albo przynajmniej go powstrzymać na jakiś czas. Oczywiście nie na zawsze – ale na jakiś czas. Bardzo chciała tam wrócić, musiała tam wrócić. Pragnęła odzyskać klucz do ogrodu miłości. Ten jeden raz wcale nie wystarczył. Przypominała go sobie coraz barwniej, zdziwiona, że te szczegóły rozrastają się z czasem, niczym gobelin, który zdradza tym więcej, im częściej się go ogląda. Przeżywała na nowo każdy niuans, każde słowo, jakie wymówił, kiedy przeżywał rozkosz, aż wreszcie nabrała przekonania, że on też pewnie usycha z tęsknoty, pełen żalu, że też pragnie ją widzieć, czuć, po raz kolejny się w niej zatopić. Popatrzyła na stół zastawiony filiżankami z grubej porcelany, dzbankami z mlekiem, talerzami z pieczywem i na tego potwora – który rozkraczył się tam jak jakaś ropucha, złowieszczy, przytłaczający zastawę, lśniący nowością. Nienawidziła go.

Pochwalili jej herbatę. Tak, to ona to wszystko upiekła. Tak, ten dżem to jej robota. Tak, te bułeczki też. Tak, tak, tak, na wszystko tak. Tak nawet na cholerną herbatę w ich filiżankach.

– Moja żona – powiedział Arthur – pojechała do Londynu zapolować na najlepszy kocioł do herbaty. Trochę to przejaw zarozumialstwa, nieprawdaż? – Obrócił się w jej stronę. – Jak w epizodzie z panią Zapłatą w Westminsterze. – Obrócił się znowu w stronę uczestników herbacianej biesiady, jakby chciał ich udziału w tym dowcipie. Podczas ich wizyt czytywał im Langlanda. Robił to bardzo dobrze; podczas studiów w Cambridge udzielał się w kółku teatralnym. – Pamiętacie, co mówił Rozum? „Nie mówcie o litości! Aż Panowie i Damy Prawdę-Prawość obiorą"*.

– Święta prawda, ojcze wikariuszu – odezwał się staruszek z sumiastymi wąsami.

– Tak – odparł Arthur, patrząc na nią. – Święta prawda.

Podsunęła talerz z ciastkami staruszkowi, wbijając go w jego pierś z taką siłą, że ten aż się skrzywił. A potem wyciągnęła go w stronę Arthura.

– Chcę tylko herbaty – powiedział. Podał jej swoją filiżankę, a ona poszła ją napełnić. Gładziła ropuchę, kiedy ją doiła, stwierdzając, że to opiekunka jej tajemnicy, bojąc się, że gdzieś w jej własnym wnętrzu czai się szaleństwo.

Po jej powrocie podjął temat, jakby na nią czekał.

– Za to Strojnisia, powiada dalej Rozum, niech „w skrzynce zamknie swe faramuszki"*. – Podniósł w górę palec. – Ale mimo że ona to robi i kler karmi biednych, mimo że rząd służy dobrze ludowi i święty Jakub jest poszukiwany w pielgrzymce do Composteli, wciąż nie będzie litości, dopóki Zapłata nie zostanie wyrzucona i jej miejsca nie zajmą Rozum i Sumienie.

– Amen – skwitowała to nerwowym tonem jedna ze staruszek. Wszystko to było nieco zbyt ewangeliczne jak dla niej.

– I oni oczywiście je zajmą – wtrąciła Alice, odsuwając pasmo rudozłotych włosów z czoła i patrząc na męża.

– I oni oczywiście je zajmą – zgodził się.

Wpatrywali się w siebie, zapominając na chwilę o swych gościach.

– Chciałabyś tego posłuchać w średniowiecznej angielszczyźnie? – spytał.

– Nie teraz – odparła.

– Nie jesteś jeszcze gotowa?

– A jak to się kończy?

– Wszyscy zachowują się tak, jak powinni. Są pełni dobroci, godności, uczciwości i miłości. A Król, któremu doradzają Rozum i Sumienie, o ile dobrze pamiętam...

Arthur, pomyślała, ty bawisz się mną.

– ...Król gwarantuje, że tak będzie dalej. „Boże broń, by było inaczej!", powiada, „Póki tchu w piersiach stanie, żyć będziemy pospołu"*.

– Alleluja! – zawołała nerwowa staruszka.

– Alleluja, pani Bell, nie inaczej. Czy chce pani jeszcze herbaty? – Wziął od niej filiżankę. – A może ty? – spytał ją.

– Jak mogę chcieć jeszcze – spytała, czując się jak Alicja po drugiej stronie lustra – skoro dotąd nie wypiłam ani łyka?

– Nie? – zdziwił się. – A to przepraszam. Myślałem, że już piłaś.

Podeszła do niego i spróbowała odebrać filiżankę pani Bell. Trzymał ją, ściskając palec wskazujący i kciuk wokół grubej, białej porcelany.

– A jak tam kocioł? – spytał. – Sprawuje się, jak trzeba?

– Na razie tak – odparła zaczepnie.

– To dobrze – powiedział. – Bo jeśli się zepsuje, to stanie się moim krzyżem, który będę musiał ponieść do Londynu.

– Nonsens – stwierdziła. – Jeśli się zepsuje, sama go zawiozę.

– Mamy tu mnóstwo takich, którzy potrafiliby go naprawić i potrzebują pracy – wtrącił się staruszek z sumiastymi wąsami.

– Ach – powiedział Arthur – tu zdaje się nie o to chodzi. A ty co o tym myślisz?

Poszła napełnić filiżankę. Herbata wylewała się idealnym strumieniem, a kiedy przekręciła kurek, natychmiast przestała płynąć; kocioł nie uronił już ani kropli... Bardzo dobrze, pomyślała, jeśli nie mogę jechać z tobą, to w takim razie pojadę bez ciebie. Ale pojadę.

Kiedy szła pośród potakujących głów, oferując herbatę, częstując ciasteczkami, nagle poczuła, że to wie, że jest pewna, głęboko przekonana, że on, ten drugi, czeka na niespodziankę. Pragnęła zobaczyć błysk w tych oczach, kiedy ona się zjawi niespodziewanie, jego zachwyt, że oto ma ją przy sobie. Mogłaby nawet sprawdzić najpierw, czy jego żona jest w ich domu na wsi, a nie w Londynie. Nie musiałby się wtedy denerwować. I dowiedziałby się, jaka ona potrafi być sprytna. Mogliby wrócić do Ritza i tam spędziliby jeszcze jedną noc. Potrzebowała tego, mówiła sobie, żeby przetrwać. Z dala od Arthura rozsądek zwycięży. A Arthur nic nie wiedział, to tylko ona była przewrażliwiona, podejrzliwa, nękały ją wyrzuty sumienia. Później wróci znów do Cockermouth i tym razem już na zawsze. Do powrotu wymyśli jakiś dobry powód tego nagłego wyjazdu. Kocioł, sprawujący się tak dobrze, jak to zauważył Arthur, nie krył już w sobie żadnej nadziei. Wymyśli coś innego. On, ten drugi, pomoże jej w tym – zawsze był dobry w oszukiwaniu. Pojedzie pojutrze. Bo po co czekać? Tylko raz, jeszcze tylko raz, błagała samą siebie. Tylko raz, póki jeszcze nie zaczęła się rozpadać.

Krajobraz wczesnego poranka za oknami pociągu był mglisty, powietrze świeże. Wtuliła się w swoje miejsce, zaciskając wokół siebie poły płaszcza, jakby to były jego ramiona. Rytm kół był jak refren nadziei, wybijał kolejne mile w jej głowie. Czuła woń kawy, ale nie mogłaby jej przełknąć i obiecała sobie, że potem napiją się razem kawy albo herbaty, szampana, czegokolwiek – nie było końca wyliczance tych wszystkich rzeczy, które mogli później z sobą dzielić...

W Cockermouth Arthur wsunął list do koperty, zakleił ją i wstał od stołu. Wyjrzał w ciemną noc, nieruchomą i milczącą, czekał, aż zakłócą ją podmuchy zimy. Ustawił osłonę przed kominkiem i poszedł na górę. W sypialni umieścił jej sekret i swój na jej poduszce. Puderniczka obok listu, który dostał z Guildford – z miejsca, z którego kiedyś wyruszali pielgrzymi, przypomniał sobie z ironią. Obok ułożył jeszcze swoje *Widzenie o Piotrze Oraczu*, otwarte na stronie, gdzie pani Zapłata jest w Westminsterze. W końcu była to wizja poetycka. Potem udał się do rezerwowej sypialni, zimnej i wilgotnej, do łóżka przypominającego grobowiec, pod prześcieradło przypominające całun. Jutro wyśle ten list do swego biskupa.

Przez jakiś czas leżał, nie śpiąc, i myślał o przyszłości. Może z tymi Chinami to było pójście po linii najmniejszego oporu? Kto to mógł wiedzieć? W głowie słyszał słowa, którymi mógłby przemawiać do niego Piotr Oracz: Nigdy nie znalazłem innego życia, które by do mnie pasowało, oprócz tych długich szat duchownego. Jeśli mam zarabiać na życie, powinienem to czynić w ramach tej pracy, którą poznałem najlepiej, bo powiedziane zostało: „Zresztą niech każdy postępuje tak, jak mu Pan wyznaczył"*. Kupują cię za jakąś cenę. Ale nie stawaj się sługą człowieka...

Zastanawiał się, czy ona też zechce tam pojechać, kiedy jej podróż dobiegnie już kresu. A jeśli tak, to jaką zapłaci mu cenę...

Janice Gentle poszła do kuchni i cisnęła torby na stół. Czy to ważne, że mężczyzna ze sklepiku na rogu uważał ją za skończoną idiotkę? Wreszcie osiągnęła swój cel – wymieniła kolejno, czego chce, a potem stała i w absolutnym milczeniu czekała, aż jej życzenia zostaną spełnione. Niczym dentysta poszukujący nerwu, wygłosił całą serię prowokujących uwag, ale Janice pozostała niema. Jeśli na dworze robi się zimniej, to tylko dobrze. Jeśli ceny sera idą w górę, to co z tego? Jeśli ta dzisiejsza młodzież na niczym się nie zna i jest nieokrzesana, to po co o tym mówić? W końcu poddał się i dalej obsługiwał ją w milczeniu, a ona zapłaciła i dopiero gdy już znajdowała się w połowie drogi do wyjścia, zmiękła na tyle, by się odwrócić, powiedzieć: „Jutro pewnie będzie padało" i zaczekać, aż on jej odpowie: „Deszcz przyda się roślinom". Zaraz potem jednak prędko wyszła, zanim spróbował uzupełnić to opowieściami o swojej fasoli tyczkowej i pladze muszek.

Janice czuła się wyzwolona. Wrodzona dobroć sprawiła, że było jej smutno z powodu odejścia Sylvii Perth, chociaż czuła się zdradzona, a jednak wyzwolenie się było naprawdę czymś przyjemnym. Czuła się wręcz jak nowo narodzona. I teraz – rytuał odprawiony w sklepie spożywczym to pokazał – mogła zacząć od nowa jako prawdziwy twórca, mogła wreszcie tworzyć samodzielnie.

Skubała bochenek ciepłego chleba i uśmiechała się. I wspominała, zadowolona teraz, że to tylko wspomnienie, oczy Sylvii przymrużone jak u kota, kiedy opadała na nie kurtyna dymu papierosa i tamto koszmarne zdanie: „No więc, Janice, jestem głęboko przekonana, że jeszcze jedna i na tym koniec..." Tym razem Janice miała przeczucie, że teraz to już naprawdę będzie koniec.

Masło zalśniło w maselniczce, kuchnia wypełniła się zmysłowym aromatem świeżego chleba. Umoczyła nóż w słoju z miodem i rozsmarowała go grubą warstwą. Wiedziała dokładnie, co napisze. Nie będzie niczego wymyślała, wystarczyło tylko improwizować. Jej ostatnia, najwspanialsza powieść, jej *magnum opus*. Podeszła do komputera. Zanim zacznie, będzie musiała wypuścić te dusze, które kryły się w środku. Już ich nie potrzebowała; niebawem będą zmuszone gdzieś się tułać i same siebie chronić. Facet na Stanowisku zadziwił swoją żonę, bo pokazał jej dwa bilety na krótki urlop na Teneryfie, na zaraz, teraz. Zaprotestowała, że nie jest pewna, czy jej mięśnie brzucha wytrzymają lot, ale wtedy odburknął:

– Nie proszę cię, żebyś machała swoimi cholernymi skrzydłami – i natychmiast za to przeprosił, z zażenowaniem machając rękami. – To z zalecenia lekarza – dodał stanowczo i zabrał się do pakowania walizki.

Już jego przedwczesny powrót z Birmingham sprawił, że straciła głowę, a teraz po prostu wytrzeszczyła oczy i uległa bez dalszych sprzeciwów. Wydawał się zagniewany, wręcz wściekły, i przynajmniej tym razem nie mówił, że to ona stanowi przyczynę. Dlatego właśnie poczuła się znacznie lepiej: choć raz zdjęto z niej brzemię winy, brzemię porównywalne do głazu przypasanego do pleców. Stwierdziła, że jednak potrafi stać prosto, że może się przydać w pakowaniu bagaży i załatwianiu różnych spraw na tak zwaną ostatnią chwilę. Nie wymówiła ani słowa krytyki, gdy widziała to miętoszenie starannie wyprasowanych koszul i niechlujne wciskanie jej garderoby do walizek. Przecież zawsze się gdzieś znajdzie jakieś żelazko. Uśmiechała się do siebie, nieobecnie otrzepując jego ramiona gestem tak znajomym, że przestał go już zauważać. Zawsze gdzieś było jakieś żelazko. Gotowa była iść o zakład, że nawet gdyby podróżowali na kraniec świata, to i tak znajdą żelazko, które będzie na nich czekało. Od prasowania nie dawało się uciec, nigdzie na całym świecie. Gdziekolwiek się pojechało, człowiek zawsze znajdował swoje *bête noire*. Którym w jej przypadku było prasowanie. Mogło być gorzej.

– A kto pilnuje biura? – spytała.

– Ta głupia suka, którą nazywam sekretarką – odparł, dorzucając swoje przybory do golenia. – Wiesz, co ona zrobiła?

– Co zrobiła? – Jego żona ukradkiem rąz jeszcze złożyła jedną ze swoich lepszych spódnic.

– Ano właśnie! – wycedził jadowicie, błyskawicznie na powrót rozkładając spódnicę i wtykając ją do walizki na chybił trafił. – Upiła się, po czym ofiarowała mi książkę o mojej powolnej dezintegracji i próbkę szamponu przeciwłupieżowego razem z aluzją, że ja siwieję! – Wykonał gest naśladujący mizdrzenie się i z dykcją Drobnej Blondynki dodał: – Bo takiego właśnie używa jej Derek...

Jego żona uśmiechnęła się w duchu. Każdy ma swój czuły punkt...

– I jeszcze – ciągnął, nie przestając karać spódnicy – miała czelność powiedzieć, że powinienem przestać palić, bo dostaję od tego plam na zębach i dłoniach!

...a niektórzy mają nawet dwa takie punkty, pomyślała.

– I bez przerwy mnie podrywała – dodał. – Czy ty wiesz, że ona non stop mówiła o seksie? O orgazmach i w ogóle. Zresztą chciałem cię zapytać...

– Dla ciebie to musiało być trudne – powiedziała żona.

Nie wiesz nawet, jak trudne, biorąc pod uwagę stan naszego małżeństwa, pomyślał, ale chociaż raz powstrzymał się z powiedzeniem czegoś takiego.

– Powinienem ją wyrzucić.

– Nie możesz.

– Wiem – odparł, prostując się i uśmiechając do niej niebezpiecznie. – Ale mogę sprawić, że ta praca stanie się dla niej piekłem.

– A to w jaki sposób? – Szła drobnymi krokami do otwartej walizki, jeszcze raz wygładzając spódnicę, przymykając wieko, by mogła tam poleżeć w spokoju.

– Tak to urządzę, że nie będzie w stanie zostać.

– Jak? – Zatrzasnęła zamek i westchnęła z ulgą.

– Przeniosę ją na niższe stanowisko. – Przytaknął sobie z satysfakcją.

– To znaczy jakie?

– Tak się składa, że dziewczyna z centralki odchodzi, bo będzie miała dziecko. I moja sekretarka odziedziczy to stanowisko.

– Możesz to zrobić? A co z sądami pracy?

– Dostanie takie samo wynagrodzenie. Nie będą mogli nic zrobić. I wtedy odejdzie. Nikt, kto ma choć odrobinę godności, nie zostałby po czymś takim.

– A kto ją zastąpi?

Wzruszył ramionami.

– Nieważne kto, pod warunkiem że będzie się nadawała.

– A może nadawał?

Uśmiechnął się.

– Niewykluczone.

– A więc dosyć Drobnych Blondynek? – Patrzyła na niego bardzo twardo.

Podniósł obie ręce w geście wyrażającym krańcową szczerość.

– Słowo honoru, kochanie – wzniósł oczy ku niebu – nawet mi to przez myśl nie przeszło.

– Wierzę ci – odparła. – A teraz pozwolisz, że trochę się popluskam w wannie.

– Nie mamy za wiele czasu.

– Tylko się opłuczę i umyję włosy. – Chichotała jak uczennica, kiedy zamykała za sobą drzwi. – Teneryfa! No proszę, proszę. Może nawet wyskubię sobie brwi. – Czy to ważne, że tak wybiórczo traktuje prawdę? – rozmyślała, kiedy napuszczała wodę do wanny. Od lat nie mówił do niej „kochanie".

Polecieli jeszcze tamtego popołudnia. Nie pozwolił jej dźwigać żadnych bagaży oprócz torebki i czasopism i cały czas był spokojny i pogodny, z wyjątkiem jednego momentu, kiedy jakaś Amerykanka zaszła mu drogę. Mogło dojść do awantury – która zawsze stanowi nieprzyjemny sposób na rozpoczynanie wakacji – bo Amerykanka najpierw bardzo agresywnie warknęła: „Ślepy czy co?", ale kiedy Facet na Stanowisku już miał odburknąć coś zgryźliwego, dziewczyna zmiękła, podniosła rękę w górę (jak ona się nie wstydzi takich obgryzionych paznokci, pomyślała żona Faceta na Stanowisku) i powiedziała: „Przepraszam. To była moja wina. Naprawdę przepraszam". Na co Facet na Stanowisku, również zmieniając taktykę, oświadczył, że to wszystko wyłącznie przez niego. I wyraził też nadzieję, że nic jej nie zrobił.

Żona przyglądała się całej sytuacji, sprawdzając, czy tu nie pachnie jakimś flirtowaniem, ale niczego nie wykryła. Po prostu dwoje uprzejmych ludzi. Wsunęła mu rękę pod ramię, ale nie wsparła się na nim całym ciężarem, tak jak dotychczas zwykła to robić. Jej dłoń spoczywała lekko – jednocząc się z nim raczej, niż wspierając – i dalej już pchali swój wózek z bagażami wspólnie. Spytała go raz jeszcze o Birmingham. Wzruszył ramionami.

– Nie po to zorganizowałem nasz wyjazd, żeby rozmawiać o interesach.

To ją tak wytrąciło z równowagi, że poczuła się niemal jak młoda dziewczyna. I zaczęła się też zastanawiać, o czym w takim razie będą rozmawiali. W pewnym momencie spytał ją, czy chodzenie ją męczy i jak tam z jej mięśniami. Odparła mu wtedy, że nie po to wyjeżdża na wakacje, żeby rozmawiać o swym stanie zdrowia. To zdumiało ich oboje do tego stopnia, że odtąd szli w przyjemnym milczeniu.

Kiedy Derek zobaczył Drobną Blondynkę na dworcu, była bardzo blada i miała mocno zaciśnięte usta.

– Strułam się czymś – wyjaśniła. – A on musiał wracać do domu, do żony, która niedomaga.

– A moim zdaniem to jest zwykły cham – powiedział Derek z niezwykłą dla niego asertywnością – jeśli chcesz znać moje zdanie. Jak on mógł cię tak zostawić?

– On we mnie wierzy, Derek.

– A ja tam mam wielką ochotę iść do niego w tej sprawie.

– Nie złapiesz go – odparła. – On gdzieś ją wywozi. – Pojaśniała. – I zostawia mi wszystko pod opieką. On mnie bardzo wysoko ceni, Derek.

– Coś jakoś dziwnie to okazuje – odparł, pomagając jej wsiąść do samochodu.

– Nie mamrocz, proszę – powiedziała.

Po przyjeździe do domu rozpakowała się. Wyjęła skrawek koronki i pomachała nim przed nosem Dereka.

– Dostałam to od niego – oświadczyła. – To prawdziwy dżentelmen. Ja tu płaczę, a on...

– Płakałaś? – Derek wyglądał na zdumionego. – Dlaczego?

Spojrzała na niego z litością.

– Jeśli ty tego nie wiesz, Derek, to ja ci tego nie powiem. – Podniosła chusteczkę i znowu nią pomachała. – A taki podarunek dla kobiety to coś bardzo romantycznego.

– No coś ty? – zdziwił się Derek. Ken na pewno tak nie myślał. W każdym razie on nie myślał, by Ken tak myślał. Bo dla niego samego to wszystko to była czarna magia, cała ta afera z romansami. Kiedyś zwykł kupować chusteczki dla cioci Megan na Gwiazdkę, z M wyhaftowanym w jednym rogu. Miał nadzieję, że ona tu czegoś nie pokręciła...

– Zrobię ci duży kubek gorącej herbatki – powiedział.

– Zrób mi filiżankę, Derek – odparła i spojrzawszy na koronkową chusteczkę, westchnęła. – Herbatę podaje się w filiżance. Nie pamiętasz?

Kiedy już wychodził z sypialni, zatrzymał się jeszcze, odwrócił w jej stronę i aż różowiejąc z zadowolenia, powiedział:

– Nie zauważyłaś.

– Czego znów nie zauważyłam? – rzuciła szorstko.

– Za tobą.

Poczuła się zirytowana. Jej ból głowy jeszcze nie całkiem przeszedł mimo upływu czasu. To z pewnością przez te krewetki.

– Co? – spytała ostro.

– Za tobą.

– Derek. Nie mam nastroju do zabawy w pantomimę!

– Drzwi.

Obróciła się zaciekawiona.

– Naprawiłem drzwiczki.

Pchnęła je lekko. Nie otworzyły się.

– Dobra robota, Derek – pochwaliła go.

Uważał, że to jest znacznie „lepsza robota" niż ten głupi kawałek bawełny, którym wymachiwała mu pod nosem.

– Musiałem je wyjąć z zawiasów – wyznał. – Całe. – Czekał na wyrazy uznania.

– Skoro już mowa o wyjmowaniu, Derek – odparła – to powinniśmy też wyjąć ten okropny wentylator. Jestem pewna, że on wcale nie poprawia atmosfery...

Z różowego stał się czerwony. Mało co, a byłby krzyknął.

– Kiedy on ją właśnie poprawia! – zaczął tłumaczyć. – Bez niego w łazience byłoby strasznie. Czy ty tego nie rozumiesz, kobieto? – Podnosił i opuszczał ręce przy bokach jak osłabione kurczę. – Gdybyśmy nie mieli tego wentylatora, to w powietrzu osadzałyby się różne świństwa. Para, zapachy...

– Derek – powiedziała ostrzegawczym tonem. – Ja wcale nie mówię o takiej atmosferze. Ja mówię o nastroju. Powinieneś zobaczyć restaurację w tamtym hotelu. Jak oni wspaniale potrafili połączyć nastrój z atmosferą.

– I zatruli cię – zauważył głucho.

– Derek, to był nieszczęśliwy przypadek. Ale wnętrze było urządzone naprawdę bardzo romantycznie. I wcale tam nie było... – zaczynała się już dławić i wróciło jej to pulsowanie w głowie – ...żadnego wyjącego potwora na ścianie.

– Powiadasz?

– I jeszcze jedno – pogrzebała w swojej torebce, wyjęła karteczkę z wykresem – ten weekend... mhm... – Przejechała palcem po liniach. – To będzie ważny weekend. I to tyle. – Zatrzasnęła torebkę, odwróciła się w stronę drzwi, ale on zdążył już wyjść.

W łazience coś gwałtownie trzasnęło. Zastygła, z kartką w ręku. Był taki fajtłapowaty. Czekała na jego przepraszający okrzyk, ale się nie doczekała. Bardzo dobrze, pomyślała. Nie będę pytać. Ale zaraz potem przycisnęła dłoń do ust, przypomniawszy sobie o wykresie. A jeśli coś sobie uszkodził? Jakiś ważny organ? Pospieszyła w stronę łazienki, otworzyła drzwi. Stał tam, z wentylatorem w ręku, i tym razem nie robiąc już hałasu, cisnął go na czarno-białe romby posadzki. Obnażył zęby w pogardliwym grymasie, zapytał: „Zadowolona?" i wyszedł. Nawet mu się spodobało to, co zobaczył, te uróżowane usteczka w kształcie idealnego O.

Zanim znowu zaczęli rozmawiać, czyli wtedy, kiedy wreszcie się do niego odezwała, owulacja dobiegła końca, a Facet na Stanowisku wrócił z urlopu. Odbywały się rozmowy kwalifikacyjne na zastępczynię dziewczyny z dyżurki. Drobna Blondynka zdziwiła się, że nie poproszono jej o pomoc w wyborze osoby na tak podrzędne stanowisko, ale pomyślała, że to pewnie z uprzejmości, ze zrozumienia dla tego brzemienia, które dźwigała w tym jakże krytycznym emocjonalnie okresie swego życia.

W końcu kogoś zatrudniono, ale nic ponadto nie wiedziała. Z czasem się dowie. Wręcz nie mogła się tego doczekać. Zorganizowała zrzutkę w biurze i kupiła przyszłej matce piękną plastikową matę do zmieniania pieluch, a od siebie cały komplet środków upiększających i kosmetyków do kąpieli. Przyszła matka poszła sobie, przyciskając prezenty do swego ogromnego brzucha, a Drobna Blondynka zaczęła z niecierpliwością i zainteresowaniem czekać na poniedziałek.

Derek wydał głośny okrzyk radości, jeszcze głośniejszy niż wtedy, gdy obecnie zlikwidowany wentylator wpasował się w swoje miejsce.

– Czy to pewne? – spytał mężczyznę rozmawiającego z nim przez telefon.

Tamten potwierdził raz jeszcze.

– A od kiedy zaczynają działać nowe zasady?

– Od przyszłego poniedziałku – odparł tamten. – Wtedy będzie pan mógł wziąć nowe rozporządzenie z ratusza.

Derek miał wrażenie, że unosi się w powietrzu. Gdyby jego żona stała tu teraz obok, z pewnością byłby ją pocałował – jeśli nie coś więcej. Nie mógł się doczekać poniedziałku, żeby to wszystko potwierdzić. Rada Gminy obniżyła dozwoloną wysokość stropów w odniesieniu do strychów. Będzie mógł zaadaptować ich strych! Od wieków nie otrzymał podobnie radosnych wieści. Żona będzie w siódmym niebie, kiedy jej powie. Życie znowu wróci do normalności – on będzie ulepszał wszystko w domu, a ona będzie go do tego zachęcała. Praca zespołowa – oto, na czym polega małżeństwo. Prawdopodobnie lepiej się stało, że jeszcze nie musi zajmować się rodziną – choć raczej jej tego nie powie... W ogóle nie wspomni o niczym aż do poniedziałkowego wieczoru, kiedy będzie już wiedział z całą pewnością, kiedy będzie miał papiery w ręku. Mając to w perspektywie, prawie wcale już się nie przejmował wentylatorem.

Dermot Poll uważał, że życie stało się bardzo nudne od czasu, gdy Deirdre postanowiła, że będzie niepijąca, że będzie omijała jego łóżko i że przestanie się z nim żreć.

– I co mi zostanie z życia? – pytał ją błagalnie.

Ale Deirdre to nie ruszało. Wieczorami siadywała na wysokim stołku przy ich barze, szydełkowała i gadała z gośćmi, cały czas przy tym popijając sok porzeczkowy z wodą sodową.

Żadnych uciech ostatnimi czasy, jeśli nie liczyć telefonu z Anglii od jakiejś panny O'Dowd, która chciała znać miejsce pobytu Dermota Polla. Telefon odebrała Deirdre, która bez zająknienia zełgała, że znała kiedyś człowieka o takim nazwisku, ale on dawno temu gdzieś się podział. Niezależnie od powodu, z jakiego panna O'Dowd o niego pytała, lepiej było nie sprawdzać, co w tej trawie piszczy.

ROZDZIAŁ DWUDZIESTY TRZECI

Erica von Hyatt godziła się na wszystko. Pod koniec lata i jesienią zbierała kwiatki i owoce i uczyła się wszystkiego, czego potrafiła ją uczyć Gretchen O'Dowd na temat sztuki układania kwiatów i aranżowania koszy. Teraz jednak w ogrodzie i w szklarni zrobiło się pusto i mokro. Spędzały całe dnie i wieczory wyłącznie we własnym towarzystwie. I Erica von Hyatt czuła się jak w klatce.

Pozostała jednak posłuszna. Niebawem znów miały ruszyć w drogę i już delektowała się smakiem przyszłej wolności. Tymczasem była grzeczna i po prostu zabijała czas. Bilans między wygodą a ograniczeniem swobody wychodził na zero. Wszystko wyglądało dobrze, bo wiedziała, że tak nie będzie zawsze. Więc godziła się na spacery, godziła się na oglądanie telewizji, godziła się na kanapki z ogórkiem. Wszystko było urocze, wszystko się odbywało bez większych problemów. Sypiały i kokosiły się razem w wielkim, śnieżnym łożu – nawet tu Erica von Hyatt mówiła na wszystko „tak".

– Czy zawsze tak będzie? – spytała któregoś wieczoru Gretchen, kiedy siedziały razem z Ericą w migotliwym świetle kominka.

– Tak długo, jak będziesz chciała – zapewniła ją Erica von Hyatt.

Gretchen O'Dowd była zaskoczona. Z jakiegoś powodu ta odpowiedź nie zabrzmiała tak miło, jak powinna.

– A jak ty byś chciała? – spytała więc.

– Ja oczywiście dostosuję się do ciebie – odparła Erica.

– Kochasz mnie?

– A dałam ci powody, żebyś w to nie wierzyła?

Gretchen poczuła się nieswojo. Też już liczyła dni do ich wyprawy do Skibbereen, bo cała ta znajomość stawała się powoli męcząca. Czasami wymagały od siebie tak niewiele, że ostatecznie nic nie robiły.

– Którędy chcesz iść?

– Wszystko jedno. Którędy ty chcesz.

– Nie. Ty wybierasz.

– Mnie to zupełnie obojętne.

– Może po prostu pójdziemy do domu?

– Proszę bardzo.

– Wolisz zupę czy kanapkę?

– Zjem to co ty.

– Jest jedno i drugie.

– Więc ty wybierz.

– Ja chyba nic nie będę jadła.

– Jak chcesz.

– A miałabyś na coś ochotę?

– Nie.

– Czy tak jest dobrze?

– Ależ oczywiście, jest wspaniale.

– A jak lubisz najbardziej?

– Wszystko po równo.

– Mam tak robić?

– O tak.

– A może wolisz tak?

– O tak.

– Czy raczej to?

– To też.

– A może coś lubisz bardziej?

– Ależ skąd. Tak jest cudownie.

– Chcesz robić to dalej?

– A ty?

– Ja pytam ciebie.

– Cokolwiek zechcesz.

– Chyba jestem śpiąca.

– Ja też.

– To dobranoc.

Czasami Gretchen O'Dowd udawało się przyłapać Ericę von Hyatt z zaskoczenia, kiedy wpatrywała się w przestrzeń albo wyglądała przez okno, w postawie emanującej niepokojem i z nieobecnym spojrzeniem w oczach, jakby ona i tylko ona widziała, co jest na horyzoncie. Spytana, co się dzieje, odpowiadała oczywiście, że nic. Spytana, o czym myśli, odpowiadała, że o niczym. I zawsze z tym szerokim zgodnym uśmiechem. Gretchen O'Dowd oglądała kiedyś program poświęcony mitologii egipskiej i greckiej – nie należało to do jej normalnych zainteresowań, ale i tak go obejrzała, stwierdzając, że androginiczna natura tylu bóstw potrafi dodać otuchy. Szczególnie zainteresował ją Sfinks i wręcz zrobiło jej się przykro z jego powodu, kiedy się dowiedziała, że musiał sam się zniszczyć, bo jego zagadka została rozwiązana. To się wydawało takie niesprawiedliwe. Ale też prawda, ten Sfinks sprawiał wrażenie zadowolonego z siebie – uśmiechał się tym nieprzejednanym uśmiechem, od którego człowiek miał ochotę walnąć go w nos. Gretchen od czasu do czasu ze zdziwieniem stwierdzała, że patrzy na sfinksowy uśmiech Eriki von Hyatt w taki sam sposób, mimowolnie zaciskając pięści.

Rozczarowująca odpowiedź ze Skibbereen wcale ich nie zniechęciła. Bardzo zresztą przydała się tutaj Erica z jej obyciem w świecie.

– Nie przyznałabym się przez telefon, że ja to ja. Więc czemu ktoś inny miałby? Jak tam pojedziemy, będzie inaczej. Zobaczysz.

Niezależnie od tego, jak miało być, Erica von Hyatt nie zamierzała tracić okazji do ponownego wyjścia na drogę. Mimo że darzono ją niewolniczą miłością, nudziła się jak mops, bardzo piękny mops. Tak trudno się żyje, gdy jest się ucieleśnieniem czyichś marzeń, bo wtedy traci się kontakt z własnymi marzeniami. Przez jakiś czas nudę rozpraszała znajoma kombinacja jacka daniel'sa i mleka, ale Gretchen O'Dowd, tolerancyjna we wszystkich innych sprawach, marszczyła brew na widok takich brewerii. I Erica, przynajmniej z pozoru, posłusznie zrezygnowała z ulubionego napoju.

– Nie tęsknisz za swoim jackiem daniel'sem? – pytała co jakiś czas Gretchen.

– Ależ skąd – odpowiadała pogodnie Erica. – Absolutnie wystarcza mi sok pomarańczowy albo herbata, tak samo jak tobie.

– Na pewno?

– Na pewno.

– To świetnie.

Dopiero później, kiedy obie znajdowały się już daleko, nad Morzem Irlandzkim, ludzie z firmy sprzątającej wyciągnęli pobrzękujące pudło z głębin cieplarni i okazało się, że jest po brzegi wypełnione miniaturkami jacka daniel'sa. Jakie to dziwne, stwierdzili, do czego ci ludzie potrafią się przywiązać.

Janice pisała jak w gorączce. Słowa wpadały jedne na drugie, zdania płynęły strumieniami i wiedziała instynktownie, że tak jest dobrze. W opuszkach jej palców kryła się magia, w mózgu miała alchemię i od czasu do czasu słyszała głos Sylvii Perth – jakby syntetyczny – który nakazywał jej pisać jeszcze szybciej i jeszcze bardziej obrazowo, który jej mówił: „Nie jest to najładniejsza opowieść, nieprawdaż, kotuś?" Było to doświadczenie tak dojmujące, że Janice wręcz czuła wstęgi dymu papierosowego snujące się po jej mieszkaniu.

Janice też była tego zdania: to wcale, ale to wcale nie była ładna opowieść.

– Nie wszystkie są – odpowiadała naprzykrzającej się jej Sylvii. I marszcząc nos w reakcji na tego niemile widzianego ducha i rozsiewane przez niego zanieczyszczenie, sięgała po raz kolejny do pudełka z czekoladkami. I doskonale wiedziała, wiedziała na sto procent, że jej najnowsza, jej ostatnia i jak dotąd jej najlepsza książka na pewno nie będzie ładna.

Rozdział dwudziesty czwarty

Morgan Pfeiffer, który wyglądał przez okno, zauważył, że przechodnie omijają ludzi siedzących na ulicy całkiem obojętnie, tak jak kiedyś, w znacznie bardziej niewinnych czasach, mogli omijać na przykład drabiny. Ręce, które potrząsały i grzechotały plastikowymi kubkami, były niewidzialne i nie czyniły najmniejszego hałasu. Agresywne żebractwo stanowiło obecnie wykroczenie ścigane prawem. Cóż za niegospodarność, pomyślał Morgan Pfeiffer, tyle zasobów ludzkich się marnuje. Odszedł od okna, postukując nie zapalonym końcem cygara o zęby. Nie było w tym nic złego, gdy człowiek przyglądał się cierpieniom tych, którzy mieli mniej szczęścia niż on sam, w chwili, kiedy dopadł go pech. Odwrócił się i uśmiechnął.

– To kompromis, na który musimy przystać – powiedział. – Nie da się nic zrobić.

Enrico Stoat wsunął swój medalik do ust, co w jego przypadku zawsze stanowiło mimowolną oznakę wewnętrznego zamętu.

– Wszystko zależy od jej przyjazdu tutaj. Jeśli nie teraz, to przynajmniej wtedy, kiedy książka zostanie już wydrukowana. Jak mam ją promować, nie mając pod ręką tej pani?

Morgan Pfeiffer wzruszył ramionami.

– Może nie będziesz musiał. Zaczekaj na maszynopis. Wtedy może zmieni podejście. Pisarze bywają dziwni. Zdarza się, że na widok wydrukowanej książki rozkwitają na nowo. Graj na zwłokę.

– Więc nawet żadnej fotografii na okładkę? To nie jest kompromis, to naruszenie postanowień umowy.

Rohanne wstała z miejsca.

– Sprawdziłam – odparła – to nie jest naruszenie. Naruszy umowę, tylko jeśli nie dostarczy tekstu albo jeśli tekst nie będzie zgodny z naszymi... – Urwała na chwilę – ...z pańskimi szczególnymi wymaganiami, panie Pfeiffer. I ona o tym wie. Mogę o tym pana zapewnić. – Podniosła swoją teczkę.

– Ale czy nawet nie mamy jej adresu? Nie możemy do niej zadzwonić?

– Dopóki książka nie zostanie skończona, proponuję zostawić pannę Gentle w spokoju. Jeśli macie coś do omówienia, możecie robić to za moim pośrednictwem. I na tym skończę, bo mam mnóstwo spraw do nadgonienia... – Wyciągnęła rękę i potrząsnęła dłonią Morgana Pfeiffera. – Misja skończona – powiedziała, obdarzając go promiennym uśmiechem. – I mogę pana zapewnić, że Janice Gentle podchodzi z niekłamanym entuzjazmem do całego projektu. Wiem, że da panu dokładnie to, czego pan chce. – Uśmiechnęła się do Enrica Stoata. – To bardzo piękna kobieta. – Enrico westchnął z przygnębieniem i złością. – A teraz, jeśli zechcecie mi panowie wybaczyć... – I już jej nie było.

Morgan Pfeiffer zastanawiał się. Znowu postukał cygarem o zęby. Marzył, żeby je zapalić, ale nieboszczka pani Pfeiffer zawsze powtarzała: nigdy przed południem. Dżentelmeni nie palą cygar przed południem, tak jak prawdziwe damy nie jedzą cukierków, dopóki nie zostanie sprzątnięte po lunchu. O co tu chodzi, pomyślał, pani Pfeiffer zmarła, więc chyba mógłby w zamian folgować sobie w takich rzeczach jak poranne cygaro. A jednak nie mógł. W jakiś sposób tak było dobrze, że wciąż słuchał jej zaleceń. Powrócił myślami do bieżących spraw.

– Należało się tego spodziewać, Stoat – powiedział. – Ostatecznie słynie z tego, że jest odludkiem i że nigdy dotąd nie zamieszczała swojego zdjęcia na okładkach...

– Ale też nigdy dotąd nie napisała książki, w której byłby seks! – Stoat był tak rozdrażniony, że omal nie udławił się swoim medalikiem. – Żeby chociaż jakiś polaroid.

– Zrób z niej tajemniczą kobietę – poradził mu Morgan Pfeiffer. – Przynajmniej na razie.

– I wyjdzie mniej więcej na to samo – stwierdził Stoat i w tym momencie rozległo się brzdąknięcie jego rolexa.

– Ach – powiedział Morgan Pfeiffer – nareszcie południe. – Zdmuchnął zapałkę, którą zapalał cygaro, i westchnął. – Idź, Stoat, i zacznij wszystko od początku. Do cholery, człowieku, przecież za to ci płacę.

Po wyjściu Stoata Morgan Pfeiffer podszedł do biurka. Usiadł i zagapił się na fotografię. Pani Pfeiffer uśmiechała się do niego promiennie i niemalże czuł jej zapach w pokoju – mieszaninę czekolady, róż i słodkich fiołków w jej oddechu. Sama jej skóra, jej ciepła, jędrna skóra wydzielała woń słodkich rozkoszy. Jakby można w niej było zatopić zęby. Tego właśnie potrzebował, niczego innego. Zaczynał się czuć tak, jakby wyparowało z niego całe nadzienie. Był samotny. Tę Bulbecker należało potraktować z góry, przemawiać do niej z przekonaniem i werwą, tak jak to próbował robić Stoat, a tymczasem on jakby stracił ducha. Dotknął zarysu umięśnionego ramienia nieboszczki pani Pfeiffer, ale poczuł tylko szkło, które oddzielało palec od fotografii. Znowu nic. Tutaj już nie miał czego szukać. Wstał, podszedł do okna. W takim razie pozostawał mu tylko biznes, jak zwykle.

Gretchen O'Dowd skończyła robótkę i była bardzo zadowolona z rezultatu. Oba swetry zostały wykonane tym samym wzorem i były dostatecznie duże, by pasowały na każdą z nich. Bardzo też starannie dobrała kolory, żeby im obu było w nich do twarzy. Wyprasowała je ostrożnie, letnim żelazkiem przez wilgotny ręcznik, po czym zaniosła je do dużego pokoju, gdzie Erica von Hyatt jadła chipsy. Kanapki z ogórkiem dawno temu zostały zapomniane na rzecz mrożonej pizzy i paczkowanych przysmaków, natomiast świeżo wyciśnięty sok z pomarańczy albo herbata z georgiańskiego srebrnego dzbanka została zastąpiona przez dietetyczną pepsi w puszkach. Nie zmaterializował się też wymarzony piesek. Gretchen chciała labradora i Erica stwierdziła, że jej nie obchodzi, jakiego będą miały psa, pod warunkiem że nie będzie musiała go jeść, ha, ha (w wypowiedziach Eriki, zwłaszcza pod wieczór, pojawiały się czasami dość prostackie tony), ale z jakiegoś powodu Gretchen jeszcze się nie zabrała do jego kupowania. Nie mogła się natomiast doczekać, kiedy wyruszą w podróż, uważała bowiem, że gdy oderwą się od domu i od przeszłości, to, jak mówiła, „będzie to kolejny nowy początek".

Mimo chipsów, puszek i teleturnieju w telewizji, Gretchen znowu zachwyciła się tym pięknem jawiącym się przed jej oczyma. Erica leżała na kanapie i wyglądała mniej więcej tak samo jak wtedy, kiedy się zobaczyły po raz pierwszy, z tymi jej długimi, złotymi włosami, różowymi ustami rozciągniętymi w półuśmiechu i peniuarem ze srebrnymi chwastami. Tym razem jednak jej sennych warg nie otaczała obwódka z mleka, tylko słone okruchy i piana z pepsi. Gretchen podeszła bliżej, stanęła przed nią, na nowo ją wielbiła. Piękno, które czekało na dary. Za każdym błogosławionym razem tak to działało. Nieważne, jakie rozczarowania przeżywała Gretchen, Erica nagle znowu piękniała i tyle. Jak teraz. Jak mogła być zła na takie zjawisko?

Uklękła i ułożyła oba swetry, jeden po drugim, na kolanach Eriki von Hyatt. Erica posłusznie oderwała wzrok od ekranu („To w takim razie ja poproszę o wskazówkę") i spojrzała na dary.

– Urocze – pochwaliła. – Naprawdę niczego sobie. – Rzuciła prędkie spojrzenie w stronę ekranu. – Powalające.

– Który wolisz? – spytała Gretchen.

Erica znowu popatrzyła na oba.

– Obojętnie – odparła. – Ty wybierz.

Gretchen poczuła, że jej dłoń zwija się w pięść. Żeby poskromić ten odruch, odetchnęła głęboko i wyjęła puszkę z dłoni Eriki. Upiła tęgiego łyka. Erica spojrzała na nią z czymś pokrewnym strachowi. Gretchen oddała jej puszkę i powiedziała:

– Nie wiem, jak ty możesz pić to świństwo. Smakuje naprawdę dziwacznie.

Erica zachichotała i w tym momencie odbiło jej się.

– Ojej – powiedziała. – Przepraszam.

– Który sweter, Erica? – spytała Gretchen przez zaciśnięte zęby.

– To przecież nie ma znaczenia, prawda? – spytała dziewczyna. – Oba są naprawdę piękne.

– Wybierz – rozkazała Gretchen.

– Nie umiem – odparła Erica z uśmiechem.

– Wybierz – powtórzyła Gretchen.

– Nie umiem – powtórzyła Erica, ze wzrokiem na powrót utkwionym w ekranie. – Ty wybierz za mnie.

Gretchen wiedziała, że najwyższy czas się pakować i ruszać w drogę. Wyglądało na to, że niewiele już je trzyma w tym miejscu.

Deirdre spędziła cały sezon na robieniu koronkowych serwetek, a Gwiazdka upływała jej bez choćby kropelki porto. Stempel z Kilburn na kartce od Declana przywołał silne wspomnienia, zarówno dobre, jak i złe; pisał, że sobie radzi, że planuje podróże i że któregoś dnia znowu do nich napisze. Deirdre wróciła do swojej włóczki, wzdychając ciężko, co jakiś czas popatrując to na kartkę, to na Dermota. On też wzdychał, ale źródłem jego westchnień była głęboka potrzeba działania. Co też się porobiło z tym życiem? Declan daleko, Deirdre zimna i niewzruszona jak zakonnica. Nic już się nie działo. On sam jakby nie był zdolny sprawić, by coś się działo. Nie tak jak w dawnych czasach, kiedy wystarczyło, że walnął pięścią w bar, krzyknął byle co i natychmiast wywoływał zamieszanie.

– Jezus, Maria, Józefie Święty – jęknął z rozpaczą – niech się wreszcie coś stanie...

Powiedział to do Leary'ego, na co ten mrugnął. Od trzydziestu lat był barmanem w hotelu „Nora w Cork". To mrugnięcie oznaczało „Posłuchaj, chłopie, mojej rady".

– Może potrzebna ci inna kobita? – spytał, kiwając głową w stronę baru, w stronę złagodniałej, zręcznie szydełkującej Deirdre. Jeszcze raz mrugnął.

Dermot nalał mu sporą dawkę whisky, którą Leary posłusznie wychylił za jednym zamachem. To tyle, jeśli mowa o zyskach, ale co tam. Może Dermot też powinien wybrać się w jakąś podróż. Zawsze powtarzał, że będzie podróżował. Mógłby pojechać razem z Declanem, pokazałby mu, jak to się robi. Tak jak to powinien zrobić ojciec.

– *Nihil obstat quominus imprimatur* – powiedziała Janice. Odchyliła się na krześle, wycelowała pulchny palec w stronę wyłącznika i uderzyła w cel. Nigdy nie bawiła się tak dobrze przy pisaniu książki, choć czuła się nieco dziwnie, że zrezygnowała z dodającego otuchy cienia Dermota Polla przy tworzeniu swego ostatniego dzieła, swego *magnum opus*. Wsunęła do ust ostatnią czekoladkę i rozkoszowała się nią powoli. No cóż, Christine, pomyślała, ta jest na twoją cześć. Bo ta spodobałaby ci się najbardziej. *Blastanges de femmes?* Rozprawiłam się z wami...

Zadzwoniła do Rohanne, ale panna Bulbecker akurat wyjechała z miasta.

A można wiedzieć, kiedy wróci?

Za tydzień. Coś przekazać?

Nie, nic, ale czy Janice Gentle mogłaby dostać adres Morgana Pfeiffera?

Oczywiście.

Potem podniosła słuchawkę i wykręciła numer w hrabstwie Oxford.

– Dziewczęta – powiedziała. – Jestem gotowa.

Gretchen przeszła się na pocztę i wysłała wszystkie klucze, z wyjątkiem własnego, do Londynu. W drodze powrotnej, kiedy po raz ostatni maszerowała swoją ulubioną trasą, pomachała w stronę maleńkiej sylwetki farmera, który obchodził swoje skute mrozem pola.

– Sylvia Perth nie żyje! – zawołała.

– Wiem! – odkrzyknął. – Ale tylko patrzeć, jak na nowo wybije wiosną.

I wtedy poczuła, że po jej policzku spływa łza i zamarza niczym mikroskopijny brylant w jej wąsach.

– Mówiłam ci – powiedziała sennie Erica von Hyatt – trzeba było zabrać poduszki.

– Skąd miałam wiedzieć, że będą robili Festiwal Celtyckich Początków akurat na południu? – spytała Gretchen O'Dowd, naciągając kołnierz swetra na uszy.

– A ja wiedziałam, że nie będziemy spały w hotelu. Wiedziałam to, wiedziałam...

– Och, zamknij się – rzuciła Gretchen O'Dowd, zdziwiona, że mówi to z takim zadowoleniem, i odwróciła się plecami, przytulając się mocniej do ceglanego wspornika przystani w poszukiwaniu ochrony przed wiatrem.

– I nie dostałyśmy kabiny na promie.

– Wszystkie były pełne.

– Dlaczego nie zarezerwowałaś żadnej zawczasu? Mówiłaś, że to zrobisz. Kiedy cię spytałam, obiecałaś, że zarezerwujesz. Sama się upierałaś...

– Wiem, co mówiłam, ale się nie udało. Dlatego właśnie tyle to trwało, zanim zarezerwowałam cokolwiek. W każdym razie miałyśmy wygodne miejsca.

– Ty mi tu nie wyjeżdżaj z wygodnymi miejscami – żachnęła się Erica. – Całą noc stłoczone jak sardynki, gdy tymczasem ci wszyscy ludzie za nami chlali piwo i żarli kanapki z korniszonami, a ten twój obraz dźgał mnie pod żebra, no bo co to za pomysł, żeby go taszczyć ze sobą na wakacje...

– Nie jesteśmy na wakacjach...

– Z ust mi to chyba wyjęłaś.

– I musiałam wziąć ten obraz, bo nie miałam gdzie go zostawić, a on jest mój i to jest jedyna rzecz, jaką dała mi Sylvia Perth.

– Przecież go nie cierpisz...

– Dostałam go od niej... I prosiłam, żebyś nie wyrażała się źle o zmarłych. W każdym razie ty masz na czym leżeć. Ja nie mam nic.

– Ty nie potrzebujesz dodatkowej wyściółki.

– Co?

– Mój sweter gryzie jak jasna cholera.

– To najlepsza włóczka z angory.

– Mam od niej wysypkę.

Gretchen poczuła jakieś delikatne drgnienie w pięści, usłyszała wołanie cienia swego ojca.

– No to go zdejmij.

– Wredna stara krowa.

– Kto taki? – Pięść drgnęła jeszcze silniej.

– Ta porąbana Perth.

– Sylvia!

– Srylvia!

– Erica!

– Zimno mi.

– A ja myślałam, że jesteś dzieckiem ulicy.

– Bo jestem.

– Przecież nawet nie ma mrozu. Słyszałam z tranzystora w tamtej smażalni ryb, jak mówili, że od lat nie było tak łagodnego lutego.

– Mówiłaś, że będziemy spały w hotelach, na prawdziwych łóżkach.

– Jutro. Jedziemy do Skibbereen. Tam będzie mnóstwo pokoi.

– Powiedz, że mnie kochasz.

– Kocham cię – odparła Gretchen O'Dowd, ale te słowa zadźwięczały dziwnie pusto w tym mroku.

– I opowiedz mi jakąś historię.

– Dawno, dawno temu – zaczęła Gretchen O'Dowd – była sobie piękna księżniczka, uwięziona w ciemnym lochu, z którego mógł ją uwolnić tylko Zielony Rycerz.

Erica von Hyatt parsknęła.

– Nabierać to my, ale nie nas – powiedziała i owinąwszy sobie ramiona płachtą „Dziennika Irlandzkiego", zapadła w słodki, rozkoszny sen.

Gretchen O'Dowd zacisnęła szczelnie powieki, otuliła się własnymi ramionami i pomyślała: Sylvia to przynajmniej przytulała się do mnie od czasu do czasu.

Janice zajrzała do zamrażalnika. Pozostało niewiele – paczka czekoladowych muffinek, trzy bułeczki do zapiekania... Sama lodówka też była już prawie pusta – odrobina masła, trochę majonezu, jakiś serek topiony. W szafkach było podobnie – opakowanie mleka w proszku, prawie opróżnione słoiczki z galaretką cytrynową i dżemem, puszka, w której grzechotało kilka połamanych herbatników. A po rachatłukum zostało już tylko kilka okruchów zatopionych w białym lukrze. Stała i przyglądała się tym ruinom z zadowoleniem i satysfakcją. Cóż za doskonałe wyczucie czasu. A teraz, gdy tylko z Irlandii nadejdą wieści, dostarczy maszynopis i... Przeszył ją dreszcz. Jest zimno tej nocy, spierała się z samą sobą, dlaczego nie miałaby dygotać, nawet jeśli w jej kuchni zawsze było ciepło. Wyjęła paczkę muffinek, żeby je rozmrozić, po czym z uśmiechem na ustach wróciła do dużego pokoju. Ekran zalśnił miękko niczym światło przeświecające spod wody, kiedy znowu przed nim zasiadła. Przypomniała sobie, że w środku zostały jeszcze dusze, które koniecznie należało uwolnić.

Twórca jest bogiem, mówiła sobie, kiedy przywoływała podróżników z metra. Byliście pod ochroną, bezpieczni, niczym nie zagrożeni w mojej zielonej jaskini, ale teraz muszę was uwolnić, abyście mogli udać się tam, gdzie...

Zadźwięczała mikrofalówka, dając znać, że muffinki są gotowe. Bóg-stwórca był głodny. Popędziła do kuchni, zapominając o duszach, które tak dotąd chroniła, omamiona ciepłą, wilgotną czekoladą. Jadła w zamyśleniu. Nie odda niczego Rohanne Bulbecker, dopóki nie będzie miała pewności co do Dermota Polla. Pragnienie darzenia zaufaniem to nie to samo co pewność. A zresztą po tym, jak zachowała się Sylvia Perth, Janice czuła, że ma prawo – nie obowiązek – być czujna. Napisała dobrą książkę. Wiedziała o tym. Dostatecznie dobrą, by móc na niej zakończyć działalność. Nie zmieni w niej ani jednego zdania, frazy, słowa czy choćby jednej litery. Zanuciła sobie pieśń trubadurów.

Nie padnie z ust mej pani
Słowo, które w jej oku nie zalśni
Lecz niechaj je tylko wyśpiewa
A wzdychania kochanka ugasi.

Rohanne obejrzała się za siebie, na niebieskobiały śnieg, dziewiczy, gdyby nie bruzdy, którymi go rozcięła. W powietrzu wisiała obietnica nowych opadów, więc niebawem i one zostaną zasypane, krajobraz znowu powróci do dziewiczego stanu. Wsparła się na kijku i pomyślała, że nie wszystko da się tak łatwo odbudować. Być może, stwierdziła, pora raz kiedyś przegrać. Tęskniła za chwilami spędzonymi z Janice Gentle, która zgodnie z przewidywaniami Rohanne poddała się, niezależnie od powodów, pokusie pieniądza. Rohanne nie czerpała żadnej przyjemności z jej sukcesu i w całym tym epizodzie być może ta jej reakcja była najbardziej niepokojąca. Nasunęła okulary na nos i odepchnęła się od górskiego stoku, wkładając w to całą siłę, znowu rozgarniając biel nartami. To było cudownie niebezpieczne, śliskie zbocze, zapewne równie niebezpieczne, podejrzewała, jak...

– Moja żona – powiedział – to ta, co tam siedzi z sokiem wiśniowym i robótką, znaczy się ja to bym nie chciał, żebyś mnie źle zrozumiała...

Erica potrząsnęła głową.

– Ależ skąd – odparła.

– No tak, ale – przysunął się bliżej – ona... ona mnie nie rozumie. Ona... nie rozumie mnie ani w ząb...

– Och – powiedziała Erica, przybliżając się do niego ponad barem. – Pewnie, że cię nie rozumie. A ty jesteś takim kochanym, cudownym facetem, Brian.

– I powiem ci coś jeszcze o sobie... – Nachylił się teraz bliżej i nalał im obojgu sporą porcję jamesona. Jak rany Julek, ale babka.

– Tak? A co takiego, Brian?

Przybliżył usta do jej ucha. Ach, jakiego ładnego, takiej tyciej, różowej muszelki.

– Ja wcale nie nazywam się Brian.

– Nie? – spytała, nieznacznie się odsuwając i obdarzając go spojrzeniem wyrażającym rozkoszne zdumienie. – No coś ty. To jak się nazywasz?

– Dermot – odparł. – Dermot Poll.

– Ach, ja nigdy... Weź nie mów – rzuciła bez tchu, uśmiechając się swymi lśniącymi, różanymi usteczkami.

– Ażebyś wiedziała. I powiem ci coś jeszcze.

– No mów, mów.

Jej śmiech przywodził na myśl polne dzwoneczki.

– Masz najśliczniejsze uszka, najśliczniejsze oczka, najpiękniejsze włosy i najpiękniejsze ciało, jakie kiedykolwiek widziałem. W talii to ty jesteś jak ta łodyga lilii. Bo ja tobym nigdy nie zniósł tłuszczu u kobiety. Te tłuste to takie, z których już się sypie próchno. – Popatrzył w stronę baru, w kierunku Deirdre. – Chyba rozumiesz, o czym mówię? – Podniósł kieliszek w stronę Eriki. – Jesteś jak czyste, białe światełko na końcu tunelu.

– Jakiś ty miły – powiedziała przymilnie Erica i powędrowała na drugą stronę baru, żeby przekazać wieści Gretchen.

– Mam dobrą i złą wiadomość, która najpierw?

Gretchen poprosiła o tę pierwszą.

– Dobra wiadomość jest taka, że znalazłyśmy Dermota Polla.

– A ta zła?

– To ten śmierdziel za barem.

Janice posłała jeden egzemplarz do wydawnictwa Pfeiffera, drugi do Rohanne. Kiedy wychodziła na pocztę, słyszała pana Jonesa mrucząceco coś pod nosem przy akompaniamencie rzewnego poświstywania aparatu słuchowego. Już się go nie bała.

– Dzień dobry, panie Jones – powiedziała do jego pleców, ale nie usłyszał jej. Klęczał przy windzie i coś przy niej majstrował.

Zajrzała do wnętrza kabiny i przypomniała sobie twarz, która wystawała z niej czerwona, mimo że martwa. Fakt, że została pogrzebana w Birmingham, wydawał się wyjątkowo trafnym przeskokiem od wzniosłości do przyziemności. Biedna Sylvia, jej przeznaczeniem nie było leżeć pośród wiejskich piękności z hrabstwa Oxford, tylko w betonowych cieniach uprzemysłowionej Anglii. W pewnym sensie zawdzięczała jej wszystko – rzeczy zarówno dobre, jak i złe – i dlatego stwierdziła, że doskonale się wywdzięczy, jeśli zadedykuje swoje ostatnie dzieło pamięci Sylvii Perth, która za plecami niczego niepomnej Janice, przyczyniła się, by tysięczne rzesze zaznały przyjemności czytania. Tak więc oto znalazł się brakujący element rebusu: „Sylvii Perth, tej, która obdarzyła mnie przyjaźnią i która mnie zdradziła. Niech spoczywa w pokoju...” Przez chwilę miała wrażenie, że znowu czuje ten aromatyczny dym, że słyszy syk za plecami. Może Sylvia nie była w stanie spoczywać w pokoju. Janice uśmiechnęła się dobrotliwie. Może rzeczywiście przewracała się w grobie...

Właściciel sklepu spożywczego wyjrzał na zewnątrz, kiedy przechodziła obok. Na oknie miał teraz metalową kratę; automat z gumą balonową był rozbity.

– Niedługo znów zaczną kłaść trociny do dżemu – powiedział. – Niech pani zapamięta moje słowa. W dzisiejszych czasach wciskają tym ludziom, co się tylko da. – I tu spojrzał na niebo i potrząsnął głową.

– Mnie niczego nie wcisną – odparła stanowczo Janice i powędrowała dalej, w stronę budynku poczty, a tymczasem mroźne lutowe powietrze malowało jej policzki na niezwykły dla nich kolor. Opłaciła ekspresową przesyłkę, przyjrzała się, jak jej pakunki wędrują do worka z pocztą, i poczuła zadowolenie z tego, co zrobiła. Długo czekała na tę chwilę; odtąd pragnęła gnać do przodu najszybciej, jak się da. Stąpając z lekkością, jakiej nie czuła od tamtej lutowej nocy, przeszła się do biura podróży, by tam spytać się o Irlandię.

– Wybiera się pani na Festiwal Celtycki? – spytał pracownik biura.

– Nie – odparła Janice. – Na pielgrzymkę.

Był burzliwy, napawający dreszczem wieczór. Wyjrzawszy przez okno, Janice zauważyła wieko kubła na śmieci pędzące w głąb ulicy i ludzi o dość pokaźnych gabarytach, których zmiatało z drogi. Była to podniecająca pogoda – pod warunkiem że człowiek nie znajdował się poza domem, a ona, kiedy tak opasywała się ciaśniej połami swetra, już i tak miała powód, by czuć się bardzo wdzięczna za swój azyl. Uznała to za znak, uwierzyła, że wyprawa do Irlandii była jej sądzona od zawsze – oto dopiero co o mały włos uniknęła nieszczęścia. Bogu niech będą dzięki za kakao. Bo właśnie robiła sobie kakao, kiedy kawał czyjegoś komina wleciał przez jej duże, panoramiczne okno. A przecież kilka chwil wcześniej stała tam, wyglądała na zewnątrz, kiedy naszła ją ochota na kakao. Bez tej ochoty byłaby martwa, z ciałem rozerwanym na strzępy, całym w strumieniach krwi. A jednak wciąż żyła, cała, nieuszkodzona. Jej sprawa była słuszna, o tym wieścił ten omen, i poczuła się zdecydowanie podniesiona na duchu. Przyszedł pan Jones, który zabił okno płachtą tektury i obiecał, że szklarze przyjadą najszybciej, jak będą mogli, bo w całej okolicy jest moc zniszczeń. Janice nic to nie obeszło. Kiedy się zjawią, ona już będzie daleko.

Podeszła do swojej komody i zdjęła z niej zwałowisko śmieci, które przez całe lata uzbierało się na jej wieku: pożółkłe gazety, stare czasopisma, kilka poklejonych porcelanowych figurek, które należały do matki. Odłożyła to wszystko na bok, otworzyła komodę i wciągnęła do płuc woń lawendy i kamfory. Wyjęła swój wielobarwny płaszcz i obadała go z uśmiechem. Ani czas, ani mole go nie uszkodziły.

Ubrawszy się, wyszła z mieszkania i z westchnieniem poklepała drzwi. Wszystko się dokonało. Miała to już za sobą. I wyruszyła w drogę – nie przez Walsingham, to prawda, ale lotnisko Heathrow mogło być zasadnie uznane za współczesny przystanek dla dyliżansów.

Zapukała do drzwi pana Jonesa. Kiedy otworzył, pomrukując coś z irytacją i zniecierpliwieniem, owionął ją zapach ciepłych pomarańczy. Przynajmniej ktoś potrafił jeszcze smażyć prawdziwą marmoladę.

– Dzień dobry – powiedziała.

– Bry – odparł pan Jones.

Janice wręczyła mu swoje zapasowe klucze i kartkę papieru. Na tej kartce znajdował się adres w Skibbereen. Pan Jones się zaniepokoił.

– No jakże to – nalegał – pani ma wybite szyby... – Przyjrzał się jej. – Wygląda pani jakoś inaczej. – Przyjrzał się jeszcze raz. – Jakoś tak bardziej kolorowo.

– Pewnie tak – odparła i z tymi słowy wskoczyła, razem z walizką, do czekającej na nią taksówki.

Morgan Pfeiffer wytrzeszczył zamglone z wściekłości oczy, zamrugał i na nowo zaczął widzieć normalnie. A potem zaryczał. Ryczał z mocą lwa z dżungli, który nauczył się znosić chroniczny ból od ciernia wbitego w łapę, dopóki nie nadepnął na nią przechodzący obok słoń. Zamknął maszynopis i spojrzał na fotografię swej żony, cześć jej pamięci, ledwie coś widząc z bólu.

Ten ryk był nie całkiem pozbawiony treści. Zrodził się bądź co bądź w ludzkiej krtani i tam bez trudu przyoblekł w postać ciągu głosek: „Stoat!" Jeszcze dwa razy tak się rodził i przeobrażał, dla lepszego efektu. A potem Morgan Pfeiffer czekał na ten efekt. I usłyszał satysfakcjonującą eksplozję aktywności, do której doszło za drzwiami. Ryk został usłyszany. Jego sekretarka poderwała się z miejsca.

Morgan Pfeiffer umościł się z powrotem za biurkiem, wstał, przeszedł się po gabinecie, znowu usiadł, wziął do ręki cygaro, podniósł maszynopis, przerzucił kartki, jakby w próżnym wysiłku dowiedzenia samemu sobie, że jednak się myli, i na koniec potrząsnął głową, jakby już się przekonał, że jednak się nie myli.

– Panie Pfeiffer?

– Nie zapukałeś, Stoat.

Stoat stał tam przez chwilę, zastanawiając się, co teraz powinien zrobić.

– No i co, Stoat?

Zwyciężyło szaleństwo.

– Bardzo przepraszam, sir – powiedział Stoat, wyszedł na zewnątrz, zapukał i czekał.

Morgan Pfeiffer podszedł do drzwi w ten posuwisty sposób, który zdawał się świadczyć o spokoju – rozpoznawalny jako jego przeciwieństwo jedynie dla nieboszczki z fotografii. Delikatnie otworzył drzwi.

– Czy mogę wejść? – zapiszczał z uśmiechem Stoat.

Morgan Pfeiffer wykonał zamaszysty gest ręką.

– Ależ oczywiście – zaprosił go tonem wielkiej łaskawości.

Przyglądał się Stoatowi, jak wchodzi i zbliża się do jego biurka; zauważył, że skurczył się o co najmniej kilka cali, i to go udobruchało. To mu pomogło. Nie poprawiło sytuacji, ale pomogło.

– Może pani będzie taka miła – poprosił grzecznie swoją sekretarkę – i zechce przynieść mi umowę z Gentle. – Zauważył, że jej biurko jest całe zalane pudrem w płynie. To mu też pomogło. – Czytaj – rozkazał Enricowi Stoatowi i popchnął otwarty maszynopis w jego stronę. – Zacznij przede wszystkim od scen z seksem, Stoat. Zaznaczyłem je dla ciebie.

Stoat posłusznie zaczął czytać, zmuszając się do koncentracji przy każdej kolejnej stronie i bezgłośnie układając usta w kształty słów.

– Mój Boże – rzęził od czasu do czasu. – Mój Boże, Boże, B o ż e. – Szczęka mu opadła, ramiona obwisły, oczy wychodziły z orbit i zdawał się z każdą chwilą coraz bardziej kurczyć.

Wygląda jak umierający hobbit, pomyślał z zadowoleniem Morgan

Pfeiffer. Ale oprócz tego nie miał żadnych innych powodów do zadowolenia.

– Ależ... panie Pfeiffer – wydukał Stoat, kiedy skończył czytać – my nie możemy tego wykorzystać. To jest... tego... to nie jest normalne... panie Pfeiffer, to są... mhm... to są zboczenia. Ona nie może...

– Otóż może i dlatego zrobiła to, Stoat.

Weszła sekretarka, wręczyła Morganowi Pfeifferowi dokumenty i natychmiast umknęła.

Pasujący się ze śmiercią hobbit w osobie Enrica Stoata pomacał się po szyi w poszukiwaniu medalika i załkał otwarcie.

Morgan Pfeiffer zamachał mu umową pod nosem, z którego już ciekło.

– Tutaj, Stoat, nie ma ani słóweczka, które mogłoby jej tego zabronić.

– Jezu Przenajświętszy – jęknął Stoat – nie wierzę.

– No to lepiej uwierz – poradził mu Morgan Pfeiffer, znienacka porażająco spokojny. – Uwierz.

Stoat usiadł, bardzo gwałtownie i nie prosząc o pozwolenie.

– No dobra – rzucił Morgan Pfeiffer, idąc w jego stronę. Stoat wstał. Morgan Pfeiffer pchnął go, zmuszając, by znów usiadł, co Stoat zrobił z taką łatwością, jakby był naoliwiony. – Przeczytaj trochę fabuły. Tego, co lubisz nazywać „wypełniaczem”. I powiedz mi, czy twoim zdaniem nie jest to tyciunia bombonierka. Ha! – Puścił w obrót krzesło, na którym siedział Stoat, i podszedł do okna. – Czytaj! – ryknął.

Stoat zaczął czytać. Został na obrotowym krześle. Czy było mu wolno czy nie, definitywnie nie był w stanie się podnieść.

– O mój Boże – stęknął. – O mój Boże – powtórzył raz jeszcze i spojrzał na Pfeiffera.

– Nic ci się nie rzuca w oczy, Stoat? Coś nie tak? Czy coś tu ździebko nie odstępuje od normy, jeśli idzie o ten rynek, który chcemy podbić? Te sceny z seksem, na przykład? Czy pasują do naszej kampanii „Janice Gentle idzie w seks”? Rzuca ci się w oczy coś szczególnego?

Stoat przytaknął i jęknął.

– Tak – wyszeptał. – Tak, panie Pfeiffer.

– A co takiego szczególnie rzuca ci się w oczy, Stoat?

Stoat wybąkał bezgłośnie jakieś słowa.

– Nie słyszę cię, Stoat. Mów głośniej. No już!

– Och, panie Pfeiffer – wydusił Stoat. – Cóż... no... tego... te kobiety, te... no... te ich... spotkania wydają się... jakby trochę... no... homoseksualne...

Morgan Pfeiffer pozwolił sobie parsknąć gorzkim śmiechem.

– To są lesbijki, Stoat. Lesbijki! Więcej lesb niż na holenderskiej plaży. Pozwól, że ci wyjaśnię: w całej książce nie występuje ani jeden fiut godny pożądania. – Podniósł w górę palec. – Jest tylko jeden... mhm... element męskiego wyposażenia zaoferowany czytelnikowi. Na samym początku. Pewnie przeoczyłeś. Tamten podejrzanie przyjazny pryncypał z domu dziecka. Pamiętasz go?

Stoat zadygotał.

– Ale poza nim? Ani jednego. Mamy tam psy. Mamy stare, artretyczne lesby na wózkach inwalidzkich. Mamy nawet stukniętego handlarza ryb... Mamy „dom to pudło z kartonu", mamy polewanie z węża przed londyńskim Ritzem i mamy porzucone dziecko. Ktoś tam robi zakupy, ale ma przy tym coś jakby zbyt lepkie palce, a wszelkie opisane stroje wydają się wyłącznie albo pancerne albo wodoodporne. A te sceny seksualne, sam widzisz... to nic, tylko zboczone świństwa. Lesbijskie świństwa. – Oparł się o swoje biurko z taką siłą, że nawet fotografia zadrżała. – No więc, co zrobimy, Stoat?

Stoat przełknął ślinę.

– Pozwiemy – powiedział.

Morgan wcisnął papiery, które dotąd trzymał w ręku, w dłoń Stoata.

– Pozwiemy? Za co pozwiemy?

– Pozwiemy za naruszenie postanowień umowy.

– Ona niczego nie naruszyła, Stoat – warknął Morgan Pfeiffer. – Wiesz co? Ty sobie stąd idź teraz, skup się i przeczytaj to do końca. Na pewno stwierdzisz, że główna bohaterka i cała fabuła są bardzo interesujące. To jest opowieść o bezdomnej dziewczynie, która mieszka na ulicy, gdzie udaje jej się przeżyć, bo jest bardzo sprytna, a poza tym czasami uprawia prostytucję i daje się przygarniać przez różne mamusie. Mamusie, Stoat, nie tatusiów... Ona wyrzeka się mężczyzn z wielu naprawdę rozrywkowych powodów, z których niejeden będzie dla naszych czytelników jak oświecenie!

W martwych oczach Stoata rozbłysło jakieś światełko.

– Rohanne Bulbecker! – zawołał. – Rohanne Bulbecker...

– Zapomnij o Rohanne Bulbecker. Odtąd ja będę prowadził całą sprawę. – Wziął do ręki małą kartkę wydartą z notatnika, która była doczepiona do maszynopisu. – Panna Gentle była tak uprzejma i posłała pannie Bulbecker własną kopię. Dołączyła także swój adres w Londynie. Nie będę więc czekał na interwencję panny Bulbecker. Chcę zobaczyć Janice Gentle, chcę się z nią rozmówić osobiście. Sprawdzimy, czy dalej będzie chciała uprawiać swoje gierki, kiedy ja się z nią rozprawię. Och, jej się wydaje, że jest taka sprytna, i pewnie zaśmiewa się do rozpuku, kiedy chodzi do banku. Odludek? Powiadam ci, Stoat, zanim z nią skończę, będzie żałowała, że nie mieszka na Marsie.

ROZDZIAŁ DWUDZIESTY PIĄTY

Znalazły go. Ma własną gospodę w Skibbereen! Tak więc masz maszynopis, przesyłam ci go z wyrazami czułości. Mam nadzieję, że ci się spodoba.

Mała karteczka sfrunęła na podłogę, kiedy Rohanne Bulbecker sięgnęła łapczywie po maszynopis. Spodziewała się wszystkiego, tylko na pewno nie tego. Łuna jej zimowej opalenizny zaczęła jaśnieć dużo wcześniej, zanim dotarła do końca, a kiedy odłożyła ostatnią stronę, nie tylko wyglądała, ale i czuła się blado. To, czy powieść była dobra, nie podlegało kwestii. To, czy tekst zgadzał się z postanowieniami umowy sporządzonej w imieniu Morgana Pfeiffera, też nie podlegało kwestii. I wreszcie to, czy ten tekst był do przyjęcia, również nie podlegało kwestii. Tekst był nie do przyjęcia i tyle. Zważyła maszynopis w dłoniach, zastanawiając się. Nawet gdyby znalazła najlepszych redaktorów na świecie, nic by z tym nie mogli zrobić, nic, by wykuć z tego materiału tę jakże gorąco oczekiwaną powieść. A opisana w niej seksualność była zdumiewająca. Jak do tego doszło, że Janice Gentle powędrowała tak osobliwą drogą? I wtedy w jej myślach wykwitła Gretchen O'Dowd z jej ochoczą miną i znajomym gestem wygładzania wąsika, kiedy wyruszała po kasetę wideo.

I tym momencie Rohanne zaniosła się śmiechem. To wszystko wyglądało jak najlepszy z możliwych żartów, aczkolwiek z tekstu Janice wynikało jasno, że ona nie postrzegała tego jako żart, tylko jako opowieść, dobrą opowieść, i to taką, którą bardzo chciała napisać – namiętnie pragnęła napisać, sądząc po zniewalających jakościach tej książki. I co więcej – tu Rohanne podeszła do telefonu i wykręciła numer Pfeiffera – co więcej, ta książka musiała być wydana. Była zbyt dobra, żeby jej nie wydawać. I ona powie to Morganowi Pfeifferowi...

– Wyjechał do Londynu – powiedział jej beznamiętny głos.

– Czy w takim razie mogę rozmawiać z Enrikiem Stoatem?

– Pana Enrica Stoata nie ma już wśród nas – wyjaśnił jej obojętny głos.

Morgan Pfeiffer nie był podróżnikiem radującym się tym, co robi. Podróżowanie w pojedynkę i w złym nastroju, do miejsca niepewnego przeznaczenia, żeby odbyć bez wątpienia nieprzyjemne spotkanie, którego wyników też nie mógł być pewien, nie wpływało dodatnio na humor. Nawet nie był w stanie czytać gazet, bo co i rusz nadziewał się na zapowiedzi obrzydliwej powieści Janice Gentle.

Zanim dotarł do Heathrow, był gotów do wojny. Utorował sobie ramionami drogę przez skłębiony tłum pasażerów, z których każdy, co do ostatniego, znajdował się tam po to tylko, żeby go irytować. W taksówce wywarczał raczej, niż podał adres ohydnej Janice Gentle w Battersea. Kiedy pan Jones powiedział mu, że ona wyjechała, przyjął założenie, że wyjechała, bo czuła się winna.

– Dokąd? – spytał pana Jonesa.

Pan Jones, zły, że to nie szklarz, potraktował go dość obcesowo.

– A do jakiegoś tam Skibbereen.

– To gdzieś blisko? – spytał Morgan Pfeiffer, zapalając cygaro w poszukiwaniu pocieszenia.

– Nie, w Irlandii – odparł pan Jones.

– Ażesz psiakrew – zaklął Morgan P. Pfeiffer i wsiadł z powrotem do taksówki.

Janice Gentle siedziała w samolocie i marzyła. Była już gotowa, bardziej niż gotowa, na miłość. Umościła się wygodnie w fotelu i przygotowała do drzemki.

Skibbereen.

Gretchen twierdziła, że Dermot Poll żyje, ma się dobrze i mieszka w Skibbereen. Janice nie zadawała już więcej żadnych pytań.

– Jadę – oświadczyła i klamka zapadła.

Osobliwe było to, że mimo wszystko wcale nie musiała pisać tej ostatniej książki. Wcale nie potrzebowała tych pieniędzy, bo ostatecznie się okazało, że poszukiwania kosztowały bardzo mało. A jednak ta praca jej się podobała, więc dała z siebie wszystko, bawiło ją, że opisywała bohaterkę inną niż ona sama, że to ona kontrolowała to doświadczenie, a nie ono ją. Kiedyś potrafiła pisać tylko prawdę o sobie, teraz pisała prawdę o kimś innym. Była pewna, że Erica von Hyatt będzie zadowolona... „Kto chciałby mnie słuchać?" Janice uśmiechnęła się. Słuchać będzie teraz całkiem sporo ludzi... Czuła dotąd lekki żal, że to jej ostatnia powieść, ale zaraz wyzbyła się takich myśli. Miała w życiu tylko jeden cel i ten właśnie został osiągnięty. Znalazła Dermota Polla. To był szczyt, ukoronowanie wszystkiego. *Vous ou Mort* i już nie potrzebowała nic więcej. Ze wszech miar była gotowa kochać, ach, kochać.

Kiedy jej powieki zrobiły się ciężkie, przypomniała sobie, że w końcu nie uwolniła jeszcze swych współpasażerów z metra. Bardzo nieładnie. Już ich nie potrzebowała, a jednak wciąż ich trzymała w niewoli. Zrobię to zaraz po powrocie. Zrobię. Obiecuję... I powiedziawszy to sobie, naciągnęła wielobarwny płaszcz na swe bujne kształty i zapadła w kojący sen.

ROZDZIAŁ DWUDZIESTY SZÓSTY

Festiwal Celtycki wprawił turystów odwiedzających Irlandię w interesujące ogłupienie. Rohanne dotarła na dworzec kolejowy w Cork po podróży pociągiem, która przyprawiłaby sardynkę o rumieniec, a następnie została wymieciona na ulicę przez hałaśliwy, znerwicowany tłum, w którym wszyscy byli zdeterminowani podróżować dalej jeszcze tej nocy i w którym niewielu zawczasu zaplanowało środek transportu. Dla kłębiących się chętnych podjeżdżały więc pod dworzec furgonetki, autobusy, taksówki, samochody prywatne, motorowery i furmanki ciągnione przez konie. Irlandczycy, Walijczycy, mieszkańcy wyspy Man, Kornwalii, Bretonii i Szkocji demonstrowali chętnie swe więzi krwi i pomagali sobie wzajemnie. Rohanne, która zdecydowała, że musi dotrzeć do Janice przed Morganem Pfefferem, żeby ostrzec, otoczyć opieką, obronić, skłamała na temat swojego pochodzenia, wymyśliła babkę Walijkę i została ustawiona w kolejce, by czekać w niej na każdy możliwy transport. To nie potrwa długo, zapewnił ją mężczyzna ze śpiewnym akcentem, który kierował tym wężem stworzonym z oczekujących podróżników. Rohanne uwierzyła. Kilka godzin później wciąż jeszcze czepiała się swej wiary.

Morgan Pfeiffer zauważył parę rozkosznie umięśnionych nóg wystających spod nadzwyczaj kolorowego płaszczyka, jak znikały w taksówce. Ponieważ tak się złożyło, że w tę mroźną lutową noc była to ostatnia dostępna taksówka, uznał, że jest to kolejny przejaw złej woli losu. Próbował, bez specjalnego zapału, pobiec przez tłum śladem taksówki i jej prowokującej zmysły pasażerki, ale niewiele wskórał. Zamiast tego więc oparł się o drzwi dworca i czekał, aż rozgrzeje go gniew na Janice Gentle. Jeśli uważała, że ucieczka do tego osobliwego miejsca ją uratuje, to się przeliczyła. Morgan Pfeiffer dał się przebudzić ze swych cierpień wdowca i reagował z radością na ogień walki, który gorzał w jego wątpiach.

– W tej Irlandii zawsze tak jest? – zapytał, zanosząc swe pytanie do niebios. – I jak ja, do diabła, mam się dostać do Skibbereen?

Na ziemię sprowadził go mężczyzna w uniformie stojący przy wejściu do dworca.

– To przez Festiwal – wyjaśnił. – I dostanie się pan tam tylko dzięki pieniądzom. Z transportu publicznego już pan nie skorzysta.

Morgan Pfeiffer dał do zrozumienia, że to dla niego nie problem, i zasiadł do czekania na zakurzonym parapecie okiennym, otulając się szczelniej płaszczem. Chłód jeszcze bardziej rozniecał jego gniew. Kiedy dotrze do Skibbereen, rzuci Janice Gentle na klęczki.

Mężczyzna wrócił, z nieco mniej pewną miną.

– Mieliśmy ciężarówkę, która wybierała się tam z celtyckimi krzyżami, ale gdzieś się zapodziała. Ale może będziemy mieli szczęście. Jeśli ten facet od ciastek jest jeszcze w „Kaftanie Herolda" i dopiero kończy swoje piwo, to może jakieś miejsce jednak się znajdzie. Więc czekaj pan tutaj.

Morgan Pfeiffer zapalił cygaro, ale aromatyczny dym nie przyczynił się do poprawy jego pochmurnego nastroju. Zimno, pomyślał, i nie ma gdzie się schować.

Janice spytała swojego kierowcę, dlaczego wszyscy podróżują na południowy zachód.

– To podróż duchowa – odparł. – A pani w jakim celu tam jedzie?

– Takim samym – odparła i znów pogrążyła się w marzeniach.

– Ma pani bardzo kolorowy płaszcz – zagaił kierowca. – Ja tam lubię, jak jest kolorowo. Czasami to mi się wydaje, że świat okrył się żałobą z jakiegoś powodu. Czernie, brązy, szarości... nic tylko barwy ziemi i rozkładu. A pani taka kolorowa, radosna na tle nocy...

– Wyraża się pan jak poeta – zauważyła Janice. – Jest pan poetą?

– Oczywiście – odparł mężczyzna z rozbawieniem – jak każdy Irlandczyk.

– Ano tak – powiedziała Janice rozmarzonym tonem. – Nic więc dziwnego...

Dermot Poll popatrzył na Ericę. Erica popatrzyła na Gretchen. Gretchen popatrzyła na Deirdre. A Deirdre popatrzyła na Leary'ego.

– Czas iść – powiedziała do niego w końcu. – Zostają już tylko domownicy.

Leary przełknął ślinę, mrugnął i wyszedł.

– Zatrzaśnij zamek – zawołała za nim – jak już sobie ulżysz.

Ale i tak zapomniał.

Jedyne światło pochodziło z lampy naftowej i migoczących płomieni kominka. Wnętrze izby zrobiło się jakby jeszcze cieplejsze i bardziej odgrodzone od świata teraz, kiedy Leary poszedł sobie i zatrzaśnięte drzwi zagrodziły drogę wyjącej na zewnątrz nocy.

– Posłuchajcie no tylko tego wiatru – powiedziała Deirdre. – Nie chciałabym tej nocy być na drodze.

– Sama nie wiem – odparła Erica von Hyatt. Rysowała kółka w cieczy rozlanej na barze, a Dermot Poll, wsparty naprzeciwko na łokciach, przyglądał się jej zafascynowanym wzrokiem. W pewnym momencie podał się do przodu i szepnął jej coś do ucha.

Przestała rysować i spojrzała na niego z niedowierzaniem.

– Ty chyba sobie żartujesz – powiedziała głośno.

– Dermot – wtrąciła się Deirdre, nie podnosząc wzroku od trudnego zadania, jakim jest zarabianie pięty w skarpecie z buraczkowej włóczki – zostaw tę dziewczynę w spokoju.

Dermot wzruszył ramionami, ziewnął, podrapał się po piersi i sięgnął po butelkę whiskey. Mrugnął do Eriki i dolał im hojnie do szklanek. Erica upiła łyk bez entuzjazmu, a Gretchen O'Dowd, nawijająca włóczkę na oparcie krzesła, popatrzyła na swoją kochankę i westchnęła. Nie mogła sobie przypomnieć, kiedy Erica po raz ostatni piła herbatę.

Dermot zaczął śpiewać. Z początku cicho, łamiącym się głosem, a potem stopniowo, w miarę jak podejmował kolejne piosenki, to brzmienie stawało się coraz piękniejsze, coraz bardziej melodyjne. Deirdre zamknęła oczy: kiedy je zamykała i przestawała go widzieć, to mogła się radować pięknem tego śpiewu, mogła się w nim zatapiać tak, jak to bywało kiedyś, dawno, dawno temu. Przypomniał jej się Declan i uroniła kilka łez spod przymkniętych powiek. Nic mu nie będzie. Dobrze zrobił, że wyjechał. Ale i tak jeszcze jedna łza spadła na w połowie zarobioną piętę. Bardzo za nim tęskniła. Poczuła czyjeś opasujące ją ramię i poczuła, że coś ją przyciąga do szerokiej piersi. Uśmiechnęła się do Gretchen przez łzy, wciąż nie otwierając oczu, i przyłożyła głowę do zaoferowanego jej ciała.

– Ach – powiedział Dermot Poll, urywając między jedną piosenką a drugą, spoglądając z góry na bar, na dwie obejmujące się kobiety. – Czy nie jest teraz słodko?

– O tak – zgodziła się Erica. – Bardzo.

I wtedy jął śpiewać jeszcze delikatniej, sprawiając, że wnętrze izby wydało się jakby oplecione jedwabną przędzą.

– Pójdę obok ciebie przez te wszystkie lata...

Morgan P. Pfeiffer wsparł głowę o stos kostek owocowych „Potęga smaku". Paczuszki sprawiały wrażenie wygodnych i w razie konieczności mógł sobie zrobić kanapę z nugatów, bloków czekoladowych i migdałów w cukrze prześwitujących spod celofanu. Były tam tak, że bombonierki w kształcie serc i jeszcze inne pyszności. Czuł się jak w niebie, kiedy tak leżał w tym słodkim, waniliowym powietrzu. Jak na tak dziwny środek transportu jechało mu się we względnym komforcie, a przede wszystkim posuwali się do przodu w stałym tempie. Kierowca twierdził, że zna drogę na skróty. W tej chmurze oparów czekolady jego gniew częściowo stopniał i właściwie to był zadowolony, że jedzie w takich okolicznościach, wręcz pławił się nimi, w oczekiwaniu, aż kierowca zatrzyma się w Skibbereen. Zrolowany maszynopis obijał się o jego mięsiste żebra, przypominając, dlaczego w ogóle tu się znalazł. Za to cukrowe powietrze przypominało mu o tych wszystkich radościach, jakich kiedyś zaznał. Nie zamierzał dopuścić, by Janice Gentle i jej zdegenerowana powieść skalały podstępnie jego przeszłość i przyszłość. Zapłacił hojną zaliczkę i pragnął czegoś w zamian. No przecież, odzyska tę zaliczkę.

Wdychał słodycz z powietrza i czerpał z niej otuchę. Na kolana, o właśnie. Dla pani Pfeiffer, dla Wydawnictwa Pfeiffera i Dla Czytelników Gdzieś Tam. Będzie musiała skapitulować. W końcu nikt nie mógł się oprzeć potędze pieniądza. Ludzie brali domy na hipoteki, zakładali rodziny, lubili płacić swoje rachunki i mieć włączone ogrzewanie. Mógł to sprawić. Zrobi to. Starł cukier puder z rękawa, a potem tytułem próby oblizał palce. I poczuł smak tej miłości, której mu odmówiono.

Celtyckie krzyże zostały wykonane ze styropianu pomalowanego zieloną farbą i bardzo przytulnie się na nich leżało, zwłaszcza po tak długim czekaniu. Kierowca okrył Rohanne brezentową plandeką i wtedy ułożyła się na plecach, by pośród skrzypiących totemów spoglądać na gwiazdy. Wiatr wył, drzewa się kołysały i Rohanne miała wrażenie, że same zeźlone żywioły zawzięły się, by pchać ją do przodu, ale ciężarówka wciąż pełzła żółwim tempem. Bez jej pomocy Janice zostanie zmanipulowana, zdeptana, stratowana. Nie obroni się przed potężniejszymi od niej siłami i gniewem wydawcy, któremu się postawiła. Rohanne musi w to wkroczyć, dobyć tarczę swej wiary, wesprzeć Janice Gentle i jej książkę, ochronić tę syntezę, którą pomogła stworzyć.

– Szybciej! – krzyknęła do wirującego nad nią wszechświata. – Szybciej...

Janice Gentle stała w blasku księżyca przed drzwiami gospody i wpatrywała się w obłażące płaty farby. Za jej plecami wiatr chłostał drzewa z metaliczną furią i słyszała w oddali huk morza, łoskoczącego z niezaspokojonego głodu. Janice, niczym te dzikie wody, też czuła w sobie potrzebę zaspokojenia głodu, ale mimo tego jarzma była pewna, że naprawdę słyszy śpiew Dermota Polla. Drzwi zatrzeszczały i zahuśtały się nieznacznie, ale stare zawiasy oparły się żądzy żywiołów, by rozewrzeć je na oścież. A jednak w tak powstającej szparze to ukazywała się, to znikała łuna czerwonawego światła, które mówiło o cieple i optymistycznych wibracjach miłości. Serce jej biło miarowym rytmem. Zawsze wiedziała, że ta chwila kiedyś nadejdzie, i wiedziała też, że to jej się nie śni, że jest przytomna i gotowa. Zdjęła gumkę z włosów i strząsnęła je sobie na twarz, potem zdjęła okulary i wytarła cętki deszczu ze swych policzków. Tak przygotowana i czując się nagle piękna, Janice Gentle pchnęła drzwi i weszła do środka.

ROZDZIAŁ DWUDZIESTY SIÓDMY

Erica von Hyatt opróżniła szklankę. Dermot Poll nie przestał śpiewać, kiedy ją ponownie dla niej napełniał. Trunek był mocny. Musiał być mocny. Znowu ten Dermot, znowu podsunął twarz w jej stronę, te porośnięte szczeciną policzki i nabiegłe krwią oczy. Oto najlepsza żywa lekcja o złych skutkach nadużywania alkoholu. Nie, nic z tego nie będzie. Nie potrafiła się dostosować. Ani nawet przekonać Gretchen O'Dowd, że jednak wcale nie jest ani księżniczką, ani w ogóle kimś lepszym. Westchnęła i pociągnęła tęgiego łyka. Gretchen O'Dowd była honorowa i prawdopodobnie podążyłaby za nią na koniec świata, dokładnie tak, jak groziła...

Znowu on. Dłoń na piersi, drżące, obwisłe wargi, którymi śpiewał tylko dla niej. Położył coś na barze i wskazał gestem, że powinna to wziąć. Spojrzała – to było ciastko w kształcie serca.

– Zajrzę ci w oczy i wezmę cię za rękę... – Ujął ją za rękę. – Bądź moja, Walentyno – zaśpiewał.

Deirdre podniosła wzrok i na widok ciastka wrzasnęła z wściekłością.

– To prezent dla mnie od Declana! Przyszedł dzisiaj pocztą. Och, ty świnio! Ja ci pokażę Walentynę...

Dermot Poll uśmiechnął się do Eriki. Wyciągnął ramiona i objął ją. Przyłożył usta do jej włosów i kołysał się, śpiewając, z każdą chwilą coraz to głośniej. A potem pochylił się, żeby ją pocałować, szepcząc:

– No chodźże mi tu, mała księżniczko, och, chodźże tu, bo nie umiem ci się oprzeć...

I wtedy zdarzyło się kilka rzeczy naraz. Gretchen, poruszająca się niczym mistrz rugby, przebiegła przez całą długość baru i wymierzyła potężny cios w już i tak podobny do truskawki nos Dermota Polla, co sprawiło, że dłoń Eriki odzyskała wolność, ale niestety nie pomogło to ślicznemu ciastku w kształcie serca, na które Dermot zwalił się całym ciałem.

– Dzięki – powiedziała Erica. I czknęła.

– Długo na to pracował – orzekła pogodnie Deirdre. Wlokła za sobą kłębek wełny po posadzce, który wyglądał zupełnie jak strumyk krwi. Pochyliła się nad mężem, żeby mu się przyjrzeć. – Zdechł wreszcie? – spytała.

– Nie, jeszcze żyję – odparł głos, stłumiony nieco zdesakralizowanym ciastkiem.

W tym momencie rozległ się trzask zamykających się drzwi.

– Och, dlaczegóż to on przestał śpiewać? – spytał czyjś obcy głos. W połowie ukryty przez wianek otaczających go kobiet, Dermot zadarł głowę, zalaną krwią wylewającą się z potężnie rozbitego nosa.

– Och, droga pani – wymamrotał, ze szklistymi oczyma i drżącymi wargami. – To chyba oczywiste.

Deirdre automatycznie wzięła do ręki buraczkową skarpetę i przytknęła ją do jego zakrwawionych nozdrzy. Kolor pasował znakomicie. A potem przypomniała sobie, że nie znosi widoku krwi, i osunęła się na kolana w omdleniu. Dermot Poll, widząc, że żona jak zwykle wybiera najłatwiejsze wyjście, skorzystał z jej przykładu i ze swobodą przeciętego kawałka sznurka padł za barem, znikając wszystkim z widoku. I zabierając z sobą resztki ciastka.

Gretchen chuchnęła sobie w kłykcie, a potem zarumieniona schowała je za plecami.

– Janice! – powitała radośnie nowo przybyłą. – Przyjechałaś! Znalazłyśmy go dla ciebie. Jest tam, za barem. – Wskazała to miejsce triumfalnym gestem, aczkolwiek nie bez zażenowania.

Janice zapuściła żurawia za kanciastą sylwetkę Gretchen O'Dowd i wbiła wytrzeszczone oczy w powierzchnię baru. Na barze nie było nic oprócz w połowie skończonej buraczkowej skarpety i odrobiny krwi. Janice przyłożyła palce do ust. Przez jedną, nadzwyczajną chwilę, przez jedną naprawdę supernadzwyczajną chwilę zastanawiała się, czy Dermot Poll nie przeobraził się przypadkiem w skarpetę. I stosownie do tej wizji odebrało jej mowę.

Erica, stwierdziwszy, że ta cisza już jej ciąży, i czując, że coś jednak powinno tu paść, powiedziała:

– Strasznie mi się podoba twój płaszcz. Powinnaś częściej nosić takie kolorowe rzeczy.

Janice, wciąż wpatrzona w skarpetę, zareagowała na to wybuchem łez strapienia.

Wciąż leżąca Deirdre wydała przeciągły jęk.

– Gdzie on jest? – wyszeptała Janice, przecierając oczy. Bo to przecież był on. Rozpoznałaby jego głos pośród tysiąca innych. – Czy to jakiś żart?

Erica potrząsnęła głową i niepewnie zsunęła się ze stołka. Popchnęła Gretchen w kierunku Deirdre.

– Oto twoje miejsce – powiedziała stanowczo. A potem ujęła Janice za rękę, poprowadziła ją na tył baru i powiedziała sucho: – A to jest twoje miejsce. Oto on. Twój piękniś.

Janice przyklękła za barem i wytrzeszczyła oczy. Pomacała kieszenie w poszukiwaniu jakiegoś pocieszenia, ale było w nich pusto. Miała za sobą długą, męczącą podróż taksówką. Och, żeby choć jakiegoś cukierka.

– *Ecce homo* – wyszeptała, dotykając zakrwawionego nosa i wybierając kawałki ciastka z jego uszu. – *Ecce homo*?

Ale to wcale nie był Dermot Poll. Tylko ten głos, który dopiero co usłyszała, należał do niego. Reszta – wyjęła grudę lukru z jego włosów – ta reszta... Wzdrygnęła się z obrzydzeniem. Czy już raz kiedyś nie przechodziła czegoś takiego, wiele lat temu?

Uklękła tam, wciąż wytrzeszczając oczy, mówiąc cicho.

– *Mulier est hominis confusio.* – I z żalem potrząsnęła głową, smutna, acz stanowcza, że oto Dermot Poll okazał się takim nędznym robakiem.

> Niech cię piorun trzaśnie;
> A mnie pierwszego, jeśli ci się uda
> Zwieść mnie raz jeszcze. Więcej twa obłuda
> Mnie już do śpiewu pochlebstwem nie znęci,
> Ni do zamknięcia oczu z własnej chęci.
> Kto zamknie oczy, kiedy patrzeć trzeba,
> Temu i Pan Bóg nie pomaga z nieba*.

– Ona znowu cytuje poezję – zauważyła Erica. Wyzbyła się już czkawki i w jej postawie pojawiła się niejaka wyższość. – Szczerze mówiąc – powiedziała – jeśli to ma być normalne życie, to ja już wolę ulicę. – Spojrzała zmętniałym wzrokiem na Gretchen O'Dowd. – Wychodzę stąd. I to s o l o. I to jest tylko moja sprawa, dokąd się wybieram. Moja i tylko moja. – Dumnie zadarła głowę. – Zrozumiano?

– Nie do końca – zadudnił czyjś tubalny głos.

Deirdre drgnęła nerwowo i wreszcie do końca odzyskała przytomność. Gretchen podtrzymała ją troskliwie.

– Kto to powiedział? – spytała Deirdre, próbując obrócić głowę i sama się przekonać.

– Nie ruszaj się – przestrzegła ją Gretchen O'Dowd.

– Ale przecież już zamknięte – odparła szczęśliwa małżonka Dermota Polla, siadając. Wpatrywała się w rosłego mężczyznę w płaszczu z wielbłądziej wełny.

Był nadzwyczaj zagniewany.

Podobnie jak ona, czy to z tego, czy z innego powodu.

– Kim pan jesteś i co pan tu robisz o tak bezbożnej godzinie? – spytała, naciągając spódnicę na swe sporaśne kolana, którym zdawał się bacznie przyglądać mimo targających nim wielkich emocji.

– Morgan P. Pfeiffer – przedstawił się Morgan P. Pfeiffer – i mam kilka rzeczy do powiedzenia Janice Gentle.

Kiedy ruszył w stronę Eriki von Hyatt, powiało od niego czymś dziwacznym, zniewalająco słodkim. Rohanne Bulbecker opisała ją bardzo dokładnie. Blondynka, niebieskie oczy, niesmacznie szczupła. Wycelował w nią oskarżycielski palec.

– Janice Gentle – powiedział. – Pani powieść nie nadaje się do niczego. Prosiłem o romans, a dostałem brudy. Pani wyłudziła ode mnie pieniądze. Musi to pani napisać raz jeszcze albo stawić czoło konsekwencjom.

– Ja nie jestem... – zaczęła Erica von Hyatt, ale Morgan Pfeiffer podniósł rękę, żeby ją uciszyć.

– A właśnie, że pani jest, panno Gentle...

– Ja nie jestem... – zaczęła Erica z jeszcze większym oburzeniem. I myśląc sobie: W co ja się znowu wpakowałam?

– Proszę bardzo. – Morgan Pfeiffer utracił nie tylko panowanie nad sobą, ale i wszelki rozsądek. – Jeśli nadal będzie się pani wszystkiego wypierała, to ja panią złamię. Już nigdy nie zdobędzie pani pracy...

– Och, nic nie szkodzi – powiedziała Erica i czknęła z uśmiechem.

Wyjął z zanadrza płaszcza maszynopis i zaczął go wertować.

– Istnieją powszechnie akceptowane granice normalności, panno Gentle, istnieją pojęcia zrozumiałe dla wszystkich. Kiedy powiedziałem, że chcę seksu, nie miałem na myśli takiej odmiany seksu. Miałem na myśli seks ogólnie akceptowany. O czym pani doskonale wiedziała. A tego tolerował n i e b ę d ę! – Uderzył maszynopisem w swoją wyciągniętą dłoń i wtedy wzbił się nad nim obłoczek cukru pudru pachnącego wanilią. – Ja tu przyjechałem po przyzwoity seks i domagam się przyzwoitego seksu! Przyzwoitej, normalnej love story z udziałem seksu, opisanego z dużą delikatnością. A nie takich zboczonych ś m i e c i!

Ruszył znów w stronę Eriki. Uśmiechał się. I nagle zaczął prosić.

– Dla pani czytelników, panno Gentle. Dla pani sztuki. Zrobi to pani?

Erica wybałuszyła oczy, już wcale niezdolna się w tym wszystkim rozeznać.

– Czy wyczyści to pani? Wielbiciele czekają...

Gretchen i Deirdre popatrzyły na Ericę ze zdumieniem.

Erica wzruszyła ramionami.

Z uszkodzonego nosa mężczyzny wyciągniętego na podłodze dobiegało teraz zgrzytliwe charczenie. Poza tym w izbie nie rozlegał się żaden inny dźwięk.

A potem...

– Jedną chwilę! – padło zza drugiej strony baru. – Jedną cholerną chwilę! – I wtedy wyszła stamtąd Janice Gentle, skąpana w łunie jedynej palącej się lampy, promienna, gniewna, przytłaczająca wszystko niczym mściwa bogini. Ręka, którą trzymała w górze, była pulchna i biała, palec, którym celowała w sufit, tłusty i pełen dołków, nogi, na których stała, tak monumentalne, jędrne i smakowicie ukształtowane jak te marmurowe łydki z antycznych czasów. Powyżej zaś rąbka płaszcza wybrzuszały się bezcenne krągłości: kopiasty i dojrzały brzuch, baniaste piersi, w których zarysie nie było ani jednej ostrej linii, kulisty podbródek, twarz jak przysłowiowy pączek w maśle, oczy, które łyskały z głębin grubych szkieł. Buzowały w niej, pragnąc wydostać się na swobodę, Atena, Demeter i wszystkie inne siostry wojowniczki, wszystkie inne kobiece symbole płodności tego świata.

Morgan Pfeiffer poczuł mrowienie w okolicach kręgosłupa, a jego serce zadudniło boleśnie. Cóż za wizja, i to w tym kraju, gdzie wszak było ich tak wiele.

Deirdre i Gretchen zastygły w bezruchu. Erica byłaby prawie zastygła w bezruchu, gdyby nie chwiała się nieznacznie, jakby pod wpływem pieszczot morskiej bryzy.

Janice Gentle wyglądała wprost olśniewająco.

– Kim pani jest? – spytał Morgan Pfeiffer.

Ta wizja była materialna. Poruszała się. Opuściła palec i zaczęła się do niego zbliżać, całą sobą.

– Jestem Janice Gentle – oświadczyła. – To ja napisałam tę książkę. I nie zmienię w niej ani jednego słowa.

Samson spętany jego łańcuchami nie był bardziej bezradny niż Morgan Pfeiffer teraz. Popatrzył na Ericę von Hyatt, po czym przeniósł wzrok z powrotem na Janice Gentle. To wszystko domagało się jakiegoś wyjaśnienia.

– A ja myślałem, że ta osoba to pani – powiedział ostrożnie.

– Wszyscy tak na początku myślą – wtrąciła uprzejmie Erica.

Janice nadal szła w jego kierunku, ale nagle zatrzymał ją przeciągły charkot, który przeszedł w jęk potężnego bólu. Odgłos dobiegał zza baru. Straszliwe monstrum, w jakie przeobraził się Dermot Poll, uniosło się ponad pokryty kręgami cieczy blat. Rozejrzał się dookoła i zamrugał. Janice odwróciła się w jego stronę.

– Dermot Poll – wyszeptała, wpatrując się w niego, znów starając się odnaleźć w tych nabiegłych krwią oczach i fałdach podbródka tamtego urodziwego młodzieńca z przeszłości. – Dermot Poll – powtórzyła głośniej. – Przyjechałam cię szukać. Czy mnie jeszcze pamiętasz? ...Wigilia dnia świętego Walentego, mokra ulica... „O Matko Boska od Kolorów"? „Tyś obraz wysadzany klejnotami"?

Dermot Poll wybałuszył oczy. Coś mu się mętnie przypominało... coś w tej sylwetce, coś w tym kolorowym płaszczu... jakieś czerwone satynowe serca... deszcz. Declan śpiący przy piersi, autobus, policyjny bucior. Przyłożył dłoń do nosa, który bolał jak wszyscy diabli. I ten łeb, ale też go w nim łupało. Czy to nie od tej kobiety zaczęły się wszystkie jego nieszczęścia?

– Może i pamiętam – odparł ostrożnie. – Ale paskudnie się zestarzałaś. – Poczuł w sobie napływ humoru, barbarzyńskiego i mściwego. Zaśmiał się przez swoje bardzo popsute zęby i zerknął na żonę. Wpatrywała się w niego tym spojrzeniem, które mówiło, że świat i wszystkie jego problemy, włączając w to również jej problemy, to jego wina. Ona, jego żona, też się bardzo postarzała. Spojrzał raz jeszcze na kolorową kobietę i parsknął szyderczo przez rozbity nos. Tak, tak, starość nie radość. Niewyraźnie przypominał już sobie jej tajemniczą, młodzieńczą twarz w świetle latarni, rozpromienioną w wyrazie podziwu. Teraz niewiele w niej tego podziwu zostało. Wytrzeszczył oczy. Barbarzyński i mściwy humor z coraz większą siłą szukał ujścia...

– Pamiętasz mnie? – powtórzyła Janice, nieco przestraszona.

...i w końcu ję znalazł.

– Pamiętam – odparł. – I jak Bozię kocham, naprawdę wolałbym, żebyś wtedy została w domu. Bo zrobiłaś się gruba i nieziemsko brzydka. – Popatrzył znacząco na swoją żonę i z powrotem na Janice. – A ja nie mam czasu na baby, które się tak zapuszczają...

Już w tym momencie wiedział, że to nie było mądre. Wielki facet w płaszczu z wielbłądziej wełny już pędził w jego stronę. I pędziła też wąsata kobieta. Wiedział, co się zaraz stanie, że znowu zapłaci za wszystko jego obolały nos, więc wziął nogi za pas. Przebiegł chyżo przez cały bar, podniósł klapę w kontuarze i wypadł z budynku. Na zewnątrz było dziko, zimno i mokro. Ścigały go krzyki, polecenia, czyjś rozkaz skierowany do niego imiennie, że ma natychmiast wracać i przeprosić damy, które obraził. A mnie to lata, pomyślał i wbiegł między pola, kierując się w stronę wygłodniałego morza. Poleje odrobiną słonej wody tę piekącą twarz, zwilży delikatnie już zasychającą krew i będzie jak nowy. Mknął przez wydmy, w stronę skraju wody, aż wreszcie runął twarzą w pianę. Wiatr popchnął go w stronę linii załamujących się grzywaczy. Zapędził się dalej, niż myślał – ale, ach, ten prysznic z morskiej wody był taki przyjemny. Zamknął oczy. Z rozszalałej pustki żywiołu rozległ się ryk Neptuna skarżącego się na głód w swym przepastnym brzuszysku i po chwili jeden potężny ruch fal na zawsze zmył Dermota z powierzchni świata, wtrącając go do gara boga morza.

– On wróci – zapewniła ich Deirdre czerpiąca siłę ze zniknięcia swego małżonka. Wybierała się właśnie do kuchni. – Jakby co, to będę parzyła herbatkę.

– Mój ty słodki Jezu – powiedziała Erica von Hyatt – oddałabym wszystko za filiżankę, właśnie teraz. Ale najpierw przejdę się zaczerpnąć powietrza.

– Pójdę z tobą – zgłosiła się Gretchen O'Dowd. Erica uśmiechnęła się do niej, tym razem całkiem miło.

– Tak – powiedziała. – Chodź ze mną na spacer po plaży. To będzie nasz ostatni raz.

– Ach tak? – odparła Gretchen, patrząc to na Ericę, to na rozkołysane drzwi do kuchni.

– Muszę być wolna – odrzekła Erica. – A tobie się tu spodoba.

ROZDZIAŁ DWUDZIESTY ÓSMY

Zostali sami. Morgan P. Pfeiffer wpatrywał się w Janice Gentle, która z kolei wpatrywała się w niego.

– Dziękuję panu – powiedziała – za to, że okazał się pan taki rycerski.

– Każdy mężczyzna na moim miejscu zrobiłby to samo – odparł Morgan Pfeiffer.

Zapadła krępująca cisza.

– A więc – przerwał ją w końcu Morgan Pfeiffer – to pani jest Janice Gentle?

– Nie inaczej.

– I to pani napisała tę... hm... książkę?

– Tak, ja. – Uśmiechnęła się. Nagle poczuła się tak stara, jakby miała na karku brzemię lat całego wszechświata. Uśmiechnęła się więc znowu. – A pan to Morgan Pfeiffer, człowiek, który ją opublikuje.

– Powiada pani?

– A jakżeby nie? – Zmrużyła jasne, okrągłe oczy. Odległe spojrzenie gubiło się w zasnuwającej je mgiełce. – To przecież takie proste. Chciał pan, żebym napisała dla niego książkę. I ja to zrobiłam. – Znowu wycelowała w górę swój pulchny palec, który w oczach Morgana Pfeiffera wyglądał niczym najsmaczniejszy cukierek. We własnej wyobraźni niemalże czuł delikatny nacisk miękkiego ciała na języku. – *Ecce liber* – ciągnęła dalej – tak właśnie oznajmiła swej królowej Christine de Pisan mniej więcej sześćset lat temu. Oto pańska książka. Napisana na pańską cześć. *Fidem servare*, panie Pfeiffer, *fidem servare.*

Pomyślał o dziale marketingu. Pomyślał o Moralnej Większości. Poczuł się tak, jakby zamówił basen, a otrzymał niezmierzone morze.

– Była pani wspaniała – powiedział. Przysunął się odrobinę bliżej. Musnął palcami jej dłoń, delikatnie i nieomal ukradkiem, jakby chciał się upewnić, że ma do czynienia z materialną istotą z krwi i kości. I przekonał się, że jej cielesność nie pozostawia wątpliwości. – Panno Gentle?

– Panie Pfeiffer?

– Nie przypuszczam... – zaczął i uniósł kciuk oraz palec wskazujący, a potem je do siebie zbliżył, zostawiając maleńką szczelinę – nie przypuszczam, by była pani skłonna wziąć pod uwagę zmianę choćby najbardziej niewielkiego fragmentu?

– Nie zmienię ani słowa, mój panie – odrzekła, kręcąc głową. Gest ten sprawił, że skóra na jej pełnej białej szyi lekko zafalowała. – Panie Pfeiffer... – zaczęła, biorąc głęboki wdech i przysuwając się jeszcze bliżej. Pewna była, nie miała żadnych wątpliwości, że czuje zapach słodkiej czekolady i rachatłukum, zabarwiony, ale tu już jej pewność nie była tak ostateczna, lekką nutą woni galaretki. – Czy nie mylę się, podejrzewając, że ma pan przy sobie coś ze słodszej materii?

Na co on, z zachwytem człowieka, który naczekał się już dość długo, wydobył z kieszeni garść migdałów w cukrze. W drugiej kieszeni miał bombonierkę w kształcie serca, pełną czekoladek i galaretek, ale ją postanowił zachować na później.

– Ach – westchnęła pożądliwie Janice Gentle. – Ach, ach, ach.

Podsunął jej migdały, jednak prawie od razu cofnął dłoń.

– Nawet bardzo malutkiego fragmenciku?

– Och, nie – jęknęła Janice. – Nawet słóweczka. – Wzięła jednego migdała, wsunęła go do ust i uśmiechnęła się do niego z zadowoleniem.

Morgan Pfeiffer zrozumiał, że przepadł z kretesem.

Z niematerialnych ust ponad nimi dobyło się pełne satysfakcji westchnienie. Na firmamencie Christine de Pisan osunęła się w miękką sofę chmur. Nie wolno nie doceniać, napisała kiedyś, ani kobiecej siły, ani słabości. Oto jej siostra po piórze, w opałach słodkiej pokusy, nieugięta w swym postanowieniu, gotowa do miłości. Doskonały Triumwirat, Złoty Ideał. Ale cóż, pomyślała z ukontentowaniem i ziewnęła, nigdy tak naprawdę nie wątpiła w inne rozwiązanie. A teraz nadszedł czas, by zająć się prawdziwym, nie cierpiącym zwłoki zadaniem, jak zawsze bowiem należało bronić kobiety przed grożącym im zbezczeszczeniem ich najbardziej niezbywalnych wartości, które to zbezczeszczenie, smutna sprawa, wciąż im zagrażało... Tego właśnie dnia, w jej niebieskiej siedzibie, niejaka pani Sylvia Perth, nowo przybyła, zapoznała ją z nową frazą. „Sypiając z wrogiem", tak oto wyraziła się ta kobieta, a wraz z tymi słowy jej pierś zafalowała z emocji pod stanikiem (czy jak tam się obecnie nazywa ta część kobiecej garderoby). Christine wysłuchała jej, jak to się godzi, a potem odpowiedziała innym słowem, które również poznała ostatnio i które zdecydowanie przypadło jej do gustu:

– Pierdoły.

Tamtej kobiecie, która wszak oczekiwała po swej rozmówczyni słów w rodzaju *Non Blastange!*, ze zdumienia odebrało głos.

– Pierdoły? – powtórzyła w końcu.

– Wolałabyś, abym rzekła: „dyrdymały"? – zapytała nieporuszona Christine. – Co?

– Ale dlaczego? – dociekała ta kobieta, ignorując poprzedni wtręt.

– Ponieważ sypianie z wrogiem jest pojęciem znaczącym tyle co niegdysiejsze śniegi. Wroga to my przede wszystkim mamy w sobie. To wobec samych siebie winnyśmy być twarde. Poza tym – zakończyła – przez te wszystkie stulecia niewiele się zmieniło. Nie, nie. Trzeba kochać, moja droga. Tylko w miłości, mimo wszystko, jest prawda.

Wspominając teraz tę rozmowę, Christine de Pisan mimo woli się uśmiechnęła. Z czasem niebiańska nowicjuszka nabierze rozumu. W końcu na czystość wiary nic nie wpływa tak dobrze, jak dłuższy pobyt w atmosferze całkowitej równości. Ostatecznie wszystkie jesteśmy z jednej krwi. Wystarczy rozsupłać tasiemki gorsetu, pomyślała, przenosząc się na niebiańskie leże pana Ibsena, a nic już nie stanie na przeszkodzie eksploracjom nowych, znacznie bardziej interesujących możliwości. Christine była już właściwie *au courant* – został jej jeszcze tylko dwudziesty wiek. A potem co? – zastanawiała się. Co potem? Inna postać lustra, w którym odbije się istota epoki?

Kiedy ciężarówka dotarła na miejsce przeznaczenia, Rohanne Bulbecker spała. Kierowca zapalił papierosa i zdecydował, że pozwoli jej jeszcze chwilę odpoczywać w ciepłym, bezpiecznym wnętrzu szoferki. Sam przez chwilę siedział bez ruchu, wpatrując się w zapadający za oknem zmrok. Już ledwie dostrzegał majaczące w nim zarysy walącego się pubu. Miejsce, które zawsze wydawało mu się oazą spokoju, dzisiaj przypominało mrowisko, w które ktoś wsadził kij. Najpierw jakiś szaleniec przebiegł ścieżką przez pola – z rozwianymi połami koszuli, ściskając głowę w dłoniach, zachowywał się tak, jakby go ścigała jakaś zjawa. A potem przez rozwaloną bramę wybiegł za nim potężnie zbudowany facet w jasnym płaszczu, który krzyczał, przeklinał i wymachiwał ręką uniesioną w geście mordercy. Ale ścigany nie zatrzymał się nawet na chwilę, tylko pocwałował w kierunku morza. Potem pojawiły się jeszcze dwie inne osoby – zatopione w rozmowie, z pozoru niepomne wiatru, który je smagał. Odprowadzał je wzrokiem, póki nie zniknęły w ciemnościach, i dopiero wtedy wygramolił się z szoferki, przeciągnął się i zbudził śpiącą.

– Koniec jazdy – powiedział.

Rohanne Bullbecker wysiadła z ciężarówki i rozejrzała się dookoła. Miała wrażenie, że dotarła na koniec świata, gdzie nie było nic prócz różowych świateł sączących się z okien pubu. Burza odchodziła, a wraz z nią skłębione obłoki, zostawiając za sobą spokój i świetliki gwiazd. Wprawdzie w dali piętrzyły się powoli nowe zwałowiska chmur, żądnych znowu pożreć firmament, ale przynajmniej przez chwilę księżycowa poświata miała być jej przewodniczką. Zrobiła głęboki wdech i na próżno szepcząc sobie dla dodania odwagi: *„Vous ou Mort"* – podeszła do na wpół uchylonych drzwi. Miała zamiar bronić Janice Gentle do krwi ostatniej. I potem Janice Gentle będzie należała już tylko do niej.

W przytulnym świetle zalewającym pomieszczenie zobaczyła pisarkę i jej wydawcę, pogrążonych w najwyraźniej zupełnie zgodnej rozmowie. Janice podniosła wzrok, uśmiechnęła się z zaskoczeniem. Oczy jej lśniły.

– Rohanne, moja droga. – Janice wyciągnęła rękę. – Czy i ty masz zamiar besztać mnie za to, co napisałam?

– Na pewno nie – odparła Rohanne. – Przybyłam, żeby cię bronić.

– Nie ma takiej potrzeby – spokojnie powiedziała Janice. – Sama się obroniłam. – Uścisnęła dłoń Rohanne. – A czy podoba ci się moje *opus magnum*?

– Czy mi się podoba? – spytała Rohanne i jeszcze raz powtórzyła: – Czy mi się podoba? Panie Pfeiffer, jeśli jest pan człowiekiem honoru, wyda pan tę książkę, nie dbając o konsekwencje.

Morgan P. Pfeiffer spojrzał na Rohanne. W jego oczach ujrzała coś, czego zupełnie się nie spodziewała. To był wzrok potulny, wzrok mężczyzny pokonanego.

– Och – westchnęła Rohanne Bulbecker, odkładając na bok tarczę wiary, najwyraźniej zupełnie w tych okolicznościach zbędną. – Więc pan zamierza to zrobić?

– Zamierzam – odrzekł Morgan Pfeiffer.

– Poczęstuj się czekoladką – zaproponowała Janice, podsuwając bombonierkę w kształcie serca. – Odtąd wszystko już będzie dobrze. – Uśmiechnęła się uśmiechem cokolwiek łobuzerskim. – Jak w moich książkach.

Rohanne poczęstowała się czekoladką. Za oknami zaczął sypać śnieg, oblekając świat w niepokalany woal.

– Cóż, kto to wie? – powiedziała, wgryzając się w aromatyczną, brunatną słodkość.

Erica patrzyła na morze. Śnieg padał wielkimi i miękkimi białymi płatkami, które topniały, dotykając powierzchni rozkołysanej wody. Czuła się taka mała i taka pospolita, mimo iż napisano o niej przecież całą książkę.

– Nie jestem niczyją księżniczką – zawołała, przekrzykując szum fal. – I cieszę się z tego. – Roześmiała się i rzuciła kamykiem w morze. Mrużyła oczy, chroniąc je przed wodnym pyłem, ale w ich głębi migotały psotne błyski. Wszyscy uwierzyli w tę historię o psie – wszyscy, co do jednego. Zagrała palcami na nosie, na pohybel tym falom. Jakby ona naprawdę była do tego zdolna! Od czasu do czasu trzeba coś zmyślić, prawda? W przeciwnym razie życie byłoby takie nudne. A poza tym był to tylko dowód na to, że nie należy wierzyć we wszystko, co wypisują w książkach.

Zastanawiała się, czy któregoś dnia Dawn przeczyta tę książkę, a jeśli tak, co powie? Uroniła łzę prosto do spienionego morza. Cóż, przynajmniej nigdy się nie dowie, że jej rodzona matka przyznawała się do zjedzenia psa. Janice twierdziła, że Dawn być może odszuka ją kiedyś, pod warunkiem że powiadomi władze o swoim adresie. Kolejna łza wpadła z pluskiem do wody. Niby jakim adresie? Trzecia z kolei buda z kartonowych pudeł na South Bank? Teraz, kiedy tak ostro zabrali się do recyclingu, jej los zdawał się szczególnie niepewny. Jakość kartonu też nie była taka jak kiedyś. Dzisiaj po prostu rozłazi się w palcach. No, dobra. Takie jest życie. Ratują planetę, ale po co i dla kogo?

Odwróciła się, zamierzając po śladach Gretchen O'Dowd wrócić do pubu. Gotowa była zabić za filiżankę herbaty. W cholerę z tym chlaniem, pomyślała, nigdy więcej. Ale za to znowu jestem wolna, powiedziała sobie w myślach Erica. Znowu wolna.

Jej stopa natrafiła na coś miękkiego. Spojrzała pod nogi, wytężyła wzrok. Na mokrym piasku spowitym w fioletowy zmierzch leżało ciało Dermota Polla. Płatki śniegu osiadały mu na twarzy, nie poruszał się i wyglądał tak spokojnie, jakby wreszcie znalazł ukojenie.

– Straszna noc – powiedział policjant, przejmując kontrolę nad sytuacją. – Często chadzał na spacery przy takiej pogodzie?

Deirdre wtuliła twarz w ramię Gretchen.

– Lubił chodzić nad morze i śpiewać niezależnie od pogody, panie oficerze – odparła Janice Gentle. Uklękła na piasku i z powrotem zakryła twarz leżącego. – To na pewno nie był pierwszy raz.

Policjant zerknął na nieruchomy pagórek okryty ścierkami i westchnął z całym szacunkiem.

– Może i nie – powiedział cicho – ale z pewnością ostatni.

ROZDZIAŁ PRZEDOSTATNI,
W KTÓRYM WSZYSTKIE WĄTKI
ZNAJDUJĄ ROZWIĄZANIE...

Janice wylegiwała się w pachnącej migdałami kąpieli, w cukierkowo różowej łazience apartamentu Morgana Pfeiffera, a Morgan Pfeiffer przechadzał się pod drzwiami tejże łazienki. W którymś momencie zatrzymał się na chwilę, by nasłuchiwać, a potem znowu podjął marsz. Z wytęsknieniem spojrzał na zmierzwione łóżko. Tak bardzo chciałby ją na zawsze zachować w tym pięknym otoczeniu, na jedwabnej pościeli o barwie brzoskwiniowej marmolady (Janice całkiem jednoznacznie określiła swe predylekcje), wśród ścian pomalowanych na zieleń w odcieniu pistacji i mięty. Chciałby ją mieć tutaj, zawsze, gotową go zabawiać, spełniać tęsknoty – dostępną, kochającą, najedzoną, wdzięczną, istniejącą tylko dla niego. Chciałby ją widzieć za stołem zastawionym delikatesami, uśmiechającą się do jego gości – królowa u boku swego króla. Wyobrażał też sobie, jak później, kiedy już zostaną sami, weźmie w ramiona uległy bezmiar jej ciała, a potem zaśnie przy niej snem idealnego kochanka. Z tych manewrów wyobraźni wybił go szum płynącej z kranu wody oraz śpiew jego robiącej się na bóstwo pani. Przytknął ucho do drzwi, ponieważ śpiewała bardzo cicho.

Kogutka mam zacnego
Każdego dnia mi pieje
Godzinki odmawiać każe
Kiedy na dworze dnieje.

Kogutka mam zacnego
wielki ci z niego zuch
Grzebyczek ma czerwony
Ogon jak ruczaju duch.

Kogutka mam zacnego
Dzielny ci z niego chwat
grzebyczek ma czerwony
ogon niebieściuchny tak.

Łapki poryte błękitem
Kształtne i jakie małe
I dumnie pokazuje
Ostrogi srebrnobiałe.

Oczka jak dwa kryształy
Niby z bursztynu odlane
I co noc znajduje grzędę
W komnacie mojej pani.*

Niecierpliwość uczyniła go podatnym na irytację. Śpiewać o drobiu w takiej chwili?

Janice po raz ostatni poklepała się po upudrowanych policzkach. Morgan Pfeiffer, wciąż z uchem przy drzwiach, przymknął powieki w wyczekiwaniu.

– Co ty śpiewasz? – zawołał.

Janice uśmiechnęła się jeszcze raz i wyszła z łazienki w oparach wonnej pary, wlokąc za sobą słodki, wilgotny zapach należycie wypielęgnowanego ciała. Morgan Pfeiffer oblizał wargi. Gotów był paść przed nią na kolana. Ona uśmiechnęła się znowu, tym razem nieco bardziej figlarnie.

– To tylko zagadka ułożona w dawnej angielszczyźnie – odpowiedziała. – Aż się zdziwiłam, że go jeszcze pamiętam...

Objął ją i poczuł się tak, jakby mu podarowano najsłodszy owoc tej ziemi.

– Znacznie bardziej dziarska niż te wszystkie puste i egzaltowane elżbietańskie kalki, nie sądzisz? – Ciepło jego nagiego ciała wprawiło ją w miły nastrój. Intuicja podpowiedziała jednak, że to nie chwila na rozmowę o średniowiecznych zagadkach.

– Prozerpina, też coś – mruknęła pod nosem. – A na co ona komu!

Nie miał zielonego pojęcia ani o średniowiecznych angielskich zagadkach, ani kim jest Prozerpina, ani wreszcie, co mogło jej się spodobać w tej piosence. Uznał jednak, że z czasem wszystkiego się dowie. Miał tylko nadzieję, że nieboszczka pani Pfeiffer zrozumiałaby, dlaczego upamiętniające jej imię wydawnictwo publikuje rzecz, którą sama z pewnością uznałaby za niedopuszczalną.

– Wybacz mi, Belindo – szepnął cicho, skrywając usta w miękkiej szyi Janice – ale muszę. – Mimo wszystko w kwestii cygar dotrzymał słowa. Nigdy nie zapalił ani jednego przed południem. – Mężczyzna nie może wiecznie pogrążać się w żałobie – mruknął, prowadząc Janice Gentle w kłębowisko brzoskwiniowych jedwabi.

– Tak sobie myślę – powiedziała sennie Janice, sadowiąc się pośrodku łóżka niczym kleks śmietankowego kremu – że w mojej następnej książce będzie mnóstwo ślicznego seksu. Cała książka może być jedną gloryfikacją jego wspaniałości... – Zanurzyła dłoń w bombonierce kusząco usytuowanej na poduszce. Wsunęła orzechową czekoladkę w otchłań swych ust i zaczęła łapczywie ją ssać. – Mmm – mruknęła – nie mogę się już doczekać. Rohanne Bulbecker zajmie się wszystkim...

– Nowa książka? – zapytał Morgan Pfeiffer, znienacka zaniepokojony. Wymarzona przed chwilą wizja królowej, zawsze gotowej usługiwać swemu królowi, zaczęła się rozwiewać przed oczyma jego duszy. Przewróciła się na brzuch. Delikatnie przesunął dłonią po białym konturze jej ciała. Była jego ideałem, była chodzącą doskonałością.

– Teraz nie czas na to – ucięła. Oblizała czubki palców i spojrzała na niego oczyma, w których malowała się najczystsza niewinność. – Nieprawdaż?

Już śniła na jawie o Dantem i Beatrycze, Laurze i Petrarce, Michaelu i Rosalli oraz o niezliczonych zastępach innych, którzy odeszli do wieczności, nie zaznawszy rozkoszy miłosnego łoża. Myślała, że dobrze byłoby naprawić ten błąd. Uwolnić ich z jarzma wiecznej czystości. Zwłaszcza że sama zaznała już takiego uwolnienia. Wyobrażała sobie, jak mógłby wyglądać kanon światowej literatury, gdyby Dante i Beatrycze jednak poszli ze sobą do łóżka, gdyby między Laurą a Petrarką zaszło coś więcej niż tylko przelotne spotkanie. A gdyby tak Tezeusz nie porzucił Ariadny, ale wziął z nią ślub? Tylko pomyśleć: żadnego Katullusa, żadnych *Heroid* Owidiusza, żadnych *Dobrych kobiet* Chaucera...

Przesunęła pulchną dłonią po pościeli, wskroś zmierzwionych brzoskwiniowych wzgórz, ku niemu. I zaśpiewała raz jeszcze: „Kogutka mam zacnego, każdego dnia mi pieje". Jej palce były coraz bliżej i bliżej... A Morgan Pfeiffer musiał przyznać, że zaiste nie jest to odpowiednia chwila na rozmowy o planach wydawniczych.

Gretchen O'Dowd spojrzała na morze ze skibbereeńskiego brzegu. Żagle łodzi łapały wiatr łapczywymi kęsami, ich dzioby cięły fale równie radośnie, jak ona sama się czuła. Podczas ostatnich kilku miesięcy zasmakowała w tym widoku. To samo, a jednak zawsze inne morze nie wywoływało już u niej mdłości. Zaczynała powoli rozumieć namiętność, z jaką marynarze odnosili się do swego powołania, a na płótno, które zostało jej po Sylvii Perth, spoglądała z coraz większym upodobaniem. Wisiało teraz nad jej łóżkiem, zdobiąc świeżo pobieloną ścianę i tworząc miłą atmosferę – domową atmosferę, jakby tu było jego miejsce, a w takim razie również jej miejsce. W Skibbereen czuła się coraz bardziej jak u siebie. Ale, jak powiedziała kiedyś Deirdre, z takim nazwiskiem jak jej trudno było uznać ten fakt za szczególnie zaskakujący, nieprawdaż?

Wciągnęła do płuc słone powietrze i poczuła, jak wypełnia ją spokój. Odtąd już nic na ziemi, ani w wodzie, nie będzie jej niepokoić. Obracała w palcach ukrytą w kieszeni Złotą Kartę Banku Barclaya, oznaczającą tak wiele. Prawda: kiedy miało się coś takiego, ludzie zostawiali cię w spokoju, ludzie z całym szacunkiem zostawiali cię w spokoju albo skakali na każde twoje wezwanie, spełniali każdy kaprys. Poczciwa stara Sylvia. Mimo wszystko nie była wcale taka najgorsza... Gretchen zmrużyła oczy, oślepione przymglonym blaskiem słońca – jej otoczenie upodobniło się jakby do tego, które przedstawiał obraz. Pośmiertny triumf Sylvii...

Nazajutrz po pogrzebie Dermota Polla (aż wzdychała z zadowoleniem na to wspomnienie) Gretchen zabrała Deirdre na Jarmark Antyków, który właśnie odwiedził Skibbereen, zakładając, że będzie stanowił jak najbardziej przyzwoitą rozrywkę dla świeżo upieczonej wdowy. Aby usprawiedliwić eskapadę, wzięły ze sobą jej obraz. To był naprawdę wspaniały moment, gdy zasuszony rzeczoznawca z monoklem w oku – zadzierający nosa niczym owczarek afgański – omalże nie spadł z krzesła na jego widok. J. M. W. Turner, jak się okazało, był nadzwyczaj cenionym malarzem pejzaży z morzem i łodziami, a obraz okazał się jedną z jego prac. Kiedy miało się takie zabezpieczenie, uzyskanie Złotej Karty było już sprawą bardzo łatwą.

Uśmiechnęła się i przeniosła spojrzenie z żaglówek na odzianą w czerń postać, siedzącą na skale przy brzegu. Maleńka figurka zwróciła się w jej stronę i pomachała. Gretchen przesłała jej całusa i pogładziła wąsa. Deirdre lubiła te aksamitne włoski i często je głaskała, prawiąc przy tym miłe słówka. Twierdziła, że ten wąsik przypomina jej matkę, która przez całe życie zajmowała się krojeniem kapusty i umarła, krojąc kapustę, ale poza tym była kobietą o wielkiej sile charakteru i nadzwyczaj lojalną, której nigdy w życiu nawet przez myśl nie przeszło, by w imię konformizmu wyrwać bodaj pojedynczy włosek. Deirdre pewna była, że Gretchen jest taka sama.

No jakże, mówiła zresztą Deirdre na użytek złośliwych języków, co by z nią teraz było, gdyby nie pociecha i pomoc, z jakimi pospieszyła jej Gretchen O'Dowd w tym czasie najtrudniejszej próby? Gretchen zajęła się pogrzebem, zajęła się wszystkim – kwiatami, trumną, a nawet czuwaniem. Tymże samym kłapiącym ozorem Deirdre oznajmiła, że Gretchen O'Dowd zorganizowała to wszystko tak, jakby przez całe swoje życie na nic innego nie czekała. A gdzie sypia, to już nie powinno nikogo interesować...

Z zatopienia w kontemplacji wyrwał Gretchen jakiś odgłos, który rozległ się za jej plecami na plaży. Zanim zdążyła się obejrzeć, poczuła potężne uderzenie w plecy – tak mocne, że omal się nie przewróciła. Obserwująca ją postać zaśmiała się serdecznie ze swego posterunku na skale i wyraźne echa tego śmiechu powoli pokonały dzielący je dystans. Gretchen O'Dowd wreszcie się odwróciła. Ona sama nawet się nie uśmiechnęła, choć ochota była silna. Jedna z nich musiała być stanowcza...

– Leżeć, Sylvia, leżeć – rzekła z całą surowością. – Dobra dziewczynka, dobra. Siad...

Erica von Hyatt nie mogła znaleźć sobie miejsca. By jakoś zaradzić temu nieprzyjemnemu uczuciu, włożyła klucz do zamka, przekręciła go, otworzyła drzwi, wyjęła klucz z zamka, cofnęła się, znowu zamknęła drzwi i jeszcze kilka razy powtórzyła cały obrządek. Ta czynność zawsze wpływała na poprawę jej nastroju. Sporo czasu spędzała na wychodzeniu i natychmiastowych powrotach do domu, ponieważ nie mogła się oprzeć tej przyjemności, jaka towarzyszyła otwieraniu drzwi własnym kluczem. Natomiast opuszczanie domu na dłużej i spacery po ulicach nie były już niczym przyjemnym, bo gdziekolwiek by wędrowała, zawsze ścigały ją ślady własnej przeszłości. Dzisiaj doścignęły ją w szczególnie niemiły sposób, mianowicie pod postacią dziewczyny, którą kiedyś znała. Erica przeszła obok niej, utkwiwszy niewidzące spojrzenie w przestrzeni przed sobą, dokładnie tak, jak niegdyś na jej widok reagowali przechodnie, ale w środku aż ją skręcało. Dziewczyna sobie nie poradzi. Jedni walczyli i zwyciężali, inni poddawali się i znikali. No więc co jej to da, zastanawiała się w duchu, jeśli ja rozstanę się z funtem? Co by jej z tego przyszło, gdybym wręcz przyjęła ją pod swój dach? Jaką miałaby korzyść z płaszcza, gdybym go dla niej zrzuciła z grzbietu? Za wielu ich jest, nie pomogę wszystkim. Zdusiła głos, który w myślach wtórował jej szyderczym echem: „Wszyscy tak mówią..."

Po kilku rundach z kluczem, kiedy jej nastrój poprawił się już stosownie, wróciła do mieszkania. Było pełne kwiatów i innych roślin – w dzbanach, misach i słojach – zawalone na poły ukończonymi wieńcami pogrzebowymi, bukietami ślubnymi, fikuśnymi stroikami na stół i ikebanami w kształcie wachlarzy. Zdarzały się dni, kiedy ledwie starczało jej miejsca na wszystkie zlecenia, jakie otrzymywała z kwiaciarni. Podniosła naręcze lilii, aby wynieść je w cień, rozejrzała się, nie znalazła wolnego miejsca i odłożyła z powrotem. Wszystko na nic, trzeba będzie przestawić to coś, co wyglądało jak telewizor, a jednak wcale nie było telewizorem. Pewna była, że Janice nie miałaby nic przeciwko temu, gdyby wyjęła kabel z gniazdka i postawiła go na komodzie. Powie jej, co zrobiła, następnym razem, kiedy się znowu spotkają. A zresztą na co jej ten grat, skoro przebywała teraz w Ameryce i nie miała zamiaru wracać. Kiedy włączyła go na próbę, ekran przestraszył ją nagłym rozbłyskiem, ale nie zobaczyła nic oprócz zielonej pustki. No i co z tego, stwierdziła. Nie ma się czym przejmować.

Telewizor trafi na komodę Janice. Erica jej nie używała, schowała tylko do środka różowy peniuar ze srebrnymi tasiemkami. Z jakiegoś powodu nie potrafiła go wyrzucić, ale nie bardzo rozumiała dlaczego. Może dlatego, że gdy go wkładała, czuła się jak księżniczka, taka z bajki, taka, jaką z upodobaniem rysują dzieci, nieprawdziwa księżniczka z niezliczonych fantazji. Księżniczka, którą Dawn chciałaby w niej widzieć. A więc zatrzymała peniuar. Nikomu nie szkodził.

Przyszło jej na myśl, że być może powinna włożyć go na odwiedziny u znajomych – trochę dla żartu, a trochę po to, by wszystkich zaskoczyć. Ale pomysł pozostał niezrealizowany. Jakąś częścią siebie pragnęła zobaczyć tamtego księdza, który opowiedział jej o różnych rodzajach miłości, ale jeszcze większa jej część nie miała najmniejszej ochoty tam wracać... Żyła już po drugiej stronie, była normalnym człowiekiem i do niczego nie były jej potrzebne wspomnienia z Przedtem. Była zadowolona, miała porządną pracę i teraz pozostawało tylko czekać, aż Dawn skończy osiemnaście lat i zamieszka z nią w jej własnym mieszkaniu. To nic – wzięła do ręki lilię, podniosła ją do twarzy i powąchała – to nic, te lata szybko przelecą. Czekanie jej nie przerażało. A nawet gdyby w przyszłości musiała ograniczyć się do zakupów w sklepiku na rogu, tak też uczyni, byle tylko uniknąć równie nieszczęsnych przeżyć jak dzisiejsze.

Wyjęła wtyczkę z gniazdka i przestawiła telewizor na komodę. Nakryła go jeszcze ścierką – żeby się nie kurzył – i zabrała się do konstruowania wieńca z lilii.

Kanciasta Szczęka stoi w metrze, wisząc na skórzanym uchwycie, i myśli tylko o tym, że szczęściarze, którym przypadły w udziale miejsca siedzące, wkrótce dotrą do celu podróży, a wtedy on wreszcie będzie mógł usiąść. Jego wzrok wytrwale unika krótkiego poematu naklejonego nad głową, który zaczyna się od słów:

> Nie trwają długo, ten płacz, ten śmiech,
> Miłość, pragnienie i nienawiść:*

Nie ma najmniejszego zamiaru czytać dalej. Popatrzcie tylko, dokąd ostatnim razem zaprowadziła go poezja.

Uznał, że znakomicie poradził sobie z sytuacją. Obca kobieta powiedziała mu, że ona też tak uważa. Powiedziała, gdy było już po wszystkim, a on wpełzł z powrotem do łóżka, że całą sprawę załatwił bardzo delikatnie, bardzo prawidłowo i w nadzwyczajny wręcz sposób licząc się z jej uczuciami. Pławiąc się w tych pochwałach i za nic nie chcąc rezygnować z miękkości jej objęć, nie sprostował tego, co powiedziała, i nie wyjaśnił, że przez cały czas w ogóle o niej nie myślał, mając na względzie wyłącznie siebie samego oraz, w znacznie mniejszym stopniu, Melanie. Ona, obca kobieta, ani na moment nie zagościła w jego głowie.

Obca kobieta jednak najwyraźniej była odmiennego zdania. Tuląc coraz mocniej jego głowę do swego łona, powtórzyła wszystko jeszcze raz, on zaś pozwolił, by jego policzek cieszył się miękką poduszką, a ucho wyłapywało uspokajające bicie serca, z którego jego ciało czerpało ukojenie, i znowu jej nie wykazał, że się myli. Dzisiaj, po tylu miesiącach, żałował, że nie postąpił inaczej.

Co to ona mu powiedziała dziś rano, kiedy tłukł się po mieszkaniu, szukając buta numer dwa? „Na początku kochałeś mnie tak bezinteresownie, a nie minęło parę miesięcy i zobacz, do czego doszło..."

Do czego? – zastanawiał się, gdy przesuwał jej wioślarza, potykał się o jej wysokie czarne botki i otwierał po raz trzeci szafkę, by tym razem znaleźć but. Kiedy usiadł na łóżku, żeby zawiązać sznurowadła, usłyszał ten odgłos nie dający się pomylić z niczym, wyczuł szóstym zmysłem to nie dające się pomylić z niczym poruszenie ciała: ona szlochała, a on był umówiony na dziewiątą. Dlaczego nie powiedział: „Idź sobie, znikaj z mojego życia. Wynocha!" Zamiast tego odwrócił się. Zobaczył nagie ramiona, smukłą szyję, wypukłość piersi, krzywiznę pośladków przykrytych kołdrą, pod którą leżała na brzuchu i szlochała, szlochała, szlochała...

Westchnął, wyciągnął rękę, uznał swoją porażkę.

– Przyjdę do ciebie wieczorem i razem przejrzymy ten prospekt. OK? – Poklepał ją po pośladkach, pogłaskał po karku.

Uniosła głowę. Miała wilgotne oczy, ale już nie patrzyła na niego tak, jakby skatował ją młotem. Spod pogniecionej narzuty wysunęła się jedna pierś. Mrugnął do niego sutek, różowy, słodki i niewinny. Uszczypnął go delikatnie. Uśmiechnęła się. Blado, ale zawsze był to uśmiech. A potem pokiwała głową. I wtedy wyszedł, zbrojąc się do codziennych zmagań z życiem. I z całą resztą, pomyślał, zupełnie niepotrzebnie trzaskając drzwiami. Zrobił to chyba tylko po to, by dać ostatni wyraz swej niezależności. Umówił się z kumplem z pracy, że razem wezmą udział w rajdzie samochodowym. I to wszystko. Z jej reakcji można było wnosić, że zamierza spędzić dwa tygodnie wśród egzotycznych rozkoszy na Bali. Trudno nazwać zdradą dwanaście dni wśród najgorszych mokradeł Irlandii, we wnętrzu forda escorta z Adamem Barnetem, który miał ogromny nos, był prawie zupełnie łysy i tak atrakcyjny seksualnie jak Gandhi.

Teraz lub nigdy, myślał zapalczywie, zmierzając do metra. Broń swych praw, człowieku. Zaproszenie na śniadanie to nie to samo co zaproszenie do wspólnego życia. Co z tego, że ona chce pomieszkać w willi na Rodos? Przecież on jej nie zatrzymywał. A sam po prostu nie chciał tam jechać. Dlaczego miałby chcieć? Wiedział, że tamta noc była pomyłką. Po wyjściu Melanie należało natychmiast wkroczyć do sypialni, oznajmić jej, że chce być sam, zamówić taksówkę – i bingo, wolność. Tymczasem minęły całe miesiące, a on... znowu tkwił w przeklętym związku. I na dodatek ta nie sprowadziła ze sobą wyłącznie kosmetyków, książek i paru łaszków. Razem z tą pojawił się wioślarz, rośliny w doniczkach, a nawet cholerna plansza do madżonga... Nie da się tego spakować do jednego kartonu, kiedy nadejdzie odpowiednia chwila... Jeśli taka kiedykolwiek nadejdzie.

Wreszcie usiadł i nie musiał już więcej patrzeć na wiersz. „Nie trwają długo..."

Kiedy znajdował się z dala od niej, takie myśli przychodziły mu względnie łatwo, ale gdy patrzył na nią, nie potrafił się oprzeć. Poza tym też miał swoje podejrzenia. Jeśli na czymkolwiek się znał, to była w ciąży... A tego to już zupełnie nie da się spakować w kartonowe pudło razem z tuszem do rzęs.

Wstał. Westchnął. Nagle zaciążyły mu przeżyte lata. Zebrał się do wyjścia z wagonu i wzięcia za bary z rzeczywistością. Skręcił za róg, tym razem zupełnie nie zwracając uwagi na minispódniczki, błyskające kostki i czerwone usta, które zazwyczaj urozmaicały mu krótki spacer z metra do biura.

– Cześć, Adam – powiedział, wchodząc do budynku. – Jeśli chodzi o tę irlandzką wyprawę... Obawiam się, że mimo wszystko nie dam rady pojechać. Przepraszam. Coś mi wyskoczyło...

Święte słowa, zadumał się boleśnie, rozmyślając teraz o swym innym kumplu, penisie. Gdyby nie wyskoczył w nieodpowiednim momencie, wszystko byłoby jak dawniej, ponieważ nic z tego, co się wydarzyło, nawet by się nie zaczęło.

Podeptała kwiaty i teraz patrzy na ich błękit zmieszany z błotem. Martwe róże chyliły głowy z nie przyciętych krzaków, a ostatnie jesienne chryzantemy wyciągały ku niebu suche, oskarżycielskie palce. Ogród zaniedbała w takim stopniu, jakby był częścią jej samej. Po swym ostatnim powrocie taką mu złożyła szaleńczą przysięgę. Bez żadnego owijania w bawełnę powiedziała roślinom, że nie zadba o nie, póki on czegoś dla niej nie zrobi. I dlatego teraz ogród musiał cierpieć i znosić karę, bo coś musiało ponieść karę.

– Dałam ci szansę – mówi cicho, wyglądając przez okno – a ty jej nie wykorzystałeś. Świetnie. Niech to spadnie na twoją głowę. Nie dotknę nawet sekatora, nie wyrwę ani jednego chwastu, ty niedobry, żałosny, nieużyty potworze. Dopóki nie okażesz mi odrobiny uczucia.

W wilgotnym, północnym powietrzu tego ranka jej palce są zziębnięte, mimo że na niebie stoi słońce wczesnego lata; nie może poradzić sobie z grzanką, która nie chce wejść do otworu opiekacza. Wciska ją teraz z całej siły: grzanka kruszy się, pęka, a wtedy wydaje jej się, że ją samą też czeka taki los – wystarczy byle dotknięcie. Arthur zbiera okruchy, kładzie je sobie na talerzu, sięga po masło, sięga po nóż, wszystko odbywa się tak naturalnie i zwyczajnie, tak jak to było zawsze i tak jak to będzie zawsze... chyba że, chyba że...

– Ten list do ciebie, Arthur? – pyta. – Ten z Londynu. Czy...?

Arthur podnosi wzrok. Przeżuwa. Jak on w ogóle może jeść? Jak może przeżuwać jedzenie? Jak może dalej wszystko ciągnąć i zachowywać się tak zwyczajnie? Grzanka chrzęści pod jego zębami. Bóg jest po jego stronie.

Wyznała mu wszystko, już wiele miesięcy temu i nie ze spuszczoną głową, nie mamroczącym głosem, ale otwarcie, dźwięcznymi słowy.

– Tak, tak, t a k – przyznała się. – To właśnie zrobiłam. – Stała przed nim, przyciskając do policzka tamten podarunek, który tak oskarżycielsko spoczywał na jej łóżku. Chciała być wobec niego równie okrutna, jak okrutnie potraktował ją tamten drugi. A więc tuliła podarunek i powtórzyła: – Tak, jestem potworem, zrobiłam to i wszystko na nic. Ja zrobiłam to dla Miłości, a on dla Romansu. I teraz jestem tu znowu. Ta sama kobieta. W twoich oczach upadła od niedawna, ale we własnych upadła od zawsze. I co teraz? Wyrzucisz mnie na ulicę? Obejmiesz uściskiem pełnym nieskończonego współczucia? – Zaczęła pudrować twarz, maniakalnie śmiejąc się do lustra. Ulotny różowy pył powoli skrywał resztki prowincjonalnych rumieńców zdrowia. – Popatrz. – Kiedy się odwróciła, błękit jej oczu iskrzył się prowokacyjnie. – Gdzie jest teraz żona pastora z Cockermouth? Dokąd odeszła? A dokąd odejdzie ta upudrowana dziwka, która zajęła jej miejsce?

Siedział nieruchomo na krześle przy łóżku. Nie odpowiedział. Nie potrafiła opanować ogarniającego ją szaleństwa.

– Dokąd? Dokąd? Dokąd?

Patrzył na nią, wciąż nic nie mówiąc. Podeszła bliżej, spojrzała mu w twarz. Z bliska widział, że ten puder podkreślił drobne zmarszczki, zauważył zwiotczenie skóry wokół oczu, bruzdy po obu stronach ust, gotowe na przyjęcie łez, których spodziewał się za chwilę. Nagle poczuł się pewniej. Starzeje się, przekwita i dlatego nie odejdzie.

– A może by tak – zapytał cicho – do Chin?

Oczywiście była to absurdalna propozycja. Jednak przez jakiś czas wizja wyprawy trzymała ich razem. Oczyma duszy widział samego siebie, jak pokutuje za to oddawanie się wygodom prowincjonalnego życia, za ciepło kominka na parafii. Lenistwo. Najbardziej perfidny z całej siódemki. Słowa Langlanda: „«Czyś skruszony?», Skrucha go pyta, a Leń zemdlał od razu"*.

Jak we śnie mijały jej dni, tygodnie, miesiące. Brodziła przez jawę, a otaczający świat przemykał obok, tylko udawała, że uczestniczy w jego sprawach. Okresy kościelnych świąt przynosiły ze sobą zmiany barw i kompozycji kwiatów, nie układanych przez nią, niemniej podziwianych przez jej drugie ja. „Przepiękne", komentowała serdecznie na użytek pani Brown, której chińskie lampiony zwieszały swe pomarańczowe łby wśród zasuszonych makówek i ognistych bukowych liści. „Co za blask", chwaliła pannę Lane, która polerowała mosiądze i srebra z taką energią, jakby ją poganiał sam diabeł.

I przez cały czas czekała. Wszyscy ci mali ludzie, cała ta maleńka enklawa, jej nic nie znaczące małżeństwo – wkrótce będzie wolna od tego wszystkiego. Widziała już samą siebie pośród dzikich krajobrazów otaczających jakąś chińską wioskę zagubioną na końcu świata, jak powalona niespodzianym atakiem choroby umiera powoli, z twarzą odcinającą się blado na tle poduszki. W ostatnich słowach każe Arthurowi wziąć paczuszkę i odesłać temu drugiemu. A potem, gdy jej duch opuści już ciało, zaczeka, by zobaczyć, z jakim dar spotkał się przyjęciem. On otworzy przesyłkę w jakimś ustronnym miejscu (od razu rozpozna charakter pisma), znajdzie puderniczkę, pukiel jej włosów i kontur swoich oraz jej ust na chusteczce, którą ocierali wargi po zjedzeniu owoców granatu. Ona zacytuje coś wtedy, naśladując Arthura: „Dlaczegoście wywiedli nas z Egiptu i przyprowadzili na to nędzne miejsce, gdzie nie można siać, nie ma drzew figowych ani winorośli, ani drzewa granatowego, a nawet nie ma wody do picia"*. On zatrzyma te rzeczy i uroni kilka łez, bo wie, czym jest Romans, tak jak ona wie, czym jest Miłość. I już nigdy o niej nie zapomni.

Pieściła w myślach tę wyśnioną wizję i to jej pomagało pokonywać kolejne ponure dni. Wstawała, była, robiła – ogród stanowił jedyną wyspę abnegacji. Nie przyłoży doń ręki, ponieważ należało być wiernym przysięgom. Zamieszkujące jej świat kobiety w chustkach mogą sobie krzywo patrzeć, mogą oferować pomoc, ale ona nie będzie na to zwracała uwagi. Niech zaglądają przez mur bladymi, wodnistymi oczami, niech wściubiają haczykowate nosy, niech gestykulują i wydymają usta. Ogród czekał na jego znak. Jeśli on się odezwie, ogród stanie się magicznym miejscem. Do tego czasu jej dłoń nie dotknie nawet źdźbła – co więcej, aktywnie będzie go profanować. Dlatego deptała rabaty w tę i we w tę, póki ostróżki nie przeobraziły się w miazgę, w błękit zmieszany z błotem, dotknięty ślepotą, której życzyła własnym oczom. Czekała, czekała na zmianę, czekała, aż przyjdzie nowe. Nic innego jej nie obchodziło.

Arthur obserwował ją. Wiedział. Podtrzymywał płomień nadziei, póki biskup w końcu nie stwierdził jednoznacznie, że albo wielkie miasto, albo nic. Hierarchia była z niego zadowolona, wolała, by został tam, gdzie jest. Czy naprawdę chciał odmiany? Słowom towarzyszył kwaśny uśmieszek. Naprawdę uważał, że znienacka otrzymał od Boga misję zwalczania Konfucjusza? Porto lało się strumieniami, a on nie potrafił odnaleźć w sobie polemicznego zapału. Był tak pusty i sztuczny jak ten kocioł do herbaty. Unikał konfrontacji. A ją dławiło otwarte niebo, falujące morze, syberyjskie wiatry, które szarpały ich posterunek na północy. Może jednak powinna pławić się w ludnej klaustrofobii miejskiej dekadencji? Ich ogród odgrywał w tym wszystkim rolę symboliczną. Tyle rozumiał. Nigdy więcej nie będzie już tylko ogrodem – przynajmniej nie dla nich. Skinął głową, adresując ten gest równocześnie do trzymanej w dłoni szklanki, jak i do słów biskupa.

– Tak – powiedział na głos. Wewnątrz zaś pomyślał: Niech się dzieje wola Boża? Czy jej wola?

A teraz nieodwołalnie nadszedł moment decyzji. Gdyby tak mógł dalej jeść tylko kolejne grzanki, już nigdy nie otwierać ust ani żadnych kopert, toby tak i uczynił. Ona jednak stała przed nim, spięta niczym ptak. A był przecież taki ostrożny, pierwszy odbierał pocztę, ukrywał listy z Londynu, których urzędowe koperty zdradzały, że coś jest na rzeczy. Dłużej już nie potrafił. To był ostatni list, w zupełnie dosłownym sensie. Uśmiechnął się, rozbawiony mimowolnym żartem. Ona śniła o Pekinie, Shenyang, Lanzhou, a on mógł jej zaproponować Leeds, Wolverhampton, Stoke.

Kiedy rozcinał kopertę, czuł jej oddech na policzku. Kiedy wyjmował list, rytm tego oddechu stał się jeszcze szybszy. A więc nie Leeds. Ani Wolverhampton. Nawet nie Stoke.

Londyn.

Za czyją wolą? Może jej. Może Boga. On nie miał z tym nic wspólnego.

Ona uznała to za znak. Radosną nowinę. A więc nie tylko ogród, ale całe to miejsce zostanie złożone w ofierze. Wracała. Radość przepływała przez nią falami.

Zobaczył, zrozumiał, przyjął cios i nie powiedział nic.

Ból, jaki sprawiało mu dzielenie z nią łóżka, powoli stawał się nie do zniesienia, ale tym razem nie miał zamiaru mu ulec. Podobnie jak ona, i on złożył sobie samemu pewne obietnice. Kiedy znajdzie się w Londynie, kiedy już zaaklimatyzuje się na nowym miejscu, będzie podążał wyłącznie za nakazami serca. Będą sypiali oddzielnie. Od chwili, gdy powiedziała mu, że podczas cielesnego aktu nie czuła nic prócz tylko podrażnienia zakończeń nerwowych, przestał tego potrzebować. I miał zamiar zniszczyć pakiecik, który przed nim ukrywała jego chytra rudozłota wiewióreczka – spali go, na rytualnym stosie. I powie jej, co zrobił. Wtedy będzie jej wolno wybierać. Gardził nią. Gardził sobą. Gdyby mógł przywdziać włosiennicę, gdyby wolno mu było się publicznie biczować, gdyby dało się w ten sposób odpokutować za wszelkie lenistwo i wygodę, jakim w życiu się oddał, uczyniłby to. To jednak byłoby zbyt proste. Nie w taki sposób załatwiało się Boże sprawy. Zamiast tego dadzą mu przytulny mały domek z przytulnym małym gabinetem i do tego przytulne małe autko i będzie musiał pójść między trapiony nędzą, śmierdzący motłoch, między występnych, zatraconych, samotnych, niewinnych i zdeprawowanych – nie po to, by całować ich ropiejące rany, ale po to, by aplikować im dobre rady i ciepłą zupę (religię prosimy zachować na poziomie całkowitego minimum) – by potem każdorazowo wracać do swego przytulnego małego piekła.

Wykręciła numer. Telefon odebrała kobieta.

– Czy mogę mówić z pani mężem? – zapytała. – Proszę mu powiedzieć, że dzwoni Alice.

Podszedł do telefonu. Na początku powiedział ostrożne „Halo". Na co ona, z podniecenia jąkając się i połykając słowa, oznajmiła:

– Arthur i ja przenosimy się z powrotem do Londynu.

– To wspaniale – odparł tym samym znajomym tonem, którym ona posługiwała się w rozmowach z kobietami w chustkach na głowach. – Musicie kiedyś wpaść na kolację. Nie widziałem Arthura od wieków...

– Spotkamy się? – szepnęła, wiedząc, że ten jowialny ton przeznaczony jest dla jego żony.

– Arthur to taki miły człowiek. Co się stało, że wraca do metropolii?

– Będziemy w mieście jutro, musimy załatwić kilka spraw.

Nie dodała, że błagała, aby ją zabrał ze sobą, że Arthur miał się spotkać z komitetem, że w tej wyprawie nie było dla niej ani roli, ani miejsca, że przyjeżdżała tylko dlatego, iż tak bardzo pragnęła spędzić z nim trochę czasu. Jeszcze tylko raz, tylko ten jeden raz. Mogła znowu go uwieść, była pewna, że jej się uda. Mogli zacząć od nowa. Jakby nigdy nie wyjeżdżała.

– Kupię granaty – powiedziała cicho.

– Słucham?

– Na jutro.

– Oczywiście. Tak więc życzę powodzenia – zbył ją tym udawanie jowialnym głosem.

– Spotkamy się? – zapytała głośniej, bardziej naglącym tonem.

– Ależ skąd – odparł pogodnie. – Wcale. I proszę, pozdrów Arthura.

Nie chciała go puścić.

– Jeśli nie jutro, to może spotkamy się wtedy, kiedy tu na dobre zamieszkam? Tak bardzo chcę cię znowu zobaczyć, ja muszę cię zobaczyć, ja...

– Nie, nie, nie sądzę. Uszanowania dla Arthura. Muszę już iść. Stephanie czeka, żeby mnie podwieźć. Do widzenia.

Przy schodach do metra zawahała się.

– Idź sam – powiedziała do Arthura. – Idź i załatw wszystko, co masz dzisiaj do załatwienia, później się gdzieś spotkamy. Wracamy jeszcze dzisiaj. Powinniśmy złapać ten pociąg po szóstej. Spotkamy się więc o piątej. Gdzie? – (Byle nie w Ritzu...) Potem on sobie poszedł, zniknął w hałaśliwym tunelu, żeby samotnie czekać na pociąg. A ona, przygarbiona, zrozpaczona, czując się taka stara, poszła powoli w stronę Green Parku, gdzie zamierzała usiąść na ławce, czekać, myśleć i wspominać monetę, którą ofiarowała, żeby mieć szczęście w miłości.

Drobna Blondynka znajduje w czasopiśmie reklamę korekcji zgryzu i zapisuje nazwę prywatnej kliniki oferującej konsultacje oraz usługi. Po powrocie do biura zadzwoni do nich i zada parę pytań. Jego zęby nie staną się lepsze z czasem, a zresztą on już się starzeje. Linia włosów zdecydowanie mu się cofa, a poza tym pod tym względem los od początku nie był dla niego łaskawy. Gdzieś w zakamarku jej głowy tłucze się myśl o przeszczepach włosów – ale na to przyjdzie czas później. W tej chwili najważniejsze są zęby, a nawet gdyby rzecz miała się okazać kosztowna – cóż, na razie mają na głowie tylko siebie, nieprawdaż? (Nie jest do końca przekonana, czy zęby Dereka nie mają przypadkiem czegoś wspólnego z jego najwyraźniej słabnącym wigorem. Gdyby miał ładne zęby i mógł się uśmiechać do lustra, nie będąc przy tym zmuszony się wstydzić – co jest oczywiste, mimo iż o tym nigdy nie wspomina – że tak mu wystają, może nabrałby większej pewności siebie.) Dlaczego tylko ona ma o siebie dbać, podczas gdy on może sobie na wszystko pozwalać? Poza tym naprawdę czas najwyższy, by zrobił coś z tymi zębami. A ponieważ nie ma w tym żadnej jej winy, więc on mógłby od siebie też coś włożyć.

Klinika mieści się przy Harley Street, a więc niedaleko. Tak, tak, dziś jeszcze zadzwoni. Oto jedna z korzyści posady w centrali telefonicznej. Są też i inne. Jak wielokrotnie mówiła Derekowi, nie istnieje ważniejsza praca niż tej pierwszej osoby, którą słyszy ten, kto dzwoni do firmy. Pracę sekretarki może wykonywać byle kto (bo też i prawda, zastąpił ją byle kto, nie mówiąc już o tych biodrach...), za to niewiele osób potrafi okazać energię, czujność i chęć służenia pomocą przez telefon. Poza tym jako pierwsza poznaje i stosuje w odniesieniu do tych ludzi z góry przygotowany bardzo szeroki wachlarz tematów do rozmów. Pogoda, zdrowie, adaptacja strychu (obecnie prawie na ukończeniu), dzisiejsze ceny i wiele, wiele innych. Tego rodzaju pogawędki, w jakie ich wciąga, w jej opinii sprawiają, że ci ludzie czują się swobodniej, a także przyczyniają się (te pogawędki) do utrwalenia dobrego wizerunku firmy. I im bardziej któryś z rozmówców jest dla niej nieżyczliwy, tym bardziej ona się stara, tym bardziej pracuje (bo to jest praca, jak o tym wielokrotnie zapewniała Dereka, ma nawet swoją nazwę: „bieżąca obsługa interesantów" i jest bardzo wymagająca), bo zdaje sobie sprawę, że małomówność bywa często oznaką stresu, na który lekarstwem może być właśnie zwykła rozmowa. Gdyby miała lepsze kwalifikacje, zajęłaby się może profesjonalnym poradnictwem (W zeszłym tygodniu czytała artykuł na temat kursów terapeutycznych, w którym napisano, że właściwie każdy powinien z nich korzystać, że umysł może być równie chory jak ciało –

z pewnością nie jej umysł, ale innych ludzi. Widziała już taki przypadek.), ale i tak na tym stanowisku bawiła się świetnie i nie miała zamiaru rezygnować.

Praca w centralce telefonicznej i recepcji zostawiała człowiekowi sporo czasu na czytanie, a jej udawało się nawet od czasu do czasu robić na drutach (zrobiła na drutach kaftanik dla dziecka swej poprzedniczki, ze ślicznej cytrynowej włóczki), a więc wszystko ostatecznie wyszło na dobre. Nie dalej jak wczoraj podziękowała Facetowi na Stanowisku za zaufanie, wyrażające się w przydzieleniu jej tak szczególnych obowiązków. I jeszcze powiedziała mu, że wygląda na zestresowanego.

– Czas na kolejne wakacje – dodała, ale w głębi ducha pomyślała sobie, że jej nie spieszyłoby się specjalnie na wakacje w towarzystwie tej szkapy, którą miał za żonę.

Schowała czasopismo do torebki, a potem przejrzała jej zawartość. Lakier do włosów, perfumy w sprayu, dezodorant w sprayu. Ostatnio wszystko nosiła przy sobie, od tego czasu, gdy przyłapała tę biodrzastą na pożyczaniu sobie tego ostatniego (tamta pociła się chyba bez przerwy), gdy jeszcze stał w damskiej ubikacji. Gdyby trzymała te rzeczy w biurku, to z pewnością często zapominałaby je wyjmować, a ponieważ torebkę i tak zawsze nosiła ze sobą, kiedy udawała się do toalety, więc nie musiała się obawiać, że o czymś zapomni. Przyjemnie było mieć wszystko zorganizowane aż do najdrobniejszego szczegółu. Bo jak wielokrotnie powtarzała Derekowi, jeśli człowiek dba o małe rzeczy, to te duże układają mu się same. W każdym razie nabierała coraz to większego przekonania, że jest to szczególnie trafne w odniesieniu do jego zębów.

Ostatnimi czasy był taki szczęśliwy, że miał coś do roboty w domu – pogwizdywał, kiedy zalepiał gipsem dziurę po wentylatorze (i wreszcie ją przeprosił, na co czekała już od dłuższego czasu). Nawet nie zbliżał się do pubu ani nie odwiedzał tego potwornego Kena, który mrugał do niej podczas potańcówki zorganizowanej przez ich firmę z okazji świąt Bożego Narodzenia. Same mrugnięcia tak bardzo jej nie przeszkadzały (miała przecież na sobie ten obcisły różowy kostiumik), ale podczas tańca uszczypnął ją w tyłek, nie miał na tyle przyzwoitości, aby użyć wody kolońskiej, i na dodatek cały czas rozmawiał z parą siedzącą obok nich. I wcale nie była to szczególnie uprzejma rozmowa. A Derek usiadł obok kierownika magazynu czy kogoś takiego i przez cały czas rysował schematy na serwetkach – schody, wnęki okienne i takie tam – a więc nawet przez myśl mu nie przeszło, by spojrzeć na nią i zrozumieć, no cóż, powiedzmy to szczerze, jakie szczęście przypadło mu w udziale.

Wszystko było dobrze, póki problemy między nią a Derekiem można było rozwiązać na zasadzie: „Dogadzaj swojemu partnerowi". Ale jej już się odechciało. Poza tym on zaraz zasypiał. Kiedy spróbowała powtórzyć przeszły sukces – jak owej niedzieli, gdy zrobiła striptiz w pokoju frontowym – okazało się, że on znienacka ma coś do zrobienia na górze, i zostawił ją tak, z kieliszkiem asti spumante w ręku, wygiętą w nieprzyzwoitej pozie.

– Obudź go, kochaneczko – radziła kobieta od porad radiowych. – Podejdź do niego i wsadź mu ręce w spodnie. No bo przecież – tu rozległ się wybuch zawstydzająco rubasznego śmiechu – to co jego, sama rozumiesz, w połowie należy do ciebie. I nie mam tu na myśli domu. Ha, ha, ha...

Cóż, wbrew jej nadziejom okazało się, że niestety jest inaczej, i wbrew jej nadziejom okazało się, że raczej lepiej zostawić sprawy, jakimi są. Starannie wybrała odpowiednią chwilę: naczynia trafiły do zmywarki i dobiegł końca ostatni odcinek *Archerów*. Wyglądał na dostatecznie rozluźnionego, kiedy tak stał z nogami skrzyżowanymi w kostkach, wsparty o drzwi kuchni, stukając się po tych swoich zębach śrubokrętem i sprawdzając coś w poradniku hydraulika (instalował na strychu prysznic i WC – powiedział, że w ten sposób wzrasta wartość inwestycji, co w jej uszach nie brzmiało szczególnie zachęcająco, ponieważ już wcześniej zgodzili się, że ma to być miejsce zabaw dla dziecka). Tak więc uznawszy, że atmosfera jej sprzyja, gestem, w którym widziała frywolne wyuzdanie, ściągnęła z dłoni rękawice, po czym przypomniawszy sobie kroki flamenco, podeszła do niego, a następnie zgodnie z poradą wyciągnęła rękę i jednym dramatycznym ruchem rasowej hiszpańskiej seniority rozpięła mu rozporek.

Wyszło jej to wszystko całkiem stylowo, z udziałem talentu, o którego posiadanie dotąd się nie podejrzewała. Przez chwilę nawet bawiła się świetnie, ale rozigranie pierzchło w momencie, gdy od krzyku Dereka omal nie popękały jej bębenki. No cóż, zgoda, kiedy to obejrzała, znalazła kilka uwięzłych w zamku włosów. Niemniej jednak – wyjaśniła mu to potem, kiedy wycierała mu krew z ust i na próżno szukała na podłodze ukruszonego kawałka zęba – nic takiego by się nie stało, gdyby, jak przyzwoitość nakazuje, miał na sobie majtki... Poza tym okazała dość delikatności, by nie wspomnieć, że jak się ma takie wystające zęby, to nigdy, przenigdy, nawet na chwilę, nie należy zbliżać do nich śrubokręta... Od tamtego razu nie poczynili żadnych większych postępów. Ale to się zmieni. Tak sobie postanowiła.

Zaczęła się zbierać do wyjścia. Metro dojeżdżało już do jej stacji. Jeszcze raz sprawdziła zawartość torebki, wszystko się zgadzało.

A kiedy drobnymi kroczkami pokonywała już schody, uśmiechnęła się z zadowoleniem, ponieważ przypomniała sobie, że w torebce ma jeszcze coś, coś, na co od dawna czekała, coś, co chciała przeczytać od chwili, gdy dowiedziała się o tym z zapowiedzi wydawniczych. Ta najnowsza powieść Janice Gentle w sztywnej oprawie (aby wszyscy wiedzieli, że mają do czynienia ze znawczynią) miała ją przenieść do świata, który mógłby zaistnieć, gdyby tylko ludzie pozbyli się tych wszystkich wstrętnych cech. Już się zastanawiała, jaki też będzie główny bohater tej książki. I zastanawiała się też, czym będzie się zajmowała główna bohaterka. Może będzie mieszkała w Londynie, w mieszkaniu, którego okna wychodziły na Regent Park, albo na luksusowej łodzi w Chelsea, a może w jednym z tych wielkich domów na wsi, gdzie będzie trzymała swoje konie i psy? Mężczyzna oczywiście będzie przystojny (żadnego łupieżu i wystających zębów, zawsze spryskany wodą kolońską), a jego męski wigor nie będzie w ogóle przedmiotem kwestii. Informacje na okładce wydawały się... cóż, interesujące. Książka miała niby odbiegać od poprzednich, ale przecież Janice Gentle można było ufać.

Spieszyła zatłoczoną londyńską ulicą, omijając żebraków, krzywiąc się do ich próśb i rozbieganych oczu, wzdragając się przed smrodem wylewającym się z bram. O czym to będzie? – wciąż się zastanawiała, kiedy wchodziła już do swojego domu. O jakiejś pięknej sierocie uratowanej przed koszmarem ulicy i wszystkimi tymi wstrętnymi ludźmi, przez kogoś miłego i bogatego? Tak. Tak byłoby najlepiej. Książka oczywiście skończy się szczęśliwie, sierota nie będzie już biedna, bezdomna i samotna. Dobro zwycięży, miłość dojdzie do głosu, a przyszłość stanie się złoto-różowa niczym świeżo zerwany owoc granatu.

Padło tu za dużo o miłości, czy może nie dość?
Kto to wie?

A jednak my, których kłamstwo nie odurza,
Wiemy, przepełnieni patosem, że mamy
Tylko ciepło i tylko urodę tego życia
Wbrew pustce bezkresnej ciemności.
Tutaj przez krótkie mgnienie słońce oglądamy
I woń winogron czujemy z tarasowych wzgórz,
I śpiewamy, i łkamy, walczymy, głodujemy, ucztujemy i kochamy
Wargi i piersi miękkie, zbyt słodkie jak na niewinność.

I w takiej skromnej łunie śmiertelników życia –
Bladej jak świeca samotna w wielkim chłodnym wnętrzu –
Wiemy, że miłość najczystsze światło rozsiewa,
Że kiedy całujemy krwią życia z naszych ust,
do bogów wyśnionych jest nam blisko o krok.*

PRZYPISY OD TŁUMACZKI

s. 6. William Langland, *Widzenie o Piotrze Oraczu*, tłum. Przemysław Mroczkowski, Wydawnictwo Literackie, Kraków 1983.

s. 17. William Szekspir, *Sen nocy letniej*, tłum. Władysław Tarnawski, BN, Ser. II/162, Wrocław 1987.

s. 19. Kamień – anglosaska miara ciężaru osób = 6,348 kg.

s. 25. Thomas Campion, *Hark, All You Ladies* („Słuchajcież, białogłowy...”), tłum. Katarzyna Karłowska.

s. 71. Geoffrey Chaucer, *Troilus i Criseyda*, tłum. Maciej Słomczyński, Wydawnictwo Literackie, Kraków 1978.

s. 72. Ibidem.

s. 82. Gerard Manley Hopkins, „Że przyroda jest heraklitejskim ogniem i o pociesze zmartwychwstania”, z: *Wybór poezji*, tłum. Stanisław Barańczak, Znak, Kraków 1981.

s. 135. Geoffrey Chaucer, *Opowieści kanterberyjskie*, tłum. Helena Pręczkowska, BN, Ser. II/138, Wrocław 1963.

s. 142. Ewangelia wg św. Mateusza 6, 28, Pismo Święte Starego i Nowego Testamentu, Wydawnictwo Pallottinum, Poznań–Warszawa 1989 (wszystkie cytaty biblijne wg tego wydania).

s. 150. *Widzenie o Piotrze Oraczu*, fragment w przekładzie Katarzyny Karłowskiej.

s. 153. Lewis Carroll, *O tym, co Alicja odkryła po drugiej stronie lustra*, tłum. Maciej Słomczyński, Czytelnik, Warszawa 1972.

s. 160. Dorothy Parker, *Distance* („Dystans”), tłum. Katarzyna Karłowska.

s. 182. „Słuchajcież, białogłowy...”

s. 188. *Widzenie o Piotrze Oraczu*.

s. 202. Ewangelia wg św. Łukasza 1, 52.

s. 202. I List do Koryntian strawestowany przez Janice.

s. 205. Ewangelia wg św. Mateusza 7, 1.

s. 224. *Widzenie o Piotrze Oraczu*.

s. 225. Ibidem.

s. 227. I List do Koryntian 7, 17.

s. 259. *Opowieści kanterberyjskie*.

s. 268-269. Anonim, pocz. XV w., *I Have a Gentil Cock* („Kogutka mam zacnego...”), tłum. Katarzyna Karłowska.

s. 274. Ernest Dowson, „Vitae summa brevis spem nos vetat incohare longam”, tłum. Katarzyna Karłowska.

s. 277. *Widzenie o Piotrze Oraczu*.

s. 278. Księga Liczb 20, 5.

s. 285. Richard Aldington, tłum. Katarzyna Karłowska.

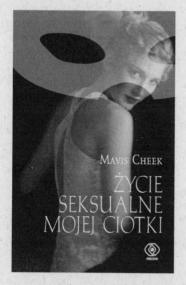

MAVIS CHEEK

ŻYCIE SEKSUALNE MOJEJ CIOTKI

Wspaniały dom, mąż i synowie – wszystko w życiu Dilys było wspaniałe. Mąż płaci rachunki, kupuje drogie prezenty i spełnia jej kaprysy. Aż któregoś dnia Dilys poznaje młodszego mężczyznę, który zmienia ją z wiernej żony w czułą i zdolną do najgorszych oszustw kochankę. Kłamstwa są najkrótszą drogą do autodestrukcji, ale przypadkiem też sprawiają, że Dilys dokonuje szokujących odkryć związanych z własną przeszłością.

Zabawna i pełna wzruszeń historia oparta na starym jak świat konflikcie pieniądza i miłości. Okazuje się, że niewiele potrzeba, by porzucić idealny świat i zatańczyć na wulkanie.

W SPRZEDAŻY

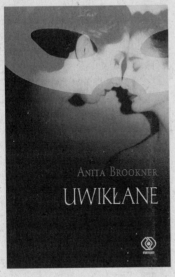

ANITA BROOKNER
UWIKŁANE

Elizabeth i Betsy chodziły razem do szkoły, przyjaźniły się. Kiedy spotykają się po latach, pierwsza żyje w bezpiecznym, przewidywalnym, ale i nudnym małżeństwie, druga zaś zaangażowana jest w chwiejny związek, w którym trudno przewidzieć cokolwiek. Mimo że różni je niemal wszystko, okazuje się, iż łączy je skłonność do dokonywania niebezpiecznych, destrukcyjnych wyborów. Swoimi decyzjami powodują, że ucieczka od przeznaczenia staje się niemożliwa.

Przejmująca, przenikająca do głębi powieść o uwikłaniu, z którego się nie sposób uwolnić.